巫
신비
소설
무 6 / 무너지는 생의 경계

문성실 장편소설

巫

신비
소설

무

6

무너지는
생의 경계

달빛정원

巫

신비
소설

무
6

차례

제1화

숨겨진 진실

1

새하얀 달이 떴다.

낙빈은 무언가에 단단히 홀린 것처럼 오도카니 서서 둥근 달을 바라보았다. 하얀 달이 저토록 시리게 빛나는 것은 이 밤이 칠흑처럼 검기 때문이다. 하늘만 검은 것이 아니었다. 산그늘 아래 숨죽이고 앉은 깊은 암자도 자취 없이 새까만 그림자 속에 숨어들었다. 그 깊은 어둠 속에 달만 하얗게 겁에 질려 있었다.

그 하얀 달을 층계 삼아 누군가가 타박타박 걸어왔다. 하얀 달로부터 뻗어 나오는 한 줄기 달무리를 계단 삼아 아주 작은 발이 타박타박 허공을 디디며 내려왔다. 작은 발을 감싼 것은 몹시도 불편해 보이는 나막신이었다. 딱딱한 나막신이 움직이면 붉은 치마도 흔들렸다. 몸을 꽁꽁 감싼 붉은 비단이 좁은 보폭에 따라 이리저리 움직였다.

그 붉은 비단 위로 검디검은 머리카락이 흘러내렸다. 모든 빛을 삼킨 듯한 흑단 같은 긴 머리카락이 곧은 자처럼 똑바로 허리까지 뻗어 있었다. 작은 몸집의 여자아이는 하늘 어딘가에 달린 투명한 밧줄에라도 매달린 것처럼 하늘을 밟고 달빛을 밟으며 내려왔다. 통통통.

낙빈은 눈도 깜빡이지 않고 그 모습을 바라보았다. 달빛만큼이나 하얀 가면을 쓴 작은 여자아이가 하늘 저편에서 총총히 걸어오는 모습을 꼼짝도 못한 채 바라보았다. 털끝 하나 움직일 수 없었지만 심장은 부서질 것처럼 요동쳤다.

타닥.

가벼운 발소리를 내며 드디어 아이의 두 발이 땅으로 내려섰다. 아이가 땅으로 내려서는 순간 크고 기다란 그림자가 아이의 앞을 막아섰다. 그 그림자는 낙빈의 눈앞에서 까만 머리의 여자아이를 완전히 가리고 말았다. 대신 붉고 하늘거리는 얇은 천으로 온몸을 휘감은 새빨간 여자가 낙빈의 앞에서 내려다보고 있었다.

새빨간 머리카락이 허리 아래까지 굽실굽실 내려오는 아름다운 여자는 눈동자까지도 새빨간빛이었다. 그녀의 얼굴이 아름다운 것은 분명하지만 낙빈은 도저히 아름다움을 느낄 수가 없었다. 불처럼 강한 분노의 기운이 그녀의 온몸을 휘감고 있었기 때문이다. 그 진한 분노의 기운이 그녀의 아름다움을 삼켜버리고 말았다. 그 붉은 여인이 얇은 드레스를 하늘거리며 낙빈을 향해 다가왔다. 여인의 눈동자는 비웃듯 낙빈의 얼굴을 내려다보고 있었다.

그녀의 붉은 눈동자로부터 벗어나고 싶은 욕망이 꿈틀거렸지만 낙빈은 손가락 하나 까딱할 수 없었다. 마치 독사 앞에서 꽁꽁 마비된 가엾은 생쥐처럼 털끝 하나 움직일 수 없었다.

붉은 여인의 가슴속에서 드레스 자락을 밀치고 고개를 드러내는 푸른 빛깔의 뱀이 있었다. 녹푸른 뱀은 샛노란 눈동자로 낙빈을 노려보며 카아악 카아악 매섭게 울어댔다. 뱀의 괴성과 함께 붉은 여인의 얼굴이 이지러지기 시작했다. 여인의 붉은 눈동자가 주름을 잔뜩 만들었다. 그러고는 성난 얼굴로 낙빈을 노려보며 한 발 한 발 다가왔다.

'아아. 할아버지, 도와주세요!'

낙빈은 자신의 마음속을 향해 울부짖었다. 그 마음 깊은 곳에 자리하고 있는 위대한 신령神靈들을 힘껏 불렀다. 하지만 어찌 된 일인지 낙빈의 가슴 밑바닥은 완전히 비어버린 채 그 누구도 대답하지 않았다. 낙빈만 혼자 두고 모두 떠나버린 것처럼 공허한 침묵만 메아리쳤다.

아무런 저항도 못하고 멍하니 서 있는 낙빈을 향해 그 붉은 여인의 새하얀 팔뚝이 드러났다. 그녀의 가슴에서 소리치던 뱀이 어느새 그녀의 팔뚝을 빙글빙글 감고 있었다. 그 순간 낙빈은 갑작스러운 의문에 휩싸였다.

'나머지 한 마리는 어디에 있는 거지?'

이상했다. 붉은 여인의 가슴에 있던 성난 뱀과 그녀의 팔을 감은 뱀은 동일한 뱀이었다. 그 뱀이 자유자재로 여인의 몸을 휘돌며 이리저리 초록빛 얼굴을 내밀고 있는 것이다. 낙빈은 이상하다는 생각이 들었다. 분명히 뱀은 두 마리였다. 두 마리인데……이상하게도 붉은 여인에게는 뱀이 한 마리밖에 없었다.

'그래, 그 뱀은 누군가가 가져갔지. 누군가가…… 그게 누구더라?'

일그러진 붉은 여인의 얼굴과 성난 초록 뱀이 낙빈의 얼굴을 향해 매섭게 돌진했다.

'으아악!'

낙빈은 그 자리에서 눈을 감아버렸다. 무시무시한 공포에 사로잡혀 온몸에 식은땀이 흘렀다. 낙빈은 어서 모든 일이 끝나기를 빌었다. 분노로 들끓는 여인의 끔찍한 공격이 차라리 단숨에 끝나기를 기다렸다.

"⋯⋯."

하지만 어찌 된 일인지 사위는 고요했다. 어떤 소리도 들리지 않는 고요함만 남았다. 심지어 바람까지 숨죽인 채 아무런 움직임이 없었다.

낙빈은 터질 것 같은 심장을 고르며 살며시 눈을 떴다. 실눈 사이로 붉은 치맛자락이 어른거렸다. 더 이상 눈을 뜨는 것이 무서웠지만 호기심이 공포를 이겼다. 낙빈은 눈을 감고 있는 동안 무슨 일이 일어났는지를 알기 위해 살며시 눈을 떴다.

"⋯⋯!"

그리고 자신의 코앞에 얼굴을 들이밀고 똑바로 바라보는 아이와 두 눈이 마주쳤다. 낙빈을 단숨에 해치려던 붉은 여인의 앞을 막아선 것은 빨간 기모노를 입은 인형 같은 여자아이였다. 그녀는 하얀 가면 너머에서 검은 눈동자로 낙빈을 바라보았다. 온통 까만빛으로 초롱초롱하게 반짝이는 아름다운 눈동자였다. 그 검은 눈은 속을 알 수 없을 정도로 깊고 깊었다. 너무나 멀고 깊어서 그 검은 바닥이 어디에 있을지 감도 오지 않는 눈빛이었다.

까만 눈은 낙빈의 모든 것을 알아내려는 것처럼 바라보았다. 낙빈은 여자아이 앞에서 모든 것이 벗겨지는 듯한 착각에 빠졌다. 자신이 알고 느끼는 모든 것이 그 앞에서 발가벗겨지는 느낌이었다.

"네가 왜 거기에 서 있는 거니?"

아이가 흑단 같은 머리를 찰랑거리며 말했다. 너무나도 맑고 또랑또랑한 음성이었다.

'여기? 왜 여기에 있냐고?'

낙빈은 아이의 말을 반복했다. 그리고 주변을 바라보았다.

산그늘 속에서 숨죽이고 있던 천신의 암자가 드러났다. 깊은 회색 그림자 속에 숨죽인 작은 암자였다. 이곳은 이제 낙빈에게 또 다른 고향이었다. 어머니와 살던 너와집 말고 새로이 생긴 낙빈의 집이고 고향이었다. 이곳에 낙빈이 있는 건 당연했다. 이상할 것이 없었다. 그런데 왜? 낙빈은 암자를 뒤돌아보았다. 회색 그늘에 고요히 서 있던 암자 주변에서 갑자기 검은 그림자들이 움찔거렸다. 낙빈은 눈을 찌푸리며 그림자들을 보았다. 그 정체는 검은 옷을 입은 사람들이었다. 검은 양복을 위아래로 깔끔하게 차려입은 사람들이 암자의 그늘 속에, 깊은 산그늘 속에 숨어 낙빈을 바라보았다. 아니, 낙빈과 여자아이 쪽을 뚫어져라 바라보았다. 마치 먹잇감을 노리는 숨죽인 치타처럼.

'헉!'

낙빈은 그들과 눈이 마주치자마자 고개를 돌렸다. 알 수 없는 불안과 공포가 발바닥 밑에서 스멀스멀 기어 올라왔다.

"왜 그곳에 서 있는 거니?"

아이가 다시 물었다. 이제 낙빈은 그녀의 질문을 똑똑히 알아들었다. 왜 그곳에 있는가. 왜 저 검은 그림자 속에 숨은 사람들과 함께 있는가. 캄캄한 그림자 속에서 숨죽이며 우리를 지켜보는 그들과 왜 같이 서 있는가를 묻고 있는 것이다.

'하지만 나는 저 사람들과 함께 서 있는 게 아니에요.'

낙빈은 그렇게 말하고 싶었지만 입이 떨어지지 않았다. 입술과 혀가 완전히 달라붙어버린 것처럼 움직이지 않았다.

말하고 싶었다. 그게 아니라고 말하고 싶었다. 나는 그들의 무리가 아니라고, 나는 그들과 같지 않다고 말하고 싶었다. 그런데 아무리 애를 써도 단 한마디 변명도 할 수가 없었다.

'찾을 사람이 있어서요. 미덕이라는 동생인데……. 그 아이를 찾으러 왔어요.'

낙빈은 미친 듯이 입을 움직였지만 혀가 꼼짝도 하지 않았다. 낙빈은 손을 들어 제 입을 만져보았다. 어찌 된 일인지 얼굴에서 벌어져 있어야 할 입이 판판한 종잇장마냥 붙어 있었다.

하얀 가면 속의 까만 눈동자가 낙빈을 이리저리 뜯어보았다. 그녀는 낙빈이 말하기를, 변명하기를 기다리는 듯했다. 하지만 그녀는 아무 말도 없이 멍하니 있는 소년을 보더니 매몰차게 돌아섰다.

14

'아아, 안 돼!'

낙빈은 마음을 다해 외쳤다. 붉은 기모노를 입은 작은 아이가 자신을 떠나는 것이 싫었다. 낙빈에게는 할 말이 남아 있었다. 말하지 못한 것이 있었다. 변명할 것이 있었다. 가슴이 타들어가고 목이 바짝바짝 마르는데도 입은 떨어지지 않았다. 그러나 그녀는 등을 돌렸다. 속타는 낙빈을 두고 떠나려는 것이었다.

'안 돼, 안 돼요!'

낙빈은 그녀를 붙잡으려 했다. 가지 말라며 붙잡으려 했다. 하지만 손가락 하나 꼼짝하지 않았다. 이번에는 양쪽 손이 몸통에 찰싹 달라붙어 떨어지질 않는 것이다. 나무마냥 몸통만 남은 낙빈이 야속한 듯 여자아이의 뒤통수만 뚫어지게 쳐다보았다.

휘익.

인형 같은 아이가 갑자기 돌아섰다. 하얀 가면 속의 까만 두 눈은 여전히 낙빈에게 꽂혀 있었다. 그녀는 바닥에 발을 굴러 허공으로 날아올랐다. 그러더니 낙빈 쪽으로 날아왔다. 그녀의 작은 두 발이 낙빈의 어깨를 밟았다. 딱딱한 나막신 속의 아주 작고 귀여운 두 발이 낙빈의 왼쪽 어깨를 지끈 눌렀다.

"아흑!"

낙빈의 작은 어깨 위로 단단한 나막신과 그 신발의 주인인 흑단인형의 몸이 고스란히 올라섰다. 낙빈은 그 무게를 이기지 못하고 몸을 휘청거렸다. 작은 몸으로부터 전해지는 강하고 다부진 몸짓에 온몸이 아프게 흔들렸다. 낙빈의 몸이 뒤로 휘익 꺾이는 순간 귓속으로 낮고 작은 음성이 흘러 들어왔다.

"나는 너를 만나야겠다. 나와 만나자. 하얀 달이 뜨는 날, 나를 부르렴."

낙빈의 어깨를 밟은 아이가 이내 저 멀리 검은 하늘로 날아올 랐다. 그녀는 뒤도 돌아보지 않고 허공을 날아 새하얀 달빛 속으로 빨려 들어갔다. 붉은 점 하나가 하얀 달빛에 감싸이며 사그라졌다. 그 아이의 아쉬운 뒷모습을 하얀 달빛이 삼켜버렸다. 낙빈은 사라지는 붉은 아이를 향해 손을 뻗었다. 작은 손가락 다섯 개가 새하얀 달 속을 허우적거렸다. 그제야 꽁꽁 얼었던 몸이 움직이기 시작했다.

"안 돼! 할 말이 있어! 안 돼!"

낙빈은 소리쳤다. 그제야 낙빈의 입이 떨어졌다. 그러나 야속한 달은 이미 붉은 아이를 완전히 삼켜버리고 말았다. 검은 머리카락을 휘날리던 인형 같은 아이는 어디에도 없었다.

"안 돼!"

낙빈은 텅 빈 밤하늘을 향해 목이 쉬도록 외쳐댔다.

2

"낙빈아, 낙빈아!"

낙빈이 벌떡 일어났다. 갑작스러운 한기가 온몸으로 퍼졌다.

"허억, 허억. 형……."

낙빈은 주위를 돌아보았다. 아직 캄캄한 밤이었다. 어두컴컴한 방 안에서 승덕이 걱정스러운 얼굴로 낙빈을 바라보고 있었다. 승덕은 오늘도 잠잘 생각이 없는지 방 한구석에 작은 등불을 켜놓았다.

낙빈은 주위를 휘돌아보았다. 검은 하늘도, 하얀 달도 없었다. 언제나 잠들던 암자의 북쪽 방이었다. 폭신한 솜이불 위로 등줄기가 다 젖은 것이 느껴졌다. 땀에 젖은 옷 속으로 차가운 새벽 공기가 파고들었다. 낙빈은 몸을 부르르 떨었다. 승덕은 낙빈의 위로 두꺼운 솜이불을 꾹꾹 덮어주었다.

"나 때문에 자꾸 잠을 설치나 보다. 내가 다른 데로 자리를 옮기는 게 좋겠어."

승덕은 미안한 듯 낙빈을 살펴보았다. AT섬에서 돌아온 뒤로 승덕은 잠을 잊은 것 같았다. 무엇을 그렇게 찾는지 하루 종일 방 밖으로 나오질 않았다. 기껏 방에서 나오더라도 어딘가로 바삐 돌아다니니 그동안 승덕의 뒤통수를 보기도 힘들었다. 승덕이 밤낮으로 불을 켜고 밤을 밝힌 건 사실이지만, 그 때문에 낙빈이 잠을 설친 건 아니었다. 낙빈은 일어서는 승덕의 팔을 꽉 잡았다.

"아니에요, 형. 불빛이 있는 편이 나아요. 가지 마세요."

낙빈은 고개를 저었다. 승덕이 없으면 불안감은 더욱 심해질 것이다. 무서운 생각이 깊어져서 제어할 수 없는 지경이 되어버릴 것 같았다.

"그래, 알았다. 그럼 얼른 다시 누워. 어린애가 이렇게 잠을 설치면 안 좋아."

승덕은 낙빈을 다시 눕히고 이불을 덮어주었다. 베갯머리가 축축했다. 자고 싶었지만 이미 잠은 저 멀리 달아나고 말았다.

낙빈은 승덕에게 들키지 않으려고 애쓰며 몸을 구부렸다. 등 뒤로 부스럭거리는 소리가 들렸다. 승덕이 다시 방구석의 불빛 아래에 자리를 잡은 것이 틀림없었다.

낙빈은 눈을 깜빡이며 방 안쪽을 물끄러미 바라보았다. AT섬에 가기 전까지만 해도 수많은 기기를 쌓아놓고 일하던 현욱의 자리가 깨끗하게 비워져 있었다. 그는 모두를 속여 섬에 데려간 뒤로 암자의 짐을 싹 들어냈다. 그 후로는 며칠에 한 번씩 미덕을 보러 오는 것이 전부였다. 미덕을 보러 오는 건지, 낙빈 일행을 감시하러 오는 건지 의심스러웠지만.

미덕을 AT섬에 보냈다는 말은 한마디도 하지 않았지만 부지불식간에 모두가 그렇게 믿도록 교묘하게 일행을 속였던 그 남자는 그 후로 아무 일도 없었던 것처럼 낙빈 일행을 대했다. 하지만 그 남자에 대한 낙빈 일행의 경계심은 극도로 높아졌다. 사실 그는 거짓을 말하지 않고도 모두가 거짓을 믿게 만든 사기꾼이었다. 일행은 그의 말을 곧이곧대로 믿었다가는 매우 위험해질 수도 있다는 것을 경험했다. 그가 주변에서 자꾸 얼쩡거리는 것은 못내 불편했지만 그들 사이에 어린 미덕이 있는 이상 참아야 했다.

낙빈은 슬며시 눈을 감았다. 붉은 기모노를 입은 하얀 가면의 여자아이가 떠올랐다. 꿈속에서 보았던 얼굴인지, AT섬에서 보았던 얼굴인지 모르지만 인형 같은 그 모습이 눈앞에 어른거렸다. 그 얼굴 앞에 서면 한없이 무섭고 공포스러운 동시에 한없이 아련하고 그리운 느낌이 들었다. 그녀가 낙빈이 모르는 과거의 이야기를 어머니와 나누고 있다는 이유 때문일 것이다.

AT섬에서 빠져나온 후로 낙빈은 종종 그녀의 꿈을 꾸었다. 중국에서 처음 마주친 뒤로 시작된 꿈이 AT섬에서 만난 후로는 더욱더 잦아졌다.

낙빈은 이불 속에서 꿈틀거리며 자신의 왼쪽 어깨를 문질렀다. 아직도 욱신거리는 통증이 생생하게 남아 있는 것만 같았다. 흑단인형이 낙빈의 어깨를 밟으며 공중으로 날아오르는 순간 낙빈만 들었던 그녀의 목소리가 또 하나의 비밀이 되어버렸다.

'나는 너를 만나야겠다. 나와 만나자. 하얀 달이 뜨는 날, 나를 부르렴.'

낙빈에게만 들리도록 나지막이 속삭이던 목소리가 생생하게 울려 퍼졌다. 낙빈은 몸을 떨었다. 꿈속에서 낙빈은 그녀를 향해 소리를 질렀다. 할 이야기가 더 있다고. 나와 이야기를 더 하자고.

하지만 현실로 돌아온 낙빈은 무서웠다. 그녀를 만나는 것이 너무나 무서웠다. 그녀를 만나 무슨 말을 한단 말인가. 왜 그녀는 낙빈을 만나야겠다고 말했을까? 어머니와 흑단인형의 인연은 대체 무엇이었을까? 두 사람은 서로에 대해 어떤 감정을 가지고 있는 것일까? 미지에 대한 공포가 이토록 무시무시하게 다가오는 건 처음이었다. 낙빈은 고개를 흔들었다.

'하얀 달이 뜨는 밤, 나를 부르렴.'

흑단인형의 목소리에 두 귀가 먹먹해졌다.

이제 낙빈은 하얀 달이 뜨는 밤이 무서워졌다. 온몸으로 퍼지는 차가운 소름에 낙빈은 몸을 떨었다.

"낙빈아……."

그런 떨림을 승덕에게 고스란히 들키고 말았다. 등불 아래서 승덕의 목소리가 들려왔다.

"낙빈아, 헤르메스의 창은…… 지금 어디에 있을까?"

낙빈은 대답하지 않았다. 잠들지 않은 걸 들켰더라도 지금은 그냥 잠든 체하고 싶었다. 감당이 되지 않는 생각들 때문에 온몸을 푹 덮은 이불 속에 숨어버리고 싶었다. 낙빈은 아무런 말도 하지 않았다.

"그래, 헤르메스의 창은 흑단인형에게 반쪽이 있지. 그리고 나머지 반쪽은 신성한 집행자들이 지키고 있고."

승덕은 대답 없는 낙빈과 마치 대화하듯 혼잣말을 이어갔다.

"단단한 결계 속에 갇혀 있던 뱀이 어쨌든 깨어나고 말았어. 이제…… 우리 앞에 어떤 일들이 벌어질까?"

승덕의 음성은 침울했다. 그는 깊은 생각에 빠진 듯 더 이상 아무 말도 하지 않았다. 이불 속의 낙빈 역시 깊은 생각에 빠져버렸다.

낙빈은 너무나도 무서운 광경을 보았다. AT섬의 깊은 지하 방에 단단히 봉인되어 있던 반쪽의 헤르메스 창을 통해 이승으로 나오기 위해 몸부림치던 수많은 영혼. 무시무시한 집착이 담긴 원혼들이 헤르메스의 창을 잡으려고 아우성치는 아비규환의 광경을 보았다. 조금의 틈이 보이면 당장이라도 이곳으로 넘어오려던 무서운 영혼들의 고함을 들었다.

죽은 영혼들 앞에 조금의 틈이라도 보인다면 이 세계에서 어떤 일이 벌어질까? 너무 무섭고 두려워서 상상할 수조차 없었다. 그런 무시무시한 일을 계획하고 실행하는 흑단인형은 대체 누구인지, 왜 그렇게 무서운 일들을 벌이는지 알 수가 없었다.

낙빈은 두 손으로 머리를 쥐어뜯었다. 상상할 수도 없었던 어마어마한 광경들을 목격한 뒤로 낙빈의 머리는 한시도 편안한 적이 없었다. 그런 일들은 자신과 상관없는 다른 세상의 것이라고 생각했다. 그런데 어느새 자신도 모르게 모든 일에 자꾸만 엮이고 있었다. 소호산부터 AT섬까지…… 낙빈은 스스로의 의지와 상관없이 자신을 향해 성큼성큼 다가오는 운명의 굴레에 질식되어버릴 지경이었다.

작은 어깨가 이불 속에서 덜덜 떨렸다. 승덕은 바들거리는 이불자락을 멍하니 바라보았다. 어린 어깨 위에 놓인 보이지 않는 거대한 무게가 상상도 되지 않았다. 승덕은 한동안 허공을 바라보았다. 그러고는 천천히 말을 이었다.

"낙빈아, 우리는 지금 수많은 선입견에 갇혀 있는 것 같다. 함부로 판단하지 말고 멀리 떨어져서 바라봐야 해. 내 말 명심해라."

낙빈은 슬며시 이불을 내렸다. 바가지 머리에 까만 눈동자의 소년이 승덕을 바라보았다.

"낙빈아, 선입견을 버려라. 나도 그러기 위해 노력할게. 그래야만 제대로 볼 수 있어."

낙빈은 이불 속에서 고개를 끄덕였다.

낙빈은 승덕이 말하는 '선입견'이 무엇인지 알 것 같으면서도 자신의 생각이 맞는지 선뜻 확신이 서지 않았다. 승덕은 쉽사리 해답을 알려주는 사람이 아니었다. 낙빈에게 이것저것 공부를 시킬 때도 마찬가지였다. 단번에 해답을 말해주는 경우가 없었다. 낙빈이 스스로 고민하고 괴로워하며 해답을 알아낼 때까지 기다렸다. 이번에도 마찬가지였다. 승덕은 낙빈이 어떤 선입견을 가졌는지, 무엇을 판단해야 하는지 말하지 않았다. 낙빈 스스로 알아내길 바라는 것 같았다. 그렇게 낙빈이 충분히 고민하고 생각한 끝에 할 말이 많아질 때쯤에야 승덕은 말상대가 되어주었다. 낙빈은 자신이 충분히 고민하지 않으면 승덕의 입에서 그 어떤 말도 나오지 않을 것임을 직감했다.

"네, 형. 알겠어요."

낙빈이 고개를 끄덕였다. 지금 낙빈은 스스로의 의지가 아닌 기묘한 속임수 속에서 여러 사람을 보았다. 흑단인형이 그랬고, 레드블러드가 그랬다. 현욱과 신성한 집행자들 역시 마찬가지였다. 지금까지 보았던 모든 것이 그 모습 그대로인지, 아니면 누군가가 조작한 모습인지는 알 수 없었다. 지금까지 만났던 사람들을 섣불리 판단해서는 안 된다는 생각이 들었다. 섣부른 공포도, 섣부른 두려움도 가져서는 안 된다는 생각이 들었다.

생각의 틀을 깨고 눈앞의 모든 것을 바라보는 것은 쉬운 일이 아니었다. 하지만 낙빈은 승덕의 말을 가슴속 깊이 되뇌었다.

3

오늘도 아랫마을 학교에 다녀온 미덕은 암자에 들어서자마자 북쪽 방 툇마루에 빨간 책가방을 던져놓았다.

"할아버지, 저 왔어요! 정희 언니, 나 왔어!"

미덕은 천신의 방과 부엌을 향해 소리쳤다. 그러고는 대답을 기다리지도 않고 방향을 틀었다.

"복실아, 복실아, 복실아! 왈왈!"

미덕은 가방을 던져놓기 무섭게 다시 마당 밖으로 빠져나갔다. 순식간에 하얀색, 황토색, 검은색 작은 강아지 세 마리가 몰려나와 미덕의 뒤를 따랐다. 강아지들의 이름은 모두 복실이었다. 미덕은 강아지들에게 복실이 1, 복실이 2, 복실이 3이라는 이름을 지어주고는 모두를 그냥 복실이라고 불렀다. 온몸 가득 털이 복슬복슬한 강아지들은 미덕이 없을 때면 숲의 곳곳으로 숨어들어가 보이지도 않다가 미덕이 학교에서 돌아오자마자 암자 마당으로 몰려들었다. 그러고는 마치 미덕이 대장이라도 되는 듯 그 뒤를 졸졸 따랐다. 숲 속에서 마음껏 뛰어논 강아지들은 온몸이 흙 투성이였다. 젖으면 말리고 말리면 다시 젖으며 자연 속에서 마음껏 뛰노는 것이 강아지들의 하루 일과였다.

"얘들아, 낙빈이 찾으러 가자!"

미덕은 앞장서서 숲으로 달려갔다. 언제나 그렇듯 정현과 낙빈이 함께 있는 숲 속의 수련장을 향했다. 미덕은 길이 아닌 곳을 누비면서도 속도를 줄이지 않았다. 넝쿨과 가지를 뛰어넘으면서 날렵하게 달려 나갔다. 강아지들도 저보다 높은 바위와 넝쿨을 헤치며 미덕을 놓치지 않았다. 고만고만한 아이와 강아지들이었지만 하도 숲을 헤매고 다닌 탓에 어른들보다도 빨랐다.

미덕은 눈 깜짝할 사이에 정현과 낙빈의 수련장에 다다랐다. 멀리 숲 가운데에 작은 수련장이 보였다. 하지만 실망스럽게도 사람 그림자는 하나였다.

"아아, 오늘 낙빈이는 없다."

혼자서 수련을 하던 정현은 미덕이 묻기도 전에 말했다. 바람처럼 달려오는 미덕이 언제나 찾는 것은 낙빈임을 잘 알고 있었다. 미덕은 풀이 죽었다. 정현 혼자 수련장에서 손을 흔들자 미덕은 금세 입이 삐쭉 나왔다.

"또 절벽에 갔구나! 정현 오빠, 나 가요!"

미덕은 다시 뒤돌아서서 숲으로 내달렸다. 수련장에 없다면 절벽 동굴에서 혼자 영력을 수련하는 게 틀림없었다. 절벽을 오르내리기가 여간 힘들지 않지만 그렇다고 포기할 미덕이 아니었다.

정현은 바람처럼 빠르게 달려가는 미덕과 그 뒤를 졸졸 따르는 강아지들을 보며 미소를 지었다. 이래저래 많은 고민과 생각에 빠져 있는 암자 식구들 사이에 미덕이 없었다면 어땠을까 싶을 정도로 미덕은 암자의 분위기 메이커였다.

미덕은 열심히 달리기만 했다. 뒤도 옆도 돌아보지 않고 낙빈이 있는 절벽을 향해 부리나케 달려갔다. 눈썹이 휘날리도록 재빠르게 달려가던 그때, 바람보다도 빠르게 누군가가 미덕의 앞을 가로막았다.

"으악!"

미덕은 큰 짐승이라도 튀어나온 줄 알고 자신도 모르게 눈을 질끈 감았다. 크나큰 충돌을 예상했지만 이상하게도 그 무엇과도 충돌하지 않았다. 미덕이 살며시 눈을 떠보니 무언가 투명하고 몽글몽글한 것이 미덕과 그것의 사이를 가로막고 있었다. 너무나 푹신하고 말랑거리는 투명 젤리 같은 그것이 가뿐하게 미덕을 감싸 안았다. 아프긴커녕 폭신하고 몽글몽글한 것이 부드럽게 어루만지는 느낌이었다.

"으악! 아저씨!"

하지만 미덕이 소리지른 것은 투명한 그것 때문이 아니었다. 미덕은 그 폭신한 물체 저편에 서 있는 현욱의 모습을 확인하고 헤벌쩍 입이 벌어졌다.

"꺄아!"

충돌을 막았던 무언가가 순식간에 사라졌고 미덕은 곧장 현욱의 품으로 뛰어들었다.

"하하. 잘 지냈니?"

현욱은 작은 미덕을 곰 인형처럼 번쩍 들어올려 빙글빙글 돌렸다. 거친 흙과 나뭇가지 속에서도 너무나 안정감 있게 미덕을 다루었다.

"꺄아, 아저씨! 보고 싶었어요!"

미덕은 현욱의 목덜미를 꽉 껴안으며 얼굴을 비볐다. 어린아이가 아빠에게 아양을 부리듯 한없이 친근하게 목을 비벼댔다.

"아저씨, 아저씨, 아저씨!"

미덕은 오랜만에 현욱을 보고는 아주 신이 났다. 현욱의 목에 매달려 내려올 생각을 안 하더니 낑낑대며 어깨에 올라타고는 그의 목에 발을 걸었다. 현욱은 그렇게 미덕을 목말 태운 채 천천히 암자 쪽으로 내려갔다. 미덕을 따르던 복실이들도 현욱의 뒤를 졸졸 따랐다.

"아저씨, 오늘도 낙빈이 오빠가 절벽에 가버렸어요. 그래서 거기 가던 길이었어요. 어제는 정희 언니가 열두 갈래 머리를 따주었어요. 아저씨도 보셨으면 좋았을 텐데!"

미덕은 짐짓 얼굴을 찌푸렸다.

"그랬니? 궁금하구나. 보여줘도 돼."

현욱은 어깨로 내려온 미덕의 두 발을 꼭 잡고 싱긋 미소 지었다.

"정말로요? 정말로 보여드려도 돼요?"

"응."

미덕은 몇 번이나 확인하더니 신이 나서 싱글벙글이었다. 봉인된 능력을 사용하게 된 것이 믿기지 않는 듯 들뜬 얼굴이었다. 고작 개나 짐승의 말을 알아듣는 것 외에는 기억을 읽고 전달하는 능력은 절대로 사용하지 말고 비밀로 하라던 아저씨가 웬일인가 싶었다.

"그럼 보여드릴게요!"

미덕은 제 머리에 손가락 하나를 대더니 어제 정희가 해주었던 열두 갈래의 머리 모양을 기억했다. 그러고는 그 손가락을 현욱의 옆머리에 갖다댔다. 미덕의 작은 손가락을 통해 현욱의 머릿속으로 그림 하나가 흘러 들어왔다. 미덕을 앞에 앉히고 정성스레 머리를 땋는 정희의 모습과 이리저리 머리 모양을 확인하는 미덕의 모습이었다. 거울에는 열두 갈래로 머리를 땋은 미덕의 얼굴이 예쁘게 비치고 있었다. 마치 지금 눈앞에서 일어나는 일처럼 너무나도 생생했다.

"하하. 예쁘구나. 작은 아가씨 같은데?"

"에헤헤……."

아가씨라는 말이 부끄러운지 미덕의 얼굴이 발갛게 달아올랐다. 미덕은 제가 보고 들은 모든 기억을 꺼내 현욱에게 보여주고 싶었다. 심지어 정희 언니가 느낀 모든 것들까지 고스란히 현욱에게 전달해주고 싶었다. 하지만 남의 생각을 읽은 것까지 고스란히 전달하는 건 포기했다. 그런 것에까지 능력을 사용했다가는 아저씨의 불편한 당부가 시작될 것만 같아서였다.

미덕은 지난 이야기를 모두 들려줄 것처럼 한시도 입을 쉬지 않았다. 귀가 따갑도록 재잘대고 또 재잘대는데 현욱은 모든 이야기를 미소와 함께 듣고 있었다. 그렇게 이야기를 듣다 보니 어느새 암자가 코앞이었다.

현욱은 미덕을 잠시 내려놓고 천신의 방으로 들어섰다. 미덕은 혼자 마당을 서성이며 현욱을 기다렸다. 덕분에 복실이들도 꿰다 놓은 보릿자루마냥 미덕의 발치에서 서성였다.

덜컥.

방문이 열리는 소리에 미덕은 반사적으로 고개를 돌렸다. 하지만 그토록 기다리던 천신의 방문이 아니라 낙빈과 승덕의 방문이 열렸다. 며칠 동안 뒤통수도 보기 어려웠던 승덕이 부스스한 얼굴로 미덕을 바라보았다.

승덕은 며칠째 방에서 나오지 않을 정도로 완전히 무언가에 몰두한 상태였다. 원하는 정보를 찾느라 해를 보지 못하고 잠도 자지 못하니 얼굴이 누렇게 뜰 지경이었다. 무엇을 찾는지 책과 휴대전화, 그리고 노트북까지 동원되지 않는 것이 없을 정도였다.

"현욱 아저씨가 왔냐?"

"네, 오빠. 아저씨가 오셨어요. 꺄아!"

미덕은 여전히 싱글벙글 대답했지만 승덕의 표정은 그리 밝지 않았다.

"그래, 알았다."

승덕은 다시 방문을 닫더니, 잠시 후 옷을 갈아입고 마당으로 나왔다. 급히 서두르는 모습을 보면 현욱을 만나려는 것이 틀림없었다. 미덕은 잠시 시무룩한 표정을 짓더니 정희가 있는 부엌 쪽으로 발걸음을 돌렸다. 승덕이 기다리고 있으니 현욱 아저씨를 만나려면 좀 더 기다려야 한다는 사실을 눈치챘기 때문이었다. 터덜거리며 부엌으로 사라지는 미덕을 따라 강아지들도 부엌으로 향했다. 강아지들이 꼬리를 흔드는 것을 보면 정희에게 맛있는 먹이를 얻어먹을 생각에 신나는 모양이었다.

덜컥.

마당을 서성거리던 승덕의 뒤로 천신의 방문이 열렸다. 밖으로 나오던 현욱이 승덕을 발견하고 반갑게 목례를 했다.

"잠깐 얘기할 시간이 있을까요?"

승덕이 다짜고짜 말했다.

"그럼요. 물론이지요."

현욱은 갑작스러운 요구에도 당황하지 않고 빙긋 미소를 지었다. 승덕은 그가 모든 것을 알고 있으며, 그 무엇도 그를 당황시키지 못할 것이라는 느낌을 받았다. 그 모습에 승덕은 은근히 배알이 꼴렸다. 현욱과의 사이에서 정보가 불평등하다고 느낄 때마다 승덕은 항상 속이 좋지 않았다. 현욱이 알려주는 정보 속에서 잘못된 판단을 하는 건 아닌지 경계하는 것도 그 때문이었다.

4

승덕은 자신의 방에서 현욱과 마주 앉았다. 환한 햇살 속에 문을 열어두어도 되지만 일부러 방문을 닫고 그와 마주 앉았다. 서로를 마주 보며 황토빛 방바닥에 앉은 두 사람은 한동안 서로를 경계하듯 아무 말도 하지 않았다.

"말해도 됩니다. 얘기해보세요."

먼저 말을 꺼낸 것은 현욱이었다. 그를 먼저 찾은 승덕은 섣불리 입을 떼지 않았다.

"어디서부터 말해야 할지……."

승덕은 턱을 어루만졌다. 하얀 티셔츠와 낡은 청바지를 입은 그의 턱에 정돈되지 않은 수염이 삐죽삐죽 솟아 있었다.

"낙빈이를 어쩔 셈이죠?"

승덕의 갑작스러운 질문에 현욱은 눈을 크게 뜨고는 빙긋 웃었다.

"무슨 말인가요?"

"낙빈이에게 어떤 생각을 주입시키려고 이런 일을 벌이는 거죠?"

승덕은 날카롭게 현욱을 쳐다보았다. 현욱이 어깨를 으쓱거리며 통 알아듣지 못하겠다는 표정으로 승덕을 바라보았다.

"AT섬에서는 당신의 속임수가 있었어요."

"속임수?"

현욱은 두 눈을 가늘게 뜨며 승덕을 바라보았다.

"정말로 헤르메스의 창을 훔친 것은 누구였죠? AT섬에서 지하 3,000미터 아래에 숨어 있던 헤르메스의 창을 훔쳐낸 것은 당신들 아닌가요?"

현욱은 여전히 눈을 가늘게 뜨고 승덕을 바라보았다.

"그렇게 생각한 근거라도 있나요?"

그는 의미심장한 얼굴로 승덕을 쳐다보았다. 승덕은 자신의 말 한마디 한마디에 대한 작은 반응도 놓치지 않으려는 듯 현욱에게서 눈을 떼지 않았다.

"당신은 미덕이가 AT섬에 있다는 말은 절대 하지 않았지만 우리가 그렇게 생각하도록 상황을 이끌어갔습니다. 이 방에서 일부러 정보를 흘려 우리가 그렇게 생각하게 만들었지요. 명확한 대답을 회피하고 상황을 의심하게 만든 다음 우리가 자발적으로 당신들의 전투에 끼어들게 했습니다. 우리는 당신들의 전투 속에서 어떤 행동도 하지 않았습니다. 당신은 우리가 멀리 떨어진 곳에서 모든 것을 지켜보게 했지요. 그리고 우리는 보았습니다. 흑단인형과 레드블러드라는, 당신들의 적이 AT라는 결계의 섬에 들어와 헤르메스의 창을 훔치려는 모습을요."

승덕은 서두르지 않고 지난 며칠간의 고민을 천천히 풀어놓았다.

"결국 헤르메스의 창은 신성한 집행자들에 의해 알려지지 않은 비밀스러운 곳으로 옮겨졌고 흑단인형과 레드블러드는 그 창을 획득하는 데 실패했습니다. 누가 보더라도 헤르메스의 창을 훔치려던 것은 흑단인형이고 당신들, 신성한 집행자들은 그들을 막는 것으로 보였죠. 하지만…… 그게 다는 아니었을 겁니다."

승덕은 더 이상 말을 잇지 않고 현욱을 바라보았다. 현욱은 뭔가 의미심장한 얼굴로 빙글거리는 웃음을 머금은 채 승덕을 바라보았다.

"실제로 헤르메스의 창을 훔친 건 그들이 아니었죠. 사실은…… 바로 당신, 신성한 집행자들이었어요."

"대단히 재미있는 발상이군요. 왜 그런 생각을 했나요?"

현욱은 눈도 깜빡이지 않고 승덕의 다음 말을 기다렸다. 그의 눈은 아주 흥미로운 대상을 찾아냈다는 기쁨에 물들어 있었다.

"의문이 들었습니다. 첫째, 당신들은 강력한 결계력을 가지고 있었지만 마지막까지 무언가를 기다린 것처럼 그 힘을 사용하지 않았어요. 결국 헤르메스의 창이 열두 사제의 결계를 뚫고 지상으로 나온 뒤에야 결계력을 사용했습니다. 둘째, 그렇다면 당신들은 무엇을 기다리고 있었던 것일까요? 왜 그 순간까지 모든 것을 미루었던 것일까요? 셋째, AT섬을 지키고 있던 신성한 집행자들은 비정상적으로 구성되어 있었어요. 그러니까…… 공격을 맡은 영능력자들의 수와 질은 형편없이 낮은 반면 결계력을 가진 능력자들은 대단했죠. 그 이유는 무엇일까요?"

승덕은 현욱의 눈을 똑바로 마주 보며 자신의 생각을 조목조목 말했다. 그러면서도 감탄하는 현욱의 표정과 몸짓 변화에 온 신경을 집중했다.

"나는 당신들과 가톨릭을 비롯한 다른 종교의 관련성에 대해 조사를 했습니다. 그리고 신성한 집행자들이 모든 종교와 관련되어 있지만 결코 어느 종교에도 속하지 않는다는 것을 알았습니다. 당신들은 모든 종교 위에 있는 중앙 집행자 같은 존재이지요. 그러나 1911년 피나투보 화산 폭발로 생긴 AT섬에 대한 주도권은 가톨릭에 빼앗겼죠. 당시 AT섬 인근은 필리핀의 영역이었고 필리핀을 장악한 가톨릭 권력에 의해 AT섬을 차지하지 못했던 거죠.

지난 100년간 신성한 집행자들은 가톨릭 쪽에 넘어간 헤르메스의 창을 빼앗아오기 위해 호시탐탐 기회를 노렸을 겁니다. 하지만 가톨릭이라는 세계 종교와 갈등을 만들지 않으면서 합법적으로 헤르메스의 창을 가져올 방법은 없어 보였죠. 그러다 마침내 당신은 그 기회를 발견합니다. 바로 흑단인형이죠.

흑단인형과 레드블러드가 AT섬에 왔을 때 당신은 전력을 다하지 않았습니다. 당신의 명령에 따라 손발처럼 움직이는 신성한 집행자들은 힘없이 전멸해갔습니다. 하지만 그건 신성한 집행자들의 힘이 부족해서가 아니었죠. 당신들은 섬을 완전히 뒤덮을 정도의 강력한 결계력을 가지고 있었습니다. 종교적 근본이 다른 사람들이 그 정도의 결계를 만드는 것은 하루 이틀의 훈련으로는 불가능한 일이죠. 그런 결계를 만들어내려면 수년간의 훈련이 필요합니다. 그러니 당신들은 이미 오래전부터 이날을 기다린 겁니다. 섬 전체를 결계로 보호할 순간을 말입니다. 하지만 당신들은 처음부터 그 결계를 치지는 않았죠. 당신은 기다렸습니다. 흑단인형이나 레드블러드가 지하 3,000미터 아래에 묻혀 있는 헤르메스의 창을 꺼낼 때까지. 그들을 이용해 가톨릭이 관리하던 헤르메스의 창을 당당히 빼앗아오기 위해서. 그리고 마침내 당신의 계획대로 헤르메스의 창이 지상으로 나오자 섬은 단단한 결계로 감싸이게 되죠.

사실 이 모든 장면을 보면서 나는 의문에 휩싸였습니다. 순식간에 무너지는 공격 1선과 2선을 보면서 나는 당신들의 힘이 이토록 보잘것없었나 하는 의문을 품었습니다. 하지만 그건 당연한 일이었죠. 이번 전략의 중심에는 결계가 있었기 때문입니다. 때문에 이 섬에는 공격을 담당하는 요원이 거의 없었던 겁니다. 대부분의 요원은 방어하는 역할이었고 공격을 맡은 요원의 수는 상대적으로 적었던 것이죠."

확언에 가까운 승덕의 말에 현욱은 조용히 그를 바라보고만 있었다. 조용한 침묵이 무언의 긍정을 나타내는 듯했다.

"당신은 거의 완벽에 가까울 정도로 그날의 일을 시뮬레이션한 것이 틀림없어요. 모든 일은 당신 손바닥 안에서 돌아갔죠. 지하에서 탈취한 헤르메스의 창은 대단히 합법적으로 당신의 손아귀에 들어갔고, 당신은 누구도 모르는 곳으로 그 창을 가져갔으니까요. 그날 헤르메스의 창을 훔친 것은 흑단인형이 아닙니다. 흑단인형은 오히려 당신네 신성한 집행자들의 치밀한 시나리오에 당한 희생양이에요. 그날 교황청이 갖고 있던 헤르메스의 창을

34

훔친 것은 당신입니다. 내 말이 틀렸나요?"

현욱은 승덕의 말이 끝나기가 무섭게 두 손을 들어 느리게 박수를 쳐댔다. 빈 공간에 퍼져나가는 박수 소리가 귓가에 메아리쳤다.

"훔치다, 탈취하다라는 표현은 좀 맘에 안 들지만…… 훌륭합니다. 당신 같은 사람이 로마에 없어서 다행이군요."

현욱은 감탄한 표정을 지었다. 당황하는 기색은 조금도 없었다.

"그리고…… 그곳에 우리를 데려간 것 역시 당신의 계산에 있었죠. 헤르메스의 창을 빼돌리는 것 외에 또 하나의 목표는 바로 우리였습니다. 당신이 우리에게 원한 것은 무엇이었나요? 단순한 보여주기? 정말로 당신은 우리에게 신성한 집행자들과 흑단 인형의 전투를 보여주는 게 목적이었을까요? 아니, 물론 그럴 리가 없었겠죠."

승덕은 비웃듯 찡그린 현욱의 입술을 바라보았다. 그는 승덕의 입에서 나올 말을 기다리고 있었다.

"당신이 우리 모두를 감쪽같이 속여서 그곳에 데려간 데는 적어도 두 가지 의도가 있을 겁니다. 우선 우리가 당신들과 같은 편에서 상황을 바라보게 하려는 의도가 있었습니다. 우리가 당신들 편에서 그 사건을 보는 이상 그 섬에 쳐들어온 흑단인형과 레드 블러드가 마치 우리의 적처럼 느껴질 수밖에 없었죠. 단지 그 사건을 바라보는 것만으로도 우리는 우리를 그 섬에 데려간 당신에게 감정이입하면서 당신을 공격하는 상대를 악인으로 볼 수밖에 없었던 거죠. 완벽한 세뇌 방법이었습니다.

당신의 교묘한 처신으로 우리는 미덕이가 AT섬에 있을 거라고 잘못된 판단을 했죠. 섬 안에서도 마찬가지였습니다. 당신은 우리에게 그 모든 일을 보여주면서 생각을 주입한 겁니다. 명확하게는 낙빈이였겠지요. 낙빈이에게 흑단인형과 레드블러드가 악인이라는 생각을 넣어준 겁니다. 당신들 입장에서 상황을 바라본 우리는 한마디 설명 없이도 그러한 생각을 주입당했던 겁니다. 당신이 원했던 바죠. 아닙니까?"

"후우…… 이거야, 원."

현욱은 승덕을 바라보며 고개를 흔들었다. 감당이 되지 않는다는 듯 어깨를 들썩거렸다. 승덕은 그런 행동도 마뜩지 않았다. 승덕이 고심 끝에 알아낸 모든 진실 앞에서도 그는 여유 있는 얼굴이었기 때문이다. 그는 속속들이 밝혀지는 진실 앞에서도 당황한 표정이 아니라 미소를 지으며 승덕을 칭찬하는 여유를 부렸다.

"하지만 그게 다가 아니죠. 당신은 또 하나 노린 것이 있었어요. 우리뿐만 아니라 흑단인형 측에도 메시지를 남긴 겁니다. 낙빈이가 그곳에 당신들과 함께 서서 모든 것을 지켜보게 함으로써 흑단인형과 각을 세우게 만든 거죠. 당신은 우리에게 생각을 주입하는 동시에 흑단인형에게도 생각을 주입한 겁니다. 마치 낙빈이와 우리가 흑단인형의 반대편에 서서 그를 공격하는 사람들과 한데 뭉친 것처럼요. 우리가 그들을 제대로 알기도 전에, 그리고 흑단인형이 낙빈이와 우리를 제대로 알기도 전에 당신은 우리의 머릿속에 씻을 수 없는 각인을 남기고 말았어요. 우리와 흑단인 형이 서로를 적으로 인식하도록."

"아아, 이것 참!"

현욱은 고개를 저으며 항복했다는 듯 두 팔을 번쩍 들어올렸다. 그는 날카로운 눈으로 자신을 바라보는 승덕을 응시했다. 그러더니 너무나도 진지하고, 그래서 조금은 섬뜩한 눈빛으로 승덕을 바라보았다.

"승덕 씨, 그거 알고 있나요? 당신 같은 사람은 다루기가 참 어렵지요. 진실만 바라보려는 원리주의자는 패牌를 만들지 않으니까. 당신 같은 사람을 움직이기는 참 어려운 일입니다. 그런 사람은 이용 가치가 없어요. 스스로 움직이지 않는 이상 포섭할 수가 없으니까. 때문에 진실만 추구하는 사람치고 명命이 긴 사람이 없지요. 안타까운 일입니다만."

"지금…… 협박하는 겁니까?"

승덕은 두 눈을 가늘게 뜨고 현욱을 노려보았다. 그는 진실만을 추구하다가는 죽을 수도 있다는 스산한 말을 하고 있었다.

"절대. 그럴 리가! 협박은 통하는 사람에게나 하는 겁니다. 당신처럼 협박이 통하지 않는 사람 앞에서 쓸데없는 말을 늘어놓을만큼 난 한가하지도 몽매하지도 않습니다. 안타까운 현실을 이야기했을 뿐입니다."

현욱은 한 치의 양보도 없이 승덕을 바라보았다. 그의 두 눈에 있는 것은 그의 말대로 겁박이 아니었다. 그저…… 그는 사실을 말하고 있었다. 아직 이루어지지 않은 진실, 그것을 말하는 것 같았다. 승덕의 앞날을 진심으로 안타까워하는 것처럼.

승덕은 눈을 가늘게 뜨고 현욱을 뚫어져라 바라보았다. 그는 분명 알고 있었다. 지금 승덕 앞에서 그의 명에 대해 아는 소리를 하는 것이 분명했다. 멀리 남쪽 외딴섬에서 만났던 모모 님의 예언이 승덕의 귓속에서 윙윙거렸다. 한마디도 빼놓지 않고 똑똑히 기억하는 모모 님의 예언 속에 승덕의 운명에 대한 언급이 있었다.

'혜안을 가진 자여, 잊지 말아라. 네 비록 천상천하의 성지인 십승지 궁을촌에 들어가지 못하고 눈을 감을 것이나 혜안을 가진 너의 희생으로 미륵불이 눈을 뜰 터이니, 원망치 마라. …… 세상을 위해 진인眞人에게 냉정한 진실과 거짓되지 않은 참세상을 보여주어라. 네가 보여주는 길이 만백성을 죽게도, 살게도 만들겠구나. 거대한 짐을 혼자 짊어지고 나온 자여. 네 사명을 다해 그분께 길을 밝혀주어라. …… 너는 죽음으로 진인의 길을 열어야 하는 운명이다.'

승덕은 현욱의 말이 모모 님의 말씀과 같은 맥락이라는 느낌이 들었다. 현욱은 진인의 길을 열기 위해 죽음으로 희생해야 하는 그의 운명을 언급한 것 같았다. 그렇다면 현욱은 승덕의 죽음에 관련된 정보도 알고 있다는 말인가?

"당신은…… 나에 대해 뭘 알고 있는 거죠?"

승덕은 눈도 깜빡거리지 않고 현욱을 바라보았다. 그의 모든 말과 행동을 눈 속에 새길 것처럼 그를 응시했다.

"모든 것을. 당신에게 닥칠 모든 것을. 당신의 과거부터 미래까지. 그대의 생명이 끝나는 날까지 모든 것을."

승덕은 큰 충격을 받은 것처럼 휘청거렸다.

"나뿐 아니라…… 모두에 대해서 알고 있는 거겠죠? 어디까지…… 알고 있는 거죠?"

"단 한 명, 낙빈 군의 미래를 제외한 모두에 대해 전부 다."

그는 짤막하게 대답했다. 예상치 못한 답변에 승덕은 조금 혼란스러웠다. 원래 이 대화의 목적은 낙빈에 대한 그의 음모를 알고 있음을 밝히고 섣부르게 생각을 주입하지 말라고 경고하는 것이었다. 이를 통해 현욱이 암자 식구들과 일정한 거리를 두게 할 작정이었다. 하지만 대화는 엉뚱한 곳으로 흘러가기 시작했다.

"당신은…… 낙빈이를 이용할 생각인가요?"

"유감스럽게도…… 낙빈 군이 원하든 원하지 않든 우리에게 속하게 될 겁니다."

현욱은 어깨를 으쓱거렸다.

"승덕 씨도 알고 있겠지만 낙빈 군의 미래는 장막에 싸인 것처럼 보이지 않습니다. 그러니 우리는 그 곁에서 지켜볼 수밖에 없습니다. 신인神人이니, 말세의 미륵불이니 하는 예언을 받은 사람들은 여러분의 생각보다 자주 등장합니다. 그러나 중요한 것은 그들이 과연 그 길을 마지막까지 갈 수 있는가죠. 미래가 보이지 않는 인간의 경우에는 바로 곁에서 그를 지켜보는 수밖에 없습니다. 그가 누구든 흑단인형처럼 우리 손아귀를 빠져나가는 것은 용납하지 않을 겁니다."

"그래서 마치 우리가 당신들의 편인 것처럼 흑단인형에게 노출시킨 거군요. 흑단인형이 우리를 적으로 인식하도록. 우리를 당신들과 같은 편으로 생각하도록."

"그렇게 단순하게 생각해준다면 좋겠습니다만. 승덕 씨를 속이는 것만큼이나 그쪽도 어려운 상대라서 말입니다."

그는 피식 웃음을 지으며 어깨를 으쓱거렸다. 그러더니 의미심장한 눈빛으로 승덕을 바라보았다.

"그러나 반복적인 자극에 노출되면 누구나 암묵적인 기억을 가지게 되지요. 진실을 판단하기 전에 선입견들이 쌓이고 맙니다. 그가 아무리 영특한 자라고 할지라도."

현욱은 승덕 앞에서만큼은 속내를 숨기지 않았다. 숨겨봤자 소용이 없다는 것을 알아서일지도 모르고, 진실한 대답이 최고임을 알고 있어서일지도 몰랐다. 승덕은 그런 현욱에 몸서리를 쳤다.

"당신을 멀리하라고 해야겠군요. 당신이 낙빈이에게 무엇을 주입할지 무섭기만 합니다. 난 오늘 당신에게 그런 행동을 멈추라고 말하려 했어요."

"하지만 내 대답을 이미 알아버렸군요?"

현욱은 여전히 빙글거리며 승덕의 속을 긁어댔다.

"그래요."

승덕은 고개를 흔들었다. 승덕은 현욱과의 모든 대화에서, 그의 말투에서, 그의 태도에서 그를 설득하기는 불가능하다는 것을 알아버렸다. 그는 낙빈을 놓지 않을 것이다. 지속적으로 그들, 신성한 집행자들의 생각을 세뇌시키려 들 것이다. 그렇다면 결국 낙빈이 그에게 휘둘리지 않도록 단속하는 수밖에 없었다. 하지만 승덕이 이 대단한 남자를 상대로 얼마나 낙빈과 암자 식구들을 지킬 수 있을지 걱정이 엄습했다.

'혜안을 가진 자여, 진인에게 냉정한 진실과 거짓되지 않은 참 세상을 보여주어라.'

승덕의 귀에 모모 님의 음성이 또다시 메아리쳤다.

하지만 과연 눈앞의 남자를 상대로 승덕의 노력이 얼마나 결실을 맺을지 걱정스러웠다. 그가 낙빈에게 참세상을 보여줄 수 있을지, 아니 참세상을 보는 방법을 알려줄 수나 있을지 승덕의 어깨가 더없이 무겁게 느껴졌다.

승덕은 현욱이 조금도 미소를 지우지 않은 채 자리에서 일어나 방을 나갈 때까지 멍한 얼굴로 그를 바라보았다. 승덕은 온 힘을 다해 흔들어도 전혀 움직이지 않는 저 남자를 상대로 낙빈을, 그리고 암자 식구들을 지켜낼 수 있을까. 낙빈이 한쪽으로 치우치지 않고 세상을 똑바로 바라보도록 도울 수 있을까. 모모 님의 말씀대로 자신이 낙빈에게 혜안이 되어줄 수 있을지, 이 소용돌이에서 낙빈을 지켜낼 수 있을지 어깨가 무거웠다.

승덕은 한쪽 머리를 잡고 몸을 숙였다. 엄청난 두통이 그를 엄습해왔다.

제 2 화

악몽은 말한다

1

"꺄아악!"

여섯 살배기 딸아이의 울음은 하루가 시작되었음을 알리는 신호였다. 아내는 침대에서 벌떡 일어나 아이를 흔들어 깨웠고 나도 졸린 눈을 비비며 딸을 쳐다보았다. 나와 아내 사이에서 잠을 자던 아이는 늘 그렇듯 비명과 함께 튀어 오르듯 침대에 앉아 있었다.

"보경아, 괜찮아. 괜찮아. 엄마가 있잖아. 하나님이, 예수님이 우리 보경이를 돌봐주시니까 무서워하지 마. 괜찮아. 괜찮아."

아내는 동공이 벌어진 채 숨을 헐떡거리는 아이를 감싸 안으며 연신 '괜찮아'라는 말을 내뱉었다. 그러나 아내가 무어라 말하든 품에 안긴 아이의 얼굴에서는 좀처럼 공포의 빛이 사라지지 않았다. 하루도 제대로 잠을 자지 못하는 가엾은 아내와 딸아이를 보며 나는 아무것도 해줄 것이 없다는 무력감에 가슴이 답답해졌다.

딸아이는 무엇을 보았을까? 언제나 반복되는 '그 꿈'을 꾸었을까? 아니면 또다시 '그녀'를 보았을까? 그도 아니면 검은 옷의 '그들'을 보았을까? 저 어린아이가 무엇을 보았을지 생각하니 두 팔 가득 소름이 솟아올랐다.

내가 선잠이 깨는 동안 아이는 여전히 크게 벌어진 눈으로 부들부들 떨고 있었다. 헝클어진 머리카락 사이로 작은 얼굴이 푸르스름하게 변해 있었다. 본래는 아주 맑고 환한 얼굴빛이었는데 어느새 조금씩 파랗게 혈색을 잃어가고 있었다. 변해버린 아이의 얼굴을 그저 바라볼 수밖에 없는 이 현실에 나는 가슴 한쪽을 바늘로 쿡쿡 찌르는 듯한 아픔을 느꼈다.

출근을 하고 나면 정신없는 일과에 갇혀 나도 모르게 집안 사정을 까맣게 잊었다. 잠시 숨을 돌릴 새도 없이 바쁘고 힘든 나날이 나에겐 오히려 축복이었다. 일이라는 것은 해답이 없는 고통에서 빠져나올 유일한 출구였다.

한창 바쁜 시간에 아내에게서 전화가 왔다. 파르르 떨리는 전화기 너머로 아내의 음성을 들으면 나는 잊고 싶었던 고통스러운 아이의 일을 떠올리고 만다.

"여보, 나예요."

아내의 음성이 들리자마자 반사적으로 두려움에 떠는 가엾은 딸아이의 커다란 눈동자가 떠올랐다. 표현할 수 없는 진한 공포에 빠져 괴로움에 허덕이는 가엾은 여섯 살짜리의 얼굴이 어른거렸다.

"의사 선생님 말로는 특별한 문제는 없대요. 그런데 여보……
선생님이 우리를 의심하는지, 애를 때리거나 부부 싸움을 자주 하느냐고 묻더라고요. 애 앞에서 물건을 던지거나 험한 말을 하지는 않았는지 꼬치꼬치 묻는데……. 아니라고 말하면서도 어찌나 민망한지 모르겠어요. 의심하는 선생님도 원망스럽고…… 선생님은 보경이뿐만 아니라 우리도 함께 상담을 받는 게 좋겠다고 하는데, 여보 어떻게 하면 좋겠어요?"

아내의 목소리에는 약간의 울먹임이 섞여 있었다. 고작 여섯 살짜리 아이에게 심리치료를 받게 한 지도 몇 달이 되어가건만 아이는 조금도 나아질 기미를 보이지 않고 오히려 심해지기만 했다. 처음에는 청소년소아과 진료로 시작된 것이 이제는 소아정신과 상담까지 진행되었다. 하지만 상담이 진행된 후에도 아이는 별로 나아지지 않았다. 아내도 아이도 나도 점점 지쳐만 갔다. 어쩐지 우리 모두 출구 없는 쳇바퀴에 갇혀 한없이 뱅뱅 돌고만 있는 듯한 한심한 생각이 들었다.

"들어가서 얘기하지. 지금은 바빠서……."

아내에게 무슨 말을 해야 할지 알 수 없었다. 내가 할 수 있는 대답들 중에 무엇이 정답일지 감도 오지 않았다. 아내를 위로해 줄 대답은 무엇일까? 과연 정답이 있을까? 도저히 해답을 찾지 못한 나는 뒷말을 얼버무리며 서둘러 통화 종료 버튼을 누르고 말았다.

한 집의 가장으로서, 한 아이의 아버지로서, 한 여인의 남편으로서 내가 무슨 말을 할 수 있을까? 무슨 말을 해줘야 식구들의 마음이 편안해질까? 그들의 불안을 잠재우고 내 가족을 지킬 방법은 과연 무엇일까? 머리에 쥐가 나도록 생각하고 또 생각해도 대답을 알 수 없었다. 어떤 대답도 정답이 될 수는 없었다.

　지금껏 나는 승승장구해왔다. 내 인생에 실패는 없을 것 같았다. 고등학교를 졸업하고도 사람들이 모두 부러워하는 우리나라 최고의 대학에 단번에 합격했다. 극심한 취업난 속에서도 졸업 전에 남들이 부러워하는 대기업에 취직했고 직장에서도 성공 가도를 달렸다. 젊은 나이에도 입사 동기들을 제치고 혼자서 승진 또 승진했다. 회사의 핵심 부서에서 나를 찾았고 부서를 옮겨갈 때마다 놀라운 성공을 거두며 초고속 승진을 했다. 연말이면 내가 속한 부서와 팀원에게 해외여행 보너스가 주어졌고 나에게는 극진한 성과급이 주어졌다. 모두의 설왕설래 속에 최연소 임원도 눈앞에 있었다. 나에게 세상은 그렇게 겁날 것 없는 놀이터였다. 온 세상이 내 편에 서 있는 것만 같던 그때, 그 일이 일어났다.

　딸아이가 심각한 악몽에 시달리기 시작한 것은 반년 전이었다. 겨우 여섯 살인 아이가 매일 밤 온몸이 흠뻑 땀에 젖도록 악몽에 시달리고 때때로 심한 쇼크 증세를 보일 정도로 가위에 눌렸다. 그것은 우리 가족이 아파트 생활을 청산하고 살기 좋은 단독주택으로 이사하면서 시작되었다.

　나는 가족이 자연 속에서 풍요롭게 생활하기를 바랐다. 삭막한 도시에서 꽉 막힌 건물만 보고 살지 않기를. 잔디를 바라보고, 꽃을 가꾸고, 작은 열매들을 기르며 여유를 느끼기를. 승진을 할수록 사라져가는 내 시간 속에서 잠깐이라도 자연과 더불어 좀 더 편안한 집에서 가족과 만나기를 바랐다.

그래서 나는 성냥갑 같은 아파트 생활을 청산하고 전원주택을 보금자리로 삼기로 했다. 우리는 딸아이와 아내가 한눈에 반해버린 새하얀 이층집으로 이사했다. 그리고 얼마 후부터 아이의 비명이 시작되었다.

처음에는 갑자기 생활환경이 바뀌는 바람에 적응이 되지 않아 그러는 것이겠지, 이사 후에 아이의 방을 새로 꾸며주고 혼자 재워서 그런 것이겠지 하며 이해해보려고 했다. 그러나 아내가 아이와 함께 자도 딸아이의 악몽은 점점 심해질 뿐, 전혀 나아지지 않았다.

마침내 딸아이는 잠자는 것을 두려워하기 시작했다. 겨우 여섯 살짜리 아이가 밤늦도록 눈을 부릅뜨고 또 부릅떠가며 잠을 자지 않으려고 기를 쓰는 기이한 행동을 보이면서 건강 역시 극도로 나빠졌고, 결국에는 유치원에도 다니지 못할 정도가 되었다.

아이는 유치원에 다닐 때도 낮잠 시간을 거부하며 소동을 피우고, 친구들과는 단 한마디도 얘기하지 않았다. 자신의 주변에 사람이 오는 것도 거부했다. 다른 사람 앞에서 노래하고 춤추는 것을 좋아하던 아이가 더 이상 노래를 부르지도, 춤을 추지도 않았다. 아이는 두 눈을 까뒤집고 발작 증세까지 보였다. 아이는 또래들과 어울리지 못하고 스스로 고립을 택한 듯했다.

처음 소아과 병원에 아이를 데려갔을 때는 보통 그 나이에는 밤에 자주 깨고 심한 악몽을 꾸는 일이 드물지 않다는 말을 들었다. 특히 어린 여자아이들 중에는 밤에 무서운 꿈을 꾸고 잠을 이루지 못하는 경우가 흔하다는 위로도 받았다. 다른 아이들도 다시 잠이 들면 또 무서운 꿈을 꿀지 모른다는 두려움에 잠을 자지 않는 경우가 자주 있다고 했다. 그런 경우 꿈 이야기를 찬찬히 털어놓게 한 뒤 그것이 단지 꿈일 뿐이라고 설명하면서 안심시켜주라고 했다. 아내와 나는 드문 경우가 아니라는 의사의 말에 가슴을 쓸어내렸다. 그 말은 우리에게 크나큰 위안이 되었다. 하지만 치료가 진행될수록 심해져만 가는 딸아이의 증상에 병원 측도 두 손 두 발을 다 들고 말았다.

결국 소아정신과로 옮긴 후 아내는 병원에서 알려준 여러 가지 치료법과 상담법을 열심히 따랐지만 아이는 어떤 차도도 보이지 않았다. 날이 갈수록 아이의 악몽은 심해져갔고, 심지어 가위에 눌리기도 했다. 시간이 갈수록 악몽도 가위눌림도 심해져서 이제는 거의 매일을 비명으로 시작하고 있었다.

그런데…… 그게 다가 아니었다. 얼마 전 나와 아내는 도저히 과학적으로 설명되지 않는 괴이한 경험을 했다. 우리가 만들어낸 환상이나 착각이라고 말하기에는 너무나 생생하고 또렷해서 더욱더 믿을 수 없는 그 경험은 우리를 대혼란에 빠뜨리고 말았다. 그것은…… 나와 아내가 내 딸의 꿈을 똑똑히 볼 수 있다는 사실이었다.

언젠가 나는 다른 사람의 생각을 읽는 초능력자에 관한 기사를 읽은 적이 있었다. 그는 다른 사람의 머리에 손을 올리고 눈을 감앉았다가 몇 분이 지나면 그 사람이 무슨 생각을 하고 있는지 정확히 알아내는 신기한 재주가 있었다. 그 기사는 단순히 능력을 소개하는 것이 아니라 초능력자가 사람의 생각을 읽는 동안 어떤 현상이 일어나는지를 실험한 내용까지 소개했다.

기사는 초능력자가 타인의 생각을 읽는 동안 그의 뇌파와 상대방의 뇌파가 정확히 일치한다는 놀라운 사실을 알려주었다. 뇌파가 똑같은 양상을 보이면서 초능력자는 상대방의 생각을 그대로 느낀다는 것이었다. 그 기사에서 초능력자는 이렇게 이야기했다. '가까이 있는 사람의 마음에 정신을 집중하면 그의 생각을 읽을 수 있다. 그리고 대부분의 사람들은 이런 능력을 가지고 있다. 하지만 계발하지 않기 때문에 능력이 감퇴했을 뿐이다'라고.

그의 말이 사실일까? 우리가 온 힘을 다해 다른 사람의 마음을 읽으려 하지 않았기에 본래 있던 능력이 감퇴한 것일까? 그래서 그 능력을 계발하면 타인의 마음을 읽는 기술이 발달하는 것일까? 그 초능력자의 말이 사실인지 아닌지는 몰라도 나와 아내는 어느 날 우리 딸 보경이가 무슨 꿈을 꾸는지 똑똑히 알게 되었다. 그냥 아는 것이 아니라 우리 눈앞에도 딸아이가 보는 모든 것이 생생하게 펼쳐졌다. 이 괴이한 사실에 대해 나는 언젠가 읽었던 초능력자의 말로 이해하려고 애썼다. 나와 아내가 딸을 걱정하면서 잠재해 있던 우리의 능력이 아이의 꿈을 보여준 것이 아닌가 하고 말이다.

처음 딸아이의 꿈을 본 것은 아내였다. 그날따라 나는 회사 일로 바빠 늦게 귀가했다. 평소라면 자다가도 일어나 나를 맞아주었을 아내가 그날따라 깊이 잠든 듯 나의 인기척을 느끼지 못했다. 나는 차라리 그 편이 더 나았다. 잠에서 깨어난 아내가 회사 일에 지쳐 들어온 내게 두런두런 들려주는 말은 거기서 거기였다. 보경이에 대한 걱정과 하루 종일 받았던 치료. 희망도 없는 그런 이야기를 들으면 쌓였던 피로가 사라지기는커녕 한숨과 짜증만 솟구쳤다.

그날 밤 나는 잠든 아내와 딸 옆에 조용히 누워 깊은 잠에 빠졌다. 그러느라 밤새 끙끙대는 아내의 신음 소리를 듣지 못했다. 아내와 딸에게 등을 돌린 채 나 혼자만 단잠에 빠졌던 그날이 지나고 언제나처럼 요란한 비명 소리에 나는 벌떡 일어났다.

"꺄아악!"

귀를 찢는 비명 소리가 그 어느 때보다 크고 시끄러웠다. 나는 벌떡 일어나 딸아이 쪽을 바라보았다. 하지만 눈을 감고 잠든 딸아이 대신 벌떡 일어나 숨을 몰아쉬는 것은 아내였다. 나는 잠에 취한 눈으로 온몸이 땀투성이가 되어 헉헉거리는 아내의 얼굴을 멍하니 바라보았다. 눈을 크게 뜨고 이마 가득 땀을 흘리는 아내의 모습이 악몽을 꾸고 난 뒤의 딸아이와 흡사했다. 아내는 무언가에 대한 공포로 어깻죽지를 파르르 떨며 고개를 저었다. 그리고 잠시 후 또 다른 비명 소리가 울려 퍼졌다.

"꺄아아악!"

이번엔 정말로 딸아이가 잔뜩 겁에 질린 비명을 내지르며 벌떡 일어났다. 나는 두 사람의 모습을 보며 아무 말도 할 수 없었다. 가쁜 숨을 내뱉으며 헉헉거리던 두 사람이 서로의 등을 부둥켜안고 엉엉 우는데, 대체 무슨 일인지 알 수가 없었다.

"아아, 보경아…… 엄마 여기 있어. 괜찮아. 꿈이야. 다 꿈이었어. 널 노려보는 그 여자는 꿈이었어. 괜찮아, 보경아. 울지마……."

아내는 딸에게 무슨 꿈을 꾸었느냐고 묻지 않았다. 아내는 딸의 꿈을 '완전히' 알고 있었다. 아이가 보았던 '그 여자'의 존재도 정확히 알고 있었다. 그날 아내는 여섯 살짜리 아이가 부족한 어휘력 탓에 표현하지 못했던 꿈속의 모든 것을 보고 느낄 수 있었다. 하지만 나는 믿지 않았다. 딸이 말하는 꿈의 내용과 아내가 말하는 꿈의 내용이 비슷하다는 것은 인정하지만 그건 아내가 만들어낸 유사몽類似夢이라고만 생각했다. 딸에 대한 걱정 탓에 그동안 들었던 아이의 꿈과 아내의 상상이 만들어낸 꿈이라고 여겼다.

내가 아내와 같은 일을 직접 체험하기 전까지는 그렇게 믿었다.

2

아내는 그 후로도 가끔 딸과 같은 악몽과 가위눌림에 시달린다고 했다. 아내는 이 기이한 현상에 대해 진지한 얼굴로 말했지만 나는 아내가 아이의 꿈을 정확히 볼 수 있다는 말을 전혀 믿지 않왔다. 단지 아이의 꿈 이야기를 자주 들은 아내가 걱정과 연민으로 아이와 똑같은 꿈을 스스로 만들어냈을 거라고만 생각했다.

병원 상담 결과도 그랬다. 아내는 아이와 완전히 똑같은 꿈을 꾼다고 주장했지만 그건 똑같은 꿈이 아니라 아내가 만들어낸 꿈이라는 이야기를 들었다. 아이에 대한 걱정 때문에 '만들어낸' 꿈이니 그 꿈에서 특별한 의미를 찾아서는 안 된다는 과학적인 설명을 들었다.

"아아, 아니라니까요. 정말로 보경이 꿈을 내가 그대로 본다니까요. 심지어는 꿈을 꾸고 있는 보경이 얼굴까지 꿈에서 본다니까요."

아내의 푸념을 듣던 어느 날 밤 나는 언제 잠이 들었는지도 모르게 깊은 잠에 빠져들었다. 그리고 아주 생생한 꿈을 꾸었다.

처음 꿈에 비친 장면은 단란한 가족의 모습이었다. 낡은 한복을 입은 단란해 보이는 부부와 귀엽고 올망졸망한 어린아이 셋. 모두 다섯 명이 한 가족이었다. 아이들은 삼형제였고 첫째는 열댓 살 정도로 보였다. 그 아이는 얼굴도 잘생겼지만 행동도 진중해서 방 한쪽에 놓인 책상 앞에서 글을 읽고 있었다. 맏아들이 혼자 공부하는 동안 남편은 어린 동생들을 가르치고 있었다. 아이들은 '하늘 천, 땅 지'를 외치면서 『천자문』의 앞쪽을 되풀이하고 또 되풀이했다. 차림새나 말투로 보아 배경은 조선시대쯤 되는 것 같았다.

비록 현실의 나는 남자로서 한 집안의 가장이지만 꿈속의 나는 흰 한복을 입은 다소곳한 여자였다. 남편도 있고 자식도 있는 단란한 가정의 주부 말이다. 나는 이 집의 아내이자 어머니가 되어 바느질을 하고 있었다. 넉넉한 살림은 아니지만 『천자문』을 공부하는 아이들을 바라보며 참으로 대견해서 살며시 웃음을 지었다. 가난하지만 서로가 너무나 살갑고 단란한 가족의 모습이었다.

이렇게나 단란한 저녁 시간, 갑자기 밖에서 무슨 소리가 들려왔다. 처음 듣는 소리였다. 남편이 누가 왔는지 방문을 열었다. 그때부터 상황이 급박하게 돌아갔다. 방문을 열어젖힌 남편은 외마디 비명을 지르며 쓰러졌고, 나는 본능적으로 아이들을 벽으로 몰아붙인 뒤 그 앞을 막아섰다. 나의 눈에는 문을 열던 그 순간 머리가 잘려버린 사랑하는 남편의 모습이 있었다. 그리고 그의 몸통 위로 짐승의 털을 뒤집어쓴 괴한들의 발이 놓여 있었다.

나는 죽은 남편의 얼굴과 그를 밟고 있는 산적들로 인해 거의 제정신이 아니었다. 지독하게도 사랑하는 남편의 모습에 펑펑 눈물을 흘릴 수도 없었고, 괴한들에 대한 두려움에 몸을 부들부들 떨 수도 없었다. 다정하던 남편을 따라 차라리 혀를 깨물고 죽고 싶었지만 나의 등 뒤에서 떨고 있는 가엾은 세 아들 때문에 그러지도 못했다. 나는 필사적으로 아이들의 앞을 가로막고 몸을 움직이지 않았다.

놈들은 남편의 시체 위에서 나와 아들들을 비웃으며 낄낄거렸다. 그러더니 우두머리로 보이는 놈이 나를 향해 서서히 다가왔다. 그놈의 표정이 심상치 않았다. 놈의 얼굴에 음흉한 웃음이 가득했다. 놈의 눈빛이 무엇을 말하고 있는지 나는 알 수 있었다. 내 남편의 목을 자른 그놈이 이제는 나를 욕보이기 위해 한 발 한 발 다가왔다.

아아, 안 돼! 나는 미친 듯이 비명을 질렀다. 그런데 바로 그때 놈의 뒤에서 같은 패거리들이 숨 가쁘게 소리를 질러댔다. 그러자 우리를 향해 다가오던 놈이 급하게 방문 밖으로 나가버렸고, 방에 남은 몇몇이 나와 내 아들들의 입을 틀어막았다. 작은 문틈 밖으로 다가오는 이들이 보였다. 싸리문 밖에서 다가오는 것은 검은색 띠를 몸에 두른 다섯 명의 관군이었다.

아아, 나는 안도했다. 적어도 사랑하는 아들들의 목숨은 지킬 수 있을 것이다. 제발, 아들들만이라도 제발 살려주기를…… 제발, 제발…… 나는 속으로 빌고 또 빌었다.

관군들이 다가오자 그놈들은 싸리문 아래에 몸을 숨기고 아무 일도 없었던 것처럼 침묵했다. 아무것도 눈치채지 못한 관군들은 주위를 경계하지도 않고 바삐 걸어왔다. 그들이 싸리문 안으로 들어오는 순간 나의 비명과 함께 다섯 명의 관군이 그 자리에서 피투성이가 되어 쓰러졌다. 평온했던 마당에는 순식간에 시체들이 뒹굴었고 잔혹한 피의 물결이 그득했다.

관군을 무 자르듯 베어버린 산적 두목이 음흉한 눈초리로 다시 나를 찾았다. 놈이 나를 향해 다가오는 순간 나는 세 아이를 바라보았다. 아이들은 심한 두려움과 괴로움에 눈물을 흘리며 나만 바라보고 있었다. 그 아이들은 오직 나만 믿고 있었지만 나는 아무엇도 해줄 수가 없었다. 이 잔혹한 괴물들 틈에서 나는 아이들을 구할 수가 없었다. 남편을 죽인 그 끔찍한 놈이 나의 팔을 잡아당겼다. 놈은 구토감을 일으키는 진득한 욕정을 조금도 숨기지 않았다. 놈은 나의 사랑스러운 아들들 앞에서 나를 욕보일 작정이었다.

'미안하다……. 미안하다, 미안하다…….'

내가 할 수 있는 일은 없었다. 내 아이들을 지키고 싶지만 내게는 그럴 만한 힘이 없었다. 무력함 속에서 내가 할 수 있는 일은 단 하나.

나는 가슴이 터져라 소리치며 그 자리에서 혀를 깨물었다. 피가 봇물 터지듯 쏟아지더니 입가에 가득히, 그리고 가슴에 가득히 붉은 물이 분수처럼 퍼졌다. 두려움과 안타까움과 슬픔이 뒤섞인 눈동자로 나를 바라보는 아이들의 얼굴을 올려다보며 나는 차가운 방바닥에 쓰러졌다. 내 손끝에 남편의 붉은 피가 촉촉이 스며들었다.

험상궂은 얼굴의 괴한은 혀를 깨물고 죽어가는 나를 보며 온갖 욕설을 퍼부었다. 그리고 마침내 아직 숨이 끊어지지 않은 내 눈앞에서 어린 세 아들을 커다란 손아귀로 들어올리더니, 한 명씩 입을 찢고 배를 가르며 잔인하게 죽이기 시작했다.

혀를 깨무는 고통보다, 남편의 목이 잘리는 장면을 보는 괴로움보다 어린 자식들이 눈앞에서 비명을 질러대고 괴로움과 고통으로 범벅된 사지를 흔들며 잔인하게 죽임을 당하는 모습을 지켜보는 것은 더더욱 참을 수 없는 고통이었다. 내 눈은 시뻘건 핏방울이 가득해 끊임없이 피를 흘렸다. 나는 죽음이 바로 코앞에 닿았는데도 원통하고 억울하고 분하고 슬퍼서 억장이 무너질 것만 같았다.

마침내 사람을 난도질하고 고통스럽게 죽인 놈들은 나와 남편, 아이들과 관군들의 시신을 모두 모아 집 뒤에 있는 깊은 우물에 던져버렸다.

단 하룻밤 만에 온 집안이 몰살되었다. 사랑하는 남편과 아이를 잃고 죽어버린 나의 시신은 놈들이 우리 집을 불태우고 모두의 시신을 우물에 던질 때까지, 내 몸이 그 깊은 우물에 수장될 때까지 핏빛으로 물든 시뻘건 눈동자로 놈들의 모습을 지켜보았다. 나는 숨이 끊어지는 마지막 순간까지 분노와 원한에 가득한 새빨간 눈으로 놈들을 보고 또 보았다.

고통스러운 꿈이었다. 이름 모를 여자가 되어 고통스럽게 죽어가는 생생한 경험은 믿지 못할 만큼 또렷했다. 더더욱 고통스러운 것은 존경하고 사랑하는 남편과 눈에 넣어도 아프지 않을 어린것들이 잔인하게 온몸을 갈기갈기 찢기며 죽어가는 모습을 보는 것이었다. 그것은 견딜 수 없는 극한의 공포였다.

나는 모든 것이 꿈이라는 것을 알고 있었다. 그러나 꿈속의 일들이 너무나 생생한 현실처럼 다가오는 것은 어쩔 수가 없었다. 나는 살고 싶어서 몸을 뒤틀었다. 이대로 꿈에 갇혀버리면 영원히 일어나지 못할 것 같아 미친 듯이 몸부림을 쳤다. 나는 기도문도 외워보고 숫자도 세어보았다. 꿈속에서도 간신히 의지를 발동시켜서 정신을 차리자고 나 자신을 다잡았다. 그리고 마침내 꿈에서 깨어나 눈을 뜰 수 있었다.

그렇게 두 눈을 번쩍 뜨고 일어났는데도 어찌 된 일인지 나는 손가락 하나 움직일 수가 없었다. 나는 침대에 누운 그대로 눈만 깜빡였다.

아아, 차라리 눈을 뜨지 않는 편이 옳았다. 나는 몸을 움직이지 못하고 눈만 깜빡거렸다. 아아, 눈에 보이는 것이 하얀 천장이었다면, 내가 눈을 뜨고 처음 본 것이 하얀 전등이었다면 얼마나 좋았을까. 그러나 내 앞에서 내가 눈을 뜨기를 기다린 것은 피눈물을 흘리는 여자였다. 혀를 깨물고 죽은 그 여자의 원한 어린 눈이 새빨간 피를 철철 흘리며 나를 바라보았다.

아아, 나는 꿈에서 깨어나 눈을 떴음에도, 분명 푸르스름한 새벽빛과 천장의 벽지가 또렷이 보임에도 꿈속의 여자를 마주하고 있었다. 눈앞에서 피눈물을 흘리는 고통스러운 눈을 마주 봐야 했다. 핏발 선 두 눈이 코앞에서 나를 바라보고 있었다. 붉은 눈으로 나를 노려보는 것은 헝클어진 머리로 원망과 고통을 뿜어내는 여인, 바로 꿈속의 나였다.

긴 머리를 늘어뜨린 여인은 내 가슴 위에 무릎을 꿇고 앉아 있었다. 여자는 내 얼굴 쪽으로 고개를 숙이더니 새빨간 눈으로 노려보았다. 사랑하는 남편과 아이들이 죽어가는 모습을 지켜봐야

했던 여인의 두 눈은 핏줄이 터지고 피눈물을 흘리고 있었다. 나는 그 눈과 마주치기 싫어서 차라리 다시 눈을 감고 싶었다.

하지만 나는 눈을 감기는커녕 깜빡일 수도 없었다. 조금이라도 몸을 움직여 여자를 옆으로 떨어뜨리려 했지만 손가락 하나 까딱할 힘도 없었다. 그녀의 두 무릎이 내 어깨를 짓누르고 있었다. 그녀의 두 팔이 내 손목을 내리눌렀다. 그녀의 다리가 내 가슴을 답답하도록 아프게 누르고 있었다.

이 괴로운 자세…… 나를 노려보는 붉은 눈의 여인을 똑바로 바라본 채 움직이지 못하는 이 고통의 순간. 그것은 형언할 수 없는 답답함과 괴로움을 넘어 표현할 수 없는 끔찍한 공포의 순간이었다. 그러나 그게 끝이 아니었다. 더더욱 답답하고 괴로운 것은 움직이지 못하는 내 눈에 아내와 딸이 똑똑히 보인다는 사실이었다.

나의 눈에는 나를 누르며 나를 노려보는 피눈물의 여자뿐 아니라 내 옆에 잠들어 있는…… 아니, 가위에 눌려 눈만 깜빡이고 아무 소리도 내지 못하는 아내의 모습이 보였다. 아내의 가슴 위에는 온몸이 짓이겨진 채 피를 철철 흘리는, 핏빛 한복을 걸친 어린 세 아이가 있었다. 아이들은 아내의 가슴과 심장과 배와 얼굴을 누르며 천천히 기어 다니고 있었다.

그보다 끔찍한 것은 나와 아내 사이에 누워 있는 보경이의 모습이었다. 보경이의 몸 위에는 다섯 명의 검은 관군이 있었다. 그들의 검은 관복 사이로 화상을 입은 듯 쭈글쭈글한 얼굴과 새하

안 눈동자만 보였다. 그중 넷은 보경이의 손발을 붙잡아 옴짝달싹 못하게 했고 나머지 한 명은 딸아이의 가슴 위에 올라타고 커다란 꼬챙이를 딸아이의 입에 넣으려 했다! 검은 옷을 입은 다섯 남자가 작은 아이의 몸에 발을 디디고 서서 아이를 괴롭히는데, 그 어린것은 숨도 제대로 쉬지 못하고 껙껙대며 금방이라도 숨이 넘어갈 것만 같았다.

딸아이의 얼굴은 어느 때보다도 괴로워 보였다. 불쌍한 나의 딸이 눈물 가득한 얼굴로 나를 바라보았다. 아이의 입에서는 아무런 소리도 들리지 않았다. 그러나 입도 뻥긋, 눈도 깜빡이지 못하는 딸의 모습에서 나는 비명 소리를 생생하게 들을 수 있었다.

'아빠, 도와주세요. 아빠, 살려주세요. 아빠, 나 좀…… 살려주세요. 제발 나 좀 살려주세요!'

차라리 귀를 잘라내어 딸의 비명을 듣지 않았으면. 눈을 후벼 파서 고통받는 딸의 얼굴을 보지 않았으면. 나는 그 순간 얼마나 간절히 기도했는지 모른다.

아무리 몸을 움직이려 해도 손가락 하나 까딱할 수 없는 괴로움 속에서 약하디약한 나의 아내와 딸이 고통에 몸부림치는 모습을 생생하게 지켜봐야 한다는 것이 얼마나 힘든지 나는 그날 비로소 알았다. 내 딸이 그동안 어떤 괴로움을 당해왔는지. 왜 그 어린것이 투정을 부리며 잠을 자지 않으려고 발버둥을 쳤는지. 그날 나는 똑똑히 알았다.

3

퇴근 시간이 다가왔지만 나는 집으로 가고 싶다는 생각이 들지 않았다. 이미 이달 말까지 해야 할 일을 모두 끝마치고도 나는 더 많은 일을 찾고 있었다. 사실 나는 할 일을 찾는 것이 아니라 집에 들어가지 않을 핑곗거리를 찾고 있었다.

아내의 한숨과, 공포로 까맣게 죽어가는 보경이의 눈동자를 마주할 생각을 하니 자꾸만 마음이 딴 곳으로 향했다. 출구도 해답도 보이지 않는 문제를 조금 늦게 대면하고 싶었다. 아니, 가능하다면 도망쳐버리고 싶었다.

나는 아내와 딸을 위해 무엇이든 하고 싶었다. 가능하다면 내가 모든 고통을 당하고 싶었다. 하지만 아무것도 할 수 없는 보잘것없는 나 자신에 대한 실망감으로 감히 집에 돌아가지 못하는 건지도 몰랐다.

'누가 우리를 살려줄 수 있을까? 누가 우리 가족을 도와줄 수 있을까?'

나는 텅 빈 모니터를 멍하니 쳐다보았다. 누구도 우리 말을 들어주지도, 믿어주지도 않았다. 병원에 말해봤자 모든 것을 단순한 꿈으로 몰아갔다. 바로 얼마 전까지만 해도 내가 아내와 딸에게 그랬던 것처럼 그들은 나의 말을 믿어주지 않았다. 그러니 잠에서 깨어나도 여전히 보이는 죽은 사람들의 모습을 있는 그대로 말할 수는 없었다. 누구에게도 털어놓을 수 없는 답답한 비밀들 속에서 나는 질식할 것만 같았다.

'누가 나를 도와줘…….'

그렇게 멍하니 모니터를 보고 있던 나의 뇌리에 갑자기 번개처럼 스치는 이름이 있었다.

'승덕! 유. 승. 덕!'

갑자기 왜 그 세 글자가 떠올랐는지 알 수 없었다. 그 녀석은 고등학교 때부터 같은 학교에 다닌 동창이다. 학교에서도 전교 등수를 두고 다투던 녀석이었다. 그런 녀석이 모두의 기대와 달리 심리학이라는 낯선 전공을 선택하자 학교 선생님들이 한숨을 쉬면서 녀석을 회유하던 것이 생각났다.

그 녀석은 독특했다. 무언가 남과 다른 분위기를 가지고 있었다. 알 수 없는 차가움이 있었고 설명할 수 없는 그늘이 있었다. 가끔 농담을 던지는데도 왠지 스산했다. 녀석은 너무 오래 살아서 생에 별 흥미가 없는 것처럼 굴었다. 남들은 모든 시간을 공부에 쏟아붓는데도 그 녀석은 항상 사전보다 두꺼운 이상한 책을 읽고 있었다. 제목도 낯선 두꺼운 책들을 교과서 대신 끼고 다니면서도 수업 시간에는 모르는 것이 없는…… 그래서 참 눈에 거슬리던 녀석이었다.

같은 대학에 진학한 뒤로도 나는 그 녀석이 참 궁금했다. 항상 마음에 걸리고 궁금해서 눈을 뗄 수가 없었다. 일부러 녀석이 들어갔다는 통기타 동아리를 찾아가기도 했다. 기타 따위에는 흥미가 없는데도 동아리에 가입해 활동한 것은 그 녀석을 지켜보기 위해서였다.

대학에서도 녀석의 눈은 항상 멀었다. 무얼 생각하는지 사람들과 한 발 떨어진 곳을 보고 있었다. 무슨 생각을 하는지 모를 얼굴로 세상을 내려다보는 녀석의 눈빛이 항상 거슬렸다. 그런 녀석이 모든 남학생이 호감을 갖고 있는 예쁜 여학생과 사귄다는 말을 듣고는 아예 관심을 끊기로 했다. 나도 그녀를 마음속으로 좋아했는데, 그 녀석의 연인이 되었다는 말을 듣고 나서는 녀석과 관련된 모든 것에 관심을 접었다.

어쩐지 그 녀석을 이길 수는 없겠다는 생각이 들었다. 그 녀석은 나를 라이벌 비슷한 것으로도 생각하지 않는데 나만 그 녀석을 의식하니 나는 언제나 질 수밖에 없었다. 그래서 모든 관심을 끊기로 했다. 세상사 다 아는 척하는 그 녀석에게 관심을 두어봤자 나만 손해라는 생각이 들었다.

어쩌면 나는 그 녀석과 친해지고 싶었는지도 몰랐다. 과묵하다가도 한 번씩 입을 열면 감탄을 자아내는 놈의 촌철살인 같은 말한마디에 그 녀석과 이야기를 하고 싶었던 건지도 몰랐다. 그 녀석의 깊은 정신세계에 한 발 들이밀고 싶었는지도 몰랐다. 그 녀석이 나를 한 번만 봐주기를 바랐는지도 몰랐다.

그런데…… 왜인지 갑자기 그 녀석의 이름이 생각났다.

"맞아, 분명히 병원에서 일한다고 했는데……."

나는 그 녀석에 대해 내가 알고 있는 마지막 정보까지 끄집어냈다. 정신과 병동에서 일을 시작했다는 말을 들은 게 기억났다.

'유승덕. 심리 전문가. 자유대학병원.'

나는 텅 빈 모니터 위에 내가 아는 정보들을 재빨리 두드렸다. 아무도 남지 않은 텅 빈 사무실에 자판 두드리는 소리만 차갑게 울려 퍼졌다.

"찾았다!"

몇 번의 검색 끝에 녀석을 찾아냈다. 녀석은 모교 대학병원에서 임상심리 전문가로 활동하고 있었다. 자세한 정보를 구하긴 힘들었지만 벌써 몇 년째 녀석은 이 일을 하는 것 같았다. 결혼을 했는지, 그동안 어떻게 살아왔는지 이리저리 검색을 하고 동창들을 찾아보았지만 그 외에는 어떤 정보도 남아 있지 않았다.

나는 왜 갑자기 그 녀석이 생각났는지 알 것 같았다. 먼 곳만 바라보는 듯했던 그 녀석은 마음의 병을 고쳐준다는 심리 전문가가 되어 있었다. 의대로 등을 떠밀던 고등학교 선생님들의 말을 어기고 기어이 그 길을 갔던 그 녀석이라면 어쩐지 지금의 나를 이해해줄 것만 같았다.

정상적으로 잘 살고 있을 때는 전혀 떠오르지 않던 그 녀석의 깊은 눈이 지금 너무나도 절실했다. 그 녀석이라면…… 어쩐지 그 녀석이라면 그 깊은 눈으로 나의 상황을 이해해주지 않을까? 어떤 해결책을 알려주지 않을까? 그 녀석이라면…… 어떤 근거도, 어떤 이유도 없이 그런 생각이 들었다. 참으로 비논리적인 의식의 흐름이라는 것을 아는데도 이 생각을 떨칠 수가 없었다.

4

　나는 집으로 가는 길을 택하지 않았다. 멍한 얼굴로 차를 몰고 도착한 곳은 대학 시절 다니던 그 길이었다. 아무 생각 없이 차를 몰았다면 습관처럼 집 쪽으로 달렸어야 하는데 이상하게도 대학 시절 다니던 길을 찾아왔다. 마치 십수 년 전으로 회귀한 것처럼 익숙했던 그곳으로 차를 몰고 있었다. 언제나 승승장구하던 그 시절의 나처럼 아직은 여유로운 낭만에 빠진 젊은 학생들이 거리를 걷고 있었다.

　"바보 같으니."

　나는 스스로에게 혀를 차면서도 집을 향해 운전대를 꺾지는 않았다. 교정을 지나 조금 더 직진하다 보면 자유대학부설병원이 나오기 때문이었다. 나는 어쩐지 운전대를 틀고 싶지 않았다. 이왕 여기까지 왔으니 병원에 들러보고 싶었다. 뜬구름 같던 눈빛의 그 녀석이 정말로 이곳에 있는지, 지금은 어떤 모습인지 보고 싶었다.

　어쩐지 보경이 일은 뒷전이 되어 있었다. 딸의 일보다도 그 녀석의 얼굴을 확인해야겠다는 생각이 앞섰다. 세상을 초월한 듯 멀리 바라보던 그 눈동자가 나처럼 세월의 풍파를 지나면서 어떻게 변했는지 보고 싶었다. 그 녀석도 나처럼 변해 있는지, 그 녀석도 나처럼 세월의 때를 입었는지 알고 싶었다.

　시간이 늦었다. 야근을 마치고 오는 길이라 날은 이미 캄캄했고 숲을 배경으로 병원의 하얀 불빛만 눈이 시리도록 밝게 빛났다. 나는 응급실 옆 주차장에 차를 세우고 터덜터덜 병원으로 들어섰다. 어두운 밤인데도 병원은 낮처럼 밝았다. 바쁜 걸음으로 여기저기 돌아다니는 사람들만 눈에 들어왔다.

나는 출입구 근처에서 멍하니 사람들을 바라보았다. 대학병원은 밤도 없는 모양이었다. 사람들이 마치 시간을 잊은 것처럼 바삐 움직이는 모습을 멍하니 바라보다가 과연 이 많은 사람들 중에서 승덕을 찾을 수 있을까 하는 생각이 들었다. 설사 그를 찾는다고 해도 무슨 말을 할 수 있을까? 갑작스러운 만남에 무엇이라고 말해야 할까? 그 녀석은 나를 알아볼까? 먼 곳만 바라보던 녀석이 나라는 인간을 기억이나 할까 싶었다.

"비켜주세요."

그때 뒤쪽에서 커다란 음성이 들려왔다. 나는 멍한 얼굴을 거두고 한쪽 벽으로 몸을 비켰다. 그러자마자 이동침대가 내 옆을 굴러갔다. 흰 가운을 입은 간호사와 의사들 사이에 어디가 아픈지 알 수 없는 환자가 누워 있었다. 피도 붕대도 보이지 않았지만 그는 힘없이 누워 있었다. 나는 내 앞으로 스쳐가는 그들을 멍하니 보다가 차라리 몸이 아픈 게 천 번 만 번 낫겠다고 생각했다.

그러다 보니 내가 왜 이곳에 왔나 하는 생각이 들었다. 몸이 아픈 것도 아니고 누가 고쳐줄 병도 아니다. 아무도 믿지 못할 일을 과연 누가 해결해준다고 이곳에 왔을까.

그동안 딸은 여기저기에서 치료를 받았지만 전혀 차도가 없었다. 그런데 내가 무얼 기대하고 여기까지 왔을까. 그냥 집으로 가는 게 낫겠다 싶었다.

"무슨 과를 찾으세요?"

한동안 멍하니 서 있는 내 모습이 누군가의 눈에 띈 모양이었다. 바삐 움직이던 간호사가 서류철을 손에 끼고는 내 얼굴을 올려다보았다. 두 눈이 동그랗고 얼굴이 하얀, 순진해 보이는 간호사였다. 아직 신입티를 벗지 못한 그녀는 이 넓은 병원을 오랫동안 다니다 보면 수많은 사람들에게 치여 나 같은 사람을 본척만척하겠지만 지금은 내게 먼저 다가와 도움의 손길을 내밀 만큼 의욕이 넘쳤다.

"아, 저, 그게…… 저는 임상심리 전문가실을 찾고 있어요."

나는 어딜 가려고 했던가를 잊고 있었기 때문에 잠시 말을 더듬었다.

"아, 그럼 정신건강의학과로 가셔야 해요. 이 건물 옆 동 3층인데 예약은 하셨나요?"

"아니, 그게……."

"이미 퇴근 시간이라 예약을 안 하셨으면 진료 받기 힘드세요. 아마 아무도 안 계실 거예요."

간호사는 부탁하지 않았는데도 걱정스러운 얼굴로 이것저것 이야기해주었다.

"아니에요. 친구를 만나러 가는 거니까 걱정 마세요. 고맙습니다."

"아아, 그러셨구나. 그럼 다행이네요."

그녀는 생긋 미소를 짓더니 넓은 병원 복도를 총총걸음으로 달렸다. 나는 그냥 돌아서려던 발걸음을 다시 병원 쪽으로 돌렸다. 열정이 넘치는 어린 간호사의 도움을 받고도 집으로 돌아가기가 어쩐지 미안해졌다. 그녀의 호의를 무위로 만들어버리는 것에 죄책감 비슷한 것이 들었다.

나는 그녀가 가리켰던 옆 동으로 향했다. 그리고 그녀가 말했던 대로 3층으로 향하는 에스컬레이터를 탔다. 3층 에스컬레이터 앞에 푯말이 있었다.

'정신건강의학과, 수면장애, 소아정신과 클리닉, 임상심리실.'

나는 3층 앞에 내려 물끄러미 푯말을 응시했다. 응급실 근처 병동은 낮처럼 환하고 바빴던 것에 비해 이곳은 퇴근 시간이 지난 회사 분위기가 났다. 군데군데 꺼진 불과 텅 빈 복도가 응급실 쪽과 완전히 딴판이었다. 나는 움직이는 에스컬레이터 앞에서 멍하니 푯말만 쳐다보다가 도로 몸을 틀었다. 어쩐지 텅 빈 복도에 서 있는 것이 바보처럼 느껴졌다. 무얼 기대하고 이곳을 찾아왔는지 알 수가 없었다. 나는 바지 주머니에 손을 넣었다. 회사에서나 집에서나 나의 지위와 위치 때문에 바지 주머니에 손을 넣은 적은 없었다. 그런데 스무 살로 회귀한 것처럼 바지 주머니에 손을 찔러 넣고 터덜거리는 걸음으로 반대쪽 에스컬레이터에 몸을 실었다. 아무도 없는 쓸쓸한 병원 건물에 혼자 버려진 느낌이 들었다. 갑자기 너무나 외롭다는 생각에 왈칵 눈물이 쏟아질 것 같았다.

"으……."

나는 이를 악물었다. 에스컬레이터 뒤쪽에서 아주 낮고 가벼운 누군가의 발소리가 살짝 들렸기 때문이다. 나는 서둘러 주머니에 넣었던 손도 빼냈다. 그 작은 소음이 나를 다시 현실로 데리고 왔다. 나는 대기업의 잘나가는 사원이었다. 나는 유수의 기업에 다니고 있으며, 임원 승진을 코앞에 둔 전도유망한 인물이다. 나는…….

"혹시……."

그렇게 이를 악물며 1층으로 내려오는데 등 뒤에서 작은 음성이 들렸다.

"준희? 너, 곽준희냐?"

나는 뒤를 돌아보지 않았다. 그러지 않아도 그 목소리의 주인공이 누구인지 분명히 알 수 있었다. 내가 그렇게 얼음처럼 굳어 있는 동안 그 목소리의 주인공은 마치 어제도 만났던 친구처럼 내 한쪽 어깨에 손을 올렸다. 그러고는 축 처진 내 어깨를 꽉 잡았다. 어쩐지 그의 다섯 손가락에서 따스한 느낌이 온몸으로 퍼져 흘렀다. 그제야 나는 간신히 고개를 돌려 그의 얼굴을 확인할 수 있었다.

"승덕아……."

그 녀석이 있었다. 항상 저 멀리만 바라보던 그 녀석이 이제는 내 눈동자를 바라보며 빙긋 웃음을 짓고 있었다. 과연 나를 알까, 내 이름이나 알까 싶었던 그 녀석이 나의 뒷모습만으로 내 이름을 떠올리고는 내 어깨를 붙잡고 친근한 목소리로 나를 부르고 있었다. 나는 그것이 기적처럼 느껴졌다. 너무나 감격스러워서 갑자기 온몸이 뜨거워졌다.

"너, 어떻게 나를……."

나는 입이 크게 벌어졌다. 녀석의 눈이 저 멀리가 아니라 나를 바라보고 있다는 사실이 정말 믿기지 않았다. 믿을 수 없는 마술 같은 일이 내 앞에서 펼쳐지고 있었다.

"누군가가 나를 부르는 걸 알았거든."

"뭐? 누가 널 불렀다고?"

나는 누가 승덕을 불렀는지 병원 복도를 이리저리 둘러보았다. 하지만 텅 빈 복도에는 사람 그림자도 없었다.

"아니, 그게 아니라…… 영적으로 민감한 녀석이 주변에 있다 보니 나까지 조금씩 민감해졌단 말이지. 어느새 나도 육감이 발달해버렸어."

녀석은 빙긋 웃음을 지으며 알아듣지 못할 말을 중얼거렸다. 내게 하는 말인지 혼잣말인지 구분할 수가 없었다. 하지만 녀석의 중얼거림 따위에 나는 신경을 쓰지 못했다. 나는 믿을 수가 없었다. 녀석이 내 눈을 바라보고 있다는 사실에, 게다가 빙긋 웃음을 짓고 있다는 사실에 나는 머리가 멍해지고 말았다. 내 앞에서 일어나는 이 기적 같은 일에 얼이 빠져버린 것이다.

5

대학가의 호프집은 정말 시끄럽고 지저분했다. 한마디로 품위가 없었다. 불빛이란 불빛은 죄다 조도를 낮춰놓아 지독하게 캄캄했다. 이렇게 어두운 곳에서 어떻게 술을 마시라는 건지 궁금할 정도였다. 싸구려 안주는 딱 가격만큼이었다. 처음에는 겨우 이 가격에 이런 안주가 가능한가 싶다가도 한번 맛을 보면 형편없는 신선도에 고개가 돌아갔다. 이런 곳을 문턱이 닳도록 다닌 적이 있었다니 어쩐지 한심하기도 하고 재밌기도 했다.

나는 이제 더 이상 그런 곳에 드나들지 않았다. 고급 양복을 한껏 빼입고 명품 구두를 신은 나 같은 사람과 대학가의 호프집은 물과 기름 같았다. 세월이 흐르고 흐르면서 나는 변해버렸다. 하지만 그 녀석은 아니었다. 그 녀석은 빨간 모자를 눌러쓰고 청바지를 입고 있었다. 내 또래에 어울리는 넥타이에 회색 양복이 아닌 티셔츠에 청바지 차림의 녀석은 여전히 대학생들의 호프집과 어울렸다.

나는 녀석의 얼굴과 차림새를 보면서 내가 세월의 풍파 속에서 많이 달라졌다는 것을 깨달았다. 얼굴의 주름만 늘어난 게 아니었다. 명품 양복과 구두에 번들번들한 기름기도 늘어났다. 내 나이에 걸맞은 품격 있는 태도는 예전과 달랐고, 가진 척 높은 척하는 얼굴 표정도 예전과 달랐다.

하지만 녀석은 아니었다. 녀석은 내가 알던 그때의 옷차림으로, 내가 알던 그때의 표정이었다. 녀석은 있는 척하지도 않았고 잘난 척하지도 않았다. 먼 곳만 바라보던 눈이 내 눈을 똑바로 마주하고 있다는 것만 제외하면 시간은 녀석을 비껴간 것 같았다.

"어떻게 거기서 만났는지 모르겠다. 참 신기하다."

나는 고개를 설설 흔들었다. 내 앞에 앉은 승덕의 모습이 꿈처럼 느껴졌다.

"승덕이 너는 자유대학병원에서 근무하는 거냐?"

"음, 객원으로 일하고 있어. 일주일에 하루 정도 한마음정신병원이랑 여기랑 두 군데를 오가며 프리랜서로 일하고 있지."

"그래, 그렇구나. 어울린다."

나는 고개를 끄덕였다. 녀석이 일주일 내내 어딘가에 얽매여 근무하는 것이 어쩐지 상상이 되지 않았는데 역시나 프리랜서라니…… 녀석과 어울렸다.

"너, 결혼은 했냐?"

나는 이런 질문이 의미 없다는 것을 알았다. 녀석의 얼굴은 물론이고 온몸을 훑어보아도 녀석이 싱글인 건 분명했다. 하지만 나는 녀석에게 할 말이 생각나지 않았다. 무슨 말을 해야 할지 알 수 없어서 그냥 누구에게나 하는 그렇고 그런 질문을 던질 수밖에 없었다.

"아니. 너는 했구나?"

녀석은 싱긋 웃으며 내게 물었다. 녀석이 결혼하지 않았다고 온몸으로 말한 것처럼 아마도 나 역시 결혼했다고 온몸으로 말했을 것이다.

"응, 했지. 아이가 벌써 여섯 살이야."

"그래, 아주 귀엽겠다."

"그래. 한창 재롱부릴 나이긴 하지……."

나는 말끝을 흐렸다. 아이 이야기가 나오자 나도 모르게 표정이 굳어졌다. 녀석이 그런 나의 표정을 물끄러미 쳐다보는 것이 느껴졌다.

"아이 때문에 나를 불렀냐?"

"뭐?"

"아니, 아니다."

녀석은 마치 뭔가 아는 것처럼 이상한 소리를 내뱉더니 혼자서 고개를 흔들었다. 녀석은 자꾸 내가 자기를 불러낸 것처럼 말하고 있었다. 녀석은 더 이상 말하지 않고 내 잔과 자신의 잔에 술을 따랐다. 노란 맥주가 하얀 거품을 내며 두 개의 잔에 가득 차올랐다. 녀석과 나는 아무 말 없이 잔을 마주치며 한 잔 한 잔 기울이기 시작했다.

참 세월이라는 게 신기했다. 대학에 다닐 때는 항상 녀석을 눈으로 쫓으면서도 이렇게 둘이서 술잔을 기울인 적이 없었다. 여러 사람 속에 뒤섞여 나만 녀석의 모습을 흘끔거린 적은 있지만, 이렇게 단둘이 술을 마시는 건 처음이었다. 그 먼 시간을 돌고 돌아 이렇게 녀석과 마주 앉아 있는 것이 참으로 신기하게 느껴졌다.

나는 녀석의 일상에 대해 물었지만 대답은 짤막했다. 반면 녀석은 나에 대해 아무것도 묻지 않았다. 그러다 보니 이야깃거리가 금세 바닥나고 말았다. 몇 번 대화를 시도하던 나는 입을 다물어버렸다. 녀석의 속도에 맞춰 천천히 술잔을 들이켜는 것도 나쁘지 않았다. 아무런 말 없이 마주 앉아 술을 마시는 것, 괜히 대화를 이어가느라 이 말 저 말 지어내지 않아도 된다는 것이 이토록 홀가분하고 편안한 것인지 처음으로 알았다.

우리는 그렇게 한참 동안 술잔만 주거니 받거니 했다.

"얼굴이 조금 상한 것 같다. 걱정이라도 있는 거냐?"

그렇게 한참 동안 술을 마시다가 기분이 몽롱해질 무렵 녀석이 말을 꺼냈다. 나에 대해서는 통 관심이 없을 줄 알았던 녀석이 갑작스레 그렇게 말하니까 가슴이 뜨끔거렸다. 술이 아니었다면 내 이야기를 풀어내기 전에 이것저것 재면서 녀석이 도움이 될지 고민했을 것이다. 하지만 나는 대학가의 분위기 탓인지, 술기운 탓인지 내 상처에 대해서도 어쩐지 몽롱한 상태가 되어버렸다. 내 치부를 드러내는 것이나 내 고민을 털어놓는 것이 이 순간만큼은 그리 아프고 힘들지 않았다.

"요즘 통 잠을 못 자서……."

"음, 잠을 자기 힘든가 보구나."

"요즘 좀 힘든 일이 있어."

"음, 힘든 일이 있었구나."

녀석은 의도인지 습관인지 내 말을 자꾸만 따라 했다. 하지만 나는 녀석이 내 말을 따라 해주는 것이 싫지 않았다. 아니, 싫지 않은 정도가 아니라 무심하던 그 녀석이 나를 알아봐준다는 생각이 들어서 기분이 좋았다. 고등학교 시절부터 나를 한 번만 알아봐주었으면, 나의 10분의 1, 100분의 1만큼이라도 네가 나를 의식해주었으면 하던 소원이 이루어진 느낌이었다.

나는 바보처럼 입가에 웃음을 지었다. 어쩐지 딸의 일이 심각하게 여겨지지 않았다. 녀석과 함께 있는 것만이 현실이고 나의 힘든 하루하루가 환상처럼 느껴졌다.

"혹시…… 요즘 꿈을 꾸냐?"

녀석은 한참 동안 내 얼굴을 바라보다가 갑자기 꿈 이야기를 꺼냈다.

"아아……."

나는 녀석의 얼굴을 쳐다보았다. 녀석은 눈을 피하지 않고 나를 보고 있었다. 무언가 먼 곳을 보던 그 눈동자가 내 얼굴을 바라보고 있었다. 녀석은 내 눈동자 속에 있는 무언가를 바라보는 듯한 눈으로 나를 바라보았다.

꿈! 나는 녀석이 '꿈'이라고 말하는 순간 스멀스멀 감기던 눈이 번쩍 떠지는 느낌이었다. 녀석은 예전에도 이렇게 예리한 데가 있었다. 뭔가 고민이나 비밀이 있더라도 이 녀석 앞에서는 어쩐지 홀딱 벗겨지는 느낌을 받곤 했다. 지금도 그랬다. 내 눈을 지그시 바라보는 그 녀석의 눈에 내 모든 것이 낱낱이 벗겨지는 느낌이었다.

"꿈…… 꿈…… 그놈의 빌어먹을 꿈!"

나는 녀석의 눈동자를 피했다. 왜인지 부끄러웠다. 사실 나는 녀석에게 내가 잘 사는 모습, 좋은 모습을 보여주고 싶었는지도 모른다. 나의 멋진 양복과 구두를 은근히 뽐내고 싶었는지도 모르겠다. 고급 승용차를 보여주며 나의 탄탄한 직장과 부를 과시하고 싶었는지도 모르겠다. 하지만 녀석에게는 아무 소용이 없다는 것을 나는 알고 있었다. 녀석은 내가 가진 어떤 것도 부러워하지 않을 테니까. 나는 녀석의 앞에서 완전히 벌거숭이가 되었다. 더 이상 꾸미고 포장할 마음이 사라졌다. 나는 완전히 자포자기하는 심정으로 10여 년 만에 만난 녀석에게 내 모든 것을 까발리고 말았다.

"실은 그놈의 꿈 때문에 아주 죽을 맛이다."

나는 봇물이 터진 둑처럼 모든 것을 털어놓기 시작했다. 매일 만나는 친한 사람들에게도 말하지 않았던 모든 이야기가 녀석 앞에서 망설임 없이 툭툭 튀어나왔다.

"여섯 살 된 딸아이가 무슨 악몽을 그렇게 꾸는지 정말 알 수가 없다. 벌써 오랫동안 아이를 치료해왔지만 차도가 없어. 게다가 말도 안 되게 나와 아내까지 딸아이와 똑같은 꿈을 꾸기 시작했다. 참…… 이상하지?"

녀석은 이상하다고 동의하지 않았다. 고개를 끄덕이지도 않았다. 나조차도 이상한 일인데 녀석은 모든 것을 있는 그대로 받아들이는 것 같았다. 나는 뜨거워진 눈시울을 오른팔로 비볐다. 혹시나 내가 운다고 착각하면 어쩌지 하는 걱정 따위는 없었다. 유승덕, 이 녀석에게만큼은 내 모든 것을 보여줘도 괜찮을 것 같다는 이상한 기분이 들었다.

"딸아이는 일주일에 두세 번씩 악몽에 시달리거나 가위에 눌리곤 해. 그래서 이제는 잠자는 걸 두려워하고 있어. 그래도 안 잘 수는 없으니까 새벽쯤 결국 잠이 들고 말지. 칭얼대다가 간신히 잠이 들지만 아침이 밝아오면 비명을 지르며 깨어나는데…… 아주 미칠 지경이다! 그 녀석이 벌벌 떨면서 공포 가득한 눈으로 나를 바라보면 정말 미쳐버릴 것만 같다. 공포에 갇혀버린 딸아이에게 아무것도 해줄 수 없다는 현실이 너무 가혹하고 서글퍼서 미치겠다. 겨우 이런 아빠라서 미안하고 또 미안하다.

사실 처음에는 그 또래 애들이 꾸는 단순한 악몽일 거라고 생각했어. 그래서 아이를 나무라기도 하고 달래보기도 하고 같이 자보기도 했지만 아이는 하나도 나아지지 않았어. 게다가…… 최근에는 이상하게도 아내와 나까지 딸아이와 같은 꿈을 꾸게 되었어. 이제는 내가 미쳐가는 것이 아닌가, 내가 돈 것이 아닐까 하는 생각이 든다. 정말 어쩌다가 이렇게 됐는지 모르겠다!"

"아이의 꿈을 네 아내랑 너도 꿨단 말이구나."

녀석은 진지한 얼굴로 고개를 끄덕였다. 무엇을 생각하는지 녀석의 눈동자가 또다시 먼 곳을 바라보는 것만 같았다.

"그래. 믿을 수 없지만 그렇게 되었어. 딸아이는 작년에 이사를 하고 나서부터 악몽에 시달리기 시작했어. 어느 날 밤에 한 번도 실수한 적이 없던 그 아이가 오줌을 쌌어. 이사로 스트레스를 받았나 하고 아내가 딸애 방에서 함께 자기 시작했지. 하지만 아이는 점점 더 심한 악몽에 시달렸어. 처음엔 괜찮아질 줄 알고 내버려뒀는데…… 날이 갈수록 증세가 심해지더니 거의 매일 아침마다 비명을 지르며 깨어나는 거야.

병원에 데려갔지만 몸에는 별다른 문제가 없다면서 정신적 쇼크 같다는 거야. 이사로 갑작스럽게 환경이 바뀌면서 나타나는 증상일 수도 있으니까 좀 더 지켜보라고도 하고……. 하지만 딸아이의 증세는 점점 심해질 뿐, 조금도 나아지지 않았어. 그렇게 딸아이가 악몽에 시달리는 것이 우리 부부에게도 노이로제가 됐는지, 얼마 전부터 아내와 내가 차례로 딸아이의 꿈이나 가위눌림을 똑똑히 경험하게 되었어.

아직 설명을 잘하지 못하는 딸아이의 말뿐 아니라 아내와 내가 꾸었던 꿈, 그리고 가위에 눌리는 동안 나타났던 현상을 종합해보면 믿어지지 않을 만큼 거의 완전히 똑같았어."

"으음, 똑같은 꿈을 세 사람이 꾼다는 말이구나. 어떤 꿈인지 말해줄 수 있겠냐?"

나는 얼마 전에 꾸었던 꿈 이야기를 해주었다. 녀석에게 언제나 똑같이 반복되는 어느 가족의 처절한 죽음과, 우물에 던져지는 시체들을 하나하나 세세하게 이야기했다. 내 아내와 딸이 기억하고 있는 괴로운 악몽과 가위눌림의 기억들도 낱낱이 말해주었다. 내가 끔찍한 악몽들을 이야기하는 동안 녀석은 날카로운 눈빛으로 귀를 기울였다. 승덕은 내 이야기가 끝난 뒤 한동안 아무 말도 하지 않았다. 섣부른 동의의 말도, 이해의 말도 내뱉지 않았다.

오히려 그 편이 좋았다. 아는 척 고개를 끄덕이다가 모든 것을 분석하려 드는 의사들의 태도가 아니라서 좋았다. 나는 녀석이 내 이야기를 집중해서 듣고 있다는 걸 느낄 수 있었다.

"도대체 왜 이런 꿈들을 꾸는지 모르겠다. 내가 미쳐가고 있는 걸까?"

마지막에 나는 부끄러움도 잊은 채 얼굴을 구기고 말았다. 두 눈이 붉어지는 것이 금방이라도 눈물이 흐를 것만 같았다. 또다시 다가오는 밤에 떨고 있을 아내와 아이 생각을 하니 차라리 죽고 싶다는 생각마저 들었다.

"삶을 포기하고 싶을 때도 있다. 지금도 그래. 하지만 이대로는 억울해서 안 되겠다. 다른 사람들은 나를 보며 말했지. 항상 운이 좋은 녀석이라고. 운이 좋아서 단번에 좋은 대학에 붙고 좋은 직장에서 승진까지 한다고.

하지만 모르는 소리 마라. 사람들은 내가 좋은 운을 갖기 위해서 얼마나 피땀 흘려 노력했는지 모른다. 남들은 결과만 보고 쉽게 쉽게 이야기하지만 사실 난 너처럼 천재적인 머리를 갖고 있는 것도 아니고 남들과 다른 능력이 있는 것도 아니야. 난 노력했을 뿐이다.

초등학교 때부터 나는 단 하루도 거르지 않고 일기를 썼다. 그냥 하루 일과를 적는 게 아니라 그 어린 시절부터 신문의 주요 사설을 읽으면서 논술 일기를 썼다. 멀리 여행을 가도, 친척들이 모두 모이는 명절날에도 하루도 빼먹지 않고 그런 일기를 썼다. 그리고 그 버릇을 지금껏 가지고 있다.

중고등학교 시절에는 정말 단 하루도 공부를 손에서 놓아본 적이 없었다. 문제집 한 권을 열 번 반복해서 풀었다. 아예 답을 외울 정도로 쉬지 않고 풀었다. 중간고사나 기말고사가 끝난 날 아이들은 편히 쉬었지만 난 문제 풀이를 멈추지 않았다. 그렇게 노력했다. 피땀 흘려 노력해서 대학에 간 거다. 그냥 이뤄진 건 하나도 없었어.

회사에서도 마찬가지다. 나는 프로젝트 하나를 맡기 위해 3년간의 자료를 다 찾아본다. 우리 회사 자료뿐 아니라 다른 공사와 관련된 자료까지 모두 찾아 머릿속에 넣는다. 그리고 첫 회의에 들어간다. 그러니 생각해봐라. 수년간의 데이터를 모두 머릿속에 집어넣은 내가 프로젝트를 따는 게 당연하지 않냐?

남들은 이런 노력을 단순히 '좋은 운'이나 '좋은 머리'로 치부하지만 천만의 말씀이지. 평범한 머리를 가진 내가 미친 듯이 노력한 결과라는 걸 알지도 못하고 쉽게 말하는 거란 말이다."

나는 오른쪽 눈에서 눈물 한 방울이 툭 떨어지는 것을 느꼈다. 멈추고 싶었지만 눈물은 너무나 갑작스럽게 흘러내렸다.

"나는…… 그렇게 열심히 살아왔단 말이야. 이렇게 온 가족이 고통을 받을 만큼 나쁘게 살지 않았다고. 내가 이대로 인생을 포기하기엔 그동안의 노력이 너무 가엾지 않으냔 말이다!"

오른쪽 눈에서만 눈물 두 방울이 더 떨어졌다. 부끄러운 일인데도 어쩐지 부끄럽지 않았다. 묵묵히 나를 보는 승덕의 눈을 통해 바라본 나 자신이 그렇게 부끄럽지만은 않았다.

'그렇게 노력해서 나는 너 같은 천재를 따라 같은 대학에까지 왔다. 그래서 나는 내가 자랑스러웠어.'

어린 시절 내가 못했던 말을 가슴으로 했다.

"승덕아, 나는 알아야겠다. 왜 이런 꿈을 꾸는지 그 이유라도 좀 알아야겠다. 그래야 덜 억울하겠어."

나는 고개를 흔들었다. 너무나 감성에 취한 것 같아 생각을 정리하고 싶었다. 나는 어느새 오른쪽으로 기울었던 몸을 바로 세우며 녀석을 쳐다보았다. 좀 더 또렷한 눈으로 녀석을 마주 보았다.

"승덕아, 대체 꿈은 왜 꾸는 거냐? 우리는 왜 이렇게 수없이 반복되는 악몽을 꿔야 하는 거냐? 악몽은 대체 왜 꾸는 거냐? 내게 좀 알려줘라."

녀석이 천천히 입을 열었다. 녀석은 나를 가엾게 보지 않았다. 감정에 치우치지도 않았다. 녀석은 아주 담담하고 담백한 어투로 설명하기 시작했다. 그래서 다행이었다. 감정에 치우친 편향된 이야기만 해주지 않아 고마웠다. 나는 녀석의 이야기에 완전히 몰입했다. 녀석의 말을 한마디도 흘리지 않으려 애썼다.

"꿈은 말이지…… 일정한 수면 단계에서 시작되는 뇌의 활동이야. 깨어 있는 동안 우리 뇌가 활동하는 건 당연한 일이지만 자는 동안에는 어떨까? 우리가 자는 동안에도 뇌는 쉬지 않고 움직인다. 다만 정신이 말짱하게 깨어 있을 때보다 또렷하지는 않지만 말이야.

사람은 잠이 들면 몇 단계를 거쳐 점점 깊은 수면으로 들어가게 된다. 그중 꿈을 꾸는 시점은 대개 렘REM(Rapid Eye Movement) 수면 단계◆야. 사람이 잠에 빠지면 우선 얕은 잠부터 시작해서 점점 깊은 잠으로 빠져들게 되지. 1단계, 2단계, 3단계, 4단계…… 점점 단계가 깊어갈수록 깊은 수면 속으로 서서히 빠져드는 거야. 깊은 수면에 빠질수록 우리 몸은 축 늘어져서 힘을 줄 수 없는 상태가 되어버린다. 그리고 마침내 가장 깊은 수면 상태인 4단계 수면에서 렘수면이 나타난다.

그런데 이 렘수면에는 이상한 점이 있다. 가장 깊은 수면 상태에서 우리 몸은 조금도 움직일 수 없을 정도로 축 늘어져 있는 반면 이상하게도 동공은 아주 빠른 속도로 움직이는 거지. 이때 뇌도 빠르게 움직이고.

그러니 한번 생각해봐라. 우리는 눈동자를 이리저리 굴리며 여러 가지 자극을 만들어낸다. 눈 속에서 번쩍번쩍 빛이 보이기도 하고 어떤 모양이 보이기도 한다. 이 모든 것을 잠든 뇌가 확인하

◆잠을 자는 동안 빠른 뇌파를 보이며, 동시에 격렬한 눈동자의 움직임이 관찰되는 수면 단계이다. 모든 수면 단계 중에서 가장 활발한 뇌파를 보이지만 신체적으로는 완전한 이완 상태를 보여 '역설적 수면'이라고도 불린다.

며 반응하는 거다."

승덕은 눈을 감고 동공을 움직였다. 녀석은 무슨 생각을 하고 있을까? 녀석은 감은 눈 저편에서 반짝이는 불빛을 보며 무슨 생각을 하고 있을까? 나도 녀석을 따라 두 눈을 감았다. 그러고는 빠른 속도로 동공을 이리저리 움직였다. 캄캄한 호프집 안인데도 눈앞에 번쩍번쩍 불꽃이 일었다. 불꽃은 커졌다가 작아지기도 하고 반으로 갈라졌다가 다시 모이기도 했다. 갈라지는 빛이 딸과 아내의 얼굴로 보였다가 합쳐지면서 나를 노려보던 하얀 얼굴의 여자로 보이기도 했다.

"그래, 알겠다. 흔들리는 동공이 만들어낸 형상을 몽롱한 뇌가 받아들이는 거구나. 그래서 말도 안 되는 해석을 하기도 하고, 두서가 맞지 않는 내용을 만들어내기도 하는 거구나."

"그래, 그게 바로 꿈이다."

승덕의 목소리가 들렸다. 나는 천천히 눈을 떴다. 녀석도 눈을 뜨고 나를 바라보았다. 이미 알고 있는 내용도 있었지만 나는 너무나도 간단하게, 또 너무나도 확실하게 꿈의 메커니즘을 깨달았다.

"하지만 우리가 깊은 수면에서 천천히 3단계, 2단계, 1단계의 수면 단계를 거꾸로 되밟아 깨어난다면 꿈을 꾸지 않게 된다. 깨어나는 동안 우리는 깊은 수면에서 꿈꾸었던 모든 내용을 잊어버리기 때문이다. 때문에 올바른 수면 습관을 가진 사람은 평생 꿈을 한 번도 안 꾸기도 하지. 반대로 꿈을 꾼다는 것은 가장 깊은 잠에 빠진 렘수면 중에 갑자기 깨어난다는 의미다. 즉 네 딸이 거의 매일 악몽을 꾼다는 건 가장 깊은 수면 중에 제대로 숙면을 취하지 못하고 깨어버린다는 의미야."

"그래, 그렇군."

나는 천천히 고개를 끄덕였다.

"그런데 승덕아, 그럼 왜 내 딸은 숙면을 취하지 못하고 가장 깊은 수면 중에 깨버리는 걸까? 남들처럼 푹 자면서 꿈을 안 꿀 수는 없는 거냐?"

"현재 연구하는 사람마다 그 원인에 대한 의견이 분분하다. 어떤 사람들은 잠재의식에 감추어두었던 욕망이나 욕구가 꿈으로 분출된다고 주장한다. 예를 들어 너무나 내성적이어서 어머니가 시키는 대로만 하는 순종적인 아이가 있다고 치자. 아이는 자유분방하게 놀고 싶은 욕구를 분출하지 못하고 무의식 속에는 분출되지 못한 욕망이 들끓게 된다. 어디에선가 이 욕망을 분출해야 하는데, 그 방법 중 하나가 꿈을 꾸는 거지. 아이는 꿈속에서 친구와 싸우는 장면을 만들어내어 표출하지 못했던 공격적 성향을 분출하기도 하고, 엄마가 반대하는 게임을 하는 모습을 만들어내어 꾹꾹 눌러왔던 무의식을 분출하기도 한다.

이 정도라면 꿈을 꿔도 별문제가 없겠지? 하지만 이 아이가 이런 꿈을 꾼다면 어떻겠냐? 꿈에서 어머니의 옷을 찢고 겁탈을 한다면? 어머니를 날카로운 창으로 찌르려 한다면? 나 대신 무시무시한 사내를 만들어내어 어머니를 살해하려 한다면? 아무리 꿈이라지만 너무 끔찍하지 않냐? 그래서 우리는 꿈속에서조차 잠재의식에 저항한다는 거야. 때문에 깊은 잠 속에서도 더 이상 꿈을 진행시키지 않고 벌떡 일어난다는 거지.

우리의 이성은 꿈속에서도 도저히 참을 수 없는 장면을 지속시키지 않아. 결국 우리는 꿈에서조차 감당할 수 없는 잠재의식이 떠오르는 경우 즉각 잠에서 깨어나고, 그 순간 우리는 꿈의 내용을 기억하게 되는 거지."

"그래, 그렇구나."

나는 잘난 척하지도, 누군가를 가르치려 들지도 않고 그저 궁금했던 이야기를 아주 담담한 어투로 조곤조곤 말해주는 녀석을 보며 감탄했다. 녀석은 옛날 그대로였다. 언제나 이런 식으로 들어본 적도 없는 일에 대해 자세히도 알고 있었다. 도대체 어떻게 이런 것까지 알고 있을까 싶을 정도로 녀석의 박학다식은 끝이 없었다. 지금도 그랬다. 녀석은 정말 그대로였다.

"또 다른 해석도 있어. 그건 바로 개인의 수면 습관 때문에 꿈을 꾼다는 주장이야. 렘수면 때마다 깊은 잠을 자지 못하고 깨어나는 것이 습관이 되어버렸기 때문이라는 거지. 예를 들면 내가 항상 7시에 시계를 맞춰놓고 잠이 드는데, 항상 그 7시경에 렘수면 상태에 빠져 있는 거야. 그러니 7시에 시계가 울리면서 깊은 잠에서 깨어나게 되는 거지. 그러면 언제나 꿈을 기억해낼 테고 말이야. 이런 식으로 렘수면 중에 깨어나는 것이 버릇이 되면 그 사람은 시계가 없이도 선잠을 자게 되고 밤에 작은 소리에도 번쩍번쩍 깨어나게 된다는 거지."

"그래, 그럴 수도 있겠구나."

나는 고개를 끄덕였다. 이제는 비명을 지르며 일어나는 것이 아예 습관이 되어버린 딸아이가 눈앞에 어른거렸다.

"그런데 말이다, 준희야."

승덕은 턱에 손을 괴고 깊은 생각에 잠겼다. 녀석은 섣불리 말을 잇지 않고 오랫동안 생각에 잠겨 있었다. 나는 녀석을 재촉하지 않았다. 천천히 술잔을 기울이며 기다렸다.

"지금까지 내가 이야기한 꿈이며 악몽이며 가위눌림 현상은 개인의 무의식이나 습관이 원인이 된다. 하지만 말이다, 너희 가족은 꿈의 전이轉移가 일어나고 있어. 네 딸은 아직 어려서 자신의 꿈을 자세히 설명하지 못하는데도 너와 아내까지 너무나 생생하게 그 꿈을 이해하고 있어. 게다가 세세한 내용까지 완벽하게 일치하는 꿈을 함께 꾸고 있다니, 그건 어떤 과학 이론으로도 설명할 수 없는 비논리적인 일이다."

"그래, 나도 그렇게 생각해."

나는 세상에 모르는 것이라곤 하나도 없을 것 같은 녀석의 눈을 바라보았다. 그 눈에서 무언가 해결책이 나올 것만 같아서 간절한 눈빛으로 녀석을 바라보았다.

"이사한 뒤에 시작되었다고 했냐?"

"응."

"이사하기 전에는 꿈도 안 꿨단 말이지?"

"응, 그래."

녀석은 꿈 이야기에서 벗어났다. 이제 녀석의 관심이 나의 집과 이사에 맞춰져 있는 느낌이었다. 나는 조금 당황했다. 왜 갑자기 꿈이 아니라 집 이야기를 하는 걸까? 녀석은 대체 무슨 말이 하고 싶은 걸까?

"준희야, 너 혹시 종교가 있니?"

"으응, 기독교다. 우리 가족 모두 그래. 사실 주말마다 교회에서 얼마나 기도를 드렸는지 모른다. 내 아내는 100일 동안 새벽기도를 드리기까지 했다. 그런데도 우리는 이 끔찍한 악몽과 가위눌림에서 벗어날 수가 없구나."

"그래, 그렇구나."

녀석은 한참 동안 말이 없었다. 녀석은 가만히 내 눈을 들여다보다가 앞에 놓인 술잔을 기울였다. 그리고 또 아무 말이 없다가 다시 내 눈을 들여다보고 또 술을 들이켰다.

"준희야, 꿈에 대한 과학적인 접근은 사실 오래되지 않았어. 하지만 그전에도 악몽 때문에 고통받는 사람들은 있었다. 그럼 그당시 그들은 어떤 치료를 받았을까?"

나는 대답하지 않았다. 녀석이 원하는 대답이 무엇인지 전혀 감이 오지 않았다.

"세상에는 아직 과학으로 해결되지 않는 수많은 문제가 있다는 건 알고 있니? 우리가 과학이라는 방법으로 해결하는 문제는 사실 아주 일부에 지나지 않아."

녀석은 무슨 말을 하려고 이토록 뜸을 들이는 것일까? 나는 녀석의 한마디 한마디를 놓치지 않으려 애썼다. 녀석이 턱을 괴고 생각에 잠겨 있는 동안 나는 연거푸 술잔을 비웠다. 마치 사형 집행을 기다리는 죄수와도 같은 불안감이 엄습해왔다.

"주소하고 약도 좀 알려줘. 내가 아는 사람한테 부탁해볼 테니까."

녀석은 더 이상 어떤 설명도 하지 않았다. 녀석은 다짜고짜 종이쪽지를 내밀었다. 나는 무슨 일인지 알려달라는 눈빛으로 쳐다보았지만 녀석은 입을 꾹 다문 채 더 이상 말하지 않았다. 고집스러운 손으로 하얀 종이만 내밀고 있을 뿐이었다.

나는 주소를 적고 약도를 그리면서 어쩐지 묘한 기분을 느꼈다. 눈을 번쩍이며 나를 쳐다보는 녀석의 표정에서 이상한 느낌을 받았기 때문이다. 녀석은 내가 건네준 종이쪽지를 조심스럽게 접어 지갑에 넣었고, 나는 녀석의 표정에서 왠지 모를 불안감을 느꼈다. 과학적으로 해결할 수 없는 일이라면 녀석은 대체 어떤 방법으로 해결하겠다는 말일까? 아니, 그전에 우리 가족이 겪는 일들이 비과학적인 것이라면 대체 우리가 무슨 일을 겪고 있다는 건가? 대체 우리가 겪는 모든 일이 어떤 현상에서 비롯된 것일까?

녀석은 그 해답을 알아내고도 내게 더 이상 아무 설명도 하지 않았다. 왜? 왜 아무런 설명도 하지 않는 것일까? 갑자기 종교가 무엇이냐고 왜 물어본 것일까? 불안했다. 불안이 목구멍까지 차올랐다.

6

따르르르…….

시계가 시끄럽게 7시를 알렸다. 귀가 아프고 머리가 쑤시는데도 아무도 그 시계를 끄지 않았다. 아니, 정확히는 끌 수가 없었다. 오늘 아침에도 나와 아내, 그리고 딸은 천장을 향해 납작 엎드린 채 손가락 하나 까딱하지 못하고 누워 있었다.

따르르르…….

시끄러운 알람 소리에 이미 정신은 번쩍 깨어났고 두 눈마저 똑똑하게 뜨고 있었지만 나와 아내는 일어설 수가 없었다. 아내의 가슴 위에서는 피눈물을 흘리는 여자가 아내의 양어깨를 짓누른 채 끔찍한 눈으로 노려보고 있었다. 그리고 나의 가슴에서는 온몸이 갈가리 찢겨 죽은 어린 삼형제가 천천히 왔다 갔다 하면서 얼음처럼 차가운 핏물을 뚝뚝 흘리고 있었다.

오늘 딸아이는 우리 부부의 침실이 아니라 자기 방에서 혼자 잠을 청했다. 잠을 자지 않으려고 애쓰던 아이가 혼자 불을 켜고 책을 읽다가 제 방에서 잠이 들어버린 탓이었다. 그런데 참 이상한 일이었다. 안방에서는 딸의 방이 보이지 않는 구조인데도 나의 눈에는 딸아이의 모습이 똑똑히 보였다. 저 멀리 벽을 뚫고 아이가 침대에 누워 있는 모습이 너무나 생생하게 보였다. 그런 딸아이의 모습을 내 아내도 생생히 보고 있는 것이 느껴졌다. 이유를 설명할 수는 없지만…… 그저 느낄 수 있었다.

딸아이는 그 방에서 또다시 가위눌림에 빠져 있었다. 목이 잘린 삼형제의 아버지가 딸아이의 배를 디딘 채 우뚝 서 있었다. 그는 목 위가 없었다. 대신 그의 머리는 그의 오른손에 대롱대롱 들려 있었다. 남자는 아무 말도 하지 않고 자신의 잘린 머리를 딸아이의 코앞으로 들이밀었다.

조금도 움직일 수 없는 딸아이는 잘린 머리가 제 앞으로 다가오자 자지러질 듯 눈을 껌뻑거렸지만 신음 소리 하나 내지 못했다. 나 역시 그런 모습을 보고 미친 듯이 몸을 흔들어보았지만, 그럴수록 몸은 더욱더 강한 올가미에 묶이는 것처럼 꽉 죄여 꼼짝달싹하지 않았다.

남자는 딸아이의 코앞에 자신의 머리를 들이밀었다. 아무런 말도 못하고 눈만 껌뻑이는 불쌍한 아이의 소리 없는 비명에 내 고막이 찢어질 것만 같았다. 아이는 아무런 말도 못하고 아무런 비명도 지르지 못했지만 딸의 가슴 깊이 퍼지는 울음과 비명 소리가 아내와 나의 고막을 갈가리 찢을 듯했다.

'엄마, 아빠! 무서워! 나 좀 살려줘요! 제발 살려주세요!'

딸아이의 핏줄 선 눈……. 고통에 울부짖는 그 얼굴을 똑똑히 보면서도 아무것도 해줄 수 없는 답답함, 이 찢어지는 자책감, 자신에 대한 모멸감! 나는 차라리 눈이 멀었으면, 귀가 멀었으면 했다.

대체 우리 가족이 무슨 죄를 지어서 이런 고통을 당해야 하는 걸까? 대체 주님께선 어떤 마음으로 우리에게 이런 시련을 주시는 것일까? 대체 왜 이런 괴로움과 고통을 안겨주시는 것인가! 손가락 하나 꼼짝하지 못하는 상황에서 눈물만 한 줄기 흘렸다.

그 순간 나는 무언가가 딸아이의 방 창문에서 펄쩍 날아오르는 것을 보았다. 흰빛으로 휩싸인 그것은 창문으로 날아 들어오더니 곧장 아이의 침대 머리맡으로 다가갔다.

'카아악!'

소리를 지르며 자지러지게 놀라는 것은 내 딸이 아니라 내 딸 위에 서 있던 목 잘린 남자였다. 딸아이의 입으로 들이밀던 잘린 목에서 세찬 비명 소리가 울려 퍼지더니, 다음 순간 연기가 흩어 지듯 순식간에 남자의 모습이 사라졌다. 나는 갑작스럽게 등장한 하얀 물체를 바라보았다. 그것은 하얀 연기 같았지만 분명히 형 체가 있었다. 그것은 뭐랄까, 새하얀 토끼 같았다. 몸은 사람이었 지만 머리 위에 길게 늘어진 귀가 토끼 같다는 생각이 들었다.

쉬익!

무언가 바람을 가르는 소리가 들렸다. 그 순간 나와 아내의 몸 위에서 우리를 꼼짝달싹도 못하게 하던 붉은 눈알의 여자와 피 흘리는 아이들도 깨끗이 사라졌다. 나는 이 모든 광경을 눈도 깜 빡이지 않고 쳐다보았다.

바람 소리와 함께 아내와 내가 있는 침대로 다가온 것은 아까 딸아이의 방에 나타났던 허연 연기와 같은 형체였다. 이번에는 연기가 두 개였다. 하나는 커다란 머리에 작은 뿔이 나 있고, 또 하나는 기다란 얼굴에 쫑긋한 귀를 가진…… 분명 사람의 팔다리를 가지고 있었지만 하나는 황소, 또 하나는 말로 보이는 하얀 연기였다. 그 하얀 연기가 한 손에 쥐고 있던 기다란 창을 우리의 가슴을 짓누르던 여자와 아이들에게 빙그르르 흔드는 순간 그들이 연기처럼 사라졌던 것이다.

"헉!"

"여, 여보!"

가슴을 누르던 끔찍한 얼굴들이 사라지자 아내와 나는 그 자리에서 일어나 서로를 부둥켜안았다. 처음이었다. 이렇게 가위에서 풀린 것은. 무엇인지는 확실히 알 수 없지만 딸을 향해 날아오던 흰빛이 우리를 가위에서 풀어준 것이 틀림없었다. 나와 아내는 누가 먼저랄 것도 없이 침대에서 벌떡 일어나 곧바로 아이의 방으로 달려갔다.

"보경아!"

아내와 나는 딸의 방으로 달려 들어가 아이의 어깨를 감싸 안았다. 파르르 떨리는 아이의 울림이 고스란히 전해졌다. 흰색과 분홍색으로 공주 방처럼 꾸며놓은 내 아이의 방은 짙은 공포로 퇴색되어 있었다.

"아빠, 엄마. 저기……."

딸은 여느 때처럼 자지러지는 비명을 지르며 잠에서 깨어나지 않았다. 아이는 눈물도 흘리지 않았다. 두 눈을 동그랗게 뜨고는 손가락으로 창가를 가리키고 있었다.

아이의 손가락 끝을 쳐다보던 나와 아내는 깜짝 놀라 뒤로 넘어질 뻔했다. 햇빛이 잘 들어오도록 남향으로 크게 만들어놓은 창문이 활짝 열려 있고 아내가 손수 만든 흰색 레이스 커튼이 세차게 펄럭였다. 그리고 열린 창문 너머로 흰색 한복을 입은 남자 아이가 누런 종잇조각을 흔들며 서 있는 것이었다.

"세상에, 넌 누구야!"

아내와 나는 딸아이를 와락 껴안고는 정체불명의 소년을 쳐다보았다.

"실례했습니다. 아이가 괴로워하는 것이 느껴지기에 인사도 없이 이렇게 실례를 하고 말았습니다. 죄송합니다."

바가지 머리의 남자아이는 까만 눈을 빛내며 깍듯하게 인사를 했다. 차림새나 태도를 보아서는 여느 아이들과 다른 곳에서 살다 온 것 같았다. 청학동이나 조선시대에서 날아온 느낌이 들었다.

"정식으로 인사 올리겠습니다. 승덕 형님의 말씀 듣고 찾아왔습니다. 낙빈이라고 합니다."

흰 한복의 소년은 창문 너머에서 우리를 향해 절을 했다. 어안이 벙벙해진 아내와 나는 서로를 바라만 보았다.

"정말로 승덕이가 널 보냈단 말이야?"

나는 놀라 되물었다. 나는 지난밤의 술자리를 기억했다. 녀석은 분명히 그렇게 말했다. '아는 사람에게 알아보겠다'고. 그렇다면 녀석이 알아보겠다고 했던 사람이 겨우 이런 꼬맹이였단 말인가? 이 꼬마가 우리의 고민을 해결해줄 사람이란 말인가? 나는 이 상황이 믿기지 않아 멍하니 아이를 바라보았다.

정식으로 문을 통해 들어온 꼬마는 단정하고 짧은 바가지 머리에 동글동글 귀엽게 생긴 소년이었다. 검은 생머리와 진한 눈썹과 까만 눈동자를 지닌 소년은 작은 몸집에 다소곳한 표정을 짓고 있었다. 소년은 예의 바르게 집 안에 들어오더니 이곳저곳을 둘러보았다.

전원주택을 구입하면서 모든 인테리어는 아내의 몫이었다. 아내는 밝고 하얀 집을 원했다. 하얀 그림자 하나 지지 않는 깔끔한 집을 원했다. 그래서 거실을 포함해 모든 방에 동남향으로 이어지는 커다란 창문을 만들었다. 특히 거실은 하루 종일 빛이 들어오도록 동쪽과 남쪽 방향으로 통유리를 끼웠다. 아내는 그 커다란 창문에 새하얀 레이스 커튼을 달았다. 새하얀 레이스 커튼 아래로는 가족이 단란하게 모일 수 있는 반원형의 베이지색 소파를 두었다. 소파 아래에는 털이 긴 연회색 카펫을 깔았다.

모든 인테리어의 중심에는 '포근함'이라는 세 글자가 있었다. 아내는 누구보다도 포근하고 따뜻한 집을 만들고 싶었던 것이다. 우리가 단란하게 살아갈 보금자리를.

나는 소년에게 소파에 앉으라고 했다. 아이는 편안한 소파 끝에 엉덩이만 살짝 걸치고는 허리를 곧게 펴고 꼿꼿한 자세를 만들었다. 요즘 아이답지 않은 자세였다.

아내는 보경이와 소년을 위해 생크림 케이크와 구운 과자, 오렌지 주스 등을 거실로 내왔다. 한복을 입은 소년은 유행이 한참 지난 바가지 머리를 하고는 아내가 내온 쿠키와 케이크를 멀뚱멀뚱 쳐다보기만 했다. 아무래도 그런 음식들이 낯선 모양이었다.

아이는 처음에 동그란 눈으로 쳐다보기만 하고 손도 대지 않다가 보경이가 하나씩 건네주니 그제야 조금씩 입안에 넣기 시작했다. 아이는 부드러운 케이크를 맛보더니 깜짝 놀라는 표정을 지었다. 아무래도 처음 먹어보는 얼굴이었다. 아이는 간식을 천천히 조금씩 맛보더니 결국 부스러기 하나 남기지 않고 깨끗하게 접시를 비웠다.

"승덕이가 보냈다고?"

나는 이른 아침부터 우리 집을 찾아온 어린 손님의 정체가 너무나도 궁금했다. 승덕이 왜 이런 어린아이를 우리 집으로 보냈을까? 허튼짓을 할 녀석은 아닌데 겨우 어린 소년 하나를 보내서 무얼 어떻게 돕겠다는 건지 감도 오지 않았다.

접시를 깨끗이 비운 소년은 다시 꼿꼿한 자세로 아주 똑똑하게 대답했다.

"네, 승덕 형이 제 도움이 필요할 것 같다며 보냈어요. 형님은 급한 일 때문에 오지 못했습니다만, 저 혼자라도 빨리 와봐야 할 것 같아서 이렇게 실례를 무릅쓰고 찾아왔습니다."

나는 깊은 고민에 빠졌다. 승덕이 말한 '도움'은 무엇이었을까? 그러고 보니 또래 아이를 보내 심리치료를 한다는 이야기였나 싶었다. 어린아이끼리 어울리게 하면서 보경이를 치료해보겠다는 이야기 같았다.

"음, 그래. 그럼 보경이랑 놀도록 해라. 보경이 방에서 놀면 되는 거니? 우리는 여기 거실에 있으면 되겠니?"

나는 낙빈이라고 자신을 소개한 소년의 옆에서 눈을 반짝이며 놀자고 칭얼대는 보경이를 쳐다보았다. 여섯 살 보경이는 지독한 악몽이 시작된 이후 자폐 증세까지 보이면서 부모인 나와 아내를 제외한 누구와도 말을 하거나 그 옆에 앉으려고 하지 않았다. 하지만 이상하게도 처음 보는 이 소년에게는 친근감을 느끼는지 아까부터 옆에 붙어서 소년의 한복을 만지작거리기도 하고 '오빠 놀자'라며 손을 잡아끌기도 했다.

"아저씨, 죄송한 말씀이지만 저는 보경이와 놀기 위해 여기 온 것이 아니에요. 저는 아저씨 가족을 도와드리러 왔어요. 이곳은 터가 좋지 않아요. 특히 보경이 방 주변에는 아주 안 좋은 잡귀들이 달라붙어 있어요. 보경이와 가족들이 꿈을 꾸는 것도 터가 좋지 않아서예요."

"오, 하나님 아버지!"

소년의 말이 끝나기도 전에 아내는 가슴에 두 손을 모으며 두 눈을 감았다. 잡귀라니, 이 집에 귀신들이 있다는 말이 아닌가. 그대로 듣고 있기에는 아내에겐 충격이 컸다.

"네가 만화책을 너무 많이 봤나 보다."

나는 소년의 말이 무섭기보다 황당했다. 이 어린 꼬마가 대체 무얼 알고 이런 말을 지껄인단 말인가!

"아니에요, 아저씨! 저, 실은…… 저는 아기 무당이에요. 그래서 남들이 느끼지 못하는 귀기鬼氣를 느낄 수 있어요. 제발 제 말을 믿어주세요."

"아아, 주여!"

아내는 거의 울상이 되어 눈을 감았다. 나는 소년의 말이 난감하기만 했다. 아기 무당이라니! 가족 모두 모태 신앙을 가지고 있는 이 집안에서 귀신이니, 무당이니 하는 끔찍한 소리가 나왔다. 아내는 '무당'이라는 말에 거의 사색이 되어 소년의 한복 자락에 매달려 있던 보경이를 잡아끌었다.

"미안하지만 애야, 우리는 대대로 독실한 기독교 신자란다. 네가 우리 집을 걱정해주는 건 고맙지만 함부로 터가 나쁘다느니, 잡귀가 있다느니…… 그런 말은 하는 게 아니란다."

나는 소년에게 약간 정색을 했다. 불안감이 가득한 보경이가 소년의 말을 알아듣고 더욱더 두려움에 떨고 공포에 시달릴까 겁도 났다.

"아저씨, 거짓말이 아니에요. 보경이가 몸이 허해지고 아무리 먹어도 자꾸 말라가는 것도, 그리고 매일 가위에 눌리고 악몽을 꾸는 것도 다 귀신 탓이에요! 부탁이에요, 아저씨. 이러다가 이 아이는 죽을 수도 있어요. 얼마 가지 못해서 큰일이 날지도 몰라요. 제발……."

꼬마는 내가 정색을 하며 말했는데도 조금도 굽히지 않았다. 나는 소년을 바라보며 어떻게 이야기해야 할지 고민했다. 나는 우선 아내에게 보경이를 데리고 안방에 들어가 있으라고 손짓했다. 보경이 앞에서 자꾸 이상한 얘기가 오가는 것이 불안했기 때문이었다. 하지만 보경이는 소년이 맘에 들었는지 가지 않겠다고 버텼다.

"그럼 하나만 묻자. 네 말대로 귀신이 있다고 치자. 그럼 그 귀신들이 왜 우리를 괴롭히는 거냐? 우린 믿음 안에서 양심에 거리낌 없이 하나님을 믿으며 살아왔다. 자랑은 아니지만 겨울마다 양말이나 라면 박스를 들고 고아원과 양로원을 찾아가기도 하고. 사람들에게 도움을 주었으면 주었지 피해는 주지 않았다고 생각한다. 그런데 왜 이런 고통을 겪는 거냐? 왜 귀신이 우리에게 붙은 거지?"

나는 아내가 보경이를 데리고 방으로 사라지자마자 소년에게 물었다.

"아까 말씀드렸듯이 이 집의 터 때문이에요. 이곳은 터가 아주 좋지 않아요. 제가 느끼기에는 저기 아이 방 쪽에서 아주 안 좋은 기가 나오고 있어요. 물기가 어려 축축한 것을 보면 아마도 예전에 우물이었거나 물이 흘렀던 곳일 거예요. 근데 저 깊은 물속에 뼈가 수북하게 쌓여 있어요. 저는 그게 느껴져요."

아이의 말을 듣는 순간 나는 팔에 소름이 돋는 것을 느꼈다. 아이는 내가 꿈속에서 보았던 것을 이야기하고 있었다.

"저 뼈의 주인들은 죽은 후에 아무도 뼈를 발견하지 못한 탓에 저대로 우물 속에 묻혀버렸어요. 그래서 지금껏 성불하지 못하고 있어요. 양지바른 곳에 묻어주기만 하면 성불할 것 같은데…….

이 집 콘크리트 바닥에 갇혀서 성불할 수가 없어요. 그래서 이곳에 살던 사람은 아저씨 가족뿐 아니라 다른 사람들도 이런 고통을 겪었을 거예요. 저 사람들은 살아 있는 인간들에게 알려서 지상으로 빠져나가 어서 성불하기를 바라고 있거든요. 그래서 아저씨와 아줌마, 그리고 보경이를 깨우는 거예요. 자기들을 알아달라고요. 어서 자신들을 파내달라고요."

소년의 말은 섬뜩했다. 소년은 조금도 주저하지 않고 단숨에 토해내듯 모든 이야기를 해주었다. 서늘한 기운이 등줄기를 훑으며 지나갔다.

"그게 사실이라면…… 왜 우리 딸이 특히 악몽을 자꾸 꾸는 거냐? 왜 죄도 없는 아이를 괴롭히다가 나중에야 나와 아내에게 나타난 거냐? 내 딸이 악몽을 꾸고 가위에 눌린 것이 벌써 반년 전의 일이다. 하지만 나와 아내가 악몽을 꾸기 시작한 건 겨우 한 달도 되지 않았어. 이건 어찌 된 일이냐?"

아이는 고개를 끄덕이며 까만 눈으로 나를 바라보았다. 너무나 정직한 눈이 내 앞에서 반짝거렸다.

"그건 보경이가 아이라서 그래요. 보통 어른들보다 아이들이 귀신을 잘 봐요. 어린아이들은 기가 굳어 있지 않아서 쉽게 흐물흐물 변하거든요. 귀신은 항상 보이는 것이 아니라 어떤 상태가 되어야 보여요. 그런데 아이들은 귀신을 볼 수 있는 상태로 훨씬 쉽게 변하죠. 아마도 아저씨네가 이사를 오자마자 이곳에 있던 영혼들이 가족들 꿈에 계속 나타났을 거예요. 하지만 어른들은 쉽사리 귀신과 파장을 같이하지 않았고 어린 보경이가 귀신들의 파장에 동조한 거예요."

소년은 나의 물음에 전혀 머뭇거리지 않고 청산유수로 대답했다. 나는 지푸라기라도 잡는 심정으로 소년을 믿어볼까 하다가도 기독교 신자인 내가 그래도 되는지 자꾸 망설이게 되었다.

내가 섣불리 소년을 받아들이지 못하는 이유는 그가 '무당'이었기 때문이다. 수많은 신을 모시면서 귀신이나 액운을 들먹이고 부적을 만들어주는 무당에 대한 나의 선입견이 너무나 강했다.

나는 한참 고심했다. 하지만 고민을 해결하기 위해 또 다른 고민을 들이고 싶지는 않았다. 게다가 악몽을 해결하기 위해 나의 종교적 신념을 흔드는 것은 너무 대가가 크다는 생각이 들었다. 분명히 다른 방법이 있을 것이다.

"미안하다. 하지만 돌아가거라. 우리 문제는 우리가 해결할게."

마침내 내가 내린 결론이었다. 나는 소파에서 일어나 소년에게 집에서 나가달라고 부탁했다. 하지만 아이는 일어서지 않았다.

"아저씨, 절 믿어주세요. 제게 기회를 주세요. 자칫하다간 보경이는 물론이고 아저씨와 아줌마도 큰 화를 당할 거예요. 정말 큰일이 일어날 수도 있어서 이렇게 부탁드리는 거예요."

아이는 애원하는 얼굴로 나를 바라보았다. 왜 소년이 내게 애원하는지 모르겠지만 녀석은 나보다도 더 내 딸을 걱정하는 눈빛이었다.

"미안하지만 믿을 수가 없구나. 네가 말하는 귀신이니 뭐니, 그런 것을 믿을 수가 없다. 그러니 나가다오. 우리 일은 다른 방법으로 해결할 테니까."

"아저씨, 보경이 얼굴을 보면 시간이 별로 없어요. 빨리 해결해야 해요. 그러지 않으면 기가 다 빠져 어떻게 될지……. 제게 한 번만 기회를 주세요. 제가 귀신이 있다는 것을 증명해 보일게요. 딱 하루만 시간을 주세요. 그럼 제가 보경이 꿈이 귀신 때문이란 것을 증명해 보일게요. 그러면 제 말을 믿어주시겠죠? 부탁드릴게요."

꼬마는 제 일도 아닌 일에 온몸으로 버티고 있었다. 그저 가버리면 그뿐일 텐데. 왜인지는 몰라도 소년은 진정으로 나와 가족을 걱정하고 있었다. 이성적으로는 나의 종교적 신념에 반하는 소년의 말을 뿌리쳐야 했다. 하지만 나는 소년을 단번에 내치지 못한 채 어정쩡하게 서 있었다.

때마침 안방 문이 활짝 열리더니 보경이가 소년에게 뛰어갔다. 그러고는 두 팔로 소년의 허리를 안았다. 나는 보경이를 보며 어안이 벙벙했다. 악몽을 꾸고 신경이 날카로워지면서 아이는 좀처럼 사람들에게 애정을 보이지 않았다. 친가나 외가 식구들, 또래 친구들에게도 모두 낯설게만 대했다. 그런 아이가 처음 만난 소년을 마치 오랫동안 알던 사이처럼 살갑게 대하고 있었다.

"오빠, 오빠."

아이는 낙빈이라는 소년에게서 떨어지려고 하질 않았다.

"오빠, 무서워. 나랑 같이 있어. 오빠, 무서워."

심지어 보경이는 우리에게도 잘 털어놓지 않던 제 안의 공포를 처음 보는 소년에게 털어놓고 있었다. 소년은 보경이 쪽으로 고개를 돌렸다. 그러고는 무릎을 꿇고 보경이보다도 낮은 자세로 아이를 올려다보았다.

"걱정 마. 오빠가 없애줄게."

"응! 으응! 난 토끼가 좋아!"

"그래, 묘卯 신장神將이 마음에 들었구나? 알았어. 이거 가지고 있어. 널 지켜줄 거야."

소년은 한복 주머니에서 노란 종이를 꺼내더니 보경이에게 건네주었다. 언뜻 보아도 부적이 분명했다. 부적에는 무언가 알 수 없는 글자가 그려져 있었다. 글자 같기도 하고 그림 같기도 한 희한한 모양이었다. 글자로 보면 도저히 판독되지 않는 괴상한 상형문자였고, 그림으로 보면 머리 위로 귀가 솟은 모양이었다. 그 그림 글씨를 보다 보니 오늘 아침에 보았던 새하얀 형상들이 떠올랐다. 보경이를 짓누르던 악몽을 없애준 기다란 귀의 하얀 연기, 아내와 나의 악몽을 없애준 말과 소 형상의 하얀 연기……

"꺄아!"

나는 요즘 한 번도 보지 못했던 딸아이의 미소를 보았다. 아이 얼굴에는 언제나 걱정이 그득했다. 잠을 자지 못해 피곤한 몸과 마음 탓에 아이는 언제나 회색으로 바랜 얼굴이었다. 그런데 아이의 얼굴에 갑자기 서광이 비치기 시작했다. 검고 어두운 동굴 속으로 한 줄기 볕이 떠오른 것처럼 보경이의 얼굴에 미소가 피었다. 아이는 처음 보는 소년이 건네준 노란 부적을 받고 펄쩍 뛰며 기뻐했다. 나는 그 모습을 보며 울컥 눈물이 솟았다. 눈물을 삼키기 위해 고개를 돌리자 안방 문 앞에서 이 모습을 지켜보는 아내의 얼굴이 보였다. 아내의 두 눈에서는 이미 맑은 눈물이 흐르고 있었다.

"아저씨, 기회를 주세요. 보경이를 돕게 해주세요. 하루만 시간을 주시면 이곳에 귀신이 있다는 걸 보여드릴게요. 그 증거를 보고 나서 제 말을 들어주세요. 부탁드립니다."

아이는 나를 향해 깊이 고개를 숙였다. 이상했다. 소년은 왜 나를 향해 고개를 숙이는 것일까? 이 끔찍한 하루하루를 해결해달라고 부탁할 사람은 우리인데 왜 소년이 고개를 숙이는 것일까?

나는 거실 카펫에 털썩 주저앉았다. 멍해진 머릿속이 윙윙거리기 시작했다. 귀신이 있다는 것을 증명해 보이겠다는 소년의 얼굴만 내 눈에 가득 찼다. 뭔가 소름이 돋는 말이었지만 소년의 얼굴은 너무나 진지하고 필사적이었다.

나는 기억을 더듬었다. 나는 왜 소년을 믿지 못하는 걸까? 승덕이가 소개해준 이 소년을…… 소년이 너무 어려서일까? 소년이 너무 못 미덥게 생겨서? 그래, 그럴 수도 있다. 하지만 가장 큰 이유는 아이가 '무당'이기 때문이었다. 그리고 아이가 끔찍한 단어인 '귀신'을 입에 올렸기 때문이다. 내가 결코 쳐다보고 싶지 않았던 세계의 단어들이 내 앞에서 언급되는 것이 싫었던 것이다.

하지만 기억해보자. 사실 내가 믿고 따르는 성경에도 귀신 이야기가 나온다. 예수님께서 어느 여인의 몸에 붙어 있는 귀신을 쫓아내자 귀신이 우리에 갇힌 돼지들에게로 도망치는 바람에 미친 돼지들이 우르르 몰려나왔다는 말씀이 있다. 분명 예수님 자신도 '귀신'이란 존재를 인정했다. 그런데…… 왜 나는 소년의 입에서 나오는 것들을 부정하려는 것일까? 나는 혼란스러움을 느꼈다.

"그래, 알겠다. 네 말대로 내가 납득할 만한 증거를 보여준다면 나도 네 말대로 할게. 약속한다."

마침내 나는 소년과 약속하고 말았다.

다행이라며 눈을 반짝이는 소년과 그 옆에서 말갛게 웃어대는 보경이를 보자 어지럽던 머릿속이 맑아지기 시작했다. 아내가 특별히 주문한 새하얀 레이스 커튼 사이로 환한 빛이 일렁거렸다. 거실 가득 환한 햇살이 들어왔다.

언제나 그랬던 것이다. 언제나 이른 아침부터 밝은 햇살이 우리 집을 비추었던 것이다. 나는 오늘에야 그 사실을 깨달았다. 무언지 알 수 없는 환한 빛이 딸아이뿐 아니라 나에게도 비치기 시작했다.

"똑같은 모양의 신선한 소고기 두 덩이와 생닭 두 마리를 준비해주세요."

소년이 나와 가족들에게 증거를 보여주겠다며 고기를 준비해달라고 했다.

아내는 불안감이 가득하면서도 이러지도 저러지도 못하는 눈치였다. 아내는 소년에게 의지하고 싶으면서도 모태 신앙 때문에 맘 편히 무당을 믿지 못하는 모순된 감정 속에서 흔들리고 있었다. 하지만 아내는 끝내 아무 말도 하지 않았다. 보경이를 위해서라면 어떤 일이라도 감수하려는 것이 분명했다.

똑같은 크기에 거의 똑같은 모양의 소고기 두 덩이와 생닭 두 마리가 준비되자 소년은 이것들을 커다란 쟁반 두 개에 나눠 담았다. 각각 소고기 한 덩이와 생닭 한 마리가 담긴 쟁반을 하나는 딸아이 방에, 또 하나는 부엌 식탁에 놓았다.

"이렇게 하루만 놓아두세요. 내일이면 정말로 귀신이 있다는 걸 알 수 있을 거예요. 그럼 저는 오늘은 이만 돌아갔다가 내일 오겠습니다. 내일까지 부엌이나 방에 들어가지 마세요. 부탁드립니다. 그럼 내일 다시 오겠습니다."

보경이는 소년이 떠나려 하자 눈물을 쏟았다. 소년은 보경이의 귓가에 무어라고 속삭이더니 좀 전에 주었던 노란 부적을 아이의 손바닥에 작게 접어주었다. 아이는 아쉬움이 가득한 얼굴이었지만 간신히 눈물을 참으며 인사를 했다. 소년은 우리에게 꾸벅 허리를 숙이더니 이내 사라졌다.

우리는 쟁반이 놓인 부엌이나 딸아이 방에는 얼씬도 하지 않기 위해 아예 집 밖으로 나왔다. 근처 호텔에 하룻밤을 예약한 나는 회사에 이틀간 휴가를 냈다. 오늘 내일 휴가를 내면 주말까지 나흘간 쉴 수 있었다. 휴일에도 출근하던 내가 뜬금없이 휴가를 쓴

다고 하자 전화기 저편의 부하 직원이 믿을 수 없다는 목소리로
"정말 휴가를 내신다고요?"라고 계속 물었다. 그러고도 몇 번이
나 전화를 걸어 무슨 일이냐고 확인하는 것을 보면 내가 그동안
회사 일에만 몰두한 건 아닌지 반성도 되었다.

　어쨌든 나는 나흘간 모든 것을 잊을 생각이었다. 내 가족, 내 아
내, 내 딸에게만 집중할 생각이었다. 우리는 오랜만에 온 가족이
함께하는 오붓한 외식을 즐겼다. 서로 악몽에 시달리면서 마음의
여유가 없었던 탓에 좀처럼 갖지 못한 여유였다. 보경이는 외식
을 마칠 즈음 꾸벅꾸벅 졸기 시작하더니 호텔 방 침대에 눕힐 때
까지 깨지 않았다. 아이는 오랜만에 깊은 잠에 빠졌다. 그런데 그
렇게 깊은 잠에 빠진 아이의 손에 소년이 건네준 노란 부적이 꼭
쥐여져 있었다. 아이는 노란 부적에 의지해 아무런 걱정 없이 깊
은 잠에 빠진 것 같았다.

　"여보, 아까 그 애를 보고 처음엔 뭐 이런 아이가 다 있나 싶어
서 황당하기만 했는데…… 지금 생각해보니 남의 일을 그렇게 걱
정해주는 게 참 고맙기만 해요."

　"아아, 나도 사실 무당이란 말에 기겁하긴 했지만 나쁜 아이는
아닌 것 같았어. 눈동자가 까맣고 참 맑던데."

　아내와 나는 호텔 창가에 마주 앉아 그 소년에 대해 이야기를
나누었다.

　"그래, 맞아. 아직 작고 어리지만 꼬마의 눈빛이 진지하고 신념
에 차 있더라고. 나도 젊을 때는 그런 눈빛이었던 것 같은데…….

우리 보경이도 아프기 전에는 그렇게 맑고 까만 눈동자였는데……."

나는 하얀 시트 위에서 깊이 잠든 딸아이를 측은한 눈빛으로 쳐다보았다. 아이의 눈 아래로 잿빛이 드리워져 있었다. 철없는 아이가 매일 고통과 괴로움에 시달리면서 지쳐 있는 모습을 보니 가슴이 먹먹해졌다.

"정말 그 애 말대로 우리 집 아래에 귀신이 살까요? 대체 꼬마는 어떤 방법으로 우리에게 귀신이 있다는 증거를 보여준다는 거죠?"

아내가 말했다.

"글쎄. 정말 상상도 못하겠어."

아내와 나는 불안과 기대감으로 심장이 두근거렸다. 우리는 제발 한 가닥 희망이 광명이 되기를 간절히 바랐다. 캄캄한 하늘 아래 불빛만 환한 도시를 내려다보며 아내와 나는 손을 꼭 맞잡았다. 불안 속에서도 작은 희망이 우리의 두 손을 따뜻하게 감싸고 있었다.

7

"안녕하세요. 안녕히 주무셨습니까?"

소년은 약속대로 오전 일찍 집 앞에 와 있었다. 소년은 집 앞에서 기다리다가 호텔에서 돌아오는 우리를 보고 환하게 미소 지었다.

"어제는 방에 아무도 안 들어가셨죠?"

"그래. 우리는 아예 밖에서 자고 왔어."

"네, 잘하셨어요."

소년은 미소를 지으며 고개를 끄덕였다. 나와 아내는 현관문을 열면서 왠지 모를 두려움에 떨고 있는 반면 소년의 얼굴에는 아주 여유로운 웃음이 가득했다.

모두가 거실에 모이자 소년이 움직이기 시작했다.

"그럼 제가 접시를 가져올게요."

소년은 우선 부엌 쪽으로 갔다. 어제부터 아무도 부엌과 보경이 방에 들어가지 않았으니 접시는 변함없이 그 자리에 있을 것이다. 그럼 대체 소년은 우리에게 무엇을 보여준다는 얘길까? 모두의 눈이 소년의 등을 따라갔다.

우선 소년은 부엌에 들어가 쟁반을 가지고 나왔다. 붉은 소고기와 허연 닭고기가 분명히 쟁반에 있었다. 소고기는 색깔이 변하긴 했지만 어제와 별반 다르지 않았다.

"그게 무슨 증거라는 거니? 원래 하루 정도 냉장고에서 꺼내놓으면 그렇게 된단다."

아내가 고개를 갸웃거렸다. 대체 무엇을 보라는 건지 의아했다.

"그럼 저쪽 방에서도 가져올게요!"

소년은 부엌에서 가져온 쟁반을 거실 탁자 위에 올려놓고 보경이 방으로 들어갔다.

접시가 없어지기라도 했을까? 아니면 고기가 사라지기라도 했을까? 낙빈이라는 소년은 무언가 사라지기를 바랐을까? 하지만 방 안에 가만히 있는 고깃덩이가 사라질 리 있겠는가. 당연히 보경이 방에서 나오는 소년의 양손에는 고깃덩이가 고스란히 놓인 쟁반이 있었다.

그런데 고깃덩이를 보고 제일 먼저 소리를 지른 것은 다름 아닌 보경이였다.

"엄마, 고기가 이상해!"

"어머나!"

"세, 세상에!"

나와 아내 역시 깜짝 놀라지 않을 수 없었다.

접시도 그대로, 고깃덩이도 그대로였지만 보경이 방에서 나온 것은 부엌에서 가져온 것과 완전히 달랐다. 부엌에서 가져온 고기는 분명 어제와 그리 달라지지 않았지만 보경이 방에서 들고 나온 고기는 완전히 달라져 있었다.

우선 소고기는 붉은빛이 허옇게 바래서 도저히 사람이 먹을 수 없을 지경이었다. 얼었던 고기가 녹으면서 주변에 핏물이 흥건하게 남아 있어야 하는데 핏물이 거의 없었다.

닭고기는 더 심했다. 부엌에서 가져온 닭고기는 통통한 살이 그대로 남아 있는 반면 보경이 방에서 가져온 닭고기는 누군가가

빨대로 육즙을 빨아먹은 듯 납작해져 있었다. 게다가 닭 껍질이 마치 풍선을 힘껏 불었다가 바늘로 터뜨린 것처럼 너덜거렸다.

"대체 어떻게 된 일이야?"

나는 그래도 음식을 많이 해본 아내라면 이유를 알지 않을까 해서 아내의 얼굴을 쳐다보았지만 아내 역시 망연자실하게 두 개의 쟁반을 바라보고만 있었다.

대체 무슨 일이 일어난 걸까? 보경이 방과 부엌의 온도나 습도 차이는 심하지 않을 것이고, 다른 조건들도 별다른 차이는 없을 것이다. 그런데도 어째서 이렇게나 놀라운 일이 벌어진 것일까? 단 하루 동안 보경이 방에서 대체 무슨 일이 일어났기에 고기가 상해버린 것일까?

아내와 나는 그 해답을 듣기 위해 멍하니 소년을 바라보았다.

"이게 바로 귀신이 나왔다는 증거예요. 옛말에 '늦은 밤에는 피가 뚝뚝 흐르는 생고기를 들고 다니지 말라'고 했어요. 특히나 둥근 대보름달이 뜨는 밤에는 피 묻은 고기를 들고 다녀선 안 된다고 했지요. 그건…… 귀신들이 쫓아오기 때문이에요. 귀신들은 일 년에 몇 번 제사상이나 차례상을 받을 때만 겨우 음식을 먹기 때문에 종종 배가 곯아 있어요. 그래서인지 음식을 보면 먹고 싶어서 사족을 쓰지 못하지요. 특히 피 묻은 고깃덩이를 좋아해요. 그래서 피 묻은 고깃덩이를 보면 사람 뒤를 졸졸 쫓아다니며 사람을 놀라게 하거나 고깃덩이를 상하게 해요.

음기가 강한 늦은 밤, 특히 보름달이 뜨는 밤 귀신들은 온 거리를 활보하고 다녀요. 그래서 늦은 밤에 피 묻은 고깃덩이를 들고 다니면 수많은 귀신이 달라붙어 이리 만지고 저리 만져보는 거예요. 그리고 너무너무 먹고 싶어지면 사람을 놀라게 해서 고기를 채가기도 해요.

귀신들은 실제 음식을 만질 수 없지만 그 맛을 보고 싶어서 자꾸 주변을 맴돌며 음식을 건드리죠. 그렇게 귀신이 몰려들어서 만지작거리고 주무르면 고기가 쉽게 상하게 돼요. 어제도 말씀드렸듯이 보경이의 방에 영기靈氣가 자욱하게 서려 있어요. 방바닥 밑에 많은 귀신이 머물러 있기 때문이죠. 콘크리트랑 벽돌로 숨이 막혀버린 귀신들은 기분이 나쁘고 괴로워서 어서 나오고 싶어해요.

그 귀신들은 내내 고통을 당했을 거예요. 한 번도 제사상을 받은 적이 없어서 많이 굶주리기도 했을 거고요. 그래서 전 귀신들이 좋아하는 피 묻은 고기를 놓아준 거예요. 저곳에 있는 귀신들은 아마 어젯밤 날이 새도록 고기를 만지고, 건드리고, 핥고, 빨면서 어떻게든 맛을 보려고 했을 거예요. 그래서 고기가 이렇게 많이 상해버린 거예요."

소년의 말에 나와 아내는 그저 입이 벌어질 수밖에 없었다. 밤중에 피 묻은 고기를 들고 다니지 말라는 말을 들어본 적이 있다. 그런 옛말에 이런 뜻이 있었다니! 나는 어쩐지 스산한 느낌에 몸을 부르르 떨었다. 유승덕, 그 녀석이 보낸 소년은 역시 보통 사람이 아니었다.

"우린…… 어떻게 하면 되는 거냐?"

나는 멍하니 소년의 눈동자만 쳐다보았다.

"강한 귀신들의 기운은 보경이 방 아래에 모여 있어요. 아마 그
곳이 축축하고 어두운 죽음의 장소일 거예요. 그곳에 있는 뼈를
수습하고 제사를 드리면 괜찮아질 거예요. 성불만 시키면 이렇게
가족들을 괴롭히지 못할 거예요."

나는 소년을 향해 고개를 끄덕였다.

"불러……."

나는 쉰 목소리로 중얼거렸다.

"뭐라고요?"

아내는 내 말을 알아듣지 못하고 되물었다.

"부르라고, 당장! 공사하는 사람들에게 전화하자고, 당장!"

내가 그렇게 소리치자 아내가 급히 전화기를 들었다.

8

나는 성격이 급한 편은 아니었다. 그러나 이 순간만큼은 도저
히 급해지지 않을 수가 없었다. 나는 돈이 얼마가 들든 인부와 장
비를 모두 동원해 딸아이의 방바닥을 하루 만에 파달라고 부탁했
다. 방바닥을 들어내고 땅을 파내려가다 마침내 저녁 무렵 진한
고동색의 흙바닥이 나타났다.

그리고 얼마 지나지 않아서였다.

"이…… 이게 뭐야!"

인부들이 몸서리를 치며 고함을 질러댔다. 생각보다 우물 자리
는 깊지 않았다. 딸아이의 방을 성인 가슴 높이까지 파내려가자
마침내…… 나타났다.

"으악!"

"아이고, 재수 없어!"

……뼈였다. 수십 개나 되는 가지각색의 뼈가 딸아이의 침대가
있던 자리에 쌓여 있었다.

"이제부턴 내가 하겠소!"

나는 진저리를 치며 바닥에서 올라오는 인부들 대신 흙더미 속
으로 뛰어들었다. 그때부터 나는 바닥에 파묻혀 있는 수많은 뼛
조각을 골라내기 시작했다.

회색으로 탁해져버린 수많은 뼈가 사라지기 싫다는 듯이, 무언
가 미련이 남았다는 듯이 전혀 부서지지 않은 채 보존되어 있었
다. 나는 몇 조각인지도 모를 수많은 뼈를 꺼내 커다란 종이 위에
던져놓았고 아내와 보경이가 그 뼈들을 하나하나 맞췄다.

"이상해요, 여보. 나…… 이게 누구의 뼈인지…… 이 다리뼈가
누구의 것이고 이 두개골이 누구 것인지 분명히 알겠어요."

아내는 몸을 부르르 떨었다.

아내뿐이 아니었다. 나와 보경이도 그 뼈들이 누구의 것인지,
어느 뼈가 어느 뼈의 짝인지 확실히 알 수 있었다. 혹시라도 어떤

사람의 뼈를 다른 사람의 뼈에 놓으면 뼈들이 서로 화를 내며 제자리에 놓아달라고 아우성을 치는 것 같았다. 뭔가 부족하면 '내 뼈는 여기 있다'라고 소리치며 알려주는 것 같아 뼈를 맞추는 일이 생각보다 어렵지 않았다.

"다 됐다! 다 됐어요, 여보!"

흙투성이인 아내가 내 가슴에 매달려 울음을 터뜨렸다. 나 역시 눈물이 주르륵 흘렀다.

꿈속에서 보았던 다섯 명의 관군, 세 명의 아이, 목 잘린 남편, 그리고 피눈물을 흘렸던 여인의 뼈를 모두 골라낸 것이었다.

"여보! 보경아! 여보! 보경아!"

나는 무슨 말을 해야 할지 몰라 그저 딸과 아내를 껴안으며 눈물만 흘렸다. 허리는 끊어질 듯 아팠지만 마음만은 행복하고 편안했다.

"고…… 고맙다, 낙빈아!"

그렇게 서로를 부둥켜안고 한참이 지나서야 나는 겨우 우리의 은인인 그 소년을 찾았다.

"어, 그 애는?"

그제야 아내도 소년이 없다는 것을 눈치챈 모양이었다.

"오빠, 아까 갔어. 나보고 좋은 꿈 꾸라면서 이거 주고 아까 아까 갔어."

딸은 제 손바닥만큼이나 작은 빨간 복조리를 달랑거렸다. 복조리 안에는 뼈들을 수습한 뒤 제사를 지내는 방법이 적혀 있었다.

혹시라도 근처를 지나게 되면 안녕하신지를 지켜보겠다는 든든한 인사말도 함께 적혀 있었다.

"아아, 이럴 수가!"

"우린…… 고맙단 말도…… 작은 사례도 못했는데…… 우린 아무것도 못했는데……."

무당이라서, 미신이라서 못 믿겠다는 소리만 했을 뿐 은인이란 말도, 잘 가라는 인사도 못했는데 소년은 이미 사라진 것이었다.

"이럴 수가……!"

아내와 나는 그저 멍하니 주변을 돌아보았다. 소년에게 고맙다는 말도, 미안하다는 말도 못한 것이 마음 아팠다. 제 일도 아닌데, 제 목숨이 달린 일도 아닌데 도와주겠다고 애원하던 진심 어린 눈빛이 떠올랐다. 터부와 의심으로 가득한 내가 그 아이를 낮춰보고 하대한 것이 부끄럽고 안쓰러워 가슴이 답답했다. 한낱 좁은 식견으로 보지 못한 세계를 함부로 생각한 것이 낯부끄러웠다. 어린 손을 붙잡고 깊이 용서를 구하고 싶었다. 그런데…… 소년은 떠나버렸다. 그깟 사과나 감사 인사 따위는 아무것도 아니라는 듯 봄바람처럼 휘이 떠나버렸다.

"여보, 어쩌면 좋아……."

아내 역시 낙빈이라는 소년이 너무나 마음에 걸리는지 걱정 어린 눈빛으로 나를 바라보았다.

"아아, 보답은…… 우리 보경이를 아주 잘 키우는 걸로 합시다. 언젠가 그 아이가 우리 보경이를 보고 내가 도와준 아이가 저렇

게 잘 자라고 있구나, 뿌듯해하게 우리가 보경이를 바르고 똑똑
하게 키웁시다."

　나도 아내도 누가 먼저랄 것 없이 보경이를 꼭 안은 채 사랑과
기쁨의 눈물을, 그리고 고마움과 감사의 눈물을 흘렸다. 그리고
수십 번도, 수백 번도 더 이렇게 되뇌었다.

　"고맙습니다, 너무나 고맙습니다……."

　감사와 기쁨의 눈물이 하염없이 흘러내렸다. 나는 이렇게 벅찬
감사의 마음을 평생 잊지 않을 거라고 맹세했다.

제3화

죽은 자가
일어나는 밤

1

시골에 있는 붉은 벽돌 단층집은 늦은 시각인데도 사방이 환했다. 마당에는 큰 천막이 펼쳐져 있고 왁자지껄 사람들의 음성이 끊이질 않았다. 술상이 그득한 가운데 화투판이 벌어진 천막 안 풍경과 달리 집 안 거실에서는 여인의 음성이 구슬프게 이어졌다.

"여보…… 여보…… 어어억, 여보오오……."

이미 하늘은 검은색으로 뒤덮였음에도 조등弔燈 속에는 끊임없는 통곡의 소리가 배어 나오고 있었다. 통곡은 파도처럼 좁은 골목을 파고들었고 상부喪夫한 여인의 비극적인 이야기는 사람들의 마음을 구슬프게 했다.

"여보…… 날 두고 가면 어째요, 여보! 날 두고 가면 어째요. 우리 아기는 어째요!"

검은 한복 차림으로 통곡하는 여인의 배는 얼핏 보아도 산만큼 불렀다. 배 속 아기의 얼굴도 못 보고 가버린 사람도 불쌍하지만 이제 막달이 가까운 새색시의 모습은 눈시울을 붉히지 않고는 쳐다볼 수가 없었다.

"아이고, 이것아! 네 어디에 상부살喪夫煞*이 끼었다고 태어나지도 않은 자식을 유복자로 만들고 저 혼자 저승으로 갔단 말이냐! 네가 무슨 죄가 있다고 박 서방이 혼자 떠났단 말이냐! 아이고…… 아이고!"

만삭의 여인 옆에서 그녀의 검은 상복을 찢어져라 붙잡고 있는 사람은 얼굴에 주름이 자글자글한 그녀의 노모老母였다.

"으흐흑…… 우리 아이 얼굴은 한 번 보고 갔어야지요! 아이를 낳으면 공주처럼, 왕자처럼 귀하게 키우자고 했잖아요! 내가 박복해서 당신을 떠나보낼 운명이라고 해도 아이 얼굴은 보고 갔어야지요! 아이 얼굴은 보고 갔어야지요!"

졸지에 남편을 잃은 여인의 입에서는 슬픔과 괴로움, 그리움과 안타까움이 가득한 한숨과 통곡이 이어졌다.

"아이고, 박 서방! 내 딸은 어떡하라고! 너무하네, 너무해!"

딸의 신세가 가엾고 한탄스러운 노모는 딸의 옷자락을 흔들면서 괴로운 마음을 토해냈다.

"이러지들 말아. 이러지들 말라고, 제발! 박 서방이라고 슬프고 괴롭지 않겠어! 떠나는 사람의 발길을 붙잡아 떠도는 넋이 되게 하지는 말아. 아무 소리 말고 극락왕생하라고나 빌어. 내 딸 먹여 살리고 배 속의 손자 먹여 살리느라 죽도록 일하다가 죽었잖아. 그런데 그렇게 가지 말라고 붙들고 원망하면 어쩌겠어! 제발…… 그러지들 말아!"

♦상부할 상, 즉 남편을 여읠 흉한 살을 뜻한다. 남편을 먼저 떠나보내는 여인에게는 전생 또는 이생의 업業 또는 살殺이 끼어서 그렇다고 해석하는 것이다. 때문에 남편을 먼저 보내고 재혼한 여성이 또다시 남편을 여읠 경우 매우 흉한 인물로 인식되기도 했다.

하루 종일 슬픈 한탄만 해대는 아내와 딸을 바라보던 노부老父가 마침내 두 사람을 달래기 시작했다.

"너는 배도 부르니까 이제 쉬도록 해라. 계속 이러고 있다간 너마저 큰일 나겠다. 당신도 그만 좀 울고, 애 좀 눕혀! 애 좀 그만 울리고 말이야."

노부는 이미 눈이 퉁퉁 부어오른 딸을 일으켜 세웠다. 죽은 남편 곁에서 울기라도 하겠다며 버티던 여자는 너마저 잘못되면 어쩌냐는 부모의 한숨과 걱정 때문에 결국 거실 옆에 붙어 있는 구석방으로 몸을 옮겼다.

남산만 한 배는 아까부터 쿡쿡 쑤셨고 온몸은 뼈가 부서지는 것처럼 욱신거렸다. 정신없이 통곡한 탓에 목은 칼칼했고 머리는 술에 취한 것처럼 빙글빙글 돌았다. 온몸이 성치 않았고 지독한 피로감이 그녀의 사지를 누르고 있었다. 그러나 그녀는 결코 두 눈을 감을 수가 없었다.

"여보…… 여보……."

여자는 천장을 멍하니 바라보다가 또다시 주르르 눈물을 흘렸다. 그녀는 믿을 수 없었다. 바로 어제 아침만 해도 "이제 배가 제법 나왔네. 당신 몸조심해야 돼. 혼자서 밖에 나가지 말고"라며 자신을 걱정해주던 그 사람이…… 바로 엊저녁만 해도 "잔업 때문에 늦을 거야. 기다리지 말고 먼저 자요"라며 따스한 목소리로 전화해주던 그 다정한 사람이…… 단지 하룻밤 자고 일어났더니 이 세상에서 사라져버린 것이었다.

"순식간에 일어난 일이었습니다. 그 사람이 손보던 기계에 전원을 올린 순간 갑자기 불꽃이 일어나면서 엄청난 스파크가……."

"도저히 시간이 없었습니다. 너무나 순식간에 일어난 일이라서……."

"정신을 차렸을 땐 이미 온몸이 새까맣게 타버리고 연기 속으로……."

여자는 믿을 수 없는 이야기를 지껄여대던 남편 동료들의 목소리가 떠올랐다. 여자는 세차게 고개를 흔들었다. 공장이 바쁘면 바쁠수록 남편은 신이 나서 일을 하던 사람이었다. 불황으로 힘들었던 작은 공장에 밤마다 야근과 잔업으로 손이 부족할 만큼 일이 들어오자 남편은 자기 일처럼 기뻐했다. 자신의 몸이 바쁜 것보다 회사가 발전하는 것을 즐겼다.

그렇게 고생고생하더니 월급도 차곡차곡 올랐다. 작은 월세방에서 시작한 살림도 얼마 전에는 전셋집으로 옮겼다. 그즈음 아기도 생겼다. 모든 일이 순조로웠다. 회사 일도, 살림도, 아기도…… 매일매일 눈코 뜰 새 없이 바쁘지만 하루하루를 열심히 살아가던 그 사람 덕분에 모든 것이 다 좋아지기만 할 것 같았다. 이처럼 감당할 수 없는 시련이 기다리고 있을 줄은 꿈에도 몰랐다.

그녀는 자리에 누워 한참을 뒤척여도 머리에 가득 찬 수많은 생각을 지워버릴 수가 없었다.

그녀는 이불을 들치며 다시 일어섰다. 온몸은 물에 젖은 솜처

럼 녹초가 되었지만 온갖 괴로움으로 가득한 정신만은 잔인하리
만치 또렷했다. 결국 한잠도 자지 못한 그녀는 비틀비틀 일어나
방문을 열었다.

그녀는 작은방에서 나와 남편이 누워 있는 거실을 향해 걸음
을 뗐다. 이사한 지 일 년도 되지 않은 전셋집 거실에서 남편이 웃
고 있었다. 네모난 사진 속에서 바보 같은 웃음을 짓고 있었다. 사
진 주위에는 검정 벨벳 천이 드리워져 있고 그 앞으로 작은 향불
하나만 쓸쓸히 타고 있었다. 여인은 비틀거리는 걸음으로 남편의
사진 앞에 다가갔다. 그러고는 검은 벨벳 천 뒤쪽으로 돌아갔다.

사람들에게 보이는 쪽은 환한 빛이 비쳤지만 죽은 남편이 누워
있는 휘장 뒤의 검은 관은 너무나도 쓸쓸했다. 차갑고 어둡고 좁
은 벽 아래에 누운 남편이 너무나도 가여웠다.

"으흑…… 여보, 여보……."

그녀는 목소리를 죽이며 남편의 관 위로 쓰러졌다.

"여보, 천년만년 같이 살자고 했잖아요! 보란 듯이 우리 아이
잘 키운다고 했잖아요. 그런 당신이 저와 아이를 버리고 어딜
간단 말이에요! 여보, 제발…… 지금이라도 살아 돌아와요! 제
발…… 지금이라도 살아 돌아와줘요! 제발, 살아와줘요!"

그녀는 깊은 곳으로부터 터져 나오는 진한 슬픔을 내뱉었다.

그극…… 그그극…….

관 아래에서 이상한 소리가 들려온 것은 바로 그때였다.

그극…… 그그극…….

무언가를 긁는 소리. 두꺼운 나무판자를 무언가로 북북 긁어대는 소리였다. 마치…… 손톱으로 나무판을 긁어대는 듯한 소리가 남편의 검은 관에서 흘러나오고 있었다.

그극…… 그극…… 그그극…….

검은 관 안쪽에서 들려오는 괴이한 소리에 그녀는 저도 모르게 소리를 질렀다.

"살아 있어! 그이가 살아 있나 봐요! 도와줘요! 누가 좀 열어 줘요!"

두렵지도 않았다. 놀랍지도 않았다. 그토록 아이를 기다리던 남편이 그녀 곁을 떠나버렸다는 사실을 그녀는 믿을 수가 없었기에 남편이 살아 있을지도 모른다는 사실이 당연하게 여겨졌다. 다급한 그녀의 고함이 울려 퍼지자 단단히 닫혀 있던 검은 관이 천천히 입을 열기 시작했다. 사람들은 너도나도 달려와 임신부를 부축하고 몇몇 사내는 검은 관을 앞으로 끌어냈다. 불안과 공포, 기대와 걱정 속에서 괴상한 소리를 내는 관의 뚜껑이 천천히 열리기 시작했다.

그…… 그극…… 그그…….

관이 열리는 마지막 순간까지 나무를 긁어대는 괴이한 소리가 끊임없이 이어졌다.

"으, 으아악!"

"세상에!"

그리고 믿을 수 없어 하는 탄성이 주위에 메아리쳤다.

그곳에는 눈을 하얗게 흡뜬 남자가 곧게 누워 있었다. 눈 밑도, 입술도, 손끝과 발끝도 이미 산 사람의 빛을 잃고 푸르스름한 검은빛을 띠고 있는데도 그는 두 눈을 부릅뜨고 있었다. 단단히 감겨놓았던 두 눈이 번쩍 열리고 손가락도 꾸물꾸물 움직이고 있었다.

도저히 믿을 수 없는 일이었음에도 그는 살아 있었다. 그는 열 손가락 하나하나에 붉은 피를 뚝뚝 흘리면서 관 뚜껑을 긁어대고 있었다.

2

영안실 안은 바깥보다 훨씬 서늘했다. 그것은 단순한 기온 차이 때문일 수도 있지만 그보다는 영안실을 메운 유족들의 온몸에서 풍겨 나오는 차갑고 서늘한 기운 때문이라는 것이 더욱 옳을 듯했다.

덜커덩…….

금속이 부딪히는 소리가 들리더니 영안실에 안치되어 있던 죽은 이의 모습이 가족들 앞에 나타났다. 눈을 감고 고요히 누워 있는 것은 30대 초반으로밖에 보이지 않는 남성이었다. 양복이 무척이나 잘 어울릴 듯한 이 남자는 평소와 달리 흰옷을 입고 있다는 것, 그리고 흰 종이가 손과 발에 신발과 소매처럼 감싸여 있다는 것만 제외하면 살아생전의 모습과 조금도 다름없어 보였다.

"마치…… 마치 산 사람 같구나! 잠든 얼굴…… 그대로구나!
으흐흐흑!"

가장 먼저 무너져 내린 것은 멍하니 남자의 얼굴을 바라보던
여인이었다. 간신히 울음을 참던 흰옷의 여인은 살아생전의 모습
과 조금도 다르지 않은 죽은 아들의 얼굴에 할 말을 잃어버렸다.

"울지 마. 여보, 울지 마……."

그녀를 부축한 것은 검은 양복을 입은 남성이었다. 그 역시 죽
은 자식 때문에 심장이 찢어질 듯 아팠지만 남은 기운을 짜내 억
지로라도 침착한 태도를 잃지 않았다.

"어흐흑, 이 얼굴 좀 보세요! 이 애가 정말 저세상 사람이 맞아
요? 믿을 수가 없어요! 매일매일 잠도 줄여가며 일하던 내 아들
이에요. 그렇게 성실하고 착한 애가 한순간에 이렇게 가버리다
니…… 믿을 수가…… 정말 믿을 수가 없어요, 으흐흐흑!"

그녀는 죽은 아들을 잡아 흔들었다. 매일 밤을 낮처럼, 새벽을
오전처럼 열정적으로 일하던 아들이 눈앞에 잠든 것처럼 누워 있
었다. 장래가 촉망되는 10대 벤처기업가 중 한 명이라며 이곳저
곳에서 인터뷰가 쇄도했던 자랑스럽고 훌륭한 아들이 돌연 과로
사로 세상을 떠나버리다니……. 그녀는 이 가혹한 현실을 곧이곧
대로 따를 수가 없었다.

"여보, 이제 그만…… 어서 보내줍시다."

남자가 여인을 부축하며 간신히 시신에서 떼어내자 시신이 담

긴 네모반듯한 검은 관이 단단히 봉인되어 영구차 안으로 사라졌다. 관을 실은 기다란 리무진은 화장터를 향해 달렸다. 얼마나 달렸을까. 화장터에 도착한 검은 관은 차가운 은빛 수레에 실려 건물 안으로 옮겨졌다. 어머니와 친구들의 곁을 떠나면 이제 다시는 만날 수 없다는 것을, 단지 뼛가루로만 만날 수 있다는 것을 알고 있는 어머니는 떠나가는 아들의 관을 붙잡고 필사적으로 매달렸다.

"잠깐만요, 잠깐만요……. 한 번만 더 보게 해주세요. 우리 아들 얼굴을 한 번만…… 혹시나…… 혹시나 눈을 뜨고 있으면 어떡해요. 혹시나 숨이 돌아와 있으면 어떡해요! 어허어어!"

그녀의 마음은 십분 이해되었지만 터무니없는 이야기였다. 숨은 이미 끊어지고 사망진단이 내려진 지 72시간이 지났다. 화장터 직원들은 곤란한 표정을 지었다. 이러다간 다음 손님이 밀리고 밀려서 시신이 줄지어 기다리는 상황이 벌어질 수도 있었다. 화장터 직원들은 관을 놓지 못하는 여인의 손을 조금은 매몰차게 뿌리쳤다.

덜커덩. 덜컹.

바로 그때 직원과 여인의 몸이 조금 부딪힌 탓인지 관에서 덜컹거리는 소리가 들려왔다. 그 소리를 들은 여인의 표정이 하얗게 질려버렸다.

"관이…… 관이 움직이지 않았어요? 관이…… 좀 전에…… 소리…… 못 들었어요?"

여인은 곁에 서 있는 화장터 직원과 남편의 옷자락을 부여잡았지만 모두들 묵묵히 그녀를 달랠 뿐, 아무런 대꾸도 하지 않았다. 다시 살릴 수만 있다면…… 다시 볼 수만 있다면 하는 어머니의 마음은 이해하지만 분명 좀 전의 소리는 그녀와 직원이 관에 부딪힌 소리였다.

"하지만…… 소리가…… 소리가……."

"여보, 진정해. 됐어. 이제 그만 됐어."

여인은 남편의 품으로 얼굴을 묻었다. 자꾸만 아들이 살아 있을 것만 같고 깨어날 것만 같은데 어쩌란 말인가. 어깨를 부둥켜안은 남편의 품에서 그녀는 결국 아들의 시신과 작별할 수밖에 없었다.

직원들은 은빛 수레에 검은 관을 싣고 건물의 안쪽으로 들어갔다. 그러고는 가족들을 작은 칸막이 안으로 안내했다. 그 칸막이 안에는 모니터가 벽 위에 붙어 있고 낯익은 아들의 이름이 적혀 있었다.

"유족분들은 여기 모니터를 봐주십시오. 모니터에서 화장 진행 상황을 보여드릴 겁니다. 화장이 끝나고 연락을 드리면 뼈를 분쇄하는 곳으로 오시면 됩니다."

화장터 직원은 예의 바르지만 조금은 경직된 어투로 말했다. 감정에 치우쳤다가는 각양각색의 이야기를 간직한 여러 유족에게 휘둘리기 때문이었다.

"아뇨, 전 모니터로 안 봐요. 전 끝까지 갈 거예요. 우리 아들이 들어가는 모습을 봐야겠어요!"

 줍고 답답한 칸막이 안에서 사라져가는 아들의 모습을 모니터로만 지켜본다는 것은 모성이 허락하지 않는 일이었다. 눈에 넣어도 아프지 않을 아들을 혼자 아궁이 속에 집어넣을 수는 없는 일이었다. 여인의 고집은 강력하고 완강했다. 다른 친족들이 말리고 달래도 그녀는 아들의 마지막 모습을 끝까지 보겠다며 한 발도 물러서지 않았다. 화장터 직원들과의 승강이 끝에 망자의 부모는 화구 앞까지 가도 좋다는 허락을 받았다.

 아들의 사진을 단단히 품에 안은 부부는 직원의 안내를 받아 화로가 있는 지하층으로 향했다. 어쩐지 아래로 다가갈수록 주위가 화끈화끈 뜨거워지는 것 같았다.

 "여기 서 계세요. 이 이상은 위험합니다."

 지하 화구에서 일하는 직원은 네 명이었다. 그중 한 명이 투명한 유리 창문 사이로 더 이상 부부를 다가오지 못하게 했다. 잠시 후 관을 옮기는 전용 엘리베이터를 통해 아들의 관이 지하층에 도착했다. 서류를 확인한 직원은 부부의 눈앞에서 그들의 아들을 두꺼운 은색 판 위에 올려놓았다. 직원들이 버튼을 누르자 은색 판은 둥글고 캄캄한 화로 안으로 이동했다. 그리고 그 위에 있는 부부의 아들 역시 깊은 화로 안으로 이동했다.

 화로 앞을 막은 두껍고 좁은 유리문이 단단히 닫히자 직원들은 앞쪽의 둥근 손잡이를 몇 번 더 단단히 조였다. 극심한 빛과 열을 막기 위해서인 듯했다. 모든 준비가 끝나자 어디에선가 쉬이익

하는 세찬 가스 소리가 들려왔다. 그 소리는 아들을 이 세상과 영원히 떼어놓는 잔인한 소리임에 틀림없었다.

쉬이익. 쉬이익!

가스 소리가 가득 올라오는 그 순간. 새빨간 불빛과 함께 이해할 수 없는 소음이 울려 퍼졌다.

"으아악!"

우당탕! 우당탕탕!

"으악! 으아악!"

작은 비명 소리가 봉쇄된 문을 비집고 터져 나왔다. 은빛 유리문 안쪽에서 무언가를 두드려대는 소리와 함께 고통에 몸부림치는 미친 듯한 고함 소리가 생생하게, 너무도 생생하게 들려왔다.

그것이 사랑하는 아들의 목소리임을 알아챈 순간 부인은 혼절해버렸다.

3

"이봐, 학생! 제발 움직이지 마! 절대로 움직이지 말고 가만히 있어!"

마 형사는 있는 힘을 다해 소리쳤다. 23층 아파트 옥상에는 태풍 같은 바람이 휘몰아쳐서 그의 짧은 머리카락을 제멋대로 헝클어뜨렸다. 저 아래 1층은 대낮처럼 환하지만 같은 건물의 옥상은 흔들리는 백열전구 하나 없이 컴컴한 칠흑 속에 머물러 있었다.

요란한 사이렌 소리와 함께 119 구급차와 경찰차가 23층 건물 아래에 진을 쳤다. 사각 매트리스를 준비한 119 구조대원들은 언제 아래로 떨어질지 모르는 위태로운 소녀를 지켜보며 식은땀을 흘렸다.

"이봐 학생, 이야기 좀 해. 이야기로 풀어보자고. 난간을 단단히 붙잡고 이쪽으로 건너와. 건너와서 아저씨랑 이야기하자고!"

마 형사는 옥상 난간 너머에 있는 여고생과 5미터 정도의 거리를 두고 있었다. 마 형사는 여고생이 손을 놓아 수십 미터 아래로 떨어지기 전에 학생을 구해야만 했다.

"오지 마요. 가까이 오면 손을 놓을 거예요. 가까이 오지 마요!"

슬금슬금 간격을 좁히려던 마 형사는 날카롭게 외치는 여고생의 목소리를 듣고 그 자리에 멈출 수밖에 없었다. 아이는 어깨 아래까지 내려오는 단발머리로 얼굴 전체를 가리고 있어서 표정조차 확인할 수 없었다. 세찬 바람이 불어올 때마다 휘날리는 검은 머릿결 사이로 아찔한 저 아래를 무표정하게 바라보는 아이의 눈동자가 살짝살짝 보였다. 아이의 신경은 온통 저 아래 바닥에 가 있었다. 위험천만하게 아파트 난간을 잡은 가녀린 두 손에 힘이 빠지면 그야말로 끝장이었다.

마 형사는 다른 이야기로 여학생의 주의를 끌었다. 자살에 대한 생각으로부터 멀어지도록 아이의 주의를 끌어볼 생각이었다. 보통 10대들의 자살은 순간적인 충동에서 비롯되며, 이 순간을 잘 넘기면 위기를 모면할 수도 있을 것 같았다.

"네 교복을 보니…… 너, 북삼고등학교 학생이구나?"

마 형사는 조심스럽게 이야기를 시작했다.

"내 아들이 그 근처에 있는 중학교에 다니는데 북삼고에 가고 싶어 한단다. 바로 네가 그 학교 선배로구나."

"……죽으면 선배도 뭐도 아니겠죠."

다행이었다. 그나마 멍하니 바닥을 내려다보면서도 대답을 했다는 건 일말의 여지를 보여주는 일이었다.

"유서는 썼니? 네가 죽으면 그 이유라도 알아야 하잖아?"

마 형사는 예리한 눈빛으로 아이의 이모저모를 살폈다. 난간을 붙잡은 가녀린 손등 위로 자잘한 상처가 가득했다. 가늘고 날카로운 칼끝에 수없이 베인 것 같은 자상이었다. 엄지와 검지 사이, 검지와 약지 사이에 눈에 잘 띄지 않고 또 그리 크지 않은 상처가 가득했다. 상처의 크기나 부위로 봐서는 타인에 의한 상처라기보다 스스로 만들어낸 자해의 흔적 같았다. 아마도 아이는 스트레스를 감당할 수 없을 때마다 필통에서 꺼낸 도구로 꾸준히 자신의 손가락 사이에 상처를 냈을 것이다.

"말한다고 누가 알아주겠어요. 어른들은 몰라요. 말해도 모두들 똑같이 힘들다면서 무시하잖아요. 유서 같은 거…… 소용없어요."

드디어 아이의 말문이 열린 것 같았다. 유서를 쓰지 않았다니 이야기를 끌어내기가 더 쉬워 보였다. 아무리 소용없다고 말하지만 자살하려는 사람은 누군가가 자신의 심정을 알아주기를 바라는 법이다. 그리고 자신을 벼랑 끝으로 몰아낸 사람들에게 자신의 가슴속 이야기가 전달되기를 바라는 법이다.

"이대로 아무 말도 없이 떠나면 누가 알아주겠니? 억울하지는 않니? 그래도 네가 죽는 이유는 제대로 말하고 가야 되지 않겠니?"

"……내가 죽으면 그 애들이 깨달을까요? 아뇨, 전혀 아닐 거예요."

나지막한 아이의 중얼거림에 마 형사의 머릿속이 번뜩했다. '그 애들'이라니…… 학교 폭력 사건, 따돌림이라는 글자들이 머리에 가득 차올랐다. 아이는 친구들과의 생활에 문제가 있는 것이 분명했다.

"내가 없으면 다…… 기뻐할 거예요."

여학생이 고개를 숙이자 검은 머리가 아이의 턱 아래까지 출렁거렸다. 바람에 흩날리는 머리카락이 아이의 마음속처럼 헝클어져 있었다.

"하지만 부모님을 생각해봐라. 네가 이대로 가면 얼마나 가슴을 치고 땅을 치면서 널 그리워하시겠니?"

마 형사는 아이의 마음을 돌리기 위해 아이를 붙잡을 만한 손길들을 찾기 시작했다. 부모라면…… 아이의 생각을 바꿀 수 있지 않을까? 마 형사는 한마디씩 말을 걸 때마다 여학생이 눈치채지 못할 만큼 조금씩 조금씩 거리를 좁혀나갔다.

"……아저씨, 우리 부모님은 매일 싸워요. 그리고 그게 저 때문이라고 말해요. 그분들은 제가 사라지면 더 행복해질 거예요. 나는…… 짐이니까. 나는…… 부끄러운 바보 멍청이니까."

"아니야. 자식을 그렇게 생각하는 부모는 없단다. 널 소중하게 생각하니까 두 분이 싸움도 하는 거지. 널 걱정하다가 다툼이 일어나는 걸 거야."

"……아저씨, 우리 부모님은요…… 이혼하면 서로 절 데려가지 않겠다고 싸워요. 엄마는 나 때문에 인생을 포기했다고 하고, 아빠는 나 때문에 억지로 결혼하면서 인생이 꼬였다고 말해요. 나 같은 건 아무도 데려가려고 하지 않아요. 나는 진짜로 짐 덩이예요. 거추장스러운 쓰레기라고요."

아이는 위태롭게 몸을 흔들었다. 휘청거리는 가느다란 몸이 금방이라도 떨어질 것만 같아 마 형사의 가슴이 철렁거렸다. 문제는 학교뿐이 아니었다. 가족 간의 문제도 아이를 괴롭히는 것이 틀림없었다. 태어난 순간에 대해 부모로부터 부정당한 것은 존재 자체를 거부당한 것이나 마찬가지였다. 친구들은 물론 가족들 역시 최악이다. 마 형사는 고개를 흔들었다. 무언가 아이를 붙잡아줄 실마리가 필요한데 가정에서도 학교에서도 찾을 수가 없었다.

"아아, 정말…… 속상했겠구나."

마 형사는 아이의 생각을 억지로 바꾸려던 데서 완전히 태도를 바꿨다. 아이가 뱉어내는 슬픈 이야기를 다 들어줄 생각이었다.

"……."

아이는 마 형사의 태도가 바뀌었음을 알아챘는지 위태롭게 매달린 난간 너머로 마 형사를 흘끗 바라보았다.

"미안하다. 정말…… 어른들도 말만 어른이지…… 참 부족한 인간들일 뿐이란다. 미안하구나."

"……."

아이는 아무 말 없이 마 형사 쪽을 바라보았다. 헝클어진 검은 머리카락 사이로 아이의 눈이 반짝였다. 차마 눈물도 흘리지 못하던 아이의 눈동자에서 눈물 한 줄기가 흘러내렸다.

"……공부도 해봤어요. 그러면 부모님이 날 자랑스럽게 생각할까 싶어서…… 말도 잘 듣고…… 말대꾸도 하지 않았어요. 하지만…… 아무리 노력해도 안 됐어요. 내가 아무리 미친 듯이 노력하고 노력해도 엄마는 항상 '더 잘해야지'라고 말했어요. 나 같은 건 아무리 해도 되질 않았어요."

"그래, 그랬구나. 정말…… 힘들었겠구나."

아이의 눈에서 눈물이 뚝뚝 떨어졌다. 누구에게도 말하지 못한 서글픈 이야기가 마 형사의 귀를 아리게 했다.

"……애들은 날 '거지'라고 불렀어요. 쉬는 시간에 매점에 안 간다는 걸 알면서부터, 천 원도 없이 체험 학습을 나간다는 걸 알면서부터 저를 거지라고 불렀어요. 나만 매점에 안 가는 것도 아닌데…… 왜 나만 괴롭히는지 모르겠어요. 내가 그냥 쳐다보기만 해도 식판을 감추고, 책을 감추고, 노트를 감췄어요. 내가 훔치는 것도 아니고 가져간다고도 안 했는데…… 그렇게 했어요."

"저런…… 선생님께 왜 말씀드리지 않았니?"

마 형사는 아이의 심정이 어떠했을지 상상도 되지 않았다. 예민한 사춘기 여학생이 그런 별명을 듣고 놀림을 받으면서 얼마나 심장이 타들어갔을까 싶었다.

"선생님은…… 뭐 그런 걸로 고자질을 하냐고…….."

아이가 고개를 숙였다.

"나를 때린 것도 아니고…… 여러 명이 괴롭힌 것도 아닌데. 거우 별명 때문에 그러냐고…….."

"아아, 저런……."

마 형사는 고개를 흔들었다. 실제 폭행의 정황은 없지만 사소한 말과 행동이 얼마나 사람을 괴롭히는지 교사는 알아차리지 못한 것이다. 아이는 친구와 부모, 그리고 선생님까지 주변의 모든 사람으로부터 버림받고 말았다. 여학생은 발 디딜 곳 없는 세상에서 버티다가 결국 이런 순간까지 내몰린 것이다. 누구라도 손을 잡아주었다면 이 아이가 23층 아파트 꼭대기의 난간 밖에 위태롭게 서 있었을까.

"정말…… 힘들었겠구나. 그동안…… 정말 힘들었겠구나."

마 형사는 아이의 눈을 바라보았다. 눈물로 범벅이 되어버린 그 눈동자를 향해 미안함과 연민의 감정을 모두 전하고 싶었다. 아이는 스스로 선택해서 자살을 하려는 것이 아니었다. 아이는 다른 사람들에게 이리저리 치이면서도 버티고 또 버텼다. 그러다 결국 여기에 서게 되었다. 아이가 여기서 죽는다면 자살이 아니라 타살인 셈이었다. 누구라도 아이의 편에 섰다면 세상을 등질 생각까지 하지는 않았을 것이다.

"가슴이 아프구나. 정말 미안하다. 하지만 얘야, 네가 죽으면 그 사람들은 네가 죽는 이유를 끝까지 모를 거야. 네 죽음에 자신들은 책임이 없다면서 일말의 반성도 하지 않겠지. 자신의 말과 행동이 얼마나 네게 상처가 되었는지 모를 거야. 이대로 가지는 마라. 유서라도 남겨야 하지 않겠니? 이렇게 네 가슴속에 다 묻고 가면 너무 억울하지 않니?"

"……."

학생은 아무런 말도 하지 않았다. 그저 흐르는 눈물 사이로 마 형사만 뚫어져라 바라보고 있었다. 마 형사는 학생의 마음이 거의 돌아섰음을 알아챘다. 아까와 달리 세차게 고개를 내젓지도, 강하게 부정하지도 않는 모습에서 무언의 긍정을 읽었다.

"유서라도 남기자. 그리고 그 사람들이 무엇을 잘못했는지라도 알게 하자. 아저씨가 아는 상담 선생님과 네 유서를 한번 써보자. 그리고 널 괴롭혔던 사람들에게 네가 무엇을 힘들어했는지 이야기해주자. 부모님과 선생님, 그리고 친구들에게 한 번만 더 기회를 주자. 그러면 조금이라도 변화가 있지 않겠니? 그 사람들은 지금 자신이 뭘 잘못했는지도 모르잖아. 한 번만…… 한 번만 기회를 주자, 응?"

마 형사는 진심을 담아 손을 뻗었다. 난간 너머에 위태롭게 매달린 여학생과 마 형사 사이에는 이제 한 뼘 정도의 거리만 남아 있을 뿐이었다. 마 형사는 서두르지 않았다. 그는 아이의 침묵 속에서 흔들리는 마음을 낱낱이 느낄 수 있었다. 자신의 마음을 받아준 마 형사를 통해 아이는 속에 쌓아두었던 괴로움을 조금이나마 풀고, 극단적인 자살 충동에서 빠져나오고 있었다.

"아저씨……."

아이는 눈물을 흘리며 마 형사 쪽으로 돌아섰다. 아이가 위태로운 난간 너머로 마 형사에게 손을 뻗으려는 찰나.

"아앗! 안 돼!"

그것은 순식간에 벌어진 일이었다. 여학생의 팔이 잠시 흔들린 순간 그녀의 온몸이 바깥쪽으로 휘청거리며 휘어졌다. 마 형사가 반사적으로 팔을 뻗었지만 간발의 차이로 여학생을 놓쳐버렸다.

"떨어졌다, 준비!"

마 형사는 아래쪽을 향해 미친 듯이 소리쳤다. 그에게서 멀어져가는 여학생의 하얀 교복 블라우스가 바람에 흩날렸다. 그녀의 하얀 얼굴에서 놀란 듯이 벌어진 까만 눈동자가 마 형사만 바라보고 있었다.

23층 건물 아래에는 바람이 가득 들어간 거대한 정사각형 매트리스가 펼쳐져 있었다. 고도로 훈련된 구조대원들이 풍향과 각도, 그리고 위치를 탐색하며 교복 차림의 여학생이 떨어지기를 기다리고 있었다.

"좋았어, 그대로! 완벽해!"

구조대장은 떨어지는 여학생의 자취를 훑으면서 그녀가 정확히 정사각형 매트리스 안쪽에 떨어지도록 만반의 준비를 마쳤다. 이 상태라면 어떤 각도로 보든 여학생은 푹신한 매트리스 안으로 떨어질 것이고 그녀는 별다른 상처 없이 구조될 것으로 여겨졌다.

푸아아아!

세찬 바람 소리와 함께 여학생의 몸이 사각 매트리스 안쪽에 닿으려는 찰나, 그리고 구조대원들이 안도의 숨을 몰아쉬는 순간.

슈욱! 퍼어어엉!

수소 가스가 터지는 듯한 폭발음이 들리더니 푹신한 사각 매트리스 끝이 구조대원들의 손에서 빠져나갔다.

"히익!"

"으악!"

그곳에 모인 모든 사람이 비명을 질러댔다. 믿을 수 없는 일이 벌어진 것이다. 전체 용량의 70퍼센트 정도에 공기가 들어찬 구조용 매트리스가 단 한순간에 납작하게 쪼그라들었기 때문이다.

매트리스 위에는 하얀 상의와 감색 치마를 입은 여학생이 하늘을 향해 누워 있었다. 방금 전까지 살아 움직이던 여자아이가 마치 인형처럼 납작해진 채 피로 얼룩져 있었다.

4

　사방이 하얀 벽으로 에워싸인 거대한 종합병원. 수많은 사람들이 바삐 움직이고 있었다. 오늘도 이른 아침부터 교수와 그의 휘하에 있는 레지던트들이 각 병실을 돌며 오전 진료를 시작했다. 지난밤 특별한 일은 없었는지 병실마다 고요히 아침이 시작되고 있었다. 교수는 1인용 병실들을 지나 4인용 병실과 6인용 병실까지 차례로 돌며 환자들의 상태를 확인했다. 다행히 위급한 환자도 없고, 모든 것이 평화로워 보였다. 교수가 레지던트들을 이끌고 마지막 6인실로 들어섰다. 얼굴 가득 주름이 잡힌 노파가 달려 나오더니 교수의 손을 꼭 붙잡았다. 몹시 늙은 그녀의 손바닥은 거칠었다.

　"아이고, 선상님. 이제 우리 며느리는 살은 건가유? 이제 우리 며느리 일어나는 건가유?"

　의사의 손을 붙잡은 노파는 환자의 시어머니였다. 담당의사는 노파의 아들이 노파와 며느리를 팽개치고 집을 나가버렸다는 딱한 사정을 잘 알고 있었다. 노파의 얼굴은 삶에 찌들고 손은 고생에 찌들어 있었다. 주름 사이로 축 처진 살이 눈동자까지 가려버린 탓에 교수는 노파의 눈을 볼 수도 없었다.

　"네 괜찮습니다, 할머니. 이제 마음 놓으세요."

　담당의는 자글자글한 주름이 깊이 파인 노파의 등을 토닥거렸다. 노파의 등은 기역자 모양으로 꺾여 있었다. 한평생 노파가 짊어진 삶의 무게가 얼마나 무거웠을지 가늠하기도 힘들었다.

교수는 노파가 이끄는 대로 여섯 개의 병상 중에 복도와 가장 가까운 병상으로 다가갔다. 하얀 환자복을 입은 며느리의 병상 주위로 노파가 가져왔을 낡은 모포와 검은 비닐봉지가 어지럽게 널려 있었다. 검은 비닐봉지 주변에 흩어진 콩깍지를 보면 노파는 며느리를 돌보는 동안에도 쉴 새 없이 콩을 깐 모양이었다.

교수는 지저분한 비닐봉지들을 피해 환자의 침상으로 다가갔다. 집 나간 남편을 원망하던 며느리가 농약을 먹고 자살을 기도한 것은 3일 전이었다. 농약을 들이켜고 기절한 며느리를 응급실로 옮겨온 것이 바로 그날 밤이었다. 노파는 하얗게 눈이 뒤집어진 며느리와 함께 병원으로 달려왔다. 그리고 내내 혼자서 이 침상을 지키는 중이었다. 손자 손녀가 아직 코흘리개라는 말도 들었다. 노파는 코흘리개들만 남기고 며느리가 죽을까봐 좌불안석이었다. 까맣게 타들어간 노파의 걱정 덕분인지 며느리의 경과는 매우 좋았다.

"음, 어디……."

담당의는 링거를 꽂고 누운 여자 환자에게 다가갔다. 그러고는 제일 먼저 그녀의 손톱을 살펴보았다. 농약에 중독되었을 당시에는 열 손가락 모두 뿌리까지 멍든 것처럼 파랬는데, 이제는 손끝 부분을 제외하고 분홍빛으로 변해 있었다.

그는 팔뚝을 세게 눌렀다. 누른 자국이 그대로 남아 있지 않고 곧 원상태로 복구되었다.

"할머니, 여기 손톱을 보세요. 이제는 손끝 1밀리 정도만 파랗고 나머지는 분홍빛이 돌죠? 새파랗던 입술에도 핏기가 돌고요. 이 파란 것이 바로 며느님 몸에 남은 독 기운이에요. 이제 곧 남은 독성도 다 빠질 겁니다. 중독 증상이 없어지면 식사도 할 수 있을 거예요. 너무 걱정 마십시오. 이제 정신도 금방 돌아올 거고, 금방 일어날 거예요."

교수는 매우 친절하게 노파를 안심시켰다. 그가 보기에 환자는 잘 회복되고 있었다. 중독 증상도 심각하지 않아 곧 퇴원할 수 있을 거라 생각되었다.

"아이고, 선상님. 감사합니다, 감사합니다, 감사해요. 우리 며늘아기 살려주셔서 감사, 감사합니다!"

그제야 노파는 안심이 되는지 눈물까지 찔끔거리며 기뻐했다.

"엇, 선생님! 깨어나려나 봐요!"

때마침 환자가 정신을 차리는 모양이었다. 환자의 상태를 꼼꼼히 체크하던 레지던트가 눈을 껌뻑거리는 환자를 제일 먼저 발견했다.

"거 보세요. 곧 깨어난다고 했죠?"

담당의는 노파와 함께 환자에게 다가가 얼굴을 유심히 쳐다보았다.

"아…… 으…… 으으……."

환자는 깨어나자마자 무언가 말할 것이 있는 듯 힘겹게 입술을 달싹거렸다. 하지만 노파나 담당의 모두 그녀의 말을 알아들을 수 없었다. 그들은 벌어지는 입술을 한참 동안 응시하고서야 무슨 말인지 알았다. 교수는 고개를 숙여 그녀의 입가에 귀를 갖다 댔다. 그는 그녀가 뭐라고 말하는지 주의를 집중했다.

"주…… 죽을 거야! 주으그을 거야……."

간신히 그 말을 알아들은 담당의는 어색한 표정으로 노파를 바라보았다. 노파의 얼굴에 깊은 슬픔과 괴로움이 번져 있었다. 환자를 겨우 살렸지만 죽음에 대한 의지는 꺾이지 않았다. 자신과 아이들을 버리고 떠난 남편에 대한 원망으로 환자는 삶의 의지를 잃어버린 것 같았다. 교수는 깊은 한숨을 내쉬었다.

"아앗, 선생님. 이것 보세요!"

바로 그때였다. 화들짝 놀란 레지던트의 목소리가 들렸다. 담당의는 레지던트가 가리키는 대로 환자의 손을 바라보았다.

"헉, 이럴 수가!"

믿을 수 없는 일이었다. 손끝에만 실금처럼 남아 있던 파란 농약 기운이 마치 잉크가 번지듯 몸 안쪽을 향해 푸른빛으로 퍼져 나왔다.

"이런…… 말도…… 말도 안 돼!"

그것은 살아 움직이는 생물처럼 걷잡을 수 없이 환자의 온몸으로 퍼지기 시작했다. 그것은 파란 벌레가 스멀스멀 기어가는, 아니 파란 식물 뿌리가 엄청난 속도로 뻗어가는 듯했다. 거짓말 같았다. 눈으로 보면서도 도저히 믿을 수 없는 광경이었다.

"켁! 꺼억!"

환자의 가쁜 숨소리가 들려왔다. 하얗게 질린 며느리의 얼굴이 뒤로 넘어갔다. 그녀의 두 눈이 하얗게 뒤집혔다.

"인공호흡기! 어서!"

단 몇 분 만에 인공호흡기가 설치되었다.

그러나 그때는 이미 환자의 모든 장기가 완전히 정지된 이후였다. 미친 듯이 심장을 두드려도, 온몸을 마사지하고 전기충격을 가해봐도 이미 모든 것이 끝나버리고 말았다. 노파는 바다에 주저앉고 말았다. 완전히 꺾인 깡마른 허리가 보잘것없이 무너졌다. 주름진 까만 시어머니의 눈앞에서 살아야 할 이유를 잃어버린 며느리가 생을 마감하고 말았다.

5

낙빈과 정희, 그리고 정현은 승덕과 함께 자유대학병원 정문에 도착했다. 승덕은 일행을 이끌고 병원 뒤편에 있는 벤치 쪽으로 향했다. 사람들로 북적이는 흰색 건물들을 지나 병원 뒤편으로 돌아가니 평평한 잔디와 작은 나무들이 자라는 평화로운 공간이 눈에 들어왔다. 병원 앞쪽은 차가 많이 지나다니고 사람들이 바쁘게 오가는 반면 병원 뒤쪽은 훨씬 한가하고 여유로웠다. 잔디밭 주변에는 휠체어를 타거나 간병인의 도움을 받은 환자들이 나무 벤치에 앉아 따뜻한 햇살을 쬐고 있었다. 승덕은 환자들 주변을 기웃거리며 누군가를 찾았다.

"어, 저기!"

낙빈이 낯익은 얼굴을 찾아냈다. 등나무 이파리가 가득한 그늘진 벤치 아래 서영의 남편이었던 성진과 마 형사가 나란히 앉아 있었다. 그들도 낙빈 일행을 알아보고 반갑게 일어섰다.

"안녕하세요. 오랜만이네요."

성진은 미소를 지으며 승덕에게 손을 내밀었다. 그의 턱 사이로 까칠한 수염이 듬성듬성했다. 눈 주변이 붉고 얼굴이 거칠한 것을 보면 늘 잠이 부족한 것이 틀림없었다. 서영이 죽은 후로 연구에 몰두하고 있다는 이야기를 들었는데, 아마 하루하루 잠자는 시간까지 아껴가며 살고 있는 모양이었다.

"이거…… 도움 받을 일이 있을 때만 연락을 하니 참 미안하네요."

마 형사 역시 반갑게 악수를 청했다. 하얀 눈이 내린 것처럼 전보다 희게 변한 머리카락을 보면 마 형사 역시 하루하루 버거운 나날을 살고 있는 것이 느껴졌다. 그들은 인사를 나눈 뒤 등나무 아래 벤치에 앉았다. 반가움도 잠시, 그들의 앞에는 무거운 이야기들이 하나씩 펼쳐졌다.

"과학이나 이성으로는 도저히 해결되지 않는 일들을 겪다 보니 여러분에게 도움을 청할 수밖에 없었습니다."

성진은 흔들리는 눈동자로 거친 턱을 매만졌다. 그는 해결할 수 없는 단단한 벽에 부딪혀서 당황한 기색이 역력했다.

"왜 이런 일이 일어난 건지…… 바로 코앞에서 보았는데도 믿기지가 않습니다. 죽은 사람이 다시 일어나다니…… 정말 어떻게 받아들여야 할지 모르겠더군요."

성진은 자신이 보았던 믿을 수 없는 일을 털어놓기 시작했고 승덕과 낙빈, 정희와 정현은 그의 말을 주의 깊게 들었다.

"……제 동료가 사망진단을 내린 것이 바로 그저께입니다. 요즘 심심찮게 사망에 대한 오진 이야기가 들려오기 때문에 우리 의사들은 노이로제에 걸릴 정도로 진단에 신중해져 있습니다. 국내 유수의 병원들에서 며칠 간격으로 사망 오진이 드러나고 사망자가 다시 깨어나는 것을 보면서 저희 병원 역시 주의를 기울이게 되었습니다. 그래서 얼마 전부터 사망진단을 내리는 담당의 외에도 일정한 시간을 두고 또 다른 의사가 다시 사망 확진을 내리는 제도를 시행하기에 이르렀습니다. 일부 의사들이 반발했지만 병원과 의료진의 명예를 위해서라도 이중 확진 제도가 필요하다는 공감대가 형성되었습니다.

이틀 전 제 동료가 담당한 응급 환자가 사망했고 제가 이중 확진을 실시했습니다. 심폐기능이 정지되고 다섯 시간 만의 일이었고, 몸에는 이미 사후 경직이 시작되고 있었습니다. 하늘에 맹세코 의심할 바 없는 사망이었습니다. 동료와 저는 서로 '완벽한 사망이니 걱정 말라'면서 언제까지 이중 확진을 해야 하느냐며 허탈하게 웃어댔죠. 사실 그때까지만 해도 저는 말도 안 되는 사망 오진이 빈번하게 일어나는 이유를 이해하지 못하고 있었습니다.

만에 하나라면 몰라도 며칠 동안 하루 서너 건의 사망 오진이 일어난 사실에 대해 속으로는 같은 의사지만 정말 한심하다는 생각까지 했습니다.

하지만…… 그 우습지도 않고 말도 안 되는 사건이 그날 바로 제 앞에서 일어난 겁니다. 저와 동료가 확진한 그 환자를 저희 병원 장례식장에서 장례를 치르게 되었습니다. 그리고 사망이 확인되고 정확히 이틀 후 사망자의 염을 하기 위해 관을 옮기던 중이었다고 합니다. 무언가 관 안쪽에서 쿵쿵거리는 소리가 나고 나무판자를 벅벅 긁어대는 소리가 들리기에 관 뚜껑을 열어봤답니다."

김성진은 푸석한 머리카락을 한 손으로 쓸어 올렸다. 붉은 눈가에 피곤한 기색이 더욱더 짙어졌다. 푸르스름한 그늘이 그의 얼굴 아래까지 드리워졌다.

"아아, 어땠을 것 같습니까? 놀랍게도 그 사람은 두 눈을 멀쩡히 뜨고 살아 있더랍니다. 심장 기능이 정지하고 모든 피가 굳어서 사후 경직까지 보이던 그 시체가 말입니다!"

성진은 고개를 설설 저으며 눈을 찡그렸다.

"살아난 사람은 유족들에 의해 다른 병원으로 긴급 후송되었고 지금껏 멀쩡히 살아 있답니다. 맹세컨대 저와 제 동료를 위해 거짓말을 하는 것이 아닙니다. 1퍼센트의 의심도 가지 않는 사망! 사망 그 자체였습니다!"

성진이 승덕과 낙빈 등을 만나고 싶어 한 이유는 명확했다. 과학으로는 도저히 설명되지 않는 일을 목도하고 생각난 이들은 낙빈 일행뿐이었던 것이다. 성진은 낙빈 일행과 연락을 시도하며 마 형사에게도 연락한 모양이었다. 성진의 이야기를 듣자마자 마 형사 역시 득달같이 달려왔다. 마 형사도 승덕과 낙빈에게 물어볼 말이 너무나도 많았다.

"우리 경찰 쪽도 입장이 난처합니다. 의사들은 사망진단 시 객관적인 증거까지 대면서 완벽한 사망이라고 말하지만…… 아무리 증거를 들이밀어봤자 죽었다는 사람이 멀쩡히 깨어났으니 누가 그 말을 믿겠습니까. 다들 병원 측의 오진이라 볼 수밖에요……. 정말 난감합니다. 이런 일이 여기 하나만이 아니란 말입니다. 요즘 이런 식으로 죽었다 살아난 사람들을 조사하느라 아주 머리가 지끈거립니다."

마 형사는 진저리를 치듯 고개를 흔들었다. 그의 답답한 심경이 검게 그늘진 얼굴에 드리워져 있었다.

"이상한 건 그뿐이 아닙니다. 말도 안 되게 살아나는 사람들이 있는가 하면 말도 안 되게 죽는 사람들도 있습니다. 혹시 엊그제 자살한 여고생 뉴스를 보셨나요? 119 구조대의 실수로 사망했다는 여고생 말입니다. 바로 제가 그 현장에 있었습니다. 내 눈으로 모든 과정을 똑똑히 봤는데도 정말 믿기지가 않습디다.

열일곱 살의 여학생이 23층 아파트 아래로 뛰어내렸는데…… 참 말도 안 되는 일이 벌어졌지 뭡니까? 기적처럼 23층 아래 구조용 매트 위로 학생이 정확히 떨어졌단 말입니다. 정말 천만다행이었지 뭡니까. 그런데 아이가 떨어지는 순간 무슨 일이 일어났는지 아십니까? 매트를 붙잡고 있던 모든 구조대원이 갑자기 매트 손잡이를 놓쳤고 그전까지 멀쩡하던 매트가 순식간에 납작해져버렸습니다. 아니, 이게 말이 됩니까? 그 매트에서 바람을 빼려면 며칠이 걸리는지 아세요? 기계 없이 바람을 빼려면 꼬박 3일 밤낮이 걸린단 말입니다. 그런 매트가 갑자기 납작하게 줄어들었단 말이죠."

그는 두 손바닥 사이를 한 뼘 정도 벌렸다가 갑작스럽게 손바닥을 부딪치면서 단숨에 찌그러진 구조용 매트를 흉내 냈다. 그러고는 여전히 믿을 수가 없는지 두 손으로 머리카락을 헝클어뜨렸다. 메마른 회색 머리카락이 어지럽게 흩어졌다.

"이 일로 119나 저희나 엄청 고생했습니다. 목격자들은 미리 매트를 확인하지 않았다고 몰아세웠죠. 하지만 절대 아닙니다. 매트는 전혀 이상이 없었고 사고에 대처한 팀도 다들 베테랑에 팀워크가 아주 좋았단 말입니다. 사고를 조사한 국과수도 고개를 흔들며 철수하더군요. 매트에 공기가 새어나갈 만한 숨구멍도 없는데 어떻게 삽시간에 구조용 매트가 납작해졌는지 그들도 설명하지 못하더라고요.

결국 순식간에 매트 안의 공기가 빠져나갈 만한 구멍도 없었고 폭발도 없었다는 것이 밝혀졌지만 시민들은 짜고 치는 고스톱이 아니냐며 의심의 눈초리로 보고 있습니다. 사실 우리가 사용하는 구조용 매트는 차 한 대가 눌러도 터지거나 순식간에 공기가 빠져나갈 수가 없거든요. 그런데 이 경우에는 1초도 안 되는 순간에 그 많은 공기가 순간이동을 한 것처럼 사라져버렸습니다. 매트에 주먹이 들어갈 만한 구멍이 있어도 공기를 빼는 데 몇 분이 걸립니다. 그런데 바늘구멍 하나 없는 매트에서 순식간에 공기가 사라지다니…… 정말 이해되지 않는 일 아닙니까?"

낙빈 일행은 이야기를 듣는 내내 서로 눈빛을 교환했다. 무언가 단단히 잘못되고 있었다. 게다가 이런 요상한 사건이 곳곳에서 일어나고 있다는 것은 불길한 조짐이었다.

"대체 무슨 일인지 설명을 듣고 싶었습니다. 대체 뭐가 잘못되고 있는지라도 알아야 악몽에 시달리지 않고 잠을 자겠어요. 그래서 이렇게 먼 길을 오시게 했네요."

성진이 일행을 향해 다시 고개를 숙였다. 마 형사 역시 도움을 갈구하는 눈빛으로 일행을 바라보았다. 곰곰이 생각에 잠겨 있던 승덕이 점퍼 안의 호주머니에서 손바닥만 한 패드를 꺼냈다.

"실은…… 두 분께 연락을 받기 전부터 이번 일들에 대해 조사하고 있었습니다. 며칠 전에 저는 낙빈이와 함께 타지방에서 죽었다가 깨어난 할아버지를 만나고 왔습니다."

그는 화면을 넘기며 일행이 알고 있는, 혹은 알지 못하는 여러 가지 사건에 대한 기록을 보여주었다. 죽었다가 살아난 사람들의 사진이 간단한 설명과 함께 그들의 눈앞으로 지나갔다. 사진이 확보되지 못한 경우는 간단한 개요를 적은 글자들이 쓱쓱 지나갔다.

성진과 마 형사를 비롯한 암자 식구들 역시 숨을 죽이며 화면을 바라보았다. 수많은 얼굴이 화면에 나타났다 사라졌다. 우리나라뿐 아니라 일본, 중국, 러시아 등에서도 죽었다 살아난 사람들의 사례가 더 있었다.

"우리나라만이 아니군요. 이런 일들이……."

자료를 모두 살펴본 성진은 낮은 신음 소리를 내며 놀라움을 감추지 못했다.

"그렇습니다. 메이저급 정보망뿐 아니라 마이너 정보망에까지 잡힌 것들입니다. 그중 신빙성이 떨어지는 내용을 제거하고 신뢰도가 높은 것만 수집했는데도 이 정돕니다. 우리나라에서 발견된 사례가 상대적으로 많긴 하지만 일본과 중국 등지에서도 이렇게 보고되고 있습니다. 모두들 죽었다고 했던 사람이 살아난 경우지요. 그리고 이건……."

승덕은 또 다른 사진들을 펼쳤다.

"죽은 사람이 살아나는 일뿐만 아니라 또 한 가지 이상한 것은 갑작스러운 사망 사건입니다. 죽은 자가 살아나는 것만큼 갑자기 이상한 죽음을 맞는 사람도 늘어났다는 거죠. 최근 의료 사건을 보면 사망진단의 오류와 거의 비슷한 수준으로 예기치 못한 사망 사건도 급증했더군요. 지난 15일 하루 동안 중국에서 자살을 시도했던 서로 다른 지방의 세 사람이 모두 어이없는 실수로 사망했습니다. 같은 날 오후 충북 청주에서는 약물중독으로 입원했던 여성이 순조롭게 회복되다가 갑작스럽게 사망했습니다. 아까 마 형사님이 말씀하신 자살 여고생 역시 이것과 유사한 맥락으로 보입니다."

승덕의 이야기를 듣는 동안 성진의 얼굴은 더욱더 파랗게 질렸다. 단순한 의료 사건이 아닐 거라 짐작하고 있었지만 이처럼 많은 일이 터지고 있을 줄은 몰랐다. 죽었다 살아나는 사람과 멀쩡하게 살아나다가 갑자기 죽는 사람이라니…….

"승덕 씨…… 이런 일이 대체 왜 일어나는 겁니까? 일련의 사건들이 의미하는 바가 뭡니까? 어디서…… 어떻게 손을 대야 하는 거죠?"

승덕이 보여주는 마지막 장면까지 지켜보던 마 형사의 머릿속은 일행을 만나기 전보다 훨씬 복잡해졌다. 승덕의 말이 사실이라면 이건 한국만의 문제가 아니라 범국가적·범세계적 사건이 분명했다.

"바이러스…… 일까요? 상식적으로 이해가 안 되는 일이지만 지금의 과학으로는 설명하지 못할 바이러스라면…… 이야기가 되지 않습니까? 감염 초기 숙주의 체내를 잠식해서 그 증상이 사망 상태와 유사한…… 그리고 엄청난 속도로 번지는 비정상적인 바이러스…… 그런 것이 아닐까요? 무슨 공상과학영화에나 나올 법한 이야기이긴 하지만요."

김성진의 머릿속에는 영화에나 나올 법한 바이러스가 떠올랐다. 체내 침투 후의 감염 상태가 마치 죽은 시체와 같아지는 바이러스…….

"바이러스로 이해하기는 어렵습니다. 다행인지 불행인지 모르겠지만, 여러 사건을 종합한 결과 이건 '전염'이라기보다 '조건'에 따른 선택적 결과로 보입니다. 사실 처음에는 죽은 자를 살리는 시육주법屍肉呪法 계통의 주술이 아닌가 의심도 했습니다. 하지만 낙빈이 말로는 영혼을 빼앗기거나 조종당하는 시체로는 보이지 않는다고 하더군요. 그래서 다른 방식으로 해석해보았고 모든 사건 사이에서 한 가지 공통점을 알아냈습니다."

승덕은 아마도 분명한 실마리를 찾아낸 모양이었다. 마 형사와 김성진은 놀란 눈으로 승덕의 얼굴을 뚫어져라 바라보았다. 대체 어느새 저 방대한 자료를 수집하고 사건들에 대한 통찰을 이루어낸 걸까? 두 사람 모두 내심 크게 놀랐다. 승덕의 대단한 자료 수집 능력과 날카로운 분석력은 함께 지내는 암자 식구들에게도 언제나 놀라운 것이었으니까.

"이들 사건을 수집하고 조사하면서 한 가지 공통점을 얻었습니다. 하나는…… 사망했다가 살아난 사람들의 경우 대부분 매우 의욕적으로 생활하던, 즉 삶에 적극적인 인물이었다는 것입니다. 누구보다도 열심히, 너무나 열심히 살아서 삶에 대한 집착을 잃지 않은 사람들이었습니다. 두 번째로는, 죽을 상황이 아닌데도 갑작스럽게 죽은 사람들의 경우 대부분 '자살 미수자'였다는 사실입니다."

"그렇군!"

승덕의 말을 들은 마 형사는 '딱' 하고 무릎을 쳤다. 생각해보니 승덕의 말대로 죽었다 살아난 사람들의 경우 대부분 의욕적으로 살아온 것으로 알려져 있었다. 죽는 날까지 하루하루를 열심히 살아온 사람들…… 그런 사람들이 다시 깨어났다. 삶에 대한 의지를 가지고 있던 사람들 말이다. 반면 갑작스럽게 사망한 경우는 그와 정반대였다. 그들은 승덕의 말대로 자살을 시도하다가 말도 안 되게 사망했다. 자살 시도 후 응급치료를 받고 회복되다가 갑자기 생명을 잃었다거나 마 형사가 직접 목격했듯이 말도 안 되는 이유로 갑자기 죽음에 이르는…….

"그렇군요! 설명을 듣고 보니 이 사람들 사이에 공통점이 보이는군요. 거주지도 나이도 천차만별이라 전혀 눈치채지 못했는데…… 이걸 알아내다니 정말 대단하군요!"

사건 현장에서의 눈썰미라면 어떤 백전노장보다 치밀하고 완벽하다고 자부해온 마 형사도 승덕 앞에서는 두 손 두 발을 번쩍 들었다.

"잘 보세요. 삶에 집착해서 열심히 살고자 하는 사람은 죽었다가도 다시 살아나고, 삶을 포기하고 목숨을 끊으려던 사람은 요행히 살아났어도 다시 죽습니다. 살고자 하는 자는 살고, 죽고자 하는 자는 죽는 것! 바로 이것이 이 사건의 보이지 않는 법칙, 모든 사건의 핵심입니다."

김성진과 마 형사는 멍하니 승덕의 얼굴을 바라보다가 자석처럼 그의 전자패드를 바라보았다.

승덕은 패드 위에 무언가 글자를 휘갈기고 있었다. 하얀 화면 위로 승덕의 손가락이 지나가며 검은 글씨가 나타났다.

'죽은 자가 살아나고 산 자가 죽음에 이르다.'

"이게…… 무슨 뜻이죠?"

김성진과 마 형사는 멍한 눈으로 승덕을 바라보았다. 패드 위의 글자들은 사건에 대한 해결책이 아니었다. 들어본 적이 없는 무슨 시구 같았다.

"말세에 대한…… 예언입니다. 「요한계시록」의 요한, 예언가 노스트라다무스, 우리나라의 격암 남사고 선생에 이르기까지 모두가 한목소리로 들려준…… 말세에 대한 예언입니다."

승덕은 어두운 얼굴로 전자패드만 내려다보았다. 그의 뒤로 깊은 고민에 빠진 낙빈과 정희, 그리고 정현의 얼굴도 보였다.

"마, 말세라니…… 그런 뜬구름 같은…….."

마 형사는 무슨 말을 하려다가 입을 다물어버렸다. 이 순간을 몇 마디로 정리하고 싶었지만 진지한 얼굴로 '말세'를 이야기하는 승덕 앞에서 말이 나오지 않았다. 성진 역시 무언가에 머리를 세게 얻어맞은 것처럼 승덕의 전자패드에서 눈을 떼지 못했다.

"그럼…… 이제 우리는…… 뭘 해야 하는 거죠?"

성진은 얼이 빠진 얼굴로 승덕을 바라보다가 다시 낙빈에게로, 정희와 정현에게로 시선을 옮겼다. 네 사람에게서 대답을 듣고 싶어 하는 모습이 역력했다. 그저 말세라는 말로 모든 것을 덮어버리고 인생을 끝낼 수는 없지 않은가!

"저희도 이 모든 현상의 원인을 찾고 있습니다. 해결책이 분명히 있을 겁니다."

승덕은 억지스러울 정도로 표정을 바꾸었다. 분위기와 사뭇 다른 어색한 웃음을 지으면서 구부렸던 등을 주욱 폈다. 승덕은 전자패드를 도로 안주머니에 넣으면서 가식적일 만큼 밝은 목소리로 말했다.

"운명은 결정된 것이 아니에요. 바꿀 수 있습니다. 그렇지, 낙빈아?"

"네, 형. 자신의 운명을 바꾸는 유일한 존재가 인간인 걸요."

낙빈 역시 승덕과 장단을 맞추며 어색한 웃음을 지었다. 그래, 실제로 운명이라는 것은 바꿀 수 있다. 그것은 거짓이 아니었다. 다만 그것을 바꾸려면 끊임없는 노력이 필요하다. 하지만 인류 전체의 운명을 바꾸려면…… 과연 얼마만큼의 노력과 희생이 필요한 것일까? 낙빈은 상상조차 되지 않았다.

성진과 마 형사는 여전히 멍한 얼굴로 어색한 웃음을 짓는 승덕과 낙빈을 바라보았다. 무언가 해결에 대한 실마리를 붙잡고 싶었던 두 사람 모두 더욱 깊은 수렁에 빠진 것마냥 답답하기만 했다.

"사실 저희는 이 모든 사건의 중심에 어떤 물건이 있을 거라고 생각하고 있습니다."

"어떤…… 물건이라니요?"

"그건……."

승덕은 낙빈과 정희, 그리고 정현의 얼굴을 쳐다보더니 결심한 듯 천천히 말을 이었다.

"헤르메스의 창이라는…… 물건입니다. 저희는 지금…… 해결의 실마리를 찾고 있습니다."

승덕의 입에서 나온 낯선 이름에 성진과 마 형사는 눈을 더욱 크게 떴다. 대체 무슨 물건이 죽은 사람이 살아나고 산 사람이 죽는 말세와 관련되어 있는지 상상도 되지 않았다.

"그래서 저희는 마 형사님을 통해 실제로 이번 사건을 겪은 사람들을 직접 만나보고 싶었습니다. 실마리를 찾기 위해서 말이죠."

"그랬군요. 그래서 현장에 같이 가자고 했던 거군요."

마 형사는 고개를 끄덕였다. 대체 헤르메스의 창이 무엇인지는 몰라도 승덕 일행은 그 물건을 찾을 실마리를 얻기 위해 그를 만난 것이었다.

"그래요, 그럼 여기서 시간을 지체할 필요는 없겠군요. 그럼 김 선생님과는 여기서 인사를 하죠. 여러분은 저와 함께 사건 현장으로 가보시죠. 최근에 죽었다가 깨어난 사람도 만나보게 해드리죠. 가십시다."

마 형사는 서둘러 일어섰다. 일행은 하얀 가운을 입은 김성진과 작별 인사를 한 뒤 마 형사와 함께 그곳을 빠져나갔다. 마 형사는 자살을 시도했던 여학생의 사망 현장에 그들을 데려간 다음 완전히 사망한 상태에서 깨어난 젊은 회사원과 그들을 만나게 해줄 생각이었다. 그리고 거기서 낙빈 일행이 무언가 실마리를 찾아내기를 간절히 바랐다. 마 형사와 그가 아끼는 사람들, 그리고 세상의 선한 사람들이 위험에 빠지지 않기를 바라며, 그들이 말 세라는 무시무시한 말을 해결해주길 간절히 바라며 마 형사는 차의 시동을 걸었다.

6

푸른 나뭇잎이 강한 햇살에 무럭무럭 자라나는 깊은 산속. 불꽃처럼 강한 생명력이 온 산을 뒤덮을 것처럼 타오르던 어느 날, 쉬엄쉬엄 올라도 땀이 흐르는 가파른 산길을 어린 미덕은 한 번도 쉬지 않고 부리나케 뛰어 올라왔다. 학교 수업을 마치고 암자에 도착할 무렵이면 다리가 후들거리고 숨이 턱까지 차올라 얼굴이 새빨갛게 달아올랐지만 미덕은 언제나 한숨도 쉬지 않고 달렸다.

"으아아아!"

마지막 걸음까지 쉬지 않고 달려온 미덕은 앞마당에 도착하자마자 괴성을 질렀다. 동시에 등에 메고 있던 책가방을 아무렇게나 던져버리고 툇마루에 벌러덩 누웠다.

"정희 언니! 복실아, 복실아, 복실아!"

미덕은 숨을 학학 내쉬면서도 힘껏 복실이들을 불렀다. 미덕이 학교에 간 사이 숲 곳곳을 누비며 모험을 떠났던 세 마리 개가 미덕의 목소리를 듣고 달려 나왔다. 흰 털의 복실이와 누런 털의 복실이, 그리고 검은 털의 복실이까지 모두 달려 나와 미덕을 맞았다. 하루 종일 숲을 구른 탓에 털 사이사이로 나뭇잎이 박힌 세 마리의 개는 미덕의 주위로 뛰어올라 얼굴이며 손을 마구 핥았다.

"정희 언니!"

그런데 열정적인 개들과 달리 오늘따라 부엌이 고요했다. 매일 미덕을 맞아주던 정희의 기척이 없었다.

"언니?"

미덕은 몸을 일으켜 부엌으로 다가갔다. 엄마 같은 정희가 언제나 미덕의 재롱을 받아주며 시원한 숭늉을 건네주던 부엌이었다. 하지만 어찌 된 일인지 오늘은 방긋 웃으며 미덕을 맞아주는 정희는커녕 쥐새끼 한 마리도 보이지 않았다. 방마다 문을 열어봤지만 아무도 보이지 않았다.

"다들 할아버지 방에 있으려나?"

미덕은 냉큼 천신의 방으로 가서 다짜고짜 문을 열어젖혔다. 천신의 방문을 아무 생각 없이 벌컥벌컥 열어젖힐 수 있는 것은 철없는 미덕뿐이었다. 하지만 방 안에는 검은 도복 차림의 천신이 걱정스러운 얼굴로 두꺼운 책을 들여다보고 있을 뿐, 같이 놀아줄 사람이 아무도 보이지 않았다.

"미덕이 왔느냐?"

천신의 인자한 얼굴이 웃음을 지었지만 미덕은 여전히 시무룩했다.

161

"할아버지, 오빠들이랑 언니는 어디 갔어요?"

"다들 급한 연락을 받고 나갔다. 멀리 자유대학병원까지 갔으니 아마도 오늘은 돌아오지 못할 것 같구나. 미덕이가 좀 심심하겠구나."

"네에?"

오늘은 돌아오지 못한다는 말에 미덕의 얼굴은 울상이 되고 말았다. 미덕이 제일 존경하고 좋아하는 현욱도 요즘 통 암자에 오지 않는데 이제는 정희와 낙빈까지 모두 떠나버렸다니 혼자 외톨이가 되어버린 것처럼 속이 상했다.

"히잉……."

풀이 죽은 미덕은 천신의 방문을 닫고 마당으로 터벅터벅 내려왔다.

월!

월월!

이제 제법 큰 소리를 내는 복실이들이 미덕의 마음도 모르고 반갑게 꼬리를 쳐대며 달려들었다. 텅 빈 암자를 바라보며 원망스러운 얼굴로 눈알을 굴리던 미덕이 갑자기 무릎을 쳤다.

"아, 그렇지! 자유대학병원이라고 하셨겠다?"

순간 미덕의 머릿속에 좋은 생각이 떠올랐다.

"좋았어, 너희만 믿을게!"

강아지들을 보며 방긋 웃는 미덕의 얼굴에는 갑작스럽게 기쁨과 흥분이 교차되고 있었다.

7

도시의 회색 도로는 한동안 막힘이 없다가도 문득 예고도 없이 수많은 차들에게 점령되곤 했다. 하늘을 찌를 듯 높게 뻗은 빌딩 숲에는 건물들을 가득 채울 만큼의 사람들이 숨어 있었다.

성진과 작별한 마 형사는 힘껏 가속페달을 밟았다. 해가 저물기 전에 암자 식구들이 괴상한 사건과 관련된 사람을 한 명이라도 더 만나게 해주기 위해서였다. 하지만 마음과 달리 마 형사의 차는 통 앞으로 나아가지 못했다. 웬일인지 오늘따라 늘 다니던 도로까지 앞뒤로 꽉꽉 막혀 빠져나갈 틈이 없었다. 마 형사는 주차장을 방불케 하는 도로 위에서 입이 바짝바짝 말라갔다.

그 순간 마 형사의 휴대전화까지 요란하게 울려댔다. 번호를 확인하는 마 형사의 미간이 한껏 좁혀졌다. 느낌이 좋지 않았다. 뭔지 모를 사건의 냄새가 났다. 통화 버튼을 누르자마자 저편에서 다급한 목소리가 들렸다.

"마 형사님, 지금 좀 오셔야겠습니다. 지금 어디세요?"

"무슨 일인데? 오늘은 조사할 것이 있어서 내내 외근이라고 했잖아."

"네, 잘 알고 있죠. 하지만 지금 좀 와보셔야겠어요. 마 형사님이 전에 말씀하셨던 '그 남자' 있잖아요? '그 남자'가 나타났어요."

전화기 너머에서 들려오는 다급한 후배의 목소리에 마 형사는 정신이 번쩍 들었다.

"뭐야? 그자가 나타났다고? 지금 어디야?"

"여기 한상대교 아래예요."

마 형사는 몹시 놀라 창밖으로 고개를 내밀었다. 주위를 휘돌아보니 주차장을 방불케 하는 차들의 행렬만 눈에 들어왔다. 한상대교라니……. 마치 각본이 짜여 있는 이야기처럼 마 형사의 차가 바로 한상대교 위에 있었다.

"한상대교라고? 내가 바로 그 위야! 여기 완전히 막혀서 몇십 분째 제자리라고!"

"잘됐네요! 알고 오시던 길인 거죠? 어서 오세요. 제가 길 좀 뚫어놓을게요."

마 형사는 전화를 끊으면서 이상한 느낌에 사로잡혔다. 갑자기 '그 남자'가 나타났다는 것도 그랬고, 하필이면 그 장소가 지금 그들이 지나고 있는 대교 아래라는 것도 그랬다. 마 형사는 복잡한 얼굴로 옆쪽을 바라보았다. 조수석에 앉은 승덕은 마 형사를 향해 조용히 고개를 끄덕였다. 방향을 틀어 다른 곳으로 가도 좋다는 무언의 허락이었다. 마 형사는 뒤쪽을 바라보았다. 정희와 정현, 그리고 낙빈의 모습이 보였다.

"미안합니다. 이를 어쩌죠? 조금 급한 일이 생긴 것 같은데……."

미안한 얼굴로 허락을 구하는 마 형사 쪽으로 하얀 한복을 입은 낙빈이 몸을 숙였다. 엉덩이를 살짝 걸치다시피 앞으로 몸을 기댄 낙빈은 승덕과 마 형사를 번갈아 쳐다보았다. 낙빈은 눈을 크게 뜨고 불안한 듯 낮게 중얼거렸다.

"신神할아버지가 마 형사님을 기다리는 그곳에 아주 중요한 일이 있다고 말씀하세요."

"그래, 그럼 더더욱 가야지."

승덕은 더욱 세게 고개를 끄덕였다.

"하지만…… 아주 소중한 것을 잃을지도 모른다고 경고하셨어요. 그게 뭔지 모르겠지만……."

낙빈의 목소리가 더욱더 낮아졌다. 마음속에서 신할아버지의 목소리가 자꾸만 들려왔다. 낙빈이 소중한 것이 무엇이냐고 아무리 물어봐도 신할아버지는 대답해주지 않았다. 수수께끼처럼 말하는 신할아버지의 음성이 웬일인지 너무나 안타까웠다. 가지 않았으면 하면서도 가야 된다는 두 가지 감정이 낙빈의 가슴속에 고스란히 전달되었다. 낙빈은 중요한 일을 확인하기 위해 가야 할지, 아니면 위험한 일을 피하기 위해 가지 말아야 할지 결정할 수가 없었다. 불안으로 떨리는 낙빈의 눈동자를 보며 승덕이 한마디 했다.

"어쨌든 가보지 않고는 아무것도 알 수 없어. 다가오지 않은 일을 걱정하는 것처럼 바보 같은 짓은 없어. 다가올 일을 해결하기 위해 노력해야지. 그러니 가보자, 낙빈아."

"……네에."

그래, 승덕의 말이 옳았다. 소중한 것을 잃을지도 모른다는 말에 아무것도 하지 않고 손을 놓을 수는 없다는 생각이 들었다.

'소중한 것을 잃을 수도 있다는 경고를 잊지 말고 좀 더 조심하면 되지 않을까? 소중한 것을 지키기 위해 한 발 앞서 움직인다면 신할아버지의 경고를 따르면서도 중요한 일을 놓치지는 않을 거야.'

낙빈은 마음속의 불안을 애써 누르며 고개를 끄덕였다.

"여러분, 미안합니다. 그럼 한상대교로 방향을 틀겠습니다."

마 형사는 일행에게 양해를 구하며 운전석에 바로 앉았다. 그들이 마음을 고쳐먹자마자 어찌 된 일인지 도로에 가득 찼던 차들이 조금씩 조금씩 움직이기 시작했다. 다리 앞쪽에서 임시 신호를 가동한 것인지, 아니면 경찰이 나선 것인지 좀 전까지 꼼짝도 못하던 차들이 천천히 움직이기 시작했다. 마치 그들이 마음을 바꿔 방향을 틀기를 기다린 것처럼 기이한 광경이었다.

마 형사와 낙빈 일행은 한상대교가 끝나는 다리 초입에서 그들을 기다리고 있는 박 형사를 발견했다. 박 형사는 마 형사의 차를 발견하자마자 수신호를 하며 강둑 아래쪽으로 안내했다. 강둑으로 내려가는 길은 이미 경찰들에 의해 차단막이 설치되어 있고 강변을 오가는 사람들의 통행도 제한하는 상태였다. 마 형사의 차가 내려가자 차단막이 열렸다. 그리고 마 형사의 차가 차단막을 통과하자마자 다시 강둑으로 내려가는 도로는 차단되었다.

마 형사는 낙빈 일행에게 양해를 구하고 먼저 차에서 내렸다. 승덕은 수사에 방해가 되지 않도록 동생들과 차 안에 머물 생각이었다.

"마 형사님, 진짜 빨리 오셨네요. 혹시 연락받고 오시는 길이었어요?"

"아니, 다른 데로 가는 중이었는데……. 나도 좀 어리벙벙해."

반색하는 후배 형사를 보며 마 형사는 고개를 갸웃거렸다. 모든 것이 마치 약속되어 있는 것처럼 돌아가는 것이 참으로 이상하다는 생각이 들었다.

"저 사람…… 맞죠? 선배님 말씀대로 무조건 수사에 협조하라는 서류를 가지고 나타났어요."

"아……."

마 형사는 박 형사가 가리키는 쪽을 바라보았다. 남북으로 강을 가로지르는 거대한 한상대교 아래에 유독 검은 양복을 빼입은 남자가 눈에 들어왔다. 검은 선글라스까지 낀 남자의 뒷모습만 봐도 '그 남자'임을 알 수 있었다. 도저히 과학적으로 해결되지 않는 이상한 사건이 터지면 나타난다는 그 남자였다. 한 번 들은 그 남자의 이름도 잊어버리지 않았다. 현욱. 정체불명의 그 남자가 또다시 나타났다. 그 남자는 길게 뻗은 다리로 강둑 아래의 모래톱을 밟고 기다란 갈대밭을 바라보고 있었다.

"고맙다, 알려줘서."

마 형사는 박 형사의 등을 툭 쳤다. 그는 저 남자가 나타나기를 기다렸다. 남자를 만나 무엇을 어찌하려는 마음이라기보다는 그의 흔적을 밟고 싶었던 것이다. 아무리 정보를 캐내려고 해도 절대로 캐낼 수 없었던 저 남자에 대해 알아낼 방법은 이렇게 직접 부딪치는 수밖에 없었다. 마 형사는 자석에 끌리듯 그 남자에게 다가갔다. 그 남자가 바라보는 것이 무엇인지 당장 알고 싶었다.

"박 형사, 어떻게 된 일인지 자세히 얘기해봐."

유행이 지난 연갈색의 체크무늬 양복을 입은 마 형사는 현욱을 향해 다가가는 동안 박 형사에게 간단히 설명을 들었다.

"조금 전인 오후 2시 30분경 하상河床 공원에서 가족과 고기를 구워 먹던 남성이 모래톱에 걸린 커다란 여행 가방을 보고 신고 했습니다. 호기심에 가방을 끌어올렸다가 지퍼 사이로 사람의 손이 보여서 곧장 경찰에 신고했답니다."

"사람의 손?"

"네, 가방을 열어보니 여자가 있었습니다."

"손은…… 훼손된 건가?"

"아뇨, 시체 절단 같은 건 없었습니다. 가방 안에 들어 있었다는 것만 제외하면 멀쩡한 상탭니다. 아주 이상할 정도로 멀쩡해서 탈이죠."

"음, 그런데 저 사람은 언제 왔어?"

마 형사는 현욱을 가리켰다.

"제가 전화드리기 10여 분 전에 도착했어요. 검은 양복을 보는 순간 선배님 말씀이 생각나서요. 다른 형사에게 물어보니 역시나 무조건 수사에 협조하라는 공문을 가지고 있었다더군요. 그래서 곧장 연락드린 겁니다."

"그래, 고맙다. 잘했어."

마 형사는 또다시 박 형사의 어깨를 툭툭 두드렸다. 박 형사는 말수가 적은 마 형사가 말과 행동으로 칭찬해주자 기분이 우쭐해져서 빙긋 웃음이 나왔다.

마 형사는 연신 플래시가 터지는 강둑으로 다가갔다. 강둑 가장자리의 모래톱 사이로 갈대가 어지럽게 들어차 있었다. 모래톱 끝에 검은색의 커다란 여행 가방 같은 것이 있었다. 그 옆에 검은 양복을 입은 현욱이 서 있었다. 키가 큰 그 남자는 쭉 뻗은 등이 보이도록 강을 향해 서서 검은 가방을 묵묵히 바라보고 있었다. 주변에는 그와 비슷한 차림의 남자들이 현장을 확인하고 있었다.

"실례합니다. 저희 구면이죠?"

마 형사는 은근슬쩍 현욱의 옆으로 다가갔다. 검은 가방을 내려다보던 검은 양복의 남자가 마 형사를 향해 고개를 돌렸다. 마 형사는 과연 그가 자신을 기억할까 확신이 서지 않았다. 하지만 그는 탁월한 기억력을 가지고 있는지 조금의 망설임도 없이 손을 내밀었다.

"마 형사님이시군요. 반갑습니다."

그는 짧게 악수를 나눈 뒤 다시 검은 가방 쪽으로 눈길을 돌렸다. 마 형사 역시 검은 가방 안을 바라보았다. 제일 먼저 눈에 들어온 것은 새하얀 손가락이 무척이나 기다란 여자의 팔이었다. 마 형사는 눈살을 찌푸렸다. 지금껏 봤던 익사자들과 확연히 다른 모양이 눈에 거슬렸다. 기다란 손가락과 하얀 팔 너머 물에 축

축이 젖은 푸른 원피스 자락이 보였다. 얼굴을 모두 가릴 정도로 흐트러진 검은 머리카락 사이로 새하얀 얼굴이 보였다. 가는 주름이 잔뜩 잡힌 푸른 리넨 원피스가 물을 흠뻑 머금은 채 시체를 감싸고 있었다. 가방 속에 똑바로 앉은 자세로 발견된 여자의 시체는 신발도 없이 발가락이 하얬다. 그런데 참 이상했다. 차가운 물에 불은 것은 시체를 감싼 옷자락과 가방뿐, 여자의 가느다란 팔과 긴 손가락 모두 물에 불은 모습이 아니었다. 생기를 잃었을 뿐, 모양이 잘 보존된 딱딱한 마네킹처럼 형태가 고스란히 보존되어 있었다. 마 형사는 고개를 갸웃거리며 검은 양복의 남자를 흘끗 쳐다보았다. 역시 그가 나타난 것부터가 일반 사건은 아닐 거라 여겼는데, 시체부터 이상하기 짝이 없었다.

"말씀드린 대로죠? 이상할 정도로 멀쩡하단 말이죠."

마 형사의 뒤에서 박 형사가 혀를 찼다.

"신원은 파악됐나?"

"아직입니다."

어깨까지 내려오는 긴 단발머리에 연한 하늘색 원피스를 입은 여자의 시체를 유심히 바라보던 마 형사는 시체의 손가락에 단단히 끼워져 있는 금빛 반지에 눈이 갔다.

"기혼 여성인가?"

다이아몬드나 보석이 박혀 있지 않아 예물 반지라기엔 수수했지만 적어도 순금이 두세 돈 이상 들어간 묵직한 반지였다. 세공도 특이한 방식으로 불이 타오르는 모양 가운데 눈동자처럼 둥근 모양이 새겨져 있었다. 어쨌든 여자의 손가락에 두 돈 이상의 둔탁한 반지가 끼워져 있다면 아무래도 기혼녀가 아닐까 하는 생각이 들었다.

"약을 먹은 건가……?"

이리저리 살피던 마 형사는 시체의 어느 부위에서도 상처를 찾아볼 수 없었다. 보통 가방에 시체를 넣었다면 피해자는 우발적이든 고의적이든 살해되었을 가능성이 높았다. 그러나 그녀의 몸 어디에도 치명적인 상처 따위는 없고 손톱 등에도 반항한 흔적이 없었다. 목을 졸린 상처도 없고 팔과 다리에 타박상도 없었다. 즉 반항한 흔적도 없이 사망했다면 미리 약을 사용했을 가능성이 높았다.

"그런 것 같습니다. 자세한 건 부검을 해봐야 알겠지만요."

박 형사 역시 마 형사의 말에 고개를 끄덕였다. 그러나 어쩐지 마 형사는 의문이 가시지 않은 표정이었다.

"이상하군요. 그렇지 않습니까?"

마 형사는 슬쩍 현욱에게 말을 걸었다.

"넷? 뭐가 말입니까?"

침묵하는 현욱 대신 대답한 것은 박 형사였다. 그는 너무나도 예리하고 정확한, 귀신 같은 마 형사에 대해 누구보다 잘 알고 있기에 그의 말을 놓치지 않으려는 듯 귀를 세웠다.

마 형사는 뒷말을 하기 전에 검은 양복의 남자를 좀 더 바라보았다. 하지만 오늘 그는 입이 무거워 보였다. 아무 말도 없이 묵묵히 시체만 바라보는 현욱에게 들리도록 마 형사는 소리를 조금 높여 말했다.

"생각해봐. 좀 이상하지 않아? 약물을 사용했다면 살해자 쪽에서도 만반의 준비를 하고 있었다는 뜻이야. 그런데…… 봐. 마지막이 너무 허술하지 않아? 가방에 넣어 수장시키다니……. 그것도 돌 같은 것을 매달지도 않고 강 하류로 떠내려오게 하다니. 내가 범인이라면 가방에 무거운 돌을 집어넣거나 가방을 단단한 돌로 묶어놓았을 거야. 이렇게 시체가 물 위로 떠오르지 않도록 말이야. 가방을 그냥 강물에 버리는 건 너무 위험한 일이잖아. 허술해. 마지막이 너무 허술해."

현욱은 아무 말 없이 고개를 끄덕였다. 마 형사의 말에 조용히 동조하는 모습이었다. 하지만 박 형사는 고개를 살짝 갸웃거렸다.

"음. 듣고 보니 그렇기도 하지만……. 죽이고 나서 당황해서…… 초범이라서 완벽하게 처리할 생각을 못 한 게 아닐까요?"

"글쎄…… 약물을 이용했다는 건 사전에 계획된 살인이라는 얘기야. 단순한 즉흥 살인이 아니란 말이지. 그 정도로 계획한 살인인데도 마지막이 허술했다면 두 가지를 생각해볼 수 있어."

마 형사가 심각한 얼굴로 턱을 쓸었다.

"두 가지요?"

박 형사는 시체를 보자마자 바로 귀신같이 추리하는 마 형사를 멍한 얼굴로 바라보았다.

"그래. 하나는 자네가 말한 대로 살인범이 멍청하게도 죽이는 것만 생각한 경우이고, 다른 하나는 살인범이 여자의 신분이 밝혀질 리 없다는 자신감을 가진 경우야. 전자라면 이 사건은 며칠 내로 끝나겠지만 후자라면…… 아마 지루하고 괴로운 사건이 되겠지."

"아……."

박 형사는 어쩐지 마 형사의 예감대로 지루하고 괴로운 사건이 시작될 것만 같아 인상을 찌푸렸다.

"그런데 말입니다, 익사한 시체의 상태가 왜 이런 겁니까?"

마 형사는 침묵하는 현욱 쪽을 다시 바라보았다. 검은 양복의 남자는 여전히 시체에서 눈을 떼지 않았다. 그는 시체에서 무엇을 읽어내고 있는 것인지 가방 안의 푸른 원피스만 노려보았다.

"익사한…… 시체가…… 아니니까요. 시체가……."

"네, 뭐라고요?"

마 형사는 낮게 중얼거리는 그의 말을 알아들을 수가 없었다. 하지만 그 남자는 그 말을 반복할 마음이 없는지 더는 입을 떼지 않았다. 그는 머리를 살짝 흔들더니 그제야 시체에서 눈길을 거두고 마 형사 쪽을 바라보았다. 남자의 까만 선글라스 너머에서 무언가 이글거리는 빛이 보였다.

"좋은 추리입니다만, 또 다른 가능성도 있답니다."

그는 특유의 빙글거리는 웃음을 띠며 마 형사를 바라보았다. 마 형사는 그의 웃음을 보며 여유를 잃었다. 마 형사가 알지 못하는 많은 것을 이미 알아낸 것이 분명했다.

"박 형사님이라고 하셨죠? 처음 발견했을 당시 가방의 지퍼는 어떤 상태였습니까?"

현욱은 마 형사 옆의 박 형사에게 질문했다. 박 형사는 현욱이 현장에 도착한 직후에 던졌던 질문을 반복하자 의아한 표정을 지었다.

"저, 뭐…… 가방 끝부분이 10센티미터가량 열려 있었습니다."

"그렇군요. 제일 먼저 가방을 발견한 사람은 저 안에 시체가 있다는 걸 어떻게 알았다고 했습니까?"

"아, 처음에는 모래톱 위에 검은 가방이 걸린 것을 보고 어떤 몰지각한 인간이 쓰레기를 버린 줄 알았답니다. 그러다가 열린 가방 끝부분에 허연 사람 손이 보여서 곧장 신고했다고 했습니다."

"그렇군요. 그렇다는군요."

현욱이 넓은 어깨를 으쓱거리며 마 형사를 바라보았다. 그 순간 마 형사는 망치로 머리를 얻어맞은 기분이 들었다.

"가방 밖으로 나온 손이란 설마……."

마 형사가 막 이야기를 하려는데 현욱이 방향을 틀어 어딘가를 바라보았다. 마 형사도 멍하니 그가 바라보는 곳을 쳐다보았다. 현욱의 시선 끝에는 마 형사의 차가 있었다. 그리고 그의 낡은 승용차에서 내리는 낙빈 일행의 모습이 눈에 들어왔다. 편안해 보이는 티셔츠와 청바지를 입은 승덕과 하얀 한복을 입은 낙빈, 그리고 회색 승복을 걸친 정희와 정현까지 차에서 내려 이쪽을 바라보고 있었다.

"저들을 데려온 사람이 마 형사님일 줄이야."

마 형사는 낮게 울리는 현욱의 의미심장한 목소리에 몸을 떨었
다. 왜인지 그 남자의 웅얼거림 속에 차가운 느낌이 번져가는 것
을 느낄 수 있었다. 그는 마 형사뿐 아니라 승덕 일행도 알고 있는
것이 분명했다. 현욱은 갑작스럽게 빠른 걸음으로 강가 모래톱을
벗어나기 시작했다. 검은 양복 속에서 그의 기다란 두 다리가 날
쌔게 걸음을 옮기더니 어느새 강둑 위로 올라섰다.

검은 양복의 남자가 낙빈 일행을 향해 다가가자 승덕과 낙빈,
정희와 정현 모두 놀란 얼굴로 현욱을 바라보았다. 마 형사 역시
서둘러 남자의 뒤를 따랐다.

"여기서 만나는군요."

그는 조금 과장된 얼굴로 승덕을 향해 손을 내밀었다. 그의 표
정과 달리 승덕은 조금 껄끄러운 얼굴로 그의 손을 맞잡았다. 낙
빈과 정희, 그리고 정현도 불편한 표정이었다. 승덕은 예기치 않
은 장소에서 현욱을 만난 것이 또 그의 계획된 음모가 아닐까 경
계하는 모습이었다.

"서로 아는 사이였군요."

마 형사는 검은 양복과 낙빈 일행을 번갈아 바라보며 신기하다
는 표정을 지었다. 어쩐지 몹시도 어울리지 않는 조합인 동시에
묘하게 어울리는 조합이라는 생각이 들었다.

"낙빈이가 이상한 느낌이 든다고 해서 나와봤습니다. 저쪽 강

둑에 죽은 사람이 있는 모양이지요? 거기서 이상한 느낌이 든다고 하네요."

승덕은 현욱을 경계하며 마 형사에게 물었다.

"네, 맞아요. 가방에 담긴 시체가 있습니다."

"형사님, 그건 그냥 시체가 아닌 것 같아요."

낙빈은 인상을 찡그리며 말했다. 낙빈은 답답한 듯이 작은 손으로 가슴을 문질렀다. 급체라도 한 것처럼 낙빈의 입술이 파랗게 변해 있었다.

"이상한 영기가 모여 있어요. 아니, 이상한 기운이 자욱해요. 죽은 사람의 영혼 같은 것이 아니라 아주 다른…… 아주 탁한…… 이상한 기운이 저곳에 가득해요."

낙빈은 강둑 근처에 가득한 흑회색의 영기를 바라보았다. 숨이 막힐 정도로 탁한 기운이 그 주변에 가득했다.

"마 형사님, 저희가 좀 가까이에서 볼 수 있을까요?"

"아, 물론 됩니다. 따라오시죠."

미안한 듯 양해를 구하는 승덕을 향해 마 형사는 흔쾌히 고개를 끄덕였다. 그렇게 승덕과 낙빈이 먼저 발을 떼려는 순간 길쭉한 검은 양복이 그 앞을 가로막았다. 마 형사를 따라 걸음을 옮기려던 낙빈과 승덕이 현욱을 바라보았다. 그의 검은 양복이 마 형사와 낙빈 일행의 사이를 단단히 가로막은 채 움직이지 않았다.

"왜요? 뭐 할 말이라도 있습니까?"

승덕은 불쾌한 감정을 숨기지 않고 그를 쏘아보았다.

"글쎄…… 나는 고민 중입니다. 여기서 길을 비켜야 하는지 말 아야 하는지에 관해서 말입니다."

그는 수수께끼 같은 말을 하며 승덕의 얼굴을 빤히 쳐다보았 다. 검은 선글라스 너머에서 번쩍이는 안광이 비치는 것 같았다.

"하고 싶은 말이 뭡니까?"

승덕의 목소리에는 여전히 불쾌한 감정이 담겨 있었다. 현욱은 그런 승덕의 얼굴을 오늘따라 빤히도 쳐다보았다.

"우리는 전부터 이 여자를 찾고 있었습니다. 설마 이렇게 생명 을 잃은 시체로 만날 줄은 저도 미처 예상치 못했습니다."

현욱은 어깨를 으쓱거렸다. 현욱의 말에 따르면 그는 사망한 여자가 죽기 전부터 추적했다는 것이었다. 그리고 이미 사망한 저 여자는 낙빈 일행뿐 아니라 현욱의 신성한 집행자들과도 무언 가 중대한 관련성이 있는 모양이었다. 그는 천천히 팔짱을 꼈다. 그러고는 먼 하늘을 초점 없는 눈동자로 바라보았다. 지금 그의 머릿속에는 수많은 생각이 지나가고, 수많은 계산이 이루어지고 있을 것이다.

"……내가 지금 길을 비키면 누군가는 엄청난 위험에 빠질 수 도 있습니다. 하지만 내가 길을 비키지 않는다면 누군가는 진실 에 다가가지 못할 수도 있지요. 나는 지금…… 고민하고 있습니 다. 이 길을 비키는 것이 옳은지에 대해서."

그는 승덕의 얼굴을 한참 동안 바라보더니 시선을 돌려 낙빈을 바라보았다. 그의 검은 눈이 낙빈에게 무언가를 묻고 있었다. 낙빈에게 무언가를 결정하라고 말하고 있었다.

낙빈은 현욱이 말하는 내내 심장이 터질 것처럼 두근거렸다. 신할아버지의 말이 다시 머릿속으로 파고들었다.

'저곳에 가면 너는 소중한 것을 잃을 것이다······.'

현욱은 신할아버지와 똑같은 경고를 하는 것이 분명했다.

"나, 나는······ 나는······."

낙빈은 펄떡거리는 심장을 부여잡으며 말을 더듬거렸다. 지금 당장 이 자리를 빠져나가고 싶은 마음과, 저곳에 있는 이상한 기운을 확인해야 한다는 생각이 낙빈을 어지럽혔다.

"낙빈아, 괜찮아."

낙빈의 어깨에 차갑고 시원한 기운이 느껴졌다. 그것은 낙빈의 펄떡이는 심장을 가라앉힐 만큼 시원했고, 덜덜 떨리는 공포를 감싸줄 만큼 따스했다. 승덕의 커다란 손이 낙빈의 어깨를 꼬옥 붙잡고 있었다.

"위험하다고 항상 도망칠 수는 없는 일이겠지요. 아이가 태어나 처음으로 뒤집기를 하는 것도 위험합니다. 그때 운이 나쁜 아이는 엎드린 채 고개를 들지 못해 질식사를 당하기도 하지요. 처음으로 걸을 때도 상당한 위험을 감수합니다. 아장아장 걷기 시작한 아이가 계단에서 굴러떨어져 사망하기도 하고, 높은 곳에 기어올랐다가 위험천만한 일을 겪기도 하지요. 사실 모든 생명은 태어나는 순간부터 위험에 노출되어 있는 겁니다. 그렇다고 위험을 피할 수만은 없는 일이지요. 뒤집지 못하면 앉을 수 없고 서지 못하면 뛸 수 없는 겁니다. 위험에 직면하지 못하면 그 위험은 영원히 해결되지 못하죠. 위험을 이길 수 있는 방법은 당당히 맞서는 겁니다."

승덕은 낙빈을 대신해 이야기했다. 위험하다고 피할 생각은 추호도 없음을, 그는 온몸으로 말하고 있었다. 그런 승덕을 뚫어져라 바라보던 현욱이 어깨를 으쓱이더니 몸을 돌렸다.

"그래요, 알겠습니다. 당신이 그렇게 말한다면."

그는 두말하지 않고 자리를 비켰다. 의미심장한 눈빛이 승덕의 눈동자를 응시했다. 도무지 무슨 생각을 하는지 알 수 없는 표정이었다.

"오늘은 이만. 나중에 뵙지요."

그는 짧은 인사말을 남기고는 뒤도 돌아보지 않고 일행의 곁을 떠났다. 사라지는 검은 양복을 보느라 한동안 낙빈도 승덕도 정희와 정현도 발을 떼지 못했다. 그가 이렇게 사라져버리는 것이 더욱 불안했다. 그렇게 뒤돌아 사라지는 그의 등이 무언가 끝나지 않은 이야기를 계속하는 것만 같아 쉽사리 눈이 떨어지지 않았다.

"그만 가보자."

승덕은 미련이 남은 것처럼 현욱을 바라보는 낙빈의 등을 두드렸다. 낙빈은 깜짝 놀라 승덕의 얼굴을 바라보았다. 오늘따라 승덕의 표정이 참으로 편안해 보였다. 마치 모든 것을 받아들인 사람처럼 고민도 걱정도 없어 보였다. 낙빈은 그런 승덕의 표정이 더욱 불안하게 느껴졌다. 승덕의 편안한 얼굴을 보니 가슴속의 떨림이 더욱 심해졌다. 이상했다. 낙빈의 온몸이 무언가를 경고하고 있었지만 그것이 무엇인지 알 수가 없었다.

"이쪽으로 오시죠."

조용히 일행을 기다리던 마 형사가 시체가 있는 곳으로 성큼성큼 걸어갔다. 시멘트로 지어올린 강둑 아래로 좁은 모래톱과 무질서한 갈대밭이 드러났다. 마 형사는 단단한 모래톱 위를 앞서 걸으며 일행을 이끌었다.

"우웃!"

시체에 다가갈수록 낙빈은 잔뜩 얼굴을 찡그렸다. 감당할 수 없을 만큼 검고 탁한 기운이 가방 주위를 가득 메우고 있었다.

"왜? 뭐가 느껴지는데?"

승덕이 의문 가득한 얼굴로 낙빈을 바라보았다.

"아아, 형. 너무나 사악한 기운이에요. 뭐랄까…… 강력한……
너무나 강력한 저주술 같아요."

"저주술이라고?"

마 형사는 놀란 눈으로 낙빈을 바라보았다. 약에 취해 죽은 것이 아니라 저주술에 의해 사망했단 말인가? 하지만 이해가 되지 않았다. 저주술로 죽인 거라면 어차피 과학적으로는 증거가 없을 것이었다. 즉 저주술로 죽인 사람은 길거리든 집이든 어디에든 놔둬도 된다는 뜻이다. 굳이 저주술로 죽인 뒤 가방에 담아 강물에 던질 필요가 없는 것이다. 상식적으로 이해되지 않는 일이었다.

"저주의 기운이 느껴져요. 아주 사악해요. 사악한 기운으로 똘 똘 뭉쳐 있어요. 아아, 보통 기운이 아닌 걸요? 앗! 반지…… 저 반지에서 흘러나오고 있어요!"

낙빈은 시체의 새하얗고 기다란 손가락에 끼워진 두꺼운 금반 지를 바라보며 심하게 얼굴을 찡그렸다. 곁으로 다가가기가 숨이 막힐 만큼 엄청난 저주가 담긴 반지였다. 여인의 죽음과 밀접하 게 관련되어 있는 반지로 보였다.

보통 저주의 대상이 사망하면 저주도 순식간에 사그라진다. 하 지만 여전히 엄청난 기운을 뿜는 것을 보면 죽기 전에는 그 힘이 말도 못할 정도로 강했을 것이다. 즉 이 끔찍한 저주술에 걸린 여 자는 상상할 수도 없는 엄청난 고통과 괴로움을 당했을 거란 의 미였다.

"반지…… 저주술……."

마 형사는 낙빈의 말을 따라 중얼거렸다. 곤란했다. 마 형사는 금반지를 바라보며 이번 사건은 미제로 남을지도 모른다는 느낌 을 사실로 확인하고 있었다. 저주의 반지가 살인 도구라면 현재 인간의 과학으로는 해결할 수 없을 것이다.

"이러다 돌아가신 분은 성불도 못하겠어요! 마 형사님, 저…… 제가 저 반지…… 저분 손가락에서 빼내면 안 될까요?"

낙빈은 여인의 영혼이 사악한 저주 때문에 결코 성불할 수 없 으리라는 사실을 알고는 안타까움이 가득한 목소리로 마 형사에 게 부탁했다.

"하지만 낙빈 군, 마음은 알지만…… 익사한 시체에서 반지를 뽑아내는 건 말처럼 쉬운 일이 아니야."

마 형사는 여인의 하얀 손가락을 바라보았다. 일반 시체와 달리 너무나 멀쩡해 보였지만 그래도 오랫동안 물에 있던 시체였다. 손가락에 맞춰 끼운 반지가 쉽게 뽑힐 리 없다는 생각이 들었다.

"마 형사님, 시체에는 아무런 상처도 안 나게 할게요! 저분의 몸에 있는 물을 살짝 이동시켜서 손가락 하나 안 대고 반지를 빼낼 수 있어요. 저런 반지는 사악한 기운이 너무 강해서 부적이나 금줄로 힘을 봉인하지 않으면 주위 사람들까지 불행해져요. 그러니 허락해주세요."

낙빈은 전혀 표시나지 않게 반지를 빼낼 수 있다며 마 형사에게 양해를 구했다. 일반 사람이라면 결코 허락할 수 없지만 마 형사는 믿을 수 없는 일을 몇 번이나 겪으면서 낙빈의 말을 허투루 들어서는 안 된다는 것을 알게 되었다. 이미 시체는 충분히 사진을 찍어두었고, 반지는 중요 증거품으로 어차피 시체에서 곧 빼낼 것이므로 시체가 손상되지 않는다면 문제는 없을 것이다.

"좋아, 낙빈 군. 대신 우리가 인간 벽이 되어 낙빈 군이 눈에 띄지 않게 막아섭시다!"

마 형사는 낙빈의 말에 수긍하고 다른 사람들에게 낙빈이 보이지 않도록 등으로 막아섰다. 낙빈은 영력을 발휘하기 시작했다.

"물의 힘이여! 수사水使님의 이름으로 명령하노니, 물이여, 내 말을 들을지어다!"

낙빈이 온몸의 기를 끌어올리고는 『치귀도治鬼道』에서 배운 대로 수사님의 기운을 빌려왔다. 낙빈이 수사의 기운을 불러내어 손바닥에 모으자 출렁거리는 강물도, 땅 아래를 지나는 작은 물줄기도 움찔거리며 낙빈의 명령을 기다렸다.

"수사님, 저분의 손에서 반지가 빠질 수 있도록 잠시만 물을 이동시켜주세요."

낙빈이 조용히 중얼거리자 시체의 새하얀 손가락이 울룩불룩 움직이기 시작했다. 반지가 끼워진 손가락이 마치 꿈틀대는 것처럼 줄어들었다가 늘어나더니 조금씩 반지를 밖으로 밀어내는 것이었다. 누구도 건드리지 않았는데 핏기 없는 하얀 손가락이 풍선을 누르는 것처럼 울룩불룩거리더니 마침내 커다란 금빛 반지가 검은 가방 아래로 떨어졌다. 낙빈이 기를 끌어올린 지 1분도 지나지 않아 여인의 손가락에서 커다란 금반지가 도르르 굴러 나왔고 그녀의 손가락은 반지를 빼기 전의 상태로 돌아가 있었다.

'세상에!'

마 형사는 소리를 내지 않았지만 눈앞에서 일어나는 일을 도저히 믿을 수가 없었다. 저런 능력을 사용하는 사람들이 범죄에 빠져든다면 세상은 어떻게 될까? 혹시 지금껏 풀리지 않은 미제 사건들을 저런 능력자들이 일으킨 건 아닐까 하는 생각마저 들었다. 저런 능력자들이 사악한 일을 도모한다면 과연 누가 막을 수 있을까? 상상만으로도 끔찍한 일이었다.

마 형사는 모든 증거품이 그러하듯 투명한 봉투에 반지를 넣었다. 낙빈은 투명한 봉투에 들어간 반지를 바라보며 알아들을 수 없는 기도문을 외웠다. 글문선생이 들려주는 말귀를 읊고 그분이 적어주는 글을 부적신장의 힘으로 새겼다. 부적에 직접 글을 적는 것이 가장 좋은 방법이지만 현장의 특수성으로 인해 보이지 않는 투명한 부적을 만들 수밖에 없었다. 낙빈은 금빛 반지를 향해 허공에 글을 새겨 넣었다. 강력하고 끔찍한 저주의 술법들을 반지 안쪽으로 억누르기 위해 단단한 결계를 치는 술법이었다.

낙빈이 그리는 글자들이 한 자 한 자 허공에서 완성될 때마다 반지를 둘러싼 자욱하고 검은 기운이 반지 속으로 쑤욱 들어가기 시작했다. 물론 일반인들의 눈에는 보이지 않는 검은 영기였다.

"후우, 됐어요, 마 형사님. 저주술을 없앤 게 아니라서 위험이 완전히 사라지진 않았지만 이 정도면 주변 사람들을 함부로 해치지는 못할 거예요."

모든 기운을 반지 안쪽에 가둔 낙빈은 송골송골 맺힌 이마의 땀을 닦아냈다. 저주의 기운을 완전히 없애는 것은 저주술의 근원을 찾아 방어술을 뚫고 힘의 근원을 파괴해야 하는 힘든 작업이지만 저주의 기운을 물건 안에 가두기만 하는 것은 상대적으로 간단한 편이었다.

"그래, 저 반지가 위험한 물건이었군. 그럼 아마도 저 여자에게 반지를 건네준 사람이 범인일 가능성이 높겠군."

"네, 저주의 기운으로 사람을 죽이는 건 불가능한 일이 아니니까요."

마 형사의 말에 낙빈이 고개를 끄덕였다.

"누군지 신원이 파악되었나요?"

"아뇨, 아직입니다."

승덕의 말에 마 형사는 씁쓸한 얼굴로 고개를 저었다. 이럴 줄 알았으면 현욱이 사라지기 전에 그녀에 대해 물어보는 건데. 그는 분명 여자가 살해되기 전부터 찾고 있었다고 했다. 여자가 누군지 모르는 상태에서는 신성한 집행자들이 그녀를 찾아다닌 이유를 짐작할 수가 없다. 시체 주변을 면밀히 조사하고 낙빈의 영능력을 통해 실마리를 잡아보려 했지만 저주술을 담은 반지가 있다는 것 외에는 아무것도 알아낼 수가 없었다. 그사이 시간은 빠르게 흘러 하늘이 어둑어둑해지고 말았다.

"신원이 파악되면 저희에게도 알려주십시오."

"알겠습니다. 그리고 내일이라도 오늘 만나지 못한 사람들과 다시 시간을 잡아보겠습니다. 이거…… 받으세요."

승덕은 마 형사가 내미는 봉투를 바라보았다. 초록색 궁전 무늬가 새겨진 하얀 봉투였다.

"김성진 선생이 여러분을 위해 예약해놓았답니다. 식사와 룸서비스까지 모두 제공된다니까 편히 머무시면 될 것 같아요."

승덕은 봉투 안에 들어 있는 호텔 숙박권을 보며 난처한 표정을 지었다.

"사양하시면 김 선생이나 저나 마음이 아주 불편할 겁니다. 다음에 도움 받을 일이 있어도 여러분을 부르지도 못할 거고요. 그러니까 부담 갖지 말고 우리 마음을 편히 만들어준다 생각하고 가서 쉬세요."

마 형사는 손사래를 치는 승덕에게 정색을 하며 봉투를 내밀었다. 김성진도 마 형사도 깊은 산속에서 사람들을 불러내는 것이 미안했다. 아무리 암자 식구들이 괜찮다고 해도 불편한 마음은 가시질 않았다. 때문에 조금이라도 암자 식구들이 편히 머물게 해주고 싶었다.

"제가 직접 모셔다드리고 싶지만 저는 현장을 마무리하고, 시체의 신원부터 파악해야겠습니다. 차 한 대를 준비해뒀으니 타고 가세요."

마 형사는 승덕 일행의 등을 떠밀어 경찰차에 태웠다. 제복을 입은 경찰관이 마 형사에게 깍듯하게 경례를 하더니 승덕 일행을 태우고 차를 몰았다. 그렇게 마 형사와 헤어진 낙빈 일행은 강둑 위를 달리기 시작했다. 강둑을 빠져나가는 내내 낙빈도 승덕도 검은 가방에 담긴 여인의 모습을 눈으로 쫓았다. 이름 모를 여인에게서는 더 이상 아무것도 느껴지지 않았다. 그녀로부터 비롯되는 위험한 일이 무엇인지, 잃어버릴 것이 무엇인지, 왜 현욱이 저 여인을 찾았던 것인지 실낱같은 정보만으로는 알아낼 수가 없었다.

그렇게 죽은 여인에게서 눈을 떼지 못하고 바라보던 암자 식구들도, 낙빈 일행에게 잘 가라며 인사하던 마 형사도 반지가 뽑힌

시체의 손가락이 잠깐 동안 '끼릭' 하고 움직였다는 사실은 알아
차리지 못했다.

8

흰색 경찰차는 미끄러지듯 도로 위를 달렸다. 운전을 잘하는
것인지, 운이 좋은 것인지 복잡한 도로를 빠져나가면서 한 번도
붉은 신호등을 만나지 않았다. 그렇게 빠른 속도로 달렸는데도
일행이 호텔에 도착했을 때는 이미 사방이 컴컴해진 후였다.

하늘은 검은빛으로 물들었는데 도시는 낮처럼 환했다. 여기저
기 밝은 불빛이 그득했고, 헤드라이트를 밝힌 자동차들이 도로를
누볐다. 하늘이 어두워지는 동시에 완전한 암막 속으로 들어가는
깊고 깊은 숲 속의 암자와 달리 도시 사람들은 대낮처럼 활기찬
얼굴로 거리를 누볐다.

낙빈 일행이 도착한 호텔은 그런 도시가 한눈에 들어오는 높은
언덕 위에 있었다. 호텔 로비는 눈이 부실 정도로 환한 빛으로 그
들을 맞이했다. 낙빈 일행은 마 형사 대신 운전해준 경찰관에게
감사의 인사를 하고 호텔 로비 안으로 들어섰다.

"어쨌든 오늘은 푹 쉬고 내일은 오늘 가려던 곳에 가보자. 직접
죽음을 경험하고 살아난 사람들을 만나보면 실마리가 잡히겠지."

승덕은 지친 동생들을 위해 희망적으로 이야기했다. 예상치 못

하게 익사체를 만난 동생들을 위로해주기 위해서였다. 승덕은 자동문을 통과하면서 낙빈과 정희, 그리고 정현의 앞으로 나섰다.

그들의 눈앞에 가슴이 뻥 뚫릴 것처럼 높다란 홀이 나타났다. 홀 중앙에는 편안한 소파와 테이블이 있고 오른편으로는 조용한 음악이 흘러나오는 커피숍이 있었다. 왼편의 기다란 안내 데스크 뒤에는 깔끔한 제복을 입은 호텔 직원들이 서 있었다. 로비는 높디높은 천장에 매달린 화려한 샹들리에 때문인지, 촘촘히 박힌 환한 조명 때문인지 금빛으로 반짝반짝 빛나고 있었다.

승덕은 먼저 예약을 확인하기 위해 안내 데스크 쪽으로 몸을 돌렸다. 그 순간 제복 차림의 남녀 직원들이 허둥대는 모습이 눈에 들어왔다. 그러고 보니 무슨 일이 터진 것처럼 여기저기서 회색 제복을 입은 사람들이 로비 쪽으로 달려 나오고, 로비 안은 사람들의 목소리로 웅성웅성 시끄러웠다.

월월!

왠지 이 공간에 어울리지 않는, 귀에 익은 강아지 소리가 승덕의 귀를 자극했다. 그뿐만이 아니었다.

"산속에서 여기까지 왔단 말이에요. 저 혼자 겨우겨우 여기까지 찾아왔는데…… 정말 있다니까요! 우리 언니 오빠를 만나게 해달란 말예요!"

왕왕!

왈왈왈!

"아 글쎄, 강아지를 데리고 들어갈 수 없다니까! 꼬마야, 안 된

다니까!"

어린아이와 직원의 목소리, 그리고 시끄럽게 짖어대는 강아지 소리까지. 로비 전체가 웅성거리는 이유는 분명했다. 까만 머리를 양 갈래로 묶어 올리고 남색 원피스를 입은 꼬마의 익숙한 뒷모습이 눈에 들어왔다.

"어라? 설마…….."

사람들에게 에워싸인 탓에 목소리의 주인공이 보이진 않았지만 낙빈은 그것이 미덕의 목소리임을 단번에 알아차렸다.

"설마…….."

승덕과 정현은 의문이 가득한 얼굴로 서로를 쳐다보았다. 미덕의 목소리가 왜 호텔 로비에서 들리는지 믿기지 않는 얼굴이었다.

"미덕아! 미덕이니?"

정희가 사람들 사이를 비집고 들어가며 미덕을 부르자 시끄럽게 술렁거리던 호텔 로비가 갑자기 찬물을 끼얹은 것처럼 고요해졌다. 다음 순간 어린아이의 커다란 목소리가 귓가를 울려댔다.

"으앙, 정희 언니! 낙빈아! 큰오빠! 작은오빠아!"

왕왕, 월월월월!

미덕이 양 갈래 머리를 달랑거리며 정희의 품으로 와락 뛰어들었다. 미덕은 정희와 낙빈, 승덕과 정현을 차례로 바라보며 울음을 터뜨렸다. 오른쪽 머리끈이 느슨해져 반쯤 삐져나온 머리카락이 고단한 미덕의 하루를 보여주는 것 같았다. 미덕의 뒤를 따라 흰색·검은색·누런색 복실이까지 낙빈과 승덕, 그리고 정현의 품으로 날쌔게 뛰어올랐다.

"어떻게 된 거야? 여기까지 어떻게 왔어?"

"우와앙! 언니야아! 언니야!"

반가움과 안도감이 북받친 미덕은 엉엉 울음만 터뜨릴 뿐이었고 그와 동시에 로비에 앉아 있던 손님과 호텔 직원의 따가운 눈총이 일행의 등 뒤로 날카롭게 꽂혔다. 도대체 어찌 된 일인지 어리둥절한 정희와 낙빈, 승덕과 정현은 머리카락이 헝클어진 미덕과 꼬리를 마구 흔들어대는 강아지들 사이에서 어쩔 줄 몰라 했다.

도시의 밤길은 산길이나 시골길과 아주 달라서 사방이 어둠에 잠겨버린 후에도 외로움과 쓸쓸함이 남아 있는 곳을 찾아보기 힘들었다. 어디에나 번쩍이는 상점의 불빛이 있고 어디에나 도란도란 속삭이는 가족들의 불빛이 있었다. 환한 밤길을 따라 낙빈 일행은 어딘가로 터벅터벅 걸음을 옮기는 중이었다.

"누나, 괜찮을까요? 형 말이에요……."

낙빈이 정희의 회색 승복 자락을 붙잡고 나지막한 목소리로 걱정스러운 듯 속삭였다.

"오빠가 먼저 말씀하신 거니까 잠자코 따라가자."

낙빈에게 괜찮다고 얘기하는 정희의 얼굴에도 걱정이 그득했다. 강아지들과 함께 무작정 일행을 찾아나선 미덕 덕분에 네 사람은 졸지에 성진이 준비해준 고급 호텔에서 거리로 내쫓겼다.

지인들에게 연락해보기에도 너무 늦은 시간이었다. 바로 그때 승덕이 한마디 했다.

"내가 살던 옛집으로 가자. 여기서 멀지 않으니까. 몇 년 동안 아무도 살지 않아 상태가 좋지는 않겠지만…… 이불이랑 잘 곳은 있을 거야."

승덕의 '옛집'은 승덕이 암자로 오기 전에 살았던 집을 말하는 것이었다. 자세히는 몰라도 그의 부모님과 동생이 죽기 전까지 살았던 집이 분명했다. 부모님과 동생이 죽은 뒤 집을 버리고 산속으로 숨어든 승덕이 예전에 가족과 함께 살았던 집으로 가는 것이 과연 괜찮을까 걱정스러웠다. 그 집을 찾아가는 것은 어쩐지 승덕의 아픈 상처를 헤집는 일 같았다.

"헤헤, 큰오빠, 아직 멀었어요? 어떤 곳인지 되게 궁금하다!"

다만 오늘 하루 종일 일행을 찾기 위해 고군분투한 미덕만 철없는 함박웃음을 짓고 있었다. 미덕은 정현의 널따란 등에 업혀 연신 미소를 짓고 있었다. 정현의 회색 승복을 쥐었다가 놓기도 하고, 두꺼운 목을 잡았다 놓기도 하면서 내내 신난 얼굴이었다.

낙빈과 승덕 등이 자유대학병원으로 갔다는 말을 들은 미덕은 무작정 모험을 감행했다. 겁도 없이 낯선 사람들의 차를 몇 번이나 얻어 타고 자유대학병원까지 물어물어 찾아갔다고 했다. 복실이들이 낙빈 일행의 냄새를 맡았고, 낙빈 일행을 만난 의사 김성진까지 찾아냈다고 했다. 김성진으로부터 호텔 이야기를 듣고는 또 무작정 낯선 호텔까지 찾아온 것이다. 모두를 깜짝 놀라게 한

이 철부지는 아까부터 좋아 죽겠다는 얼굴로 정현의 등 뒤에서 펄쩍거리고 있었다.

택시에서 내린 다음 조금 걸어서 도착한 곳은 어두컴컴한 이층 집이었다. 주변에 드문드문 집이 있어 불빛이 사그라지는 한가운 데 암흑 속에 감춰진 것 같은 집이었다. 점점 다가갈수록 집 안쪽이 하나도 보이지 않을 정도로 높다란 벽이 가로막혀 있는 삭막한 곳이었다.

"여기야. 잠깐만."

승덕은 짙은 남색 대문 옆에 붙어 있는 번호판의 숫자를 눌렀다. 숫자가 삑삑 입력되자 '철커덩' 하는 소리가 들렸다. 하늘 높은 줄 모르고 뻗은 높다란 벽처럼 사람의 키보다 훨씬 높은 남빛 대문이 열렸다.

"우와!"

정현의 등에 매달린 미덕이 크게 소리치며 등 아래쪽으로 주르륵 내려왔다. 미덕이 땅을 밟자 강아지들도 꼬리를 흔들며 아이의 곁으로 몰려들었다.

낙빈도 정희도 정현도 눈앞에 나타난 승덕의 옛집에 입이 벌어졌다. 다소 정돈되지 못한 잔디가 삐죽삐죽 올라와 있을 뿐, 정원 가득 노송과 정원수들이 가꾸어져 있는 것이 놀라울 정도로 아름다웠다. 빡빡하게 밀착된 도시의 집들 사이에 이렇게 숨통이 트일 만큼 널따란 정원과 풍요로운 잔디를 간직하고 있는 것이 놀라웠다.

대문 앞에서 현관까지 넓적한 돌이 드문드문 박혀 있고 한쪽 구석에는 작은 연못까지 있었다. 이제는 말라버린 연못이지만 전에는 맑은 물이 흘렀을 작고 둥근 물레방아도 보였다. 사람이 살지 않는데도 이토록 눈이 호강할 정도인데 가족이 함께 지냈을 때는 얼마나 아름다웠을까 싶었다.

아름다운 것은 정원만이 아니었다. 잔디밭에 깔린 둥글넓적한 돌을 디디며 건물 쪽으로 다가가면 대리석 계단이 이어졌다. 하얀 대리석 계단을 가지런히 밟고 올라가면 은빛으로 화려하게 조각된 현관문이 그들을 바라보고 있었다. 고급스러운 흰 돌이 박힌 현관문은 훌륭한 건축가의 손길을 받은 것처럼 무척이나 세련되고 전통적인 이미지도 풍겼다. 정원부터 건물 곳곳까지 예사로 지은 것이 하나도 없었다.

"야, 큰오빠네 집 되게 좋다!"

미덕과 강아지들은 신나게 정원을 휘젓고 뛰어다녔다. 그 모습을 물끄러미 바라보던 승덕은 쓸쓸한 미소를 지으며 현관문을 열었다.

찰칵.

현관문은 오랫동안 사용하지 않은 티가 나지 않을 정도로 부드럽게 돌아갔다. 현관으로 들어서자 몇 년간 비워둔 탓에 텁텁한 먼지 냄새가 자욱했지만 모든 물건이 가지런히 진열되어 있었다. 승덕은 익숙한 듯 캄캄한 거실을 가로질러 불을 켰다.

"어머나, 빈집 같지 않네요."

정희는 감탄 섞인 눈으로 거실을 바라보았다. 정원과 마찬가지로 아름답게 정돈된 거실이 눈에 들어왔다. 무척이나 고풍스러운 느낌의 거실이었다. 이 집을 가꾼 주부는 아마도 맑은 자연을 좋아했던 모양이다. 원목 패널로 장식된 거실 벽과 원목 장식장이 그랬다. 차가운 금속의 느낌을 배제하고 집을 따스하고 아늑하게 만들려는 노력이 엿보였다. 정원과 마주 보는 드넓은 통창 옆에 설치한 벽난로도 그랬고, 벽난로를 마주 보는 디귿자 모양의 아늑한 소파도 그랬다. 넓은 거실은 반으로 나뉘어 한쪽은 소파 공간으로, 나머지 반쪽은 서재 공간으로 꾸며져 있었다. 따뜻해 보이는 나무 책장 가득 잘 정돈된 책들을 보니 승덕의 활자중독증은 집안 내력일지도 모른다는 생각이 들었다.

"가끔 집을 돌봐주는 분이 계셔서…… 그래도 봐줄 만하네."

승덕은 갇힌 공기를 순환시키기 위해 거실 창문을 하나씩 열었다. 거실의 통창 너머로 잔디 위를 뒹구는 미덕과, 그 모습을 물끄러미 바라보는 정현이 눈에 들어왔다.

정희와 낙빈은 눈을 돌려 거실을 둘러보았다. 가장 먼저 눈에 들어온 것은 벽에 걸린 커다란 가족사진이었다. 그곳엔 서로에 대한 믿음과 사랑이 얼굴에 가득한 부부와 장난스러운 얼굴의 승덕, 그리고 부끄러움에 볼이 빨갛게 달아오른 예쁜 여자아이가 있었다. 승덕은 동생의 목에 어깨를 기대고 한없이 밝은 미소를 짓고 있었다.

"아…… 이분들이 부모님, 그리고 동생이군요."

194

정희는 사진 앞으로 다가가 공손히 합장을 했다. 낙빈도 정희 곁으로 다가와 사진을 향해 조용히 고개를 숙였다.

"응, 내가 고등학교에 입학할 때 찍은 사진일 거야."

그는 정희를 따라 멍하니 사진을 응시했다.

"나와 동생은 나이 차이가 많이 났어. 이때 동생은 유치원생이 었지. 나랑 별로 안 닮았지, 우리 승미?"

승덕의 입에서 처음으로 동생의 이름이 나왔다. 그는 아득한 추억 속으로 흠뻑 젖어든 얼굴이었다.

"아뇨. 많이 닮았는걸요? 눈매랑 콧날이랑…… 많이 닮았어요."

"맞아요. 닮았어요!"

정희의 말에 낙빈도 맞장구를 쳤다. 사진에 담긴 다정한 가족 의 얼굴을 보며 정희도 낙빈도 어쩐지 뭉클했다. 적어도 사진 속 승덕의 가족은 무척 단란하고 화목해 보였다.

"그래, 그런가……?"

승덕은 사진에서 눈을 뗐다. 가족의 얼굴을 바라보는 것이 눈 이 시리도록 아팠다.

"너희가 잘 곳을 좀 살펴봐야겠다."

승덕은 거실을 떠나 방 안으로 들어갔다. 1층에는 방이 두 개였 다. 커다란 안방, 서재와 붙은 작은방. 부엌 옆에 2층으로 올라가 는 계단이 있었지만 1층에 있는 방 두 개면 충분할 것 같았다. 승 덕은 깨끗하게 정돈된 장롱에서 오랫동안 쓰지 않은 이불을 꺼냈 다. 그렇게 승덕이 방 안으로 들어간 사이 마당에서 뛰놀던 미덕과 정현이 안으로 들어왔다.

"우와, 큰오빠 집 되게 좋다!"

미덕은 집에 들어오자마자 또 흥분했다. 단정하게 정돈된 거실
과 부엌, 그리고 방을 오가며 두 눈을 반짝거렸다.

"우와, 진짜진짜 좋다! 나 2층에도 가봐야지!"

"미덕아, 함부로 돌아다니지 마!"

낙빈이 뭐라고 하든 미덕은 제집처럼 집 안을 들쑤시고 다녔
다. 부엌 옆의 나무 계단을 발견한 미덕은 2층까지 살펴볼 생각이
었다. 미덕은 나무 계단 옆의 난간을 잡고 부리나케 걸음을 떼다
가 웬일인지 우뚝 멈춰 섰다.

"아아, 2층은 가지 마라······."

뒤늦게 방에서 달려 나온 승덕이 미덕을 불렀다. 하지만 미덕
은 승덕이 부르기도 전에 걸음을 멈췄다. 미덕은 어둠 속에 가려
진 2층을 등지고 다시 1층으로 발길을 돌렸다. 미덕의 눈동자가
이상하게도 파르르 흔들렸다. 주체하지 못할 정도로 신나서 방방
뛰던 얼굴이 무슨 일인지 불안한 듯 그늘진 모습이었다. 어리둥
절할 정도로 갑작스럽게 바뀐 미덕의 얼굴을 보면서 낙빈은 미덕
이 무언가를 읽은 것이 틀림없다고 생각했다. 누구에게도 말하지
않은 미덕의 비밀스러운 능력, 즉 사물과 대화할 수 있는 능력이
방금 전에 발휘된 것이 틀림없었다. 아무도 말해주지 않은 승덕
의 아픈 가족사를 알아버린 것이 분명했다. 미덕은 갑자기 말수
가 줄어들어 어색하게 1층으로 내려왔다. 흘끗 계단 쪽을 바라보

는 미덕의 눈에 불안이 가득했다.

　잠들기 전에 일행은 아늑한 소파에 둘러앉았다. 디귿자로 늘어선 넓은 소파는 피로를 날려버릴 정도로 편안했다. 하지만 승덕만은 소파에 앉지 않았다. 승덕은 이 집의 어느 곳에서도 편안해 보이지 않았다. 그는 일부러 창문을 여닫고 가구들을 이리저리 살펴보았다. 편안히 생각에 집중할 수 있는 순간을 애써 피하는 모습이었다.

　"안방에서는 정희랑 미덕이가 자고 예전에 내가 쓰던 서재 옆방에선 낙빈이랑 정현이랑 내가 자면 되겠어. 침대 위에 덮을 만한 것도 대충 갖다놓았으니까 오늘은 여기서 지내기로 하자."

　정희가 돕겠다는데도 혼자서 잠자리를 준비한 승덕은 내일 일정에 대해 이야기를 시작했다.

　"내일은 마 형사님에게 연락해서 같이 다니도록 하자. 그게 어려우면 우리끼리라도 죽었다가 살아난 사람들을 만나보고. 그리고 늦게라도 암자로 돌아가자."

　"네, 그래요."

　승덕의 말에 모두들 고개를 끄덕였다.

　어쩐지 잠이 오지 않는 밤이었지만 다들 이불을 덮고 누웠다. 사람의 살이 닿지 않은 이불에서는 새 이불의 낯선 냄새가 났지만 얼마 지나지 않아 그들의 온기가 스며들어 꽤 익숙한 냄새를 풍겼다. 안방 침대에 누운 정희는 좀처럼 잠이 오지 않았다. 넓고도 적당히 단단한 침대는 무척이나 편안했지만 왜인지 잠이 오지 않았다.

장롱에 새겨진 짙은 갈색 무늬와 창에 새겨진 격자무늬가 모든 불이 꺼진 캄캄한 밤에도 구분되었다. 주인의 손길이 닿아 있을 그 모든 것들 속에서 정희는 잃어버린 승덕의 가족이 보이는 것 같아 가슴이 아렸다.

안방 침대 옆에는 거실에서 보았던 것과 비슷한 가족사진이 있었다. 거실에 걸려 있는 사진보다 작은 사진에는 조금 더 어린 승덕의 모습이 있었다. 나비넥타이에 정장까지 차려입은 어린 승덕이 해맑게 웃고 있었다. 그 옆에는 승덕의 손을 꼭 잡은 분홍색 원피스 차림의 여자아이가 있었다. 승덕보다 훨씬 어린 꼬마는 단발머리에 파마를 하고 승덕의 손에 의지한 채 동그란 눈으로 앞을 바라보고 있었다. 두 아이의 옆에는 다정하고 온화해 보이는 한 쌍의 부부가 패브릭 의자에 앉아 있었다.

검은 양복에 승덕과 같은 색상의 넥타이를 매고 있는 남자는 가지런한 머리카락과 꼼꼼한 옷매무새, 그리고 평온한 표정에서 고매한 인격이 드러났다. 그의 옆에는 머리를 곱게 올린 온화한 인상의 여인이 있었다. 종아리까지 내려오는 살구색 드레스를 입고 다소곳이 손을 모은 여인은 부드럽고 따스한 인상이었다. 승덕이 그들 부부의 슬하에서 얼마나 많은 사랑을 받았을지 사진만 보아도 알 수 있었다. 그들은 한눈에 보기에도 아름답고 행복한 가족이었다.

"언니⋯⋯."

잠든 줄로만 알았던 미덕이 또렷한 목소리로 말을 걸자 정희는 깜짝 놀랐다.

"어머나, 미덕이 안 잤니?"

"응."

미덕은 어쩐지 기운이 빠진 것 같았다. 정희는 미덕이 하루 종일 이 도시를 혼자 헤매고 다니면서 얼마나 힘들었을까 싶었다.

"다음부터는 이렇게 위험한 짓은 하지 마. 스승님도 무척 놀라셨을 거야."

"응, 네."

미덕은 순순히 대답했다. 여전히 커다란 눈을 꾹 감은 채였다.

"언니, 나는 승덕 오빠 집이 너무 좋아서 깜짝 놀랐어."

"으응."

"마당도 예쁘고 벽에 걸린 그림들도 너무 예뻐."

"맞아."

정희는 미덕을 바라보다가 다시 천장 쪽으로 고개를 돌렸다.

"언니."

"응?"

미덕은 말이 없었다.

"언니."

"응?"

아무 말이 없어도 정희는 몇 번이나 대답을 해주었다. 보채지도, 더 묻지도 않았다.

"난 승덕 오빠가 장난만 치는 줄 알았어."

"그래."

"아픈 일이 있는 줄은 몰랐어."

"응?"

정희는 놀란 눈으로 미덕을 바라보았다. 미덕은 여전히 두 눈을 꾹 감고 있었다. 까맣고 기다란 속눈썹이 파르르 떨렸다. 정희는 미덕이 무슨 말을 하는 것인지 생각해보았다. 승덕에게 힘든 일이 있었다는 것을 다른 암자 식구들은 얼핏 알고 있었다. 하지만 뒤늦게 암자에 들어온 미덕은 승덕의 사정을 까맣게 모른다. 그런 미덕이 무얼 아는 것처럼 말하니 정희는 조금 의아했다. 그러다가 정희는 승덕의 가족사진을 떠올렸다. 아마도 미덕은 가족사진을 보고 가족 없이 암자에서 살아가는 승덕에게 무슨 사정이 있을 거라고 짐작했을 것이다. 정희는 그렇게 생각했다.

"으응, 가족들이 다 하늘나라로 떠났대. 아마 오빠가 많이 힘들었을 거야."

"……."

미덕은 아무 말도 하지 않았다. 정희는 미덕의 얼굴을 바라보았다. 깨어 있는지 잠들었는지 알 수가 없었다. 여전히 두 눈을 꾹 감은 아이의 긴 속눈썹이 파르르 떨리고 있었다.

"……."

정희는 아무 말도 하지 않았다. 저절로 잠들 때까지 애써 잠을

청하지도 않았다. 하얀 천장을 말없이 바라보기만 했다. 너무나
도 다정한 사진 속의 가족을 보지 않으려고 애썼다. 알 수 없는 슬
픔에 가슴이 저렸다.

9

"오빠! 오빠! 오빠!"

멀리…… 저 언덕 너머에서 나를 부르는 조그마한 계집아이의
목소리. 그 목소리는 내가 대답할 때까지 지치지 않고 들려온다.
콩콩거리는 작은 발걸음으로 쫓아와 헉헉 숨을 몰아쉬면서도 작
은 손으로 나의 옷자락을 붙들고 놓지 않는다. 나를 올려다보는
계집아이의 눈동자 속에는 언제나 오빠 곁에 있고 싶어 하는 달
콤한 바람이 스며 있다.

계집아이는 만화 주인공인 캔디처럼 양 갈래로 머리를 묶었다.
팔락거리는 하얀 원피스 자락은 나의 뒤를 급히 쫓아오느라 먼지
와 흙이 묻어 있지만 계집아이에게 퍽이나 어울린다. 계집아이는
어쩌나 급히 뛰어왔는지 곱슬곱슬한 머리카락 몇 가닥이 얼굴에
붙었다. 나보다 훨씬 짧은 다리로, 훨씬 작은 키로 내 뒤를 따라
오느라 이마 가득 땀이 송골송골 맺혀 있다. 나는 내 셔츠 뒷자락
을 꼭 잡은 계집아이를 보며 하하 웃어버린다.

새까만 곱슬머리에 하얀 레이스가 가득 달린 원피스를 팔락거

리며 나를 잡는 그 아이가 나는 너무나 귀여워서 웃음이 난다. 두 볼 가득 홍조 띤 어린 계집아이의 눈은 한 점 티도 없이 까맣게 맑다. 내가 한 발 내딛으면 아이는 두 발을 종종거리며 나를 따라온다. 내가 세 발 내딛으면 아이는 짧은 다리로 종종종 바쁘게 달리며 또다시 나를 쫓는다. 귀여운 계집아이, 귀여운 동생, 귀여운 나의 승미……. 너는 나의 소중한 인형이야. 넌 나의 귀여운 강아지야. 넌 내가 받은 최고의 선물이야! 나는 하하 웃어버린다.

나는 아이의 손을 붙잡는다. 아이는 어느새 많이 자란 모양이다. 나와 같이 학교에 다닐 날만 기다리던 아이가 정말로 학교에 다니게 되었다. 하지만 우리는 같은 학교를 다닐 수 없다. 아이가 처음으로 학교에 입학하던 해 나는 이미 수년 전에 그곳을 졸업해버렸으니까. 하지만 우리는 함께 손을 붙잡고 집을 나선다. 나는 지각을 하더라도 승미를 학교까지 바래다줄 셈이다. 혹시나 놓칠세라 꼭 잡은 작고 귀여운 손이 나는 너무나도 좋다. 그 손을 붙잡고 나는 동생을 바래다준다. 어? 그런데 왜일까? 한시도 놓지 않았던 손을 나의 어린 승미가 푸르르 놓아버린다. 놓치고 싶지 않아 더 단단히 붙드는데도 우리의 손이 스르르 풀리고 말았다. 나는 어찌 된 영문인지 승미의 얼굴을 바라본다. 하지만 너무나도 사랑스럽고 귀엽기만 했던 그 아이의 얼굴이 왜인지 달라지기 시작한다. 아이는 고개를 숙인다. 나의 손을 놓은 승미는 마치 버림받은 아이처럼 골목 어귀에 혼자 서서 고개를 숙이고 있다. 나는 승미를 바라본다. 무슨 일이 일어난 건지 무릎을 꿇는다. 그리고 그 아이의 얼굴을 올려다본다. 그 순간 나는 깨닫는다. 승미의 얼굴이 달라지고 말았다. 아이의 얼굴은 예전처럼 밝지도, 따뜻하지도, 귀엽지도 않았다. 이제 그 아이의 얼굴에 가득한 것은 근심과 걱정, 슬픔과 괴로움, 그리움과 후회였다. 밝고 쾌활했던 그 아이는 어디로 가버렸을까? 대체 왜 이런 식으로 변해버린 걸까? 나는 그 이유를 알 수가 없었다.

나는 생각에 잠기느라 승미에게서 눈을 떼고 말았다. 그리고 다시 정신을 차리고 앞을 바라보았을 때는 동생이 사라지고 없었다. 어린 동생이 갑자기 증발해버리고 말았다.

나는 시계를 본다. 하지만 지금은 학교에 갈 시간이다. 더 늦어서는 안 된다. 나는 걱정 가득한 머리로 달린다. 우선 지각을 면하기 위해 학교로 달려간다. 그리고 교문 안으로 들어선다. 나는 뒤를 돌아본다. 하지만 나의 뒤에는 아무것도 없다. 단단히 걸어 잠근 철문 외에는 보이지가 않는다. 나는 그 아이가 어떻게 있는지, 어디에 있는지 걱정이 되어 아무것도 손에 잡히지 않았다.

나는 참지 못하고 단단히 잠긴 철문을 뛰어넘는다. 나는 교복을 입은 채로 아이를 찾아나선다. 문득 그 아이와 나를 떼어놓은 것은 부모님일 거라는 생각이 들었다. 그분들은 일부러 승미와 나를 떼어놓으려고 애썼다. 나는 어렴풋이 그 이유를 알고 있었지만 더 이상 파고들지 않았다. 나에게 그런 것은 중요하지 않았다. 승미는 그저 내 동생일 뿐이다.

언제나 옷자락을 잡고 졸졸 쫓아다니던 어린 동생이 보이지 않자 밥을 먹는 것도, 학교에 가는 것도, 친구들과 노는 것도 재미 있지 않았다. 나는 모든 것에 흥미를 잃고 말았다. 아침이면 남보 다 일찍 집을 나서서 동생을 초등학교 정문까지 바래다주고 고등 학교로 향했던 나는 일과가 하나 사라져버린 탓에 더 이상 등교 를 서두르지도 않는다. 어쩐지 학교에 가고 싶은 마음도 없다. 다 만 동생이 사라진 초등학교 정문에 우두커니 바보처럼 서 있는 것이 버릇이 되고 말았다. 그 아이가 사라져버리자 세상의 반쪽 이 텅 빈 것같이 느껴지는 것은 왜일까?

"다녀오겠습니다."

나는 어머니에게 인사를 하고 있었다. 아무 일도 없는 것처럼 가방을 매고 달리고 있었다. 하지만 여느 때와 달리 가방이 가벼 웠다. 달그락거리던 필통 소리도, 탁탁거리던 교과서 소리도 들 리지 않는다. 나는 어느 상가의 화장실로 들어간다. 그리고 교복 을 벗어 던지고 재빨리 평상복으로 갈아입는다. 물론 짧은 머리 위에 모자를 눌러쓰는 것도 잊지 않았다.

나는 그 아이가 있는 병원을 알고 있다. 층이나 호수 따위는 모 르지만 적어도 어머니와 아버지가 그 아이를 어떤 병원에 숨겨놓 았는지는 알고 있다. 승미를 데려간 분이 아버지의 친구라는 것 도 알고 있다. 그분의 한적한 요양병원에 우리 승미를 몰래 옮겨 놓은 것을 나는 알아냈다.

나는 두근거리는 마음으로 병원을 찾아간다. 내 눈앞에는 둥 근 동산 위의 드넓은 잔디밭에 세워진 아름다운 병원이 나타난다. 나는 안내 데스크로 다가간다. 간호사 누나는 생각했던 것보다 훨씬 친절하게 승미가 있는 곳을 알려준다. 드디어 나는 예쁘고 귀엽고 겁 많은 내 동생을 만날 수 있게 되었다. 나는 정신없이 뛰었다. 언제나처럼 커다란 눈망울을 반짝이며 겁먹은 얼굴로 달려와 내 옷자락을 붙잡는 동생의 모습이 눈앞에 아른거린다. 착하고 귀엽고 부끄럼 많은 동생이 보고 싶어서 가슴은 콩닥콩닥 세차게 두근거린다.

왈칵!

병실 문을 열었지만 침대만 있을 뿐, 아무도 없다.

어디 갔지? 나는 당장 승미의 얼굴이 보고 싶어서 입이 바싹바싹 타들어갔다. 마침 병실 문 앞을 지나가는 간호사 누나를 붙잡고 승미가 어디에 있느냐고 물었다. 하지만 누나는 내 말이 들리지 않는지 급하게 뛰어가버리고 말았다.

"꺄아악!"

그때였다. 어딘가에서 사람들의 비명 소리가 들려온다. 나의 육감이 그곳에 우리 승미가 있을지도 모른다며 경종을 울려댔다. 나는 비명이 들려오는 그곳으로 정신없이 달려갔다. 그리고 비명을 지르며 이리저리 도망치는 흰 가운의 사람들을 보았을 때는 멍하니 입을 벌린 채 한 걸음도 움직일 수 없었다.

그곳에는 눈을 새하얗게 뒤집고 머리를 풀어헤친 아이가 있었다. 아이 주변에 몇몇 사람이 쓰러져 있고, 또 몇몇 사람은 비명을 지르며 도망치고 있었다. 그곳은 커다란 유리창과 문, 괴상한 장비들과 그랜드피아노, 거대한 모래 더미와 수많은 장난감이 가득한 방이다. 장난감과 그랜드피아노는 아이들이 갖고 노는 것일 테고, 전선이 친친 감긴 거대한 장비들은 아마도 의사들이 쓰는 것일 테지.

내가 한 걸음도 움직이지 못한 것은 그랜드피아노와 거대한 장비들, 그리고 수많은 장난감이 바닥이 아닌 천장에 다닥다닥 붙어서 이리저리 도망치는 의사들을 향해 총알처럼 쏘아졌기 때문은 아니었다. 장난감에 맞아 머리가 깨지고 바닥에 쓰러지는 의사들과 거대한 장비에 눌려 사지를 뻗은 사람들 때문도 아니었다.

새하얗게 눈을 뒤집고 머리를 풀어헤친 계집아이, 분홍색 환자복에 피가 묻어 있는 계집아이가 바로 그토록 찾아 헤매던 작고 귀엽고 겁 많던 나의 동생, 나의 승미였기 때문이다.

나는 눈을 감았다. 고개를 흔들었다.

내 눈앞에 있는 아이는 내 동생이 아니다. 사랑스러운 눈동자로 귀엽게 미소 짓던 그 아이가 아니었다. 아름답고 순수했던 영혼을 악마에게 빼앗겨버린 것처럼 무시무시한 눈동자로 허공에 떠다니는 것들을 무기 삼아 사람들을 공격하는 아이는 내 동생이 아니었다. 나는 두 눈을 감고 세차게 고개를 저었다. 귓가에 울리던 비명 소리가 잦아들고 무언가 깨지는 소리가 사라진 후에도 나는 한동안 눈을 뜨지 않았다. 너무나 무섭고 너무나 끔찍한 장

면을 목격한 나는 도저히 눈을 뜰 수가 없었다. 나는 머리를 감싸
쥐고 그 자리에서 주저앉았다.

　고요하다. 완전히 고요해서 눈앞에 아무것도 없을 거라는 확
신이 들고서야 나는 눈을 떴다. 병원은 사라지고 내 눈앞에는 우
리 집이 있었다. 나는 2층으로 오르는 계단 층계참에 멍하니 서
있었다. 나는 1층을 바라본다. 집을 청소하고 무언가를 요리하
는 어머니의 뒷모습이 눈에 들어온다. 부드러운 연보랏빛 드레
스를 입고 꽃무늬 앞치마를 걸친 어머니는 한없이 평화로워 보인
다. 나는 서재를 바라본다. 평소 즐겨 입던 편안한 회색 스웨터를
걸치고 책장에서 책을 빼는 아버지의 모습이 눈에 들어온다. 검
은 책표지 안쪽의 글을 읽는 그분의 눈에는 금테 안경이 걸쳐져
있다. 그분이 책을 읽을 때마다 사용하는 안경이다. 나는 두 분의
모습을 보며 안도의 한숨을 내쉰다.
　그래, 집이다. 집. 화목한 나의 집이다. 고요히 책을 읽는 아버
지와 맛있는 요리를 해주는 어머니가 있는 나의 집이다. 따스한
온기가 나의 폐부로 가득 스며든다.
　콰앙!
　그 순간 아주 큰 소리가 들린다. 무언가가 몹시도 세게 부딪히
는 소리. 나는 놀란 눈으로 위를 바라본다. 그래, 분명히 2층에서
들려왔다. 나는 계단 위쪽을 바라본다. 아아, 왜일까? 아래층의
아름답고 편안한 느낌과 달리 2층은 참으로 멀어만 보인다. 그곳

은 아주 검고 어둡고 탁하다. 나는 숨이 막힐 것 같다. 나는 슬픈 눈으로 한 걸음, 한 걸음 계단을 올라간다.

한 걸음을 내디딜 때마다 힘이 빠진다. 계단 속에 숨어 있는 무언가가 나의 힘을 쭉쭉 빼내는 것만 같다. 아아, 2층 복도에 서는 순간 나는 모든 힘이 소진된 것만 같아 네 발로 기었다. 천천히 무릎으로 기어 소리가 흘러나오는 '그 방'으로 다가갔다.

나는 문을 바라본다. 나의 아름답고 포근한 집에 있을 리 없는 단단한 철문이 눈에 들어온다. 대체 왜 이런 문이 이곳에 있는 걸까? 나는 의아한 생각을 갖는다. 도대체 알 수가 없다. 어머니는 포근한 느낌을 주는 원목을 좋아하셨다. 그래서 정원이며 거실이며 어디에나 따스한 나무의 느낌이 그득했다. 그런 집에 이런 차갑고 무서운 철문이 들어설 리 없었다.

나는 의아한 얼굴을 하면서도 그 비밀을 알고 있었다. 왜 이런 문이 이곳에 있는지 나는 모른 척하고 싶었지만 너무나도 잘 알고 있었다. 나는 철문을 열었다. 철문은 빈틈없이 너무나 단단하게 닫혀 있었기 때문에 나는 끙끙거리면서 힘겹게 문을 열었다. 철문은 가운데서 맞물리는 두 개의 반쪽 문으로 이루어져 있었다. 나는 한쪽 문을 왼쪽으로, 다른 쪽 문을 오른쪽으로 밀었다. 양쪽 문을 다 밀고 나자 내 눈에 방이 들어왔다.

그 방은 텅 비어 있었다. 푹신해 보이는 이불과 쿠션을 제외하고는 의자도, 책상도, TV도 없었다. 심지어 그 방에는 창문도 없었다. 정원으로 향하는 커다란 창문은 단단한 철문으로 막혀 있었다. 그게 다가 아니었다. 철문을 열자 촘촘하고 두꺼운 철창이 나타났다.

철문과 철창 속에 완전히 가둬둔 것은 괴물이었다. 도저히 제어할 수 없는 무시무시한 괴물. 우리는 괴물이 무기로 쓸 만한 것을 모두 치운 것이다. 그 괴물이 방 한구석에 앉아 있었다. 다리를 턱 쪽으로 당겨서 두 팔로 감싸고는 불쌍한 얼굴로 앉아 있었다.

끼이이익!

콰과광!

그때였다. 집 밖에서 요란한 소리가 들렸다. 나는 너무 놀라 허겁지겁 창가로 달려갔다. 괴물의 방을 지나 2층 복도 끝에 있는 커다란 창으로 얼굴을 내밀었다. 나는 정원을 바라보았다. 정원을 가꾸는 집사 아저씨가 늘 그렇듯 기다란 가위로 아버지가 사랑하는 홍송紅松의 가지를 다듬고 있었다. 그분의 옆에 잔디를 깎는 작은 기계도 눈에 들어왔다. 집사 아저씨는 소리가 난 방향으로 부리나케 달리고 있었다. 나의 눈은 그분의 뒷모습을 따라갔다. 높다란 벽 사이의 높다란 철 대문이 덜컹 하고 열렸다. 그리고 문을 빠져나간 집사 아저씨의 괴성이 들려왔다.

"사장님! 사모님!"

몹시도 다급한 소리였다. 나는 두 눈을 크게 뜨고 저 멀리를 바라보았다. 집사 아저씨가 바라보는 그곳이었다. 그곳에 빛나는 검은 차 한 대가 있었다. 나는 그 검은 차 뒷좌석에 어머니와 아버지가 타고 있는 것을 알았다. 나는 갑자기 숨이 막혔다. 두 분을 구해야 한다는 생각이 들었다. 그런데 웬일인지 발이 떨어지지 않았다. 나는 두 눈에서 핏줄이 투툭 하고 터지는 것을 느꼈다. 바로 그때였다.

퍼퍼펑!

요란한 소리와 함께 새빨간 불덩이가 솟았다. 검은 차는 삽시간에 시뻘건 불길에 휩싸였다. 모든 것이 붉게 물들더니 검은 차 위로 회색 연기가 시커멓게 솟아올랐다.

"으으…… 으으으…… 으아아악!"

나는 머리를 쥐어뜯으며 그 자리에서 무너져 내렸다. 시뻘건 불길 속에서 모든 것이 사라졌다. 단란하던 나의 가정이, 존경하고 사랑하고 믿고 의지했던 나의 혈연이 사라지고 말았다. 나는 머리가 빠개질 것 같은 두통을 느끼며 데굴데굴 굴렀다. 그리고 철창에 기대선 괴물을 보았다.

"미안해, 오빠…… 다 내 잘못이야."

머리를 흔드는 내 귀에 울먹이는 슬픈 목소리가 들려왔다.

그 괴물은 푸른 원피스를 입고 있었다. 괴물이 좋아하는 하늘색이었다. 맑은 하늘을 실컷 뛰어보고 싶다던 괴물이 좋아하는 푸른색.

"미안해, 미안해."

갑자기 두통이 사라졌다. 머리를 쪼갤 듯이 올라오던 뜨거운 불꽃이 사그라졌다. 펄펄 끓던 열꽃이 사그라지자 내 머리는 그 어느 때보다도 차가워졌다. 나의 심장도 얼어버릴 정도로.

"그래, 모든 것이 너 때문이야. 모든 불행이 너 때문이야."

나의 차가운 심장이 괴물을 향해 말했다. 일말의 고통도, 일말의 동정도 없이 차가운 심장이 말했다.

"너 때문에 우리 모두가 불행해졌어. 너 때문에 모두 다."

나는 흥분하지도 울부짖지도 않았다. 다만 차갑게, 너무나도 차갑게 괴물을 향해 말했다. 내 말 한마디 한마디가 떨어질 때마다 온몸을 감싸고 벌벌 떠는 괴물의 얼굴을 보면서도 나의 입은 조금도 따스한 말을 해주지 않았다.

"미안해, 오빠…… 미안해……."

괴물은 팔다리를 덜덜 떨며 나에게 말했다. 괴물은 고개를 숙이고 내 눈을 바라보지도 못했다. 괴물은 내 눈이 얼음보다 차갑다는 것을 알고 있는 듯했다. 나는 눈앞의 괴물이 끔찍했다. 더럽고 끔찍하고 소름 끼치게 무서웠다. 나는 돌아섰다. 괴물을 바라보고 싶지 않아서 등을 돌렸다. 내 차가운 등 뒤로 흐느끼는 소리가 들렸다. 괴물의 울음소리마저 나는 소름 끼칠 정도로 싫었다.

어찌 된 일인지 더 이상 아무런 소리가 들려오지 않는다. 시간이 한참 흐른 것 같은데 아무런 소리도 들려오지 않는다. 나는 천천히 고개를 돌린다.

천천히, 아주 천천히……. 하지만 어찌 된 일인지 그것이 보이지 않는다. 분명 내 뒤에 있었는데. 그 순간 나는 깨달았다. 그것이 있던 곳에 커다란 욕조가 있다는 것을. 하얀 욕조의 물이 넘쳐

흐르고 있다는 것을. 나는 멍하니 그 하얀 욕조를 바라보았다.

"……."

그 속에는 계집아이가 누워 있었다. 반듯하게. 온몸을 펴고 반듯하게 누워 있었다. 거기에는 무서운 괴물도 짐승도 없었다. 그곳에는 아주 작고 여린 아이가 있었다. 그 아이가 제일 좋아하던 하늘과 같은 색깔의 예쁜 원피스를 입고 두 손으로 제 목을 힘껏 조른 모습으로. 그것도 모자라 온몸을 차가운 물속에 담근 채로 누워 있었다. 아이는 제가 좋아하던 하늘을 보고 싶어서인지 두 눈을 감지도 않았다. 커다란 눈을 뜨고 나를 바라보고 있었다. 아이는 한 번도 눈을 깜빡이지 않고 한 치도 몸을 움직이지 않고 나를 바라본다. 하얀 욕조에 하늘색 원피스만 찰랑거린다.

"안 돼!"

나는 소리친다. 미친 듯이 고개를 흔든다.

"아니야, 이건 꿈이야, 이건 꿈이야!"

나는 소리친다. 나는 미친 듯이 소리친다.

하지만 어떤 소리도 들리지 않는다. 나의 목소리만 메아리처럼 벽에 부딪히고 부딪히며 내 귀로 돌아온다.

"헉!"

승덕은 그 자리에서 벌떡 일어섰다.

삐리리, 삐리리…….

휴대전화 소리가 시끄러웠다. 승덕은 거의 반사적으로 휴대전

212

화를 들었다. 현재 시각은 3시 40분. 통화용으로 거의 사용하지 않는 그의 휴대전화로 대체 누가 이 시간에 전화를 한 것일까? 승덕은 재빨리 통화 버튼을 누르며 방을 빠져나왔다. 잠든 정현과 낙빈을 깨우고 싶지 않아서였다.

"네."

승덕은 방문을 닫으며 짧게 대답했다. 열린 창문 너머로 여전히 검은 정원이 눈에 들어왔다.

"아아, 승덕 씨. 미안합니다!"

전화 저편에서 들려오는 목소리는 마 형사였다. 왜인지 그의 음성이 다급하게 들렸다.

"마 형사님?"

"네, 접니다! 정말 미안하게 됐습니다. 거두절미하고 이야기하겠습니다. 아까 강가에서 봤던…… 그 여자…… 말입니다."

"네."

승덕은 짧게 대답했다. 마 형사의 다급한 음성 속에서 승덕은 무슨 일이 일어났음을 직감했다. 현욱이 찾고 있던 여자의 시체. 그들에게 중대한 의미가 있을지도 모른다던 그 시체의 모습이 떠올랐다. 물에 젖은 검은 머리카락이 얼굴을 가린 채로 하얀 손가락이 무척이나 길었던 그 모습이 생생했다.

"그래, 근데…… 대체 이걸 뭐라고 해야 할지……."

마 형사답지 않게 무척이나 당황한 목소리로 황망한 사실을 알려주었다.

"시체가…… 사라졌습니다."

"네, 뭐라고요?"

놀란 승덕이 되물었다.

"그게…… 더욱 믿을 수 없는 건 시체가…… 살아서, 걸어서 나갔다는 겁니다. 병원의 시체 안치실에서 걸어 나갔어요. 시체가 일어나서…… 걸어 나갔단 말입니다. 멀쩡히 살아 움직이는 것이 CCTV에 찍혀 있단 말입니다!"

"뭐, 뭐라고요?"

승덕은 도대체 마 형사가 무슨 말을 하는지 이해되지 않았다. 이게 여전히 꿈인가도 잠시 생각해보았다. 승덕은 자신의 머리를 흔들었다. 생생한 감각이 느껴졌다. 꿈이 아니다.

"승덕 씨, 시체가 살아나 안치실에서 걸어 나갔습니다. 감쪽같이 사라진 시체를 찾으려고 CCTV를 확인했더니 놀랍게도 시체가…… 걸어 나가는 것이 찍혔단 말입니다!"

"그, 그런……."

승덕은 머리카락을 쥐어뜯었다. 믿을 수 없게도 그들이 조사하던 현상, 바로 죽었던 사람이 다시 살아나는 일이 코앞에서 일어난 것이었다.

"그럼 그 시체는……."

"그게, 아직 찾지 못했습니다. 어디에 있는지, 어디로 가버렸는지 알 수가 없어요. 목격자도 없고."

"거기가 어딥니까? 당장 가겠습니다!"

통화를 종료한 후에도 승덕은 머리를 몇 번이나 쥐어뜯었다. 아무리 머리를 쥐어뜯어도 모든 것이 현실이었다. 여전히 벌렁거리는 심장은 승미의 꿈 때문인지, 되살아났다는 시체 때문인지 알 수가 없었다.

10

마 형사와 전화 통화를 마친 승덕은 새벽잠을 모두 반납하고 다시 방으로 들어갔다. 그리고 깊은 잠에 빠진 낙빈과 정현을 흔들어 깨웠다. 정희는 어린 미덕을 돌보는 것이 좋겠다고 판단하고 그렇게 세 사람만 마 형사가 준비한 하얀 경찰차를 타고 달렸다. 불빛으로 가득 찼던 도시마저 깊은 잠에 빠진 이른 새벽. 붉은빛과 푸른빛을 반짝이며 달리던 차는 얼마 지나지 않아 일행을 마 형사에게 데려다주었다.

새벽바람을 가르며 마 형사를 찾아온 낙빈은 자꾸만 온몸에 한기가 돌았다. 마 형사의 부름을 받고 불빛이 반짝이는 경찰차를 타고 달리는 내내 차 안에 따스한 히터 바람이 나오는데도 심한 몸살에 걸린 사람처럼 자꾸만 두 팔에 소름이 돋고 몸이 덜덜 떨렸다. 잠이 깨지 않아서도, 감기가 들어서도 아니었다. 알 수 없는 한기가 자꾸만 몸을 맴도는 것은 앞으로 일어날 일에 대한 본능적인 두려움 때문이었다. 이런 두려움은 분명 신할아버지들이 말씀하시는 '소중한 것을 잃어버릴 위험'과 관련된다는 생각이 들었지만, 과연 그 소중한 것이 무엇인지 낙빈은 알 수가 없었다.

마 형사는 시체 안치실 앞에서 초조한 얼굴로 일행을 기다리고 있었다. 과연 이 사태를 어떻게 받아들여야 할지 그의 머리는 터지기 일보 직전이었다. CCTV를 확인한 사람들도 모두 이런 믿을 수 없는 사실에 당황한 기색을 감추지 못했다. 그들의 눈앞에서 일어난 일이 귀신의 장난인지, 도깨비의 환상인지 알 수가 없었다. 차라리 꿈이라면 좋을 이 일을 해결해줄 사람은 낙빈 일행밖에 없는 것 같았다.

일행이 도착하자마자 마 형사는 건물 중앙 관리실로 일행을 데려갔다. 폐쇄회로 화면이 몇 초 간격으로 바뀌며 건물 곳곳을 비춰주고 있었다.

"자, 이거 보시죠."

마 형사는 앞에 놓인 모니터로 바로 몇 시간 전에 녹화된 영상을 보여주었다. 그 영상은 차가운 시체 안치실을 찍은 것이었다. 천장 위쪽 카메라가 비스듬한 각도로 방 안을 비추고 있었다. 검은 제복을 입은 사람들이 까만 레자 가죽을 덮은 이동침대 위에 시체를 싣고 들어오는 모습이 보였다. 시체는 하얀 천으로 머리부터 발끝까지 꼼꼼히 덮여 있었다. 그들은 서류를 확인하고 서명을 하더니 벽 한쪽에 붙어 있는 네모난 철문을 열었다. 철문을 앞으로 잡아당기자 시체를 넣을 수 있는 기다란 철판이 나타났다. 검은 제복의 남자들은 시체를 철판으로 옮기고 하얀 천을 다시 덮은 다음 철문을 닫았다. 문이 닫히자 다시 벽은 네모난 철문만 남게 되었다.

"근무자들이 이런 식으로 시체를 옮겼습니다. 자, 그럼 문제의 영상을 조금 더 돌려보죠."

마 형사가 컴퓨터의 화살표를 누르자 영상이 빠르게 움직였다. 한동안 회색 공간 속에는 어떤 움직임도 없었다. 사람들의 왕래도 없었다.

"그럼 여기부터……."

마 형사가 다시 재생시킨 영상에는 좀 전에 등장했던 검은 제복의 남자 두 명이 다시 나타났다. 남자들 옆에 하얀 가운을 입은 두 사람이 동행하고 있었다. 하얀 가운을 입은 사람들은 어떤 서류에 서명을 하더니 사라졌다. 검은 제복의 남자들 중 한 명이 허리춤에 차고 있던 무전기 같은 것을 받았다. 이어 두 사람은 하얀 천을 덮은 시체를 남겨두고 문밖으로 빠져나갔다.

"확인할 서류가 있어 중앙 센터에서 연락을 했답니다. 그래서 근무자들이 잠시 자리를 비웠죠. 5분이 안 되는 시간이었습니다."

마 형사의 말대로 5분이 지나지 않아 검은 제복의 두 사람이 다시 나타났다. 하지만 그사이 그들의 눈앞에 믿을 수 없는 일이 벌어졌다. 하얀 천이 덮인 그곳에서 움직임이 있었다.

무언가 하얀 천 아래에서 꿈틀대더니 검은 침대 위에서 일어섰다. 하늘색 원피스, 무릎 아래까지 내려오는 하늘색 원피스를 입은 긴 단발머리의 여자였다.

놀랍게도 그녀의 주변에는 아무도 없었다. 그녀를 움직일 만한 사람이 아무도 없는데 분명 딱딱하게 굳은 시체였던 여자가 움직였다. 그 여자는 물 흐르듯 자연스러운 동작으로 침대에서 빠져나오더니 출입문을 열고 복도로 나갔다. 환한 불빛 아래 그녀의 모습이 잠시 비치더니 문이 닫힘과 동시에 회색 공간은 다시 차갑게 식어들었다.

잠시 후 돌아온 검은 제복의 두 사람은 시체가 감쪽같이 사라진 이동침대를 보며 몹시 당황하는 모습이었다. 그들은 단단히 닫혀 있던 벽 안의 철문을 하나하나 빼내며 시체의 얼굴을 확인하기도 하고 주변을 빙빙 돌기도 했다. 한참 동안 그 공간을 헤매던 두 사람이 다급하게 출입문을 열고 나가는 순간 마 형사가 동영상을 멈췄다.

"다른 폐쇄회로를 분석한 결과 시체는…… 아니, 그 여자는 복도를 지나 문밖으로 빠져나갔더군요. 새벽 시간이라 당직 근무자들밖에 없어서 누구의 눈에도 띄지 않고 완전히 사라져버렸습니다."

"아아……."

승덕도, 낙빈도, 정현도 믿을 수 없는 광경에 말을 잇지 못했다. 모든 사람이 오늘 오후에 시체를 보았다. 검은 가방에 갇혀버린 가엾은 시체를 보았다. 그런데…… 그들의 눈앞에서 그 시체가 살아 움직이고 있었다. 화면 안에서 도저히 믿을 수 없는 일이 벌어졌다.

"시체 안치실에 가볼 수 있을까요?"

승덕이 마른침을 삼키며 간신히 말했다. 믿을 수 없는 영상 앞에서 그의 목소리가 갈라졌다.

"가시죠."

마 형사는 기다렸다는 듯 일어섰다. 일행은 기다란 복도를 지나 계단으로 내려갔다. 그리고 복도 끝에 있는 안치실로 향했다. 안치실은 무척이나 서늘했다. 시체가 부패하지 않도록 방 전체가 차갑게 유지되기 때문이기도 하지만 시체에서 느껴지는 음기까지 어우러져 낙빈에게는 뼈가 시리도록 차갑게 느껴졌다. 부르르 몸을 떠는 낙빈의 어깨를 승덕이 감싸 안았다. 그의 커다란 손이 어깨를 감싸자 그 부분에서만 온기가 느껴졌다. 낙빈은 두 눈을 감고 정신을 집중해 시체가 남긴 상념을 염사念寫하기 시작했다.

"끄응……."

낙빈은 두 손을 모으고 잔뜩 인상을 찌푸렸다. 시체가 걸어 나갔다는 말도 안 되는 사실 속에서 이곳에 남은 그녀의 생각을 단서로 잡아보려고 했다. 그러나 어찌 된 일인지 머릿속이 텅 빈 것처럼 어떤 생각도 사념도 잡히지 않았다. 시체가 일어나 걸어갔다는 것은 보통 일이 아니다. 강력한 염원이나 사념이 없다면 불가능할 텐데도 아무런 생각도 잡히질 않았다.

"끄응……."

그렇다면 누군가가 시육주법과 같은 사악한 술수를 써서 아무런 사념이 없는 시체를 일으킨 것이 아닐까? 하지만 시체를 움직이기 위해 애쓴 흔적조차 찾아낼 수 없었다.

'끄응, 할아버지 좀 도와주세요…….'

그렇게 한참 동안 애쓰던 낙빈은 백두민족白頭民族 조상신祖上神을 불렀다. 낙빈의 등 뒤에서 허연 연기가 뭉게뭉게 피어오르더니 새하얀 두루마기를 발아래까지 길게 늘어뜨린 신령의 모습이 나타났다. 하얀 머리와 하얀 수염까지 온통 흰빛이었다.

'할아버지, 시체가 일어나서 걸어 나갔는데 왜 이렇게 아무런 흔적도 없는 거죠? 사악한 술수도 없고 강한 상념도 없어요. 귀신이 되어 영이 빠져나가는 것도 아니고 육체가 건물 밖으로 멀쩡히 걸어 나가다니, 이게 대체 어찌 된 일이에요?'

'흐음, 어디 보자…….'

백두민족 조상신은 연기처럼 피어올라 낙빈의 오른쪽 어깨를 짚고 섰다. 어떤 무게도, 어떤 느낌도 나지 않았지만 낙빈은 고개를 돌리지 않아도 그분의 표정과 움직임이 모두 느껴졌다.

'흠. 산 것도 아니고 죽은 것도 아니니 흔적이 남을 리가 없지……. 참으로 요사한 일이로다. 분명 죽었으되 살아 있고, 살아 있되 죽은 자의 냄새가 나는구나. 이승과 저승 사이에 끼어 제 몸을 어디 두어야 할지 모르나니, 어찌 이리도 괴괴망측한 일이 있을꼬!'

백두민족 조상신은 흰 수염을 쓸어내리며 끌끌 혀를 차댔다. 그의 한마디 한마디 속에는 몹시도 불쾌한 감정이 담겨 있었다.

'흠. 죽은 자의 집념이 영육靈肉의 갈림길에 끼어 있으니, 죽어도 살고 또 살아도 죽은 것이나 다름없구나. 요사한 일이로다. 이 세상과 저세상 사이에 끼어 오도가도 않는 영육이 있으니 참으로 해괴한 일이로다. 말세로구나, 말세로고…….'

백두민족 조상신의 말을 주의 깊게 듣고 있던 낙빈이 마음속으로 물었다.

'할아버지, 영육의 사이에 끼어 있다고요? 그 말씀은 육체와 영혼이 모두 죽은 것도 산 것도 아닌 상태란 말씀이시죠? 그럼…… 이번 일 역시 헤르메스의 창과 관련이 있겠군요. 지금껏 일어났던 일들처럼 시체가 살아나고 산 사람이 갑작스럽게 죽고…… 그 모든 일이 영계와 육계의 결계를 흔드는 헤르메스의 창 때문이겠군요. 그렇지요?'

백두민족 조상신의 말을 헤르메스의 창에 대입하니 척척 맞아떨어졌다. 반으로 갈라진 헤르메스의 창이 강력한 결계에서 모두 빠져나온 이후로 삶과 죽음 사이의 문제가 복잡하게 얽히고 있었다. 승덕이 짐작한 대로 모든 사건의 배후에는 헤르메스의 창이 있는 것이 분명했다.

'그래, 그것은 참으로 해괴한 물건이로구나! 영육의 질서를 어지럽히고 유명幽冥을 뒤흔드는 그 저주받은 물건을 없애야 한다. 불쾌하구나, 참으로 불쾌한 일이로고!'

백두민족 조상신은 혀를 끌끌 차며 스르르 사라졌다. 어쨌든 분명한 것은 사술邪術이나 저주술 등으로 인해 시체가 일어난 것이 아니라 이승과 저승의 질서가 혼란해지면서 일어난 현상이라는 점이었다. 낙빈은 승덕 쪽을 바라보았다.

"형, 할아버지가 이상한 사술이나 방술 때문은 아니래요. 형의 짐작이 맞았어요. 역시 헤르메스의 창이 원인인 것 같아요. 헤르메스의 창이 이승과 저승의 결계를 혼란스럽게 만들어서 이런 일들이 벌어진다고 하셨어요."

"할아버지……?"

마 형사는 낙빈이 뜬금없이 '할아버지'라고 말하자 조금 의아한 얼굴이었다.

"낙빈이의 조상신이에요."

"아아."

승덕이 살짝 귀띔해주자 마 형사가 고개를 끄덕였다.

"할아버지 말씀으로는 영육의 결계에 끼어 죽어도 살고, 살아도 죽은 사람들이 있대요. 그 해괴한 창을 당장 없애버리라고 역정을 내시며 가셨어요."

"그래, 역시……."

승덕도 정현도 낙빈의 말에 고개를 끄덕였다. 요즘 일어나는 일련의 괴상한 사건은 아무리 보아도 삶과 죽음의 결계를 뛰어넘는다는 두 마리의 뱀, 케리케이온과 관련되어 있는 것이 분명했다.

"그런데…… 헤르메스의 창이라니, 그게 뭡니까?"

마 형사는 이해하지 못할 괴상한 이름의 창에 대해 호기심이 가득한 얼굴로 일행을 바라보았다.

"헤르메스는 그리스 신화 속의 인물로 케리케이온이라는 지팡이를 가지고 다녔답니다. 헤르메스의 창은 바로 그 지팡이를 형상화한 위험한 물건입니다. 그런데 바로 그 물건이 이 사건의 원인이라는 겁니다."

마 형사의 뒤쪽에서 감정을 배제한 메마른 음성이 들려왔다. 그 음성은 승덕의 것도, 정현의 것도, 낙빈의 것도 아니었다. 그것은 마 형사 뒤의 안치실 문으로 들어온 검은 실루엣의 음성이었다. 그 검은 실루엣의 남자는 마 형사와 낙빈 일행의 곁으로 다가왔다. 언제 어디서 나타날지 알 수 없는 그 남자, 현욱이었다. 그는 낙빈의 앞까지 똑바로 걸어와 차갑게 물었다.

"거두절미하고 한 가지만 묻죠, 낙빈 군! 낙빈 군이 보기에 여자는 죽었습니까, 아니면 살았습니까?"

현욱은 마 형사에게서 눈을 돌려 다짜고짜 낙빈에게 물었다. 어떻게 알았는지 그는 이미 모든 상황을 파악하고 있었다. 낙빈은 갑자기 나타난 현욱의 눈을 멍하니 쳐다보았다. 죽은 사람인가, 산 사람인가라고? 사실 현욱의 질문은 낙빈이 오히려 되묻고 싶은 것이었다.

"할아버지께서는 영육의 갈림길에 끼어 있으니 살아도 죽었고, 죽어도 살았다고 하셨어요. 삶과 죽음을 판단할 수 있는 상황이 아니지만…… 전 어제 낮에 보았어요. 그분은 분명히 돌아가신 분이었어요. 죽은 사람이라고…… 생각해요."

"그렇군요."

현욱은 의미심장한 얼굴로 낙빈을 뚫어져라 쳐다보았다. 그러더니 승덕 쪽으로 고개를 돌렸다. 승덕의 생각을 묻는 얼굴이었다.

"그래요, 낙빈이 말대로 우리가 낮에 본 것은 시체였어요. 시체가 아무리 일어나 걸어갔다 하더라도 그건 살아 있는 사람이 될 수는 없지 않겠습니까?"

승덕 역시 낙빈의 말에 동조했다.

"흠, 승덕 씨 역시 같은 생각이로군요. 죽은 자인가, 산 자인가 판단하는 것은 애매한 일이지만 우리 SAC 역시 죽었다 깨어난 시체에 대해 일차적으로 '죽은 자'라는 판단을 부여하고 있습니다. 낙빈 군이 말한 대로 이런 종류의 인간은 삶과 죽음의 경계에서 두 세계의 틈을 만들어내고 있는 것이 사실입니다. 스스로가 그 사실을 알건 모르건 간에 말이죠. 이것은 궁극적으로 세계의 질서를 무너뜨리고 영육의 혼돈을 일으킴으로써 세상이 창조되기 이전의 무질서와 혼돈인 카오스chaos를 만들어냅니다. 그리고 이는 세계의 끝, 바로 말세를 불러오는 발단이 될 겁니다."

'깨어난 시체…… 죽은 자…… 세계의 틈…… 혼돈…… 카오스…… 그리고 말세…….'

승덕은 자신도 모르게 현욱이 선택하는 단어 하나하나를 되뇌고 있었다. 그의 말에 깃들어 있는 중대한 메시지를 읽기 위해 정신을 집중했다. 그의 곁에서 낙빈이 보일 듯 말 듯 몸을 떨었다.

자신과 관련된 말세의 예언들이 낙빈의 머릿속을 헤집고 다녔다.

그대의 운명은 하늘도 모르는 것. 어찌 내가 보리오.

온 인류의 최후가 그대 손에 달렸으니,

그대 곁에는 죽은 자와 산 자가 끝없이 몰려들어 언제나 혼란케 하리니,

매일매일을 마지막이라 생각하며 정성을 다해 성불하도록 도와라.

소중한 것을 잃고 소중한 것을 버리는 순간, 진정으로 눈을 뜨리라.

그대는 그대인 동시에 그대가 아니다.

낙빈은 모모 님으로부터 들었던 자신의 운명에 대한 두려운 예언을 뇌리에서 지우려 했지만 그분의 목소리는 결코 사라지지 않았다. 낙빈의 곁에 죽은 자와 산 자가 끝없이 몰려들어 언제나 혼란케 한다는 말이 자꾸만 자꾸만 머리를 어지럽혔다.

"각설하고. 마 형사님, 여자의 신원은 파악했습니까?"

현욱은 마 형사 쪽으로 고개를 돌렸다.

"오리무중입니다. 실종 신고도 없고 지문으로도 파악되지 않았고요."

"그렇군요."

승덕은 현욱이 이미 여자를 쫓고 있었으니 신원을 알고 있지 않느냐고 물어보려다가 입을 다물었다. 현욱이 말하고 싶지 않으면 한마디도 하지 않을 것이 분명하기 때문이었다.

"사망 원인은요?"

"사망 원인은 적어도 일주일 후에야 나올 겁니다."

"베테랑으로서 마 형사님의 개인적 견해가 있다면요?"

현욱의 당돌한 물음에 마 형사는 잠시 망설이다가 곧 자신의 생각을 말했다.

"직접적인 원인은 익사일 수도 있지만, 그전에 약물중독으로 정신을 잃었거나 사망했을 거라고 봅니다. 가방에 담겨 물에 빠질 당시 아무런 반항의 흔적이 없고 범인 역시 시체에 돌을 매다는 등의 부가적인 작업을 하지 않았기 때문입니다."

"알겠습니다."

그는 흥미롭다는 얼굴로 마 형사의 이야기를 듣더니 이번에는 낙빈 쪽으로 몸을 돌렸다.

"자, 그럼 먼저 죽은 자의 몸을 찾아야 하지 않겠습니까?"

"하지만…… 벌써 몇 시간 전부터 모든 경관과 경찰견이 총동원되어 수색하고 있지만 흔적도 찾지 못한 상태입니다."

"저 역시 어떤 생각의 흔적도 찾지 못했어요."

마 형사에 이어 낙빈 역시 절망적인 얼굴로 대답했다. 마 형사는 검은 양복의 남자를 바라보았다. 괴상한 사건이 일어나면 매번 동에 번쩍 서에 번쩍 나타나는 남자라지만 낙빈 일행도 해결하지 못하는 사건에 저 남자가 무슨 뾰족한 방법이 있을까 싶었다. 그러나 남자의 얼굴은 그들처럼 절망적이지도, 걱정스럽지도 않았다. 그는 여전히 몹시도 여유로운 얼굴로 마 형사와 낙빈 일행을 바라보았다.

"이런 일은 부탁할 사람이 따로 있지요. 잘못 짚으셨습니다, 마 형사님."

현욱은 마 형사의 마음을 꿰뚫어보는 눈빛으로 싱긋 웃음을 지었다.

"승덕 씨, 이 일에 가장 적합한 인물을 깨우지 않고 왔네요."

"……?"

승덕은 현욱의 말을 알아들을 수가 없었다. 가장 적합한 인물을 깨우지 않고 왔다고? 그들이 잠을 깨우지 않기 위해 조심했던 정희와 미덕을 말하는 것 같았다. 그 순간 승덕은 미간을 찡그리며 현욱을 바라보았다. 그는 정희와 미덕이 자고 있고 승덕이 그들을 깨우지 않았다는 것까지 죄다 알고 있었다. 물론 그곳이 승덕의 집이며 그곳에서 일어난 과거사까지도 알아냈겠지.

"가장 적합한 사람이라니, 누굴……?"

낙빈이 '가장 적합한 인물'이 누구냐고 물으려는 순간 갑자기 휴대전화의 진동 소리가 울렸다. 현욱은 잠시 조용하라는 듯 낙빈에게 손을 살짝 내저었다. 그는 모두가 들을 수 있도록 스피커 버튼을 눌렀다. 그러자 수화기 저편에서 호들갑스러운 여자아이의 목소리가 들려왔다.

"아저씨! 찾았어요! 찾아냈어요!"

전화기 너머에서 소란스럽게 외쳐대는 여자아이의 목소리가 터져 나왔다. 한없이 맑고 구김살 없는 목소리는 미덕, 그 아이의 음성이 틀림없었다.

11

달빛이 고요한 강가에는 드문드문 가로등이 흐릿하게 반짝였다. 지상의 모든 빛이 또 하나의 세상에 잠겨 있는 듯 강에도 똑같은 세상이 하나 더 비쳤다. 흐릿한 가로등도, 흔들리는 갈대도 물 아래 세상에 하나가 더 있었다. 강바람이 시원하게 불어오자 이리저리 돌아다니던 미덕이 정희의 넓은 회색 승복 속으로 파고들었다. 정희는 추위에 떠는 미덕의 몸을 꼭 감싸주었다.

"아저씨가 안 오네?"

미덕은 좀이 쑤시는 모양이었다. 정희는 제가 해낸 일을 현욱에게 자랑하고 싶어 안달하는 미덕이 귀여워 웃음이 나다가도 아이가 칭찬에 목마른 작은 인형 같아 가슴 한편이 저렸다.

정희는 간신히 앞을 확인할 정도로만 켜져 있는 주홍빛 가로등 아래 하늘색 치마를 입은 여자를 바라보았다. 길고 까만 단발머리가 어깨 바로 위까지 내려오는 여자는 검게만 보이는 고요한 강물을 바라보고 있었다. 하얀 맨발과 가느다란 종아리가 부러질 듯 가녀린 여자의 뒷모습은 너무나 고요했다. 그녀는 마치 움직이지 않는 마네킹처럼 그 자리에 멈춰 있었다. 그녀의 발아래 미덕의 복실이들이 그녀를 단단히 지키려는 듯 턱을 괴고 앉아 있

228

었다.

승덕과 정현, 그리고 낙빈마저 떠난 승덕의 옛집에서 정희는 멍하니 거실에 앉아 있었다. 미덕이 깰까봐 불도 켜지 않고 캄캄한 거실을 지키는데, 미덕이 잠들어 있는 안방에서 작은 웅얼거림이 들려왔다. 처음에는 잠꼬대인가 싶었지만 얼마 지나지 않아 안방 문이 열리더니 미덕이 맑은 눈동자를 깜빡이며 나타났다. 놀랍게도 미덕의 뒤에는 몹시 키가 큰 검은 양복의 남자가 서 있었다. 정희는 정말 귀신이라도 나타난 줄 알고 몹시 놀랐지만, 미덕은 그 남자가 SAC의 프로텍터라고 소개하며 정희를 안심시켰다.

그는 정희와 미덕, 그리고 강아지들을 데리고 낯선 곳을 향해 달렸다. 남자가 멈춘 지점에서부터 미덕이 방향을 지시하기 시작했다. 어떤 곳에서는 강아지들이 코를 킁킁거리며 방향을 알아냈고, 어떤 곳에서는 미덕이 곰곰이 주변을 배회하며 무언가를 알아냈다. 그리고 마침내 그들은 하늘색 원피스를 입은 마른 체구의 여자를 찾아냈다. 프로텍터라던 남자는 좀 전까지만 해도 미덕과 정희를 지키고 있다가 현욱과 연락이 되자마자 갑자기 바람처럼 흔적도 없이 사라져버렸다.

"히잉, 늦게 오네."

마음이 조급해진 미덕이 정희의 회색 승복에 얼굴을 묻고 고개를 저어댔다. 그러다가 문득 고개를 들어 처음부터 지금까지 무

표정한 얼굴로 한없이 강물만 바라보는 여인에게 말을 걸기 시작했다.

"언니! 언닌 누구예요? 이름이 뭐예요?"

미덕이 큰 소리로 물어봐도 여자는 하염없이 흘러가는 강물만 뚫어져라 바라볼 뿐, 대답이 없었다.

"아이, 언니! 언니 이름이 뭐냐고요?"

무시당한 것이 화가 났는지 미덕이 여자 곁으로 다가가 하늘색 원피스를 잡아당기려 했다.

"미덕아!"

정희가 미덕의 손을 냉큼 잡아끌었다. 정희는 지금 이 상황이 꽤나 무섭다는 것을 알고 있었다. 지금 눈앞에 보이는 여자가 검은 가방 속에 구겨져 있던 여자라는 것을 정희는 알고 있었다. 하지만 가방 속의 시체를 보지 못한 미덕은 정희처럼 겁을 먹지 않았다. 정희는 그 여자를 건드리는 것이 위험하게 느껴져 급하게 미덕의 손을 거둬들였다.

"아이 참!"

미덕은 입맛을 다셨지만 고집을 피우지는 않았다. 고집쟁이가 다행히도 정희 말대로 손을 거두고 도로 정희 품에 폭 안겼다. 정희는 그런 미덕을 붙잡다가 강가를 향해 고개를 돌리고 있는 여인의 얼굴을 확인했다. 걸어 다니는 시체라니 어쩐지 끔찍할 것만 같았던 여인의 얼굴이 정희의 예상과 달리 산 사람과 조금도 다르지 않았다. 생기가 부족한 파리한 얼굴색을 제외하면 여자의 옆얼굴은 꽤나 예뻐 보였다. 그리고 왠지 낯설지 않았다. 언젠가 본 적이 있는 얼굴처럼 굉장히 낯이 익었다. 그렇다고 정희가 아는 사람의 얼굴은 아니었다. 정희는 그녀의 얼굴을 어디서 보았는지 고개를 갸우뚱거렸다.

차가운 강바람이 정희의 승복 위를 스쳐 지나갔다. 여인의 머리카락이 바람에 날렸다. 검게 반짝이는 새까만 단발머리는 곧은 직모였다. 검은 머리카락이 그녀의 길고 가느다란 목을 감싸며 흔들거렸다. 그녀의 이마에서 일자로 깨끗이 자른 앞머리도 흔들렸다. 그 아래 머리카락만큼이나 진한 눈썹이 또렷했고, 그 아래 길고 까만 속눈썹이 푸른빛으로 촉촉이 젖어 있는 눈두덩이에 살짝 그늘을 드리웠다.

여인은 정희보다 서너 살쯤 많은 20대 초중반으로 보였다. 살아 있을 때도 그랬는지, 아니면 죽은 사람이라 그런지는 모르겠지만 그녀의 피부는 푸른 기가 감돌 만큼 도자기처럼 희고 입술은 푸른빛이 감도는 연한 보랏빛이었다.

"아이 참, 귀가 먹었나? 이름이 뭐냐고요?"

미덕은 정희의 품에서 고개만 돌리고 여자를 향해 뇌까렸다.

"이⋯⋯ 름⋯⋯?"

보랏빛 입술이 달싹이더니 무척이나 가늘고 여린 목소리가 흘러나왔다. 그 순간 정희는 낮에 죽어 있던 여인이 멀쩡히 서 있는 모습을 보았을 때보다도 더욱 놀라고 말았다. 살아난 시체와 함께하는 괴상하고 위험한 순간, 시체였던 여인의 목소리는 어떤 위험이나 두려움을 불러일으키기보다 오히려 상대방의 동정심을 자극했다.

"응, 그래요. 언니 이름이 뭐예요?"

여인이 처음으로 대꾸해주자 금세 기분이 좋아진 미덕이 두 눈을 동그랗게 뜨고 여인의 대답을 재촉했다.

"서…… 성주……."

그녀는 꺼질 듯한 목소리로 간신히 대답했다.

"아, 성주 언니예요? 그럼 언니 집은 어디예요? 언닌 왜 여기 있어요? 누굴 기다려요?"

무척이나 어눌하고 알아듣기 힘든 목소리였지만 힘겹게 대답해주는 그녀의 모습에 신난 미덕이 이것저것 묻기 시작했다.

"나, 나는……."

또다시 그녀는 보랏빛 입술을 애써 움직이며 미덕의 질문에 대답하려 했다. 하지만 결국엔 입술만 달싹거릴 뿐, 아무런 말도 못했다. 그 모습이 퍽이나 안타깝게 느껴진 정희는 미덕의 어깨를 잡았다.

"그만 물어봐, 미덕아. 나중에……."

그런데 그 순간 미덕을 말리는 정희의 귓가에 꺼질 듯한 여인의 목소리가 들려왔다.

"난…… 나는…… 왜 여기에? 왜 여기에…… 나는…… 누구?"

작고 가느다란 목소리가 몹시도 떨렸다. 혼란에 찬 여인의 눈동자가 마침내 정희와 미덕 쪽으로 돌아섰다. 정희는 작은 탄성을 내뱉었다. 혼란스러운 듯 흔들리는 여인의 눈동자 너머에서 가슴 아픈 이야기가 들려오는 듯했다.

정희는 그 이야기의 주인공을 알고 있었다. 정희는 낯익은 그 얼굴을 알아보았다. 정희는 그 여인과 같은 얼굴을 가진 사람의 이름을 알고 있었다.

"아아…… 말도 안 돼!"

정희는 두 손으로 입을 막았다.

검은 눈동자로 정희를 바라보는 여인의 얼굴. 정희가 아는 얼굴이었다. 비록 나이가 다르긴 하지만 얼굴의 특징을 고스란히 남긴 채 나이만 먹은 것 같은 얼굴이 있었다. 지난밤 그녀의 두 눈을 사로잡고 그녀의 머릿속을 가득 채웠던 그 사람의 얼굴. 사진으로 처음 보았던 승덕의 가슴 아픈 동생, 승미. 그 얼굴이 정희를 바라보고 있었다.

12

시끄럽게 울려대는 사이렌과 쉬지 않고 반짝이는 경광등을 켜고 경찰차는 고요한 강둑을 빠르게 내달렸다. 마 형사와 낙빈 일행이 도착한 곳은 낮에 시체를 건져 올렸던 강의 수원지 주변이었다. 요란한 사이렌 소리 사이로 승덕은 좀 전에 현욱과 나눴던 대화를 곱씹고 있었다.

"미덕이?"

전화기에서 들려오는 목소리에 승덕은 몹시 놀랐다. 완전히 잠에 빠져 있을 것 같던 그 아이가 어느새 전화기 저편에서 또랑또랑한 목소리로 재잘거리고 있었다.

"아저씨가 말한 사람 찾았어요! 얼른 이쪽으로 오세요!"

승덕은 이해되지 않았다. 낮 동안 미덕은 사라진 시체를 보지도 못했고 지금 벌어지고 있는 상황을 전혀 알지도 못했다. 그런 아이가 어떻게 사라진 시체를 찾아냈다는 건지 의아하기만 했다.

"이런 일에 가장 적합한 능력을 가진 사람은 다름 아닌 미덕이입니다. 정확하게는 미덕이와 미덕이의 강아지들이죠. 미덕이와 강아지들은 사라진 사람의 흔적을 누구보다도 정확히 찾아낼 수 있습니다. 미덕이가 데려온 강아지들은 단순히 훈련으로는 획득할 수 없는 영적 감수성을 가지고 있습니다. 미덕이의 강아지들에게는 산 사람도, 죽은 사람도 아닌 여인의 발자취를 밟을 수 있는 영적 감수성과 날카로운 후각이 있지요.

사실 대부분의 개들은 사람보다 영기에 훨씬 민감합니다. 따라서 개들은 영기를 금세 느끼고 영기가 떠돌아다니는 늦은 밤이나 새벽 무렵 영혼을 향해 짖어대곤 하죠. 그러나 경찰견이나 군용견은 과도한 훈련으로 이런 영적인 감각이 무뎌지고 후각만 매우 발달하게 됩니다. 즉 후각은 뛰어나되 영감靈感은 사람만큼이나 하강해버리는 겁니다.

미덕이가 3일 동안이나 개를 구하러 다닌 건 바로 풍부한 소질을 타고난 녀석을 찾기 위해서였습니다. 그 강아지들은 미덕이와의 의사소통 능력을 지녔을 뿐만 아니라 그 아이의 부족한 영력과 영감을 배가시켜주는 소중한 도구입니다."

승덕은 현욱의 말을 통해 미덕의 특별한 능력을 어렴풋이 감지할 수 있었다.

조수석에 앉은 마 형사는 처음 들어보는 낯선 이름에 상상력을 동원하는 중이었다. 전화기에서는 천방지축 같은 여자아이의 음성이 들려왔다. 하지만 그 아이 역시 낙빈과 마찬가지로 보통 사람과 다른 특별한 능력을 가진 '능력자'라는 것은 분명했다.

'대체 어떤 아이고 또 어떤 개들일까?'

마 형사는 조금 특별한 아이와 개의 모습을 떠올리며 쉬지 않고 스쳐가는 차창 밖의 검은 도로를 바라보았다.

그러나 마 형사의 예상과 달리 그들이 강가에 도착했을 때 낙빈 일행과 현욱을 향해 머리를 찰랑거리며 쏜살같이 달려오는 작은 여자아이의 모습은 조금도 '특별'하지 않았다. 아이는 까무잡잡한 피부에 어깨까지 내려오는 고수머리를 양 갈래로 묶고 있었다.

왕왕왕!

"꺄아, 아저씨! 우왓, 낙빈이랑 승덕 오빠, 정현 오빠까지 다 같이 왔네요?"

까만 눈이 굉장히 커다란 어린 소녀에 불과했다. 그뿐 아니라 현욱이 언급했던 강아지들 역시 평범하기 짝이 없었다. 강아지들은 래브라도 잡종 같았다. 꽤나 몸집이 커다란 개로 자랄 법하지만 아직은 어리고 작았다. 강아지들은 하나는 희고 하나는 검고 하나는 누런 털을 가지고 있었다. 짧고 복슬복슬한 털 사이로 선해 보이는 까만 눈이 축 처져 있는 것이 전혀 총명해 보이지도 않았다. 어쩐지 실망스러운 겉모습에 마 형사는 입맛을 다셨다. 개들은 낙빈 일행과 현욱을 향해 반가운 듯 짖어댔지만 하늘색 원피스를 입은 여자 곁에서 떨어지지는 않았다.

"아앗!"

강아지들을 바라보던 마 형사는 입을 다물지 못했다. 강아지들이 움직이지 않고 지키는 것이 하늘색 원피스를 입은 여자라는 사실과, 그 하늘색 원피스가 낮에 보았던 시체가 입고 있던 옷이었다는 것을 깨달은 순간 그는 눈앞에 펼쳐진 믿을 수 없는 광경에 넋을 놓고 말았다.

푸른 옷을 입은 호리호리한 여인을 보는 순간 마 형사는 가슴 밑바닥에서 끓어오르는 욕지기를 억누르기 힘들었다. 다가오는 사람들을 멍하니 바라보는 여자를 보는 순간 마 형사는 이 상황을 어떻게 보고해야 할지 머리가 터질 것만 같았다. 사망진단을 내린 의사들이 답답해하는 것도 충분히 이해되는 순간이었다.

'멀쩡히 살아 있다니! 정말로 멀쩡하게…… 저렇게…… 살아 있다니!'

가까이 다가갈수록 그녀가 살아 있다는 사실이 점점 또렷해졌다. 그것도 물에 퉁퉁 불은 괴물 같은 시체가 아니라 꽤 아름다운 젊은 여인의 모습으로.

그녀의 모습에 오히려 시체처럼 새파랗게 질려버린 것은 승덕이었다. 승덕은 죽은 여인의 모습을 확인한 순간 여자 대신 생명을 빼앗겨버린 것처럼 순식간에 파랗게 질렸다. 그는 하늘색 원피스를 입은 긴 단발머리의 여인을 멀리서 보았을 때부터 믿을 수 없는 환상을 보는 것만 같았다. 너무나도 잘 알고 너무나도 소중하게 생각했던, 하지만 어느 순간부터 너무나도 저주하고 미워했던 가엾은 그 아이가 그의 눈앞에 있었다. 죽은 그날 그대로 하늘색 옷을 입고, 두려운 듯 사방을 바라보는 그 아이가…… 승덕 앞에 있었다.

살아생전 그 아이가 퍽이나 좋아하던 하늘의 색깔이 그의 눈앞에서 바람에 흔들거렸다. 말간 하늘의 색깔을 담은 연한 빛깔 원피스가 찰랑이는 단발머리와 함께 승덕의 눈앞에 있었다. 새하얀 얼굴, 새하얀 팔뚝……. 죽음의 순간 스스로 새하얀 목을 조였던 길고 가는 손가락도 그대로였다. 믿을 수 없는 그 모습이 승덕의 눈앞에 있었다. 죽기 전의 그 모습으로. 그토록 파리하고, 그토록 겁먹은, 그토록 안쓰러운 모습 그대로 그의 눈앞에 있었다!

"승, 승미가……."

승덕은 그 순간 넋이 나간 것처럼 중얼거렸다. 그는 지금 왜 이곳에 왔는지, 지금 무엇을 하고 있는지 완전히 망각해버렸다.

"형!"

그런 승덕의 상태를 눈치챈 정현이 승덕의 어깨를 꽈악 움켜잡았다. 정현의 손이 어깨를 힘주어 움켜잡은 후에야 승덕은 간신히 제정신으로 돌아온 것 같았다. 승덕은 멍한 얼굴로 정현을 바라보다가 정신을 차리려는 듯 세차게 고개를 돌렸다. 승미는 이미 그의 앞에 없는 것을. 이미 그의 곁을 떠나버린 것을. 바보 같은 상상을 하다니!

"아아, 미안하다……."

승덕은 두 눈을 질끈 감고 고개를 내저었다. 정신을 차려야 한다고 마음을 다잡았다. 그의 사지가 그의 의지와 달리 간헐적으로 부르르 떨려왔고 그의 심장은 펄떡펄떡 요동치고 있었다.

낙빈도 정현도 한눈에 그녀가 승덕의 여동생을 닮았다는 사실을 알아챘다. 낙빈은 불안한 마음에 승덕의 몸을 반쯤 막아서며 걸음을 멈추었다. 정현 역시 떨고 있는 승덕의 어깨를 붙잡고 더이상 다가가지 못하게 했다. 여인과 몇 미터를 남겨두고 낙빈 일행은 그대로 걸음을 멈추었다.

낙빈의 뇌리에 신들의 목소리가 되살아났다. '소중한 것을 잃으리라'던 목소리가. 낙빈은 어쩐지 '소중한 것'이 무엇인지 알 것만 같았다. 그것이 '소중한 사람'을 의미하는 것만 같아 두려웠다. 불안한 마음이 가슴 밑바닥에서 부글부글 끓어올랐다. 낙빈은 두 팔을 벌리며 승덕이 여자에게 다가가지 못하도록 막았다. 승덕의 앞을 막아선 소년의 두 발 역시 움직이지 않았다.

검은 양복의 현욱이 굳게 멈춰버린 낙빈 일행을 지나 성큼성큼 여인의 앞으로 다가갔다. 그는 조금의 망설임도 없이 죽었다 살아난 여자의 앞에 섰다.

"처음 뵙겠습니다."

현욱은 1초의 망설임도 없이 그녀에게 악수를 청했다. 그러고
는 마치 재미있는 것을 관찰하듯 여자의 얼굴을 살폈다. 하지만
그녀는 자신을 향해 내민 현욱의 손가락을 멍하니 바라볼 뿐, 하
얀 손을 움직이지 않았다. 그저 하얗고 파리한 손가락이 조금 움
찔거릴 뿐이었다.

"뭐, 그럼."

현욱은 손을 거둬들이더니 너무나도 차갑고 사무적인 태도로
질문을 퍼붓기 시작했다.

"이름이 뭡니까?"

"……."

그녀는 매우 불안한 눈초리로 현욱을 바라보았다. 그녀의 파리
한 얼굴에서 겁에 질린 듯한 눈빛이 느껴졌다. 그녀는 아무런 말
도 없이 까만 양복을 입은 남자의 얼굴만 두려운 듯 바라볼 뿐이
었다.

"이름이 뭡니까?"

"나, 나는…… 나……."

하지만 더듬거리는 아주 희미한 음성 외에는 제대로 된 대답이
나오지 않았다. 바들바들 떨고 있는 다리가 아니더라도 겁에 질
려 말하지 못하는 것을 누구라도 알 수 있었다.

"이름이 뭡니까!"

그러나 현욱은 점점 더 사무적이고 건조하게 질문을 해댔다. 그럴수록 여인은 겁에 질려갔지만 현욱은 매몰찬 말투를 거두지 않았다.

"자, 잠깐만요! 겁먹었잖아요! 그걸 모르겠어요?"

멍하니 그 모습을 바라보던 승덕이 소리쳤다. 그는 낙빈의 손을 치우며 앞으로 나서려 했다. 하지만 낙빈은 승덕의 앞에서 조금도 비켜서지 않았다. 낙빈은 두 다리까지 뻗고 승덕이 앞으로 가지 못하도록 단단히 버텼다.

"이름이 뭐냐고!"

현욱은 승덕의 말은 아예 들리지도 않는 것처럼 더욱더 차가운 목소리로 여인을 몰아세웠다.

"그만두라고요!"

성난 승덕은 낙빈의 팔을 제치고 씩씩거리며 앞으로 나섰다. 여자의 곁에서 차갑게 닦달하는 현욱을 어깨로 밀쳐내면서 잔뜩 겁에 질려 파르르 떨고 있는 여자의 앞을 가로막았다. 금방이라도 굵은 눈물방울이 떨어질 것 같은 여인의 애처로운 모습을 승덕은 더 이상 참고 바라볼 수가 없었다. 그의 눈앞에서 파르르 떨고 있는 그것은 가엾은 동생의 불안한 눈망울이었다. 금방이라도 눈물을 흘릴 것 같았던 그날의, 그 마지막 날의 그 아이와 똑같았다.

현욱은 그와 여인 사이를 단단히 막아선 승덕의 얼굴을 뚫어져라 바라보았다. 그의 두 눈에는 어떤 분노나 노여움도, 어떤 놀라움이나 동정도 없었다. 승덕을 바라보는 그의 두 눈은 무언가를 관찰하듯 매서웠지만 감정은 철저히 배제되어 있었다. 승덕은 그런 차가운 눈을 바라보는 것이 몹시도 힘들었다. 하물며 무너질 듯 약한 여인에게는 두말할 필요도 없을 것이다. 그녀가 시체였든 아니든.

"좀 기다려요. 조금쯤 시간을 가지고 천천히 이야기할 수도 있잖아요."

승덕은 현욱의 차가운 눈동자로부터 여인을 단단히 막아섰다. 작은 빈틈이라도 노출되지 않도록 손과 발을 벌려 단단히 그 앞을 가렸다.

그때였다. 승덕의 등 뒤에서 차가운 무언가가 옷자락을 꼭 쥐는 느낌이 전해져왔다. 얼음장처럼 차가운 느낌이 승덕의 등줄기에 느껴졌다. 그 순간 승덕은 심장이 발끝으로 툭 떨어지는 느낌이었다. 머릿속이 텅 빈 듯 아무것도 생각나지 않았다. 그는 천천히 고개를 돌려 등 뒤를 바라보았다.

그녀였다. 그녀는 자유를 꿈꾸던 승미가 그토록 좋아하던 하늘빛 원피스를 입고는 가녀린 두 손으로 승덕의 셔츠를 움켜쥐고 있었다. 그녀의 길고 차가운 하얀 손이 승덕의 등 뒤에서 바들바들 떨고 있었다. 그녀가 까만 속눈썹마저 애처롭게 떨면서 승덕의 두 눈을 바라보았다.

왜일까? 오랫동안 물속에 있었기 때문일까? 여자의 검은 눈동자는 금방이라도 눈물을 툭 떨어뜨릴 것처럼 물빛으로 반짝이고 있었다.

"나는…… 이…… 성주예요."

개미 소리만큼 작았지만 승덕은 똑똑히 들었다. 파리하게 빛을 잃은 그녀의 푸른빛 입술이 말하고 있었다.

"당신 이름? 이성주…… 씨?"

"……."

여자가 까만 단발머리를 찰랑거리며 고개를 끄덕였다.

"이성주 씨. 나이는요? 집이 어디죠?"

승덕은 여전히 그의 셔츠를 단단히 붙든 채 발발 떨고 있는 여자에게 부드럽게 말했다.

"나, 나는……."

하지만 입술을 달싹거리던 여자는 이내 입을 다물고 말았다. 마침내 머리를 천천히 좌우로 흔드는 여자의 머리카락만 그의 등에 부딪혔다.

"얘기하기 싫어요? 말하기 어려운가요?"

승덕은 완전히 몸을 돌려 여인 쪽으로 향했다. 그가 몸을 돌린 탓에 셔츠 자락을 잃어버린 여인의 두 손이 허공에서 보잘것없이 벌벌 떨었다. 승덕은 저도 모르게 그 가엾은 손을 꽉 붙잡았다.

"저…… 나는…… 몰라요."

그녀는 들릴 듯 말 듯 너무나도 작은 목소리로 말했다. 추위 때문인지 두려움 때문인지 그녀의 목에서 나오는 모든 말은 가엾을 정도로 흔들렸다. 승덕은 끈기 있게 여인의 말을 기다렸다. 조급

242

하게 서두르지 않고 참을성 있게 시간을 주었다.

승덕이 다시 깨어난 이성주라는 여자에게 몰두해 있는 동안 현욱이 미덕에게 살짝 손짓을 했다. 미덕은 현욱의 뜻을 금세 알아듣고 슬며시 푸른 원피스의 여자에게 다가갔다. 그리고 그녀의 치맛자락을 살짝 붙잡았다. 정희도 정현도 미덕의 움직임에 신경을 쓰지 않았다. 낙빈만 미덕을 뚫어져라 바라보았다.

아무도 알지 못하는 미덕과 낙빈만의 비밀이 있었다. 어린 미덕이 지닌 특수한 능력을 낙빈은 알고 있었다. 바람결에 나부끼는 푸른 원피스를 잡는 순간 미덕은 온몸으로 전기가 스쳐 지나가는 것처럼 몸을 부르르 떨었다. 그 순간 낙빈은 미덕이 무언가를 알아냈다는 것을 눈치챘다. 아마도 미덕은 여인의 푸른 원피스가 가지고 있는 마지막 기억을 읽어냈을 것이다. 그 순간 미덕은 얼굴을 잔뜩 찌푸렸다. 뭔가 끔찍한 것을 본 것처럼 기분 나쁜 얼굴이었다.

미덕은 현욱 쪽을 바라보았다. 두 사람만이 아는 눈길이 오갔다.

"오빠, 오빠."

미덕은 여인의 손을 단단히 쥐고 있는 승덕을 불렀다. 그러고는 은근슬쩍 승덕과 여인의 손에 제 손을 갖다댔다.

"언니, 언니는 누구예요?"

조그만 얼굴에 까만 눈이 가득한 귀여운 얼굴이 갑작스럽게 등장하자 여자는 멍한 얼굴로 아이를 바라보았다. 여인의 눈이 아이의 까만 눈 속에서 파르르 떨리더니 그 자리에 털썩 주저앉고 말았다.

"모, 몰라요. 모르겠어요."

여자는 단발머리 속으로 가느다란 두 손을 끼워 넣더니 세차게 머리를 흔들었다. 그녀는 땅바닥으로 고개를 숙인 채 어지러운 듯 몸을 기울였다. 승덕은 바닥에 납작 엎드린 여자를 저도 모르게 감쌌다. 정희 역시 당황한 얼굴로 여인에게 다가왔다. 그리고 천천히 두 손을 여인의 등에 갖다댔다.

"이봐요, 괜찮아요? 이봐요."

승덕은 머리를 땅에 대고 흔드는 여인을 걱정스레 바라보았다. 때문에 미덕이 현욱을 보며 고개를 흔드는 것을 미처 보지 못했다. 어린 미덕은 여자와 승덕의 손에서 두 손을 떼더니 어깨를 으쓱거리며 현욱을 바라보았다.

"큰오빠, 그 언니는 기억이 하나도 안 난대요. 이름밖에 모른대요."

"뭐?"

그제야 승덕은 미덕을 바라보았다. 까만 눈을 깜빡이는 어린 소녀가 어깨를 으쓱거렸다.

"오빠, 그 언니 진짜 모르나 봐요. 자기가 누군지, 집이 어딘지, 왜 죽었는지 말이에요."

미덕은 계속 어깨를 으쓱거리며 현욱 쪽으로 다가갔다. 아이는 현욱 옆에 착 달라붙은 채 고개를 설설 흔들어댔다. 낙빈은 그런 미덕을 뚫어져라 바라보았다. 미덕은 승덕이 맞잡은 여인의 하얀 손으로부터 이미 그녀의 모든 기억을 읽은 게 틀림없었다. 그리고 그녀가 이름을 제외한 어떤 것도 기억하지 못한다는 사실을 알아버린 모양이었다.

낙빈은 눈앞에서 일어나는 모든 일을 지켜보면서 알 수 없는 한기에 몸을 떨었다. 왠지 이 모든 것이 낙빈에게는 가슴이 떨릴 만큼 불안하고 위태로워 보였다. 그런데도 눈앞에서 벌어지는 장면들 속에 섣불리 한 발을 내디딜 수가 없었다. 낙빈은 그저 눈앞에서 벌어지는 일을 묵묵히 바라볼 수밖에 없었다.

눈앞의 모든 장면에는 여자가 있었다. 죽었다가 다시 살아난 그 여자가 있었다. 그리고 그녀의 옆에 승덕이 있었다. 지금 낙빈의 눈앞에 펼쳐지는 이야기의 중심에는 승덕과 여인이 있었다. 이야기를 멈추고 싶었고 승덕을 끌어내고 싶었지만 그런 낙빈의 마음 따윈 아무런 상관도 없이 이야기는 잘도 흘러가고 있었다. 그들이 만들어갈 이야기는 말할 수 없이 슬프리라는 예감만 낙빈의 가슴을 뒤흔들었다. 결코 끝을 알고 싶지 않은 이야기가 낙빈의 눈앞에서 그의 의지와 상관없이 흘러가고 있었다.

낙빈은 이를 악물었다. 그리고 아까부터 한 번도 깜빡이지 못했던 눈을 감았다. 오랫동안 감지 않아서인지, 가슴이 떨려서인지 낙빈의 눈가에 눈물이 흘렀다. 낙빈은 재빨리 한복 소매로 눈물을 닦았다. 왜 눈물이 흐르는지 낙빈도 알 수 없었다.

13

그녀의 기억에 남은 것은 이름뿐이었다. 이성주.

정확한지 확인할 수는 없었지만 그 이름만 그녀의 머릿속에 남아 있다고 했다. 마 형사는 즉시 실종자 명단을 찾아보았지만 어디에서도 이성주라는 이름을 찾을 수 없었다.

승덕은 끈기 있게 여인과 대화를 시도했다. 천천히 그녀의 머릿속에 남아 있을 흔적을 끄집어내려 애썼지만 소용이 없었다. 죽었다가 다시 살아난 그녀가 왜 이 강가를 찾았는지도 알 수 없었고, 그녀가 왜 커다란 검은 가방에서 발견되었는지도 알 수 없었다. 아마도 죽음이라는 일생일대의 충격과 불균형이 만들어낸 일시적인 기억상실증으로 보였다. 결코 마음을 숨기려는 위장은 아니라는 것이 승덕의 판단이었다.

"살았다고도 죽었다고도 할 수가 없어요. 분명 낮에는 혼백魂魄이 떠나버린 텅 빈 몸이었어요. 지금은 어찌 된 일인지 저분의 혼이 육체를 맴돌고 있어요. 하지만…… 살아 있는 사람과 달리 너무나 위태로워 보여요. 금방이라도 가는 줄이 끊어지면 날아가버릴 풍선처럼…… 혼이 달랑달랑 매달려 있어요."

낙빈은 되살아난 여인을 그렇게 묘사했다. 죽으면 떠나가는 혼이 가는 줄에 위태롭게 매달려 있는 모양이라고 했다.

"산 사람의 맥도 아니고 죽은 사람의 맥도 아니에요. 심장은 약하게 뛰어 피를 돌게 하지만 산 사람보다 열 배, 아니 백 배는 느리게 돌고 있어요. 이분에게서는 아무것도 느껴지지 않아요. 사람이 느끼는 고통도 감각도 없어요. 아니, 아예 없다고는 할 수 없어요. 산 사람의 열 배나 백 배쯤 모든 것이 옅다고 말하는 것이 맞을 거예요."

여인의 손을 쥐던 정희도 그렇게 말했다. 산 사람도, 죽은 사람도 아닌 이상한 육체가 남아 있었다. 정희의 능력으로는 그녀에게 어떤 도움도 줄 수 없었다. 그녀에게서 느껴지는 고통이 없으니 고통을 받아줄 수도 없고, 기운을 불어넣어도 모든 기운이 사방으로 빠져나가니 그 역시 소용이 없었다.

모두들 그녀를 살았다고도 죽었다고도 말할 수 없다고 했다. 낙빈이 말했던 대로 삶과 죽음 사이에 단단히 끼어 있는 것 같았다. 그녀는 삶과 죽음 사이의 거대한 벽에 보기 싫은 금이 하나 생기면서 운이 나쁘게도 거기에 끼어 옴짝달싹못하는 가엾은 존재처럼 보였다.

그녀에 대해 승덕과 낙빈, 정희와 정현은 어찌해야 할지 알 수가 없었다. 모른 척 떠날 수도, 그렇다고 그녀를 위해 무언가 할 수도 없는 애매함 속에서 그들은 분주히 움직이는 현욱을 멍하니 바라보기만 했다.

그의 일처리는 언제나처럼 신속했다. 그는 몇 번 통화를 하더니 마 형사로부터 모든 수사권을 빼앗아갔다. 그들의 눈앞에 있던 시체는 사라지고 기억을 잃어버린 사람만 남았으니 그럴 수밖에 없었다. 경찰 측의 능력을 넘어선 괴상한 사건이었다.

"마 형사님, 어제 오늘 보았던 모든 일은 잊어버리는 게 좋겠습니다. 관련된 정보는 저희 측에서 오전 9시 이전에 모두 수거해가기로 했습니다."

"아⋯⋯."

마 형사는 아무 말도 못했다. 이미 마 형사도 지시를 받았다. 그가 받은 지시를 단 네 글자로 표현한다면 '절대 복종'과 '적극 협조'였다. 현욱은 명확히 말하지 않았지만 이미 여인의 정체와 전후 사정을 모두 확인하지 않았을까 하는 의구심이 들었다. 어쩌면 경찰이 여인을 발견하기 훨씬 전부터.

"이성주 씨는 우리가 데려가기로 했습니다. 모든 보고와 처리는 저희 측에서 할 겁니다. 마 형사님은 이 골치 아픈 사건을 잊어버려도 됩니다."

그는 마 형사를 다짐시키듯 또박또박 말하더니 대답도 듣지 않고 다른 검은 양복들에게 눈짓을 했다. 현욱의 명령이 떨어지자마자 그들은 낙빈 일행과 함께 있던 이성주를 에워쌌다. 그러고는 다짜고짜 그녀의 양팔을 잡고 신성한 집행자들이 준비한 검은 세단에 태우려 했다.

"아아, 아아⋯⋯ 아아!"

멍하니 넋을 놓고 있던 승덕은 애처롭게 비명을 지르는 이성주의 앞을 막아섰다. 그는 검은 세단의 앞을 막아서고는 이성주의 가느다란 팔목을 잡아챘다.

"자, 잠깐만! 이 여자를 왜 SAC에서 데려가는 겁니까? 마 형사님, 어떻게 된 겁니까? 왜 가만히 계세요!"

승덕은 불만이 가득한 얼굴로 현욱을 노려보았다. 그리고 그의 앞에서 허탈한 표정을 짓고 있는 마 형사를 불렀다. 마 형사는 퀭한 눈으로 승덕을 바라보았다. 어쩐지 몹시도 기운이 빠져버린 마 형사의 얼굴이 잠깐 사이에 몇 년은 늙어버린 것 같았다. 희끗희끗한 그의 머리도 생기를 잃어버린 채 뻣뻣하게 메말라 있었다.

"승덕 씨……."

마 형사는 힘없이 고개를 흔들었다. 승덕은 마 형사의 허탈한 표정을 보면서 더 이상 그가 할 수 있는 일은 없다는 걸 깨달았다.

"상부의 명령입니다. 이분의 일에 적극 협조하라고."

"말도 안 돼!"

머리를 한 대 맞은 것처럼 휘청거리는 승덕의 뒤로 여인을 끌고 가려는 요원들의 강한 힘이 다시 느껴졌다. 승덕은 검은 양복들 사이에서 더욱 단단히 여인의 팔을 붙잡았다. 그리고 가느다란 팔목의 여인 역시 승덕의 손을 꼭 감아쥐었다. 얼음장처럼 차가운 여인의 손가락이 승덕을 떠나지 않겠다는 듯 그의 손을 붙잡았다.

"멈춰요! 이봐요, 현욱 씨. 확실히 말해요. 이 여자를 어디로 데려갈 겁니까? 그리고 데려가서 뭘 할 겁니까? 확실하게 말하기 전엔 절대 못 갑니다!"

승덕은 단호한 표정으로 현욱을 노려보았다. 그의 눈빛에는 여인을 절대로 보내지 않겠다는 의지가 담겨 있었다.

"승덕 씨, 이러지 맙시다. 아까 우리는 서로 같은 생각이었던 걸로 기억하는데요? 움직인다고 해도 그 여자는 분명히 죽은 사람입니다. 당신도, 낙빈 군도 말하지 않았나요? 그녀는 시체입니다. 아까 시체 안치실에서 당신이 말했듯이 그녀는 완전한 시체였어요. 그런 시체가 비록 일어나 걸었다고 해도 산 사람이 되는 건 아니지요. 다만 말세를 부추기며 영계와 육계를 흔드는 걸림돌 중 하나일 뿐입니다. 그녀는 결코 산 사람이 아니에요. 그런 자가 육계를 버젓이 돌아다니게 내버려둘 수는 없습니다. 우린 그런 신념을 갖고 이 사건을 대하고 있습니다. 어서 그 손을 놓으십시오."

현욱도 한 치의 양보 없이 승덕에게 물러설 것을 요구했다. 사실 몇 분 전이었다면 승덕 역시 현욱의 말에 동의했을 것이다. 아무리 죽은 자가 돌아다닌다고 해도 그건 걸어 다니는 시체일 뿐이라고. 그러나 그건 살아난 여자를 직접 보지 못했을 때의 얘기였다. 여자와 몇 마디 대화를 한 후로 그의 마음은 완전히 달라져 있었다.

"당신이 말하는 해결이 뭡니까? 산 자가 아닌 죽은 자가 버젓이 육계를 돌아다니는 걸 허락하지 못하겠다면…… 결국…… 이 여자를 다시 죽이기라도 하겠다는 말인가요?"

"무너진 질서는 다시 바로잡아야 합니다. 본래 있던 곳으로 보내야 혼란이 줄어듭니다."

현욱의 말이 의미하는 것은 분명해 보였다. 그들은 여인으로부터 알아낼 것을 모두 알아낸 후에 그녀를 다시 죽음의 세계로 돌려보내려는 것이 분명했다. 어쩌면 그것이 옳을지 모르지만 승덕은 도저히 그렇게 내버려둘 수가 없었다. 파르르 떨고 있는 가엾은 눈동자를 모른 척할 수는 없었다. 그 눈에는 승미가 있었다. 그의 죄가 있었다. 그의 과거가 있었다.

"가고 싶지 않아요. 난…… 나는…….'

여인은 울먹이는 목소리로 승덕의 손을 더욱더 단단히 부여잡았다. 승덕은 차가운 여인의 손을 도저히 놓을 수가 없었다.

"저도 반대예요! 저분을 다시 죽일 수는 없어요. 느리지만 저분의 심장은 뛰고 있어요."

조용히 상황을 지켜보던 정희 역시 여인의 곁으로 다가왔다. 정희의 뒤를 따라 쌍둥이 동생 정현도 여인의 뒤에 버티고 섰다. 정현이 버티고 있는 이상 무력으로 여인을 데려가기는 힘들게 되었다.

낙빈은 눈앞에서 벌어지는 상황에 몸을 떨었다. 낙빈은 차가운 한기를 씻어보려는 듯 팔짱을 꼈다. 하지만 불안으로 가득한 한기는 조금도 사그라지지 않았다.

"그래, 정희 씨. 정희 씨의 눈에는 저 여인이 살아 있는 사람이란 말이군요. 낙빈 군, 낙빈 군의 생각은 무엇인가요? 낙빈 군도 생각이 바뀌었나요?"

현욱은 빙글거리는 미소를 지으며 낙빈 쪽으로 고개를 돌렸다. 낙빈은 몰려오는 한기를 잊기 위해 이를 악물었지만 어금니

끝에서 딱딱거리는 소리가 들려왔다. 낙빈은 자신을 바라보는 현욱을 보다가 승덕과 정희, 그리고 정현 쪽으로 고개를 돌렸다. 모두가 낙빈의 눈만 바라보고 있었다. 심지어 그녀도. 죽었다가 다시 살아난 여인까지 불안에 흔들리는 눈동자로 낙빈을 바라보고 있었다.

낙빈은 여인의 눈동자가 자신의 눈동자와 닮은 것을 깨달았다. 한 치 앞도 보지 못하는 눈동자. 한 치 앞도 모르고, 한 치 앞도 가늠하지 못하기에 그저 무섭고 불안한 가엾은 인생이 서로를 바라보고 있었다. 알 수 없는 불안에 벌벌 떨고 있는, 불쌍하고 또 불쌍한 인생이 거기 있었다.

"저는…… 저는……."

낙빈은 덜덜 떨리는 어금니를 꽉 깨물고는 모든 힘을 짜내 말했다.

"아까까지만 해도 저는 시체가 아무런 생각도 없이 걸어 다니는 거라고 생각했어요. 시육주법에 걸린 껍데기마냥 그냥 걸어 다니는 육체라고만 생각했어요. 하지만…… 아니에요! 저분은 분명히 살아 있어요. 충격으로 기억을 잃었다고는 하지만…… 분명히 살아 있는 사람이에요. 영혼도 있고 생각도 있는…… 진짜 살아 있는 사람이에요. 우리랑 똑같은…… 정말 살아 있는 사람이라고요!"

낙빈은 떨어지지 않는 발을 간신히 옮기며 승덕의 곁으로 다가갔다. 그리고 여인과 현욱의 사이를 막고 있는 승덕의 곁에 단단히 섰다. 공포로 벌벌 떨고 있는 여자는 고통과 아픔, 그리고 두려움을 고루 느끼는 진짜 살아 있는 인간이었다. 그녀가 비록 죽었다가 다시 살아났다 하더라도 그것은 헤르메스의 창에서 비롯된 잘못이지, 되살아난 여자의 잘못은 아니었다.

"직접 만나기 전까진 죽은 자라고 자신 있게 말하던 분들이 한순간에 이리 바뀌셨군요."

현욱은 재미있다는 듯이 빙글거리는 미소를 지었다. 차갑게 식은 그의 눈동자가 일행과 이성주의 얼굴을 차례로 바라보았다. 비웃음 가득한 미소가 한순간 사라지고 얼음처럼 차갑고 냉혹한 얼굴이 나타났다.

"저 여자가 동정심을 유발하는 가녀린 모습이기 때문입니까? 반대로 부녀자를 난도질해 죽이고 온갖 엽기적인 살인을 저지른 범죄자가 되살아났다면 당신들이 지금처럼 필사적으로 막았을까요? 정신 차려요! 저 여자는 산 사람이 아니라 죽은 잡니다. 그녀의 운명은 이미 이 지구상에선 끝이 났어야 했단 말입니다! 저런 존재는 우리가 살고 있는 세계의 질서를 어지럽히고 결국에는 멸망의 원인이 된다는 사실을 잊어서는 안 됩니다! 놈들이 노리는 건 세계의 혼돈입니다! 혼돈으로 인한 카오스와 모든 것의 무위無爲! 결국엔 세상의 종말이 오기를 기다린다는 말입니다! 정신 차려요! 여러분이 아무리 막는다고 해도 다 소용없는 짓입니다."

현욱의 한마디 한마디는 어느 때보다도 날카로웠다. 상대방의 마음을 휘어잡고 결국 절대 복종하게 만드는 마력과도 같은 언력言力이 있었다. 순간 낙빈과 승덕 모두 현욱이 단 한 발도 물러나지 않을 것이며, 무력을 동원해서라도 여자를 데려갈 것이라는 느낌을 받았다. 그러나 현욱 못지않게 승덕도 필사적인 얼굴이었다.

"난 절대로 못 물러나!"

승덕은 현욱의 말이 이성적으로는 이해가 되었다. 그의 말이 일리 있다는 것도 알고 있었다. 하지만 지금의 승덕은 이성보다 본능이 먼저였다. 그는 동생을 생각했다. 이성주라는 여자 위에 승미가 겹쳐 있었다. 벌벌 떨고 있는 불안한 여인의 얼굴에 가엾은 그 아이가 있었다. 그 아이를 그렇게 보낼 수밖에 없었던 후회와 죄의식이 뒤범벅되어 그의 이성을 흐리고 있었다.

그는 여인의 가는 팔을 부서져라 단단히 잡고 한 걸음도 양보하지 않은 채 현욱의 얼굴을 노려보았다. 두 사람 모두 한 치의 양보도 없었다.

"이번은…… 제발 물러나주세요."

승덕의 마음을 누구보다도 잘 아는 정희가 눈물 가득한 얼굴로 현욱을 바라보았다. 정희는 승덕이 왜 저리도 필사적인지, 왜 저리도 막무가내인지 그 마음을 알 수 있었다. 정희는 두 손을 모아 합장하며 현욱에게 고개를 숙였다. 제발 한 번만 눈감아주기를 바라는 마음을 가득 담아 기원을 보냈다.

"흠."

당장 완력을 동원해서라도 여자를 데려가겠다던 현욱은 한참 동안 꼼짝도 하지 않다가 딱딱하게 굳은 어깨에서 힘을 빼며 크게 숨을 내쉬었다. 그리고 특유의 날카로운 눈으로 승덕을 쏘아보았다.

"조건이 있소."

"조건……?"

좀 전까지만 해도 전혀 양보하지 않을 것 같던 현욱이 태도를 바꾸었다. 그의 눈은 다시 흥미진진한 무언가를 바라보듯 앞에 서 있는 낙빈 일행의 얼굴을 쳐다보고 있었다.

"첫째, 기억을 찾을 동안 그녀의 거처는 암자여야 합니다. 이 여자로 인해 위험한 일이 일어난다면 모든 책임은 승덕 씨를 위시한 여러분이 져야 합니다. 또한 여의치 않을 경우, 즉 이 여자로 인해 생각지 못했던 불상사가 벌어진다면 즉시 SAC 요원이 제거할 겁니다."

승덕은 곰곰이 생각에 빠졌다가 곧 고개를 끄덕였다. 천신의 암자에 거처를 정하고 함께 생활한다면 위험한 일이 생길 가능성이 줄어들 것이고, 혹시라도 위험한 일이 생긴다면 SAC보다 자신들이 먼저 해결할 수 있으리란 생각 때문이었다.

"두 번째로, 그녀를 내주는 대신 한 가지 약속을 해주십시오. 이 약속은 여러분 한 사람, 한 사람의 약속이어야 합니다. 다시는 이 따위 일로 영계와 육계가 혼란스럽지 않도록 헤르메스의 창을 되찾는 일을 적극적으로 돕겠다는 약속을 해주시죠. 그 창을 이 지구상에서 없애거나 우리가 되찾을 때까지 도와준다면…… 여러분이 원하는 대로 이번 일은 여기서 끝내기로 하죠. 내 조건은 이 두 가지입니다. 첫 번째나 두 번째나 무리한 요구는 아닌 것 같은데요?"

승덕은 재빨리 머리를 굴렸다. 이성이 마비되었는지 재빠르게 돌아가지는 않았지만 무딘 머리로 생각해보아도 그들에게 문제될 제안은 아니었다. 특히 두 번째 조건의 경우 이런 식으로 영계와 육계를 방황하는 사람이 늘어난다는 사실을 알고 오히려 그들스스로 헤르메스의 창을 찾아다니던 참이 아니었던가.

그러나 현욱이 은근슬쩍 일행의 심리를 조종하며 그들을 속인 적이 있는 만큼 승덕은 그의 말에 또 어떤 속임수가 있는 건 아닌지 곰곰이 따져보았다.

"좋아요, 두 가지 조건에 찬성합니다. 하지만 두 번째 조건은 확실히 해야겠습니다. 우리는 헤르메스의 창을 찾는 일에 협조하는 것이지 SAC의 일에 협조하는 것이 아닙니다."

"물론!"

현욱은 단숨에 고개를 끄덕였다. 승덕은 동생들을 바라보았다. 낙빈과 정희, 그리고 정현 역시 고개를 끄덕이며 승덕을 바라보았다. 승덕의 마음을 누구보다도 잘 이해하는 동생들은 승덕을 지지하고 있었다. 승덕은 마음속으로부터 말할 수 없이 뜨거운 감정이 솟구쳐 올랐다. 그의 마음을 말하지 않아도 알아주고 도와주고 편이 되어주는 든든한 동생들에게 차마 설명할 수 없을 만큼 뜨거운 감사와 사랑이 솟구쳤다.

"좋아요, 하겠습니다."

"알겠소!"

현욱은 고개를 까딱하더니 여인을 붙잡고 있는 요원들에게 고갯짓을 했다. 그의 명령을 받은 검은 양복들은 여자를 놓아주고 즉시 일행에게서 물러났다.

"모든 것은 천신님의 제자 여러분께 맡기기로 하지요. 경고했듯이 위험한 일이 발생할 경우 우리 쪽에서 즉각 해결합니다. 잊지 마시기를."

다시 한 번 확인한 현욱은 조금도 지체하지 않고 그 자리를 떠났다. 그는 다른 검은 양복들과 함께 일시에 강가에서 벗어났다. 그와 동시에 주위를 감싸고 있던 경찰과 경찰차도 삽시간에 사라졌다. 남은 것은 마 형사와 낙빈 일행, 그리고 현욱과 낙빈 사이에 곤란한 듯 쭈그려 앉았던 미덕뿐이었다.

"아아……."

현욱이 떠나버린 뒤 긴장이 풀린 여인은 바닥에 풀썩 주저앉았다. 그녀를 비롯한 일행의 이마엔 어느새 땀방울이 송골송골 맺혀 있었다. 현욱이 있을 때는 몰랐지만 그들의 대화는 단순한 대화가 아닌 기의 대결, 일종의 기싸움이었다.

그들은 주저앉은 여인을 물끄러미 바라보았다. 산 것도 죽은 것도 아닌 여인이 그들의 눈앞에서 움직이고 있었다.

"이것이 헤르메스의 창이 지닌 힘이라니……."

"반드시 찾아서 없애야 해. 누가 가져서도 안 되는 위험한 물건이야."

"네, 그래요."

모두들 헤르메스의 창이 불러온 불안한 내일을 생각하며 몸을
떨었다.

고요한 강바람이 차갑게 스쳐가는 새벽. 일행은 어스름하게 밝
아오는 하늘을 바라보며 다가오는 미래를 걱정했다. 자신이 누구
인지조차 잊어버린 가엾은 여인이 가장 큰 불안에 떨고 있었다.
두려움에 파르르 떠는 여인의 어깨가 너무나도 가엾어 보였다.

낙빈은 하얀 한복의 앞섶을 부여잡았다. 그 아래에서 작은 심
장이 펄떡펄떡 뛰고 있었다. 미래에 대한 두려움이 작은 몸을 휘
덮는 가운데 낙빈은 죽은 사람이 되살아나 이 세계를 뒤흔드는
일은 없어야 한다고 다짐했다.

제4화

슬픈 노래

1

"나는 싫어!"

미덕은 누군가에 대한 반감을 드러낼 때도 눈치를 보는 법이 없었다. 미덕은 아예 대놓고 싫은 내색을 했다. 앞에서도 그랬고 뒤에서도 그랬다. 하도 태도가 한결같아서 도저히 감출 수가 없었다.

"미덕아, 제발 그만해."

미덕이 노골적으로 적대감을 표현하는 바람에 식은땀을 흘리는 건 늘 정희였다. 미덕은 이성주에 대해 불쾌함을 표출했다. 처음부터 그랬다. 승덕이 그녀를 감쌀 때부터. 그녀를 암자에 데려온 후에도. 모두들 그녀의 처지를 걱정하며 앞날을 고민할 때도 미덕은 밑도 끝도 없이 싫은 내색을 했다. 그러고는 아무리 뭐라고 해도 그 마음을 바꾸지 않았다. 아예 이성주의 코앞에서도 노골적으로 역겨운 내색을 하는 바람에 다들 안절부절못할 정도였다.

좀 전에도 그랬다. 미덕과 이성주가 가까워지도록 일부러 이성주의 손에 빗을 쥐여주며 미덕이 돌아오면 머리라도 빗겨주라고 말했던 정희의 노력은 허사로 끝나고 말았다. 학교가 끝나고 부리나케 암자로 달려온 미덕의 머리는 아침과 달리 삐죽삐죽 엉망이었다. 미덕이 항상 그렇듯 따스한 툇마루에서 정희 무릎에 앉아 머리를 묶어달라고 칭얼거리는데 사락사락 치맛자락 소리가 났다. 그러고는 얼음장처럼 차가운 손이 머리에 닿자 미덕은 소리를 꽥 지르고 말았다.

"꺅! 꺼져! 절로 가란 말이야!"

빗을 들고 다가간 성주만 어쩔 줄 몰라 했다.

"으르르르……."

그녀를 싫어하는 건 미덕만이 아니었다. 미덕을 따르는 개들도 하나같이 성주에게 적대적이었다. 미덕의 마음을 그대로 닮아서인지 흰둥이, 검둥이, 누렁이 모두 그녀만 보면 으르렁거리고 그녀 근처에 얼씬도 하지 않았다. 미덕과 개들은 언제나 시체를 보는 것처럼 그녀만 보면 질색을 했다.

"어머나, 미덕아! 너 예쁘게 해주시려는 거잖아. 그런데 그게 무슨 짓이니? 얼른 잘못했다고 사과드려."

그 모습을 숨죽여 지켜보던 정희가 미덕을 나무랐다.

"싫어! 싫단 말이야!"

"미…… 미안해. 정말 미안해."

사과를 하는 쪽은 오히려 이성주였다. 진저리를 치며 고개를 돌리는 미덕은 사과할 마음 따위는 조금도 없었다. 미덕은 자기보다 나이가 많은 성주에게 한 번도 존대를 하는 법이 없었고 언니 대접을 해주지도 않았다. 참 섭섭할 것만 같은 상황에서도 성주는 늘 먼저 사과하고 용서를 빌었다.

"그러지 마세요. 미덕이가 너무 버릇이 없어서 죄송해요. 정말 죄송해요."

"아니에요. 내 탓이에요. 제 잘못…… 싫어하는 것을 알면서 괜히…… 미안해요."

성주는 계속 고개를 숙이더니 신발을 신고 부엌으로 사라졌다. 미덕을 피해 몸을 숙이고 풀이 죽은 표정으로 사라지는 뒷모습이 너무나 가엾었다.

"미덕아, 너 어쩜…… 너무했어!"

정희는 나지막하게 미덕을 나무랐다. 정희는 혹시 성주에게 들릴까봐 한껏 목소리를 낮추었지만 미덕은 조금도 목소리를 낮추지 않았다.

"언니, 언니도 알지? 지금 얼마나 차가운 게 내 머리를 지나갔는지? 저 사람은 시체야. 움직이는 시체라고! 만져보면 알잖아, 하나도 온기가 없는 거! 바위처럼 차가운 거 언니도 알잖아?"

"미덕아, 그건 저분의 심장이 천천히 뛰어서 피가 잘 돌지 않기 때문이야. 저분의 심장은 느리지만 뛰고 있어. 저분도 피가 흐르는 인간이라고!"

정희는 미덕의 마음을 돌려보려 했지만 미덕은 완강했다.

"언니, 그것뿐이 아냐. 언니는 저 사람 자는 거 봤어? 저 사람은 잠도 안 잔다고! 우리처럼 산 사람이 아니라고! 우리가 누울 때 눕는 척만 하는 거야. 언니도 알잖아?"

"그건……."

미덕의 말은 사실이었다. 정희도 잘 알고 있었다. 성주는 지금껏 잠깐도 잠을 이룬 적이 없었다. 한숨도 자지 않고 버티는 모습을 보고 걱정했지만 성주는 전혀 자지 않고도 졸린 줄을 몰랐다.

"사람들 중에는 그런 사람도 있어. 하루 종일 한 시간밖에 안 자는 사람."

하지만 미덕은 물러서지 않았다.

"알아, 언니. 그런 사람이 있다는 건 나도 안다고. 하지만 전혀 안 자는 사람은 없어. 산 사람 중에는 없다고! 게다가 저 사람은 먹지도 않잖아? 어떻게 산 사람이 먹지도 자지도 않고 살아?"

무슨 말로도 미덕의 마음을 돌릴 수는 없었다. 정희는 결국 한숨을 내쉬며 두 손발을 들고 말았다. 정희는 포기한 듯 고개를 설설 저으며 미덕의 얼굴을 바라보았다. 까만 눈이 고집스럽게 정희를 응시하고 있었다.

"저기, 정희 씨……."

그때 부엌으로 사라졌던 이성주가 머뭇거리며 정희에게 다가왔다. 그제야 미덕은 이성주의 얼굴을 쳐다보았다. 그녀는 푸른 개량한복을 걸치고 있었다. 암자에 남아 있던 짙은 바다색 저고리와 연푸른색 광목 치마를 입고 있었다. 그녀의 길고 가는 손가락에는 미덕의 머리를 빗겨주는 나무 빗이 있었다. 연한 나무 색깔의 납작하고 기다란 빗이었다. 이성주는 그 빗을 정희에게 건네려는 듯 조심스럽게 다가왔다. 미덕은 그녀에게 인상을 찡그리고는 쌩하니 돌아섰다.

"정희 언니, 나 낙빈 오빠한테 갔다 올게!"

미덕은 정희가 말할 틈도 없이 암자 마당을 달려 나갔다. 미덕의 뒤에는 언제나처럼 강아지들도 함께였다. 요란하게 짖어대는 강아지들까지 사라지자 북적거리던 암자가 삽시간에 고요해졌다.

"정희 씨, 정말 미안해요."

"어머나, 왜 사과를 하세요?"

정희는 모든 것이 자기 탓인 것처럼 미안해하는 성주의 모습이 속상했다. 죽었다 살아났든 말든 정희 앞에 있는 성주는 마음이 여리고 착한 여인이었다. 성주는 자신의 얼음처럼 차가운 체온에 다른 사람이 놀랄 수도 있다는 것을 알았다. 그래서 그녀는 정희와 손이 닿지 않도록 조심스럽게 나무 빗을 건넸다. 그런 모습에 정희의 마음이 아렸다.

그런 정희의 마음과 달리 미덕은 노골적으로 성주를 싫어했고 낙빈도 성주를 그리 좋아하지 않았다. 낙빈은 그녀와 가깝게 지내지 않으려는 듯 언제나 경계를 늦추지 않았다. 낙빈은 이성주에게서 비롯되는 이상한 슬픔과 불안감이 자신의 몸을 자꾸만 움츠러들게 한다고 말했다. 죽었다가 살아난 존재에 대해 낙빈의 신들이 좋은 감정을 가지고 있지 않아서 가까이하기가 어렵다고도 말했다.

누구에게나 무뚝뚝한 정현은 대화 거리가 없는 성주 앞에서는 더욱 무뚝뚝했다. 천신 스승은 무슨 생각인지 몰라도 혼란에 빠진 세계를 걱정하는 말만 했다. 그러니 이성주를 살갑게 대해주고 말을 걸어주는 건 정희와 승덕뿐이었다. 정희는 승덕의 동생이 생각나 이성주를 언니라고 불렀고, 승덕은 자신의 동생이 생각나 그녀를 동생이라고 불렀다. 나이는 알 수 없지만 그렇게 부르는 편이 훨씬 가깝게 느껴졌다.

"저기…… 저는 빨래 좀 다녀올게요, 정희 씨. 또 도울 일이 있으면 돕게 해주세요."

"언니, 같이 가요. 저랑 같이 해요."

정희는 어느새 광주리에 빨래를 모아온 성주를 보고 깜짝 놀랐다.

"아니에요. 저 혼자 할게요. 정희 씨는 할 일이 너무 많잖아요. 빨래 정도는 제게 맡겨주세요."

성주는 한사코 정희를 만류하며 혼자서 냇가로 갔다. 조금이라도 정희의 일손을 도우려는 따스한 마음이 느껴졌다. 광주리 가득 빨래를 이고 가는 성주의 뒷모습을 보며 정희는 한숨을 쉬었다. 손발이 차고 심장이 차가워도 마음만은 저렇게 따스한 사람인데 왜들 그리 살갑게 대해주지 않는지 딱하고 애처로웠다.

2

미덕은 깎아지른 절벽 위로 올라갔다. 소나무 숲이 끝나는 벼랑 끝에 기다란 밧줄 하나가 나타났다. 언제나처럼 미덕은 길게 꼬인 밧줄을 손에 감고 절벽 아래로 내려갔다. 바람이 불어올 때마다 출렁거리는 밧줄 아래로 끝도 없이 머나먼 땅덩이가 보였다. 깊은 숲도 보이고 작은 마을도 보이고 아담한 시골 학교도 보였다. 저 멀리에는 이름도 모르는 또 다른 마을이 있고 또 다른 산도 있었다. 그 모든 것이 어우러져 평화롭고 한가하게만 보였다.

"낙빈아!"

절벽 중간쯤에 발을 걸치자 좁은 틈새에서 자라는 작은 소나무 한 그루가 나타났다. 손바닥 크기의 좁은 틈에 뿌리를 박고 바위 사이에서도 파릇파릇 자라나는 씩씩한 소나무였다. 미덕은 동굴 밖으로 뭔가가 꿈틀거리다가 순식간에 사라지는 것을 보았다. 아마도 낙빈이 불러냈을 무언가가 동굴 근처를 누비다가 미덕의 소리를 듣고 후딱 낙빈에게 돌아간 것이 틀림없었다.

"아유, 정말 성질나! 차갑단 말이야. 차갑다고! 난 그런 차가운 게 싫다고!"

미덕은 다짜고짜 그렇게 말하며 동굴 안으로 들어섰다. 동굴 깊은 안쪽에서 좌선하는 낙빈의 하얀 한복이 눈에 들어왔다. 미덕은 낙빈을 보자마자 금세 기분이 좋아졌다. 그냥 마음껏 제 마음을 털어놓아도 서운치 않은 상대가 바로 낙빈이었다.

"후우."

낙빈은 작은 한숨을 내쉬며 눈을 떴다. 낙빈이 영력을 가라앉히며 자신이 불러냈던 묘신을 거둬들이자 까만 눈을 반짝이는 미덕이 보였다.

"겉모습으로만 판단하면 안 돼."

낙빈은 미덕의 말을 금세 알아들었다. 얼음처럼 차가운 이성주의 손이 미덕에게 닿은 모양이었다. 요즘 미덕의 불만은 온통 그 사람에게 있었다.

"치, 그러는 너는? 너도 기분 나쁘잖아, 그 사람."

미덕의 말에 낙빈은 할 말이 없어 입을 다물었다. 부끄럽게도 미덕의 말에 반박할 수가 없었다. 미덕의 말대로 낙빈 역시 그녀를 피해 다녔다. 낙빈의 할아버지들이 그녀를 산 것도 죽은 것도 아닌 존재라며 홀대하는 것도 이유였지만 그것보다는 그녀를 볼 때마다 스멀스멀 올라오는 불안한 마음이 더 큰 이유였다. 참으려고 애써도 이성주를 볼 때마다 속이 울렁거릴 정도로 치밀어 오르는 불안을 감출 수가 없었다. 자꾸만 가슴이 떨리고 요동치는 것을 막을 수가 없었다. 설명할 수 없는 불안 속에서 그늘져가는 얼굴을 속일 수가 없었다.

"나는…… 안 그래. 난 그 누나가 착해서 좋더라."

낙빈은 애써 자신의 마음을 숨겼다. 그렇게 말이라도 해야 막무가내로 적대적인 미덕의 태도가 조금 바뀔까 해서였다.

"치, 거짓말."

"정말이야. 그 누나, 참 착하더라. 우리한테 조금이라도 잘해주려 하고, 도와주려 하고."

"치, 진짜 착한지 아닌지 알 게 뭐야? 기억도 다 잃어버렸잖아.

너야말로 지금 좀 잘한다고 속지 말라고. 죽기 전에 어땠는지 알게 뭐야? 괴물같이 무서웠는지, 아주 무시무시한 얼굴을 하고 있었는지 네가 알 게 뭐야!"

미덕은 혼자서 중얼거리더니 몸을 부르르 떨었다. 그런 미덕을 보는 낙빈의 눈이 조금 가늘어졌다. 미덕은 무언가 알고 있었다. 다른 사람들이 모르는 뭔가를 아는 것이 분명했다. 이성주와 처음 만난 날 그녀의 푸른 원피스를 붙잡으면서 기억을 읽었을지도 모른다는 생각이 들었다.

"하지만 그분은 지금 아무 기억이 없잖아."

"맞아. 기억도 없고 생명도 없어. 울 아저씨한테 맡겨버렸어야 하는데!"

미덕은 그녀가 살았다는 것을 전혀 인정하지 않았다. 더구나 현욱에게 그녀를 맡기지 않은 것을 안타까워했다. 걸어 다니는 시체를 암자로 데려온 것이 맘에 들지 않는 미덕이었다.

"휴, 살았지만 살아 있는 것이 아니고 죽었지만 죽은 것이 아니라니……."

미덕은 낮게 한숨을 쉬었다. 낙빈 역시 할 말이 없었다.

"너, 다음에 흑단인형을 만나면 꼭 물어봐. 이럴 줄 알면서도 왜 헤르메스의 창인가 뭔가를 훔쳐갔는지 말이야."

"내가 어떻게……."

낙빈은 뭐라고 대답을 하려다 입을 꾹 다물었다. 애써 지우고 있던 기억이 저 아래에서 튀어나왔다. AT섬에서 만났던 그 사람.

붉은 기모노를 입고 흑단같이 새까만 머리를 늘어뜨린 인형 같은 그 사람이 떠올랐다. 흑단인형이 낙빈의 어깨를 밟으며 공중으로 날아오르는 순간 귓속에 들려왔던 그 목소리가 떠올랐다.

'나는 너를 만나야겠다. 나와 만나자. 하얀 달이 뜨는 날, 나를 부르렴.'

낙빈은 미덕이 눈치채지 못하게 몸을 떨었다. 낙빈은 흑단인형을 생각할 때마다 거의 반사적으로 느껴지는 떨림을 감추기 위해 벌떡 일어섰다.

"미덕아, 나가자. 우리 나가서 숨바꼭질하자."

미덕은 두 눈이 동그래져서 신나게 일어섰다. 매일매일 수련으로 바쁜 낙빈이 먼저 놀자고 일어서는 것이 얼마 만인지 몰랐다. 미덕은 신난 얼굴로 동굴을 빠져나갔다. 미덕은 혹시 낙빈의 마음이 변할까 서두르는 모습이었다.

3

짙푸른 잎사귀가 하늘까지 가린 울창한 숲. 깊은 숲 속의 깎아지른 산비탈 위에 천신의 암자가 자리하고 있었다. 그곳의 한낮은 산새들이 우는 소리와 날다람쥐들이 설치는 소리로 분주했고, 계곡의 물소리도 끊임없이 졸졸졸 들려왔다. 그리고 푸른 잎사귀 사이로 누군가의 구슬픈 민요 가락도 흘러나왔다.

어루 액이야 어허루 액이야 어허라 중천의 액이로구나.

동에는 청제장군 청마적에 청화장

청갑을 쓰고 청갑을 입고 청활에 화살을 빗겨 메고

봉녹을 떨쳐놓고는 땅에 수살 막고 예방을 헌다.

어루 액이야 어허루 액이야 어루 중천의 액이로구나.

남에는 적제장군 적마적에 적화장

적갑을 쓰고 적갑을 입고 적활에 화살을 빗겨 메고

봉녹을 떨쳐놓고는 땅에 수살 막고 예방을 헌다.

어루 액이야 어허루 액이야 어루 중천의 액이로구나.

무슨 말인지 알 길이 없는 민요 가락은 본래 신명나게 빠른 리듬이었지만 성주가 부르는 가락은 웬일인지 한없이 느리고 슬프게만 들렸다. 술술 나오는 대로 아무런 생각 없이 노래를 읊는 그녀는 그 노랫가락이 액막이 타령*이라는 것도, 본래는 빠른 장단으로 불러야 한다는 것도 알지 못했다.

서에는 백제장군 백마적에 백화장

백갑을 쓰고 백갑을 입고 백활에 화살을 빗겨 메고

---

*액운을 막기 위한 모든 주술적 의례를 액막이이라고 한다. 이런 주술적 의례를 굿판에서 신명나게 보여준 것이 액막이 타령이다. 액막이 타령은 지방마다 조금씩 다르게 전해져오며 주로 정초에 액을 막기 위해 부르곤 했다.

봉녹을 떨쳐놓고는 땅에 수살 막고 예방을 헌다.
어루 액이야 어허루 액이야 어루 중천의 액이로구나.

북에는 흑제장군 흑마적에 흑화장
흑갑을 쓰고 흑갑을 입고 흑활에 화살을 빗겨 메고
봉녹을 떨쳐놓고는 땅에 수살 막고 예방을 헌다.
어루 액이야 어허루 액이야 어루 중천의 액이로구나.

파착! 파착! 파착!
새하얀 피부의 성주가 단발머리를 찰랑거리면서 물 먹은 빨랫감을 넓적한 방망이로 두드리자 천 조각이 빨아들인 물이 방망이와 휘감기며 묘한 음을 냈다. 한참 동안 돌림노래처럼 액막이 타령을 여러 번 부르던 성주는 잠시 입을 다물었다. 타령을 한 소절 한 소절 부르는 동안 또 하나의 낯익은 가락이 스멀스멀 흘러나왔기 때문이다.

울도 담도 없는 집에서 시집살이 3년 만에
시어머니 하시는 말씀 애야 아가 며늘아가
진주낭군 오실 터이니 진주 남강 빨래 가라.

진주 남강 빨래 가니 산도 좋고 물도 좋아
우당탕탕 빨래하는데 난데없는 말굽 소리

고개 들어 그곳 보니 하늘 같은 갓을 쓰고
구름 같은 말을 타고 못 본 듯이 지나간다.

성주는 세차게 방망이질을 했다. 그녀의 입에서 나오는 구슬픈
민요 가락은 굽이굽이 흘러가는 맑은 계곡 물줄기를 따라 아래로
아래로 흘러내렸다. 성주는 아무것도 기억나지 않지만 이상하게
도 입을 열면 노랫가락이 술술 나왔다. 노래라고 해봤자 두 가지
민요 가락에 불과했지만. 어찌 된 일인지 머리가 잊어버린 것을
입은 기억하고 있는 모양이었다. 기억 속에는 제목도 남아 있지
않은 노래가 입에서 술술 나오는 것을 보면.

흰 빨래는 희게 빨고 검은 빨래 검게 빨아
집이라고 돌아와보니 사랑방이 소요하다.
시어머니 하시는 말씀 애야 아가 며늘아가
진주낭군 오시었으니 사랑방에 나가봐라.

사랑방에 나가보니 온갖 가지 안주에다
기생첩을 옆에 끼고서 권주가를 부르더라.
이것을 본 며늘아가 아랫방에 물러나와
아홉 가지 약을 먹고서 목매달아 죽었더라.

마지막 대목은 부르면 부를수록 슬픈지 성주의 눈가에 눈물이

맺혔다. 하지만 성주는 빨래를 하는 내내 그 노래만 흥얼댔다.

촤악!

"어마!"

누가 보고 있는지, 누가 다가오는지도 모른 채 줄곧 빨랫감만 뒤적이던 성주는 차가운 물이 몸에 튀고 나서야 겨우 다른 이의 존재를 알아챘다.

"오빠……!"

그녀가 부르는 '오빠'는 정겨우면서 어딘가 슬픈 느낌이었다. 사실 그녀의 전체적인 분위기가 촉촉한 슬픔이 배어 있는 느낌을 주긴 했지만, 그래서 섣불리 가까워질 수 없는 분위기도 풍겼지만, 승덕에게는 그 모든 것이 동생 승미의 모습과 겹치기만 했다.

빨래를 하느라 승덕이 온 줄도 몰랐던 성주는 위쪽 시냇가 바위에 걸터앉아 물을 뿌리는 승덕을 보자 곧 눈가에 고였던 눈물을 닦아냈다. 그렇다고 눈치 빠른 승덕이 못 보고 지나칠 리 없었다.

"왜 울어? 빨래하다 말고……."

"아……."

애써 울지 않은 척하던 성주의 콧날이 한순간 빨갛게 달아올랐다.

"노랫말이 너무 슬프잖아요. 그래서……."

"아, 그런가?"

승덕은 뒷머리를 긁적거린다. 한두 번쯤 들어본 가락이지만 노랫말이 슬프다는 생각은 해본 적이 없었다.

"오빠는 안 슬퍼요? 슬프잖아요. 이 노래…… 시집가서 3년 동안 남편과 생이별하고 시집살이한 여자의 이야기잖아요. 남편이 과거 시험을 보고 겨우 집으로 돌아왔지만…… 시어머니는 며느리가 아들과 만나지 못하게 빨래를 보내잖아요. 며느리가 차가운 빨래를 들고 집에 들어왔더니 남편은 기생들을 옆에 끼고 있고 시어머니는 그 모습을 재미있어 하잖아요."

성주는 살짝 맺힌 눈물을 또 슬쩍 닦아내며 말을 이었다.

"결국 며느린 목숨을 끊잖아요. 그 사람은 돌아갈 곳이 없어서 죽는 거예요. 며느리를 괴롭히는 재미에 사는 시어머니에 아내를 잊어버린 남편까지. 결국 며느리는 죽어버린다는 얘기잖아요……."

"하, 그래, 그렇군."

노랫말 하나하나를 곱씹어본 적이 없는 승덕은 성주의 말에 고개를 끄덕였다.

"그런데 왜 그렇게 슬픈 노래를 부르는 건데? 심지어 네가 처음에 불렀던 타령은 아주 신나는 건데도 너…… 굉장히 슬프게 부른 거 알고 있어?"

승덕은 성주가 왜 신명나는 민요 가락을 이토록 구슬프게 바꿔 부르는지 의아했다.

"그냥…… 자꾸 이런 노래가 생각나서요. 아마도 기억을 잃어버리기 전부터 좋아했나 봐요."

성주는 하얀 얼굴에 작은 미소를 지었다. 승덕은 말없이 고개를 끄덕였다. 기억상실의 경우 이처럼 부분적인 기억이 남을 때도 있었다. 자신의 정체성을 대부분 잊어버려도 몸으로 익힌 기술이나 노랫말을 기억하는 등 단편적인 기억을 간직하는 경우가 있었다. 승덕은 그녀가 부르는 노랫말이 성주의 잊힌 과거에 대해 무엇을 말해주는지 알 수는 없어도 사라진 기억 저편의 그녀도 그 노래를 즐겨 불렀을 것 같다는 느낌이 들었다. 온몸이 가늘고 여린, 그래서 어딘가 슬퍼 보이는 그녀의 모습과 그녀가 부르는 민요 가락에서 어떤 공통점이 느껴졌다.

"자자, 그건 그렇고 빨래는 아직 멀었어?"

"다 했어요. 물에 담갔다가 꺼내기만 하면 돼요."

성주의 대답에 승덕이 펄쩍 뛰어올라 그녀 쪽으로 시냇물을 건넜다.

"그럼 어서 하고 암자로 갑시다!"

승덕은 성주의 손에 있던 빨랫감을 빼앗아 한꺼번에 여러 벌을 새파란 물속에 풍덩 담갔다.

"아, 오빠 제가 할게요!"

깜짝 놀란 성주가 말리는데도 승덕은 빨랫감을 대충대충 흔들고 꾸욱 짜면서 바쁜 시늉을 해 보였다.

"실은 정희가 널 데려오래. 그 녀석이 네가 있어야 옥수수도 쪄주고 먹을 것도 주겠단다. 그래서 이 오라비가 예까지 행차했지.

276

배고프다, 얼른 가자!"

"하지만 오빠, 그렇게 하면 안 돼요. 제가 헹굴 테니 오빠는 짜기나 하세요."

하지만 성주는 쉽사리 일을 끝내지 않았다. 그녀가 꼼꼼하게 빨래를 하나하나 물에 헹구면 승덕이 힘껏 물기를 쨌다. 빨래를 마치자 광주리가 가득 차올랐다.

"아이고, 엄청나게 무겁구나."

승덕은 광주리를 냉큼 뺏어들고 성큼성큼 암자를 향해 걸었다. 성주는 그의 뒤에서 살짝 고개를 숙인 채 걸음을 옮겼다. 혹시 그녀를 끔찍하게 싫어하는 미덕과 마주칠까 조심하는 것이었다.

"앞으론 슬픈 노래 말고 신나는 노래로 불러라."

앞서 걸어가는 승덕이 중얼거렸다. 그는 자신의 말을 성주가 들었는지 못 들었는지 확인하지 않았다. 그저 쓸쓸한 미소만 지으며 앞장서 걸을 뿐이었다. 승덕은 슬픈 성주를 보고 싶지 않았다.

승덕이 커다란 광주리를 안고 암자 마당으로 들어서는데 검은 양복을 입은 '그 남자'가 서 있었다. 그는 승덕을 바라보면서도 승덕의 뒤를 따라 들어오는 여자에게서 눈을 떼지 않았다. 그의 모습을 뒤늦게 발견한 성주가 승덕의 등에 달라붙었다. 그녀는 현욱의 눈빛으로부터 달아나려는 듯 승덕의 등 뒤에 숨어 작은 어깨를 움츠렸다.

"성주야, 너는 정희를 도와줘."

승덕은 서둘러 성주를 정희에게 보냈다. 그러고는 예고도 없이 나타난 위험한 남자 쪽으로 몸을 돌렸다.

"흥미롭군요."

함께 들어오는 두 사람의 모습이 흥미롭다는 것인지, 아니면 성주 대신 빨랫감을 들고 오는 승덕의 모습이 흥미롭다는 것인지, 그도 아니면 죽었다가 살아난 여자가 암자에서 잘 살아가는 것이 흥미롭다는 것인지 알 수가 없었다.

"무슨 일입니까?"

승덕은 최대한 사무적으로 물었다. 승덕은 그에게 휘둘리지 않을 작정이었다.

"승덕 씨를 만나러 왔습니다. 몇 가지 알려드릴까 해서."

그는 한 손에 들고 있던 누런 서류 봉투를 승덕에게 건넸다. 노란 봉투는 봉함 부위에 도장을 찍고 단단히 봉해놓은 상태였다.

"뜯어도 됩니까?"

"물론이죠."

승덕은 단단히 봉해놓은 봉투의 입구를 뜯어냈다. 그러고는 입구 쪽을 아래로 기울이자 하얀 서류 뭉치와 투명한 비닐이 떨어졌다.

"이성주 씨 얘깁니다."

현욱의 말이 끝나고 나서야 승덕은 누런 서류 봉투 속에서 빠져나온 투명한 비닐 안에 전에 본 적이 있는 황금색 반지가 들어

278

있다는 것을 알아차렸다.

"이성주 씨에 대해 우리 쪽에서 조사한 몇 가지 사실을 말씀드리려고 합니다."

그는 사무적인 태도로 봉투 안에 있던 흰 서류를 몇 장 넘겼다.

"이 보고서는 이성주 씨의 사망 당시 자료들입니다. 물론 다시 살아나긴 했지만……."

그는 보고서를 주욱 훑어 내려갔다. 그러다가 문득 승덕의 눈을 똑바로 쳐다보며 이렇게 물어보았다.

"이성주 씨의 직접적인 사망 원인이 뭐라고 생각합니까?"

승덕은 이 남자가 왜 이런 질문을 하는지 의문스러웠다. 하지만 그 의문을 풀려면 바로 지금 대답을 해야 했다.

"지난번에 마 형사님의 말씀 들으셨죠? 경험도 없는 제가 뭐라고 말하긴 그렇지만…… 그분 말씀대로 약물중독과 익사, 두 가지가 사망 원인일 거라고 생각합니다. 성주의 몸에는 사망에 이를 만한 상처가 없었고, 또 성주의 몸을 담았던 여행 가방에는 물속으로 가라앉힐 만한 돌 같은 것이 없었습니다. 게다가 성인의 손이 통과할 만큼 지퍼도 10센티미터가량 열려 있었다니, 성주가 깨어 있기만 했다면 쉽게 지퍼를 열고 가방에서 나왔을 겁니다. 만일 약물에 중독된 것이 아니라면 가방 안에서 멍하니 죽을 사람은 없을 테니까요."

"그렇지요."

승덕의 대답에 현욱은 고개를 끄덕였다. 그의 생각 역시 그렇다는 듯이. 하지만 그의 표정은 말하고 있었다. 승덕의 생각이 실제와는 다르다는 것을.

"조사 결과가 나왔습니다. 체내외 모두에 사망에 이를 만한 결정적인 상처는 없었고 정신을 잃게 할 만한 상처도 없었습니다. 가능한 검사를 총동원했으나 약물 반응도 전혀 나오지 않았습니다. 부검을 통한 것이 아니라는 한계는 있지만 지금까지 나온 모든 결과를 바탕으로 추정해보면 직접적 사인은 '익사'로 보입니다."

승덕은 고개를 저으며 놀란 표정을 지었다.

"그런…… 말도 안 됩니다. 사망에 이를 만한 상처도 없고 약물 반응도 없었다면 두 눈을 멀쩡히 뜨고 수장됐단 말입니까? 반항한 흔적도 없었는데요?"

"바로 그렇습니다."

얼토당토않은 일이라 말하는 승덕에게 현욱은 그게 정답이라고 말하고 있었다. 승덕은 갑자기 혼란을 느꼈다. 검은 양복을 입은 남자가 하고 싶은 말이 무엇인지 찾아내려고 했다.

"승덕 씨의 말대로 맨 정신으로 물에 들어간 겁니다. 감식 결과…… 가방에서 발견된 지문과 머리카락 등은 모두 이성주 씨의 것이었어요."

"설마 당신은…… 성주가 직접 가방에 들어가 지퍼를 채웠다는 건가요?"

승덕은 비웃음을 담아 말하려 했지만 표정은 진지하기만 했다.

승덕에게는 터무니없게만 느껴지던 말에 현욱이 오히려 고개를 끄덕였다.

"바로 맞습니다! 그렇게 되면 10센티미터가량 열려 있는 지퍼도 설명이 되죠. 그녀의 손이 가방 안으로 들어와야 하니까 지퍼를 끝까지 올릴 수가 없었던 거죠."

이번에도 승덕은 믿을 수 없다는 표정으로 현욱을 바라보았다.

"말도 안 돼요! 세상에 누가 그런 식으로 자살을 합니까? 물에 빠져 죽으려고 가방에 들어가다니 이해가 안 돼요. 특히 이 추리가 성립하지 않는 분명한 이유가 하나 있어요. 당신들도 조사를 했으니 알고 있겠지만 헤르메스의 창이 결계를 흔들면서 갑작스럽게 죽었던 사람이 살아나고 살아 있던 사람이 죽었어요. 중요한 것은 살려고 발버둥치던 사람들만 죽었다 살아났다는 사실입니다. 살아생전 자신의 일에 열정적이고 사랑하는 사람이 많아서 삶에 대한 미련이 많았던 사람들이 살아났지요. 반대로, 갑작스럽게 죽은 사람은 대다수가 자살을 기도한 사람들이에요. 만일 성주가 자살을 기도해서 스스로 가방에 들어가 지퍼를 잠갔다면 그녀는 절대로 다시 살아나지 않았을 겁니다. 오히려 즉시 저승으로 넘어갔겠지요!"

"승덕 씨의 말이 맞아요. 거기에 대해선 우리도 잘 알고 있습니다. 갑자기 죽은 사람들은 대부분 자살을 기도했고 살아난 사람들은 삶에 미련이 많은 자들이었지요. 살아난 자들 중에 자살한 사람은 한 명도 없었습니다. 물론이에요. 나는 이성주 씨가 스스로 지퍼를 잠갔다고 추측하지만, 그것이 자살이라고는 생각지 않습니다. 본인의 살려는 의지와 다르게 몸이 움직일 수도 있으니까요. 이성주 씨의 경우에는 바로 저게 그 증거가 될 겁니다."

"……."

승덕은 현욱이 가리킨 것을 보았다. 두꺼운 노란 금반지가 보였다. 분명 낙빈이 저주의 기운이 가득한 반지라며 눈살을 찌푸렸던 성주의 금반지가 분명했다. 승덕은 반지를 찬찬히 바라보았다. 반지는 금 외에 다른 금속이나 보석은 사용되지 않았다. 중심에 눈동자처럼 보이는 문양이 하나 있고 이를 중심으로 양쪽에 불꽃 같기도 하고 꽃무늬 같기도 한 무늬가 새겨져 있었다.

"반지…… 본 적이 있지요? 알겠지만, 저 반지는 보통의 금반지가 아닙니다. 저주가 심각하게 깃든 자연스럽지 못한 물건이죠. 그녀는 왜 저런 물건을 끼고 있었을까요?

또 하나 자연스럽지 못한 점은 그녀에 대한 실종 신고가 없었다는 사실입니다. 분명히 존재하는 사람인데도 실종 신고가 들어오지 않은 이유가 뭘까요? 두 가지로 생각할 수 있을 겁니다. 이성주 씨가 친척이나 친지가 전혀 없는 혈혈단신의 제한된 공간에서 홀로 살았던지, 아니면 실종 신고를 해야 할 가족이나 보호자 등이 그녀를 죽이려 한 경우입니다. 과연 어느 쪽일까요?"

현욱은 변화하는 승덕의 표정을 흥미롭게 지켜보며 말을 이었다. 스스로 지퍼를 잠갔다는 말에도, 그녀의 반지가 끔찍한 저주의 물건이라는 말에도, 그녀의 실종 신고를 했어야 할 가족이 그녀를 죽였을지도 모른다는 말에도 승덕은 충격을 받은 표정을 지었다.

어떤 과거든 끔찍하고 가엾었다. 왜 이런 일이 일어났는지는 몰라도 그 모든 일을 겪고 스스로를 가두었을 이성주를 생각하니 승덕은 가슴이 아팠다. 그리고 그 가엾은 모습에 자꾸만 겹쳐지는 동생의 모습을 도저히 지울 수가 없었다. 믿고 아끼던 가족으로부터 버림받고 상처받았을 그 가엾은 아이가 자꾸만 성주의 얼굴과 겹쳐졌다.

"당신은…… 다 알고 있죠? 왜 이런 일이 일어났는지, 성주가…… 왜 그런 지경에 처했는지."

"글쎄요."

현욱은 빙글거리는 미소를 마지막으로 고개를 돌렸다. 승덕은 아마도 현욱이 이미 모든 것을 알고 있을지도 모른다고 생각했다. 그녀의 정체에 대해, 그녀의 죽음에 대해 이미 그는 모든 것을 알고 있는지도 몰랐다. 그는 승덕이 어떻게 그 비밀을 밝혀내는지 흥미롭게 지켜보려는 것처럼 보였다.

승덕은 더 많은 것을 물어보고 싶었지만 그 남자는 오래 머무르지 않았다. 그는 언제 나타났던가 싶게 또다시 바람처럼 사라졌다. 흔적도 없이 사라진 그 남자가 승덕에게 남긴 숙제는 생각보다 훨씬 무거웠다. 그것들은 승덕의 상처를 쿡쿡 찔러대고 있었다. 아직도 낫지 않은 깊은 상처가 보이지 않게 툭툭 벌어지는 것만 같았다.

4

차갑고 검은 밤이었다. 술 취한 사람들도 집으로 들어가고 밤을 지새우던 사람들도 꾸벅꾸벅 잠에 빠져드는 깊고 깊은 밤이었다. 새벽을 깨우는 이들도 아직 일어나지 않아 거리에는 아무것도 남아 있지 않은 지독히도 외로운 밤이었다. 짐승마저 모두 잠든 텅 빈 거리를 터벅터벅 맨발로 걸어가는 여자가 보였다. 손목이 시리도록 하얗고 길고 가는 그 여자는 길게 늘어진 하늘색 원피스를 입고 있었다.

저 하늘색은 내가 알고 있는, 아주 소중한 사람이 좋아하던 색이다. 구름 한 점 없이 맑은 날, 들판을 뛰놀던 그날을 추억하던 그 아이가 좋아하던 연푸른색. 나는 여인의 얼굴을 바라보았다. 하지만 찰랑거리는 검은 머리카락이 얼굴을 가려서 누구인지 알 수 없었다. 이름 모를 여인이지만 그녀의 맨발이 자꾸만 눈에 걸렸다. 여인의 길고 가는 손에는 검은 여행 가방이 들려 있었다. 가방의 아래쪽에는 바퀴가 달려 있어서 울퉁불퉁한 곳을 지날 때마다 털털거렸다.

한참 동안 걷고 또 걸었지만 거리는 고요했다. 개 한 마리 짖어

대지 않고 자동차 한 대 지나가지 않았다. 바람마저 고요하게 잠
든 고독한 밤이었다. 촘촘히 이어지던 집들마저 사라지고 한적한
동네가 나타날 때까지 여인은 걷고 또 걸었다. 키 큰 억새풀이 양
쪽 도로를 따라 가득 들어섰다. 바람이 없어도 흔들리는 기다란
풀 사이로 회색 다리 하나가 나타났다. 한적한 시골길을 이어주
는 다리 위에는 그녀만이 있었다. 차들이 강을 건널 수 있도록 설
치된 다리지만 이 깊은 밤중에 다리를 지나는 차는 단 한 대도 없
었다. 다만 드문드문 박혀 있는 주황색 가로등 아래로 여인의 그
림자만 길어졌다가 다시 짧아지기를 반복했다.

고요히 흐르는 강물을 반쯤 건넌 그녀가 걸음을 멈추었다. 하
얀 발이 너무나 아픈지 그녀는 그 자리에서 쭈그리고 앉았다. 사
방으로 퍼지는 하늘색 원피스 자락이 그녀의 맨발을 감추었다.
가로등 불이 그녀의 머리카락을 비추었다. 찰랑거리는 검은 생머
리가 푸른 원피스의 어깨 부근까지 내려와 있었다.

나는 여인의 표정을 보고 싶었다. 아는 사람 같다는 생각이 들
어서 그녀의 얼굴을, 그리고 그녀의 표정을 확인하고 싶었다. 하
지만 그녀의 얼굴은 그림자 속에 완전히 숨어 보이지 않았다. 그
저 검은 어둠 속에서도 꼼지락거리는 하얗고 기다란 손가락만 눈
에 들어왔다. 그 길고 하얀 손가락이 소중한 듯 무언가를 잡고 있
었다. 엄지와 검지가 무언가를 닦아내는 것처럼 비비적거렸다.
무얼까? 나는 눈을 찡그렸다. 하지만 아주 작은 물건이라 좀처럼
알 수가 없었다.

그녀는 한참 동안이나 그것을 매만졌다. 그러더니 그것을 뽑아 그녀의 네 번째 손가락에 쑤욱 끼웠다. 그녀의 동작으로 미루어 보건대 반지 같았다. 그녀가 손을 들었다. 길고 가늘고 하얀 손가락이 불빛 아래에서 반짝였다. 왼손 네 번째 손가락에 노란 빛깔의 반지 하나가 끼워져 있었다. 그것을 보는 순간 나는 구토가 나왔다.

왜일까? 그 반지를 보는 순간, 나는 그것이 언젠가 보았던 검은 철창과 같다는 생각을 했다. 내 소중한 사람을 떼어놓고 가두기 위해 촘촘히 박혀 있던 철창. 그 검은 철창과 같은 색도 아니고 같은 크기도 아니지만 왠지 그 작은 반지가 내 소중한 사람의 자유를 막았던 그 차가운 철창과 같다는 생각이 들었다.

여인은 불빛 아래에서 자신의 네 번째 손가락에 끼워진 반지를 이리저리 살폈다. 그 순간 나는 그 여자의 얼굴을 확인할 수 있었다. 그녀의 표정도 확인할 수 있었다. 나의 소중한 사람과 참으로 닮은 얼굴이었다. 승미…… 아니, 아니다. 저 사람은 승미가 아니야. 그럼 누구? 아아, 그래, 성주구나. 승미가 떠났을 때보다 조금 더 나이가 들어 보인다. 그 아이가 가버리지 않았다면 아마 저 모습이 되었을지도 모른다.

성주는 슬퍼 보이지 않았다. 아주 담담한 표정이었다. 그 표정에는 괴로움도 슬픔도 기쁨도 안타까움도 아쉬움도 없었다. 아주 백지 같은 표정이었다. 아무것도 그려져 있지 않은, 아무것도 담겨 있지 않은 너무나 깨끗한 흰 종이 같은 얼굴이었다.

욱. 나는 말하고 싶었다. 성주야, 그 반지를 빼지 않을래? 왜
인지 그것을 보니 내 속이 좋지 않구나. 하지만 나는 말할 수 없
었다. 아니, 말한다 해도 성주는 내 이야기를 들을 수 없었다.
이것은 나의 꿈이니까. 내 꿈속에 나타난 저 아이는 내 말을 들
을 수 없으니까. 나만 내 꿈속에 나타난 그녀를 훔쳐볼 수 있으
니까.

얼마나 시간이 흐른 걸까? 너무나 고요하고 너무나 캄캄한 밤
은 시간의 흐름조차 삼켜버릴 정도로 아무런 움직임이 없었다.
쭈그리고 앉은 그녀가 천천히 일어설 때까지. 그녀 외에는 누구
도 그 공간에 있지 않았다. 그녀는 절룩거렸다. 아마도 맨발로 걸
어온 탓에 하얀 발이 아픈 모양이었다. 이제 더 걷기는 어려울 것
같았다. 그녀는 검은 가방을 자신의 앞으로 끌었다. 그리고 그 검
은 가방의 기다란 지퍼를 열었다. 가방의 끝까지 완전히 벌어지
는 커다랗고 단단한 지퍼였다.

안 돼! 갑자기 심한 구토감이 일었다.

그 순간 내 소중한 동생의 모습이 눈앞에 어른거렸다. 그 아이
가 좋아하던 푸른색 원피스를 입고 하얀 욕조에 발을 담그는 모
습이 보였다. 차가운 물이 가득 담긴 하얀 욕조였다. 그 하얀 욕
조 안에 하늘색 원피스가 비쳤다. 내 소중한 아이가 가장 좋아하
던 하늘색이었다. 그 하늘색이 하얀 욕조에 비치자 욕조는 하늘
이 되었다.

성주는 지퍼를 열었다. 그러고는 한참 동안 검은 가방을 바라

287

보았다. 가녀린 손가락이 가슴께를 부여잡았다. 주름이 잘게 잡힌 하늘빛 원피스가 하얀 손가락 사이에서 구겨졌다. 가슴을 부여잡고 고개를 숙이던 그녀가 하얀 발을 절룩거리며 가방 안으로 들어간다. 그러고는 힘겹게 기다란 지퍼를 드르륵 잠가 올린다.

구토감이 심해진다.

내 소중한 동생은 하얀 욕조를 바라본다. 하늘빛으로 물든 욕조 안에 그 아이가 좋아하던 하늘이 있었다. 검은 창살 사이에 갇혀 이제는 볼 수 없는 아름다운 하늘이 있었다. 아이는 살짝 미소를 짓는다. 미소 속에서 눈이 울고 있다. 아이는 하얀 발을 욕조에 담근다. 두 발을 아예 다 담근다. 그리고 넓게 펴진 푸르른 원피스를 담근다. 천천히 몸을 담근다. 하얀 욕조에 앉는다.

성주는 검은 지퍼를 잠근다. 지퍼를 최대한 잠근다. 가느다란 손목까지 잠긴 지퍼는 더 이상 올라가지 않는다. 검은 가방 속으로 손이 들어간다. 잠시 동안 아무런 움직임이 없다. 아무것도 움직이지 않는다. 가방 속으로 들어간 그녀에게선 어떤 소리도, 어떤 움직임도 일어나지 않는다. 나는 조금 안도한다. 아, 아무 일도 일어나지 않으려나 봐. 다행이다. 욱. 그런데도 구토가 인다. 시간이 멈춘 것만 같다. 아무 일도 일어나지 않는다. 아무것도 움직이지 않는다. 나는 안도한다. 바로 그 순간!

검은 가방이 중심을 잃는다. 중심을 잃은 가방이 위태롭게 흔들리다 한쪽으로 기울어버린다. 그리고 떨어진다. 첨벙. 물이 튄다. 검은 강물이 검은 가방을 삼켜버린다. 긴 혀를 내밀고 단번에

삼켜버린다. 꿀꺽. 그러고는 아무것도 보이지 않는다. 아무것도 움직이지 않는다. 강은 다시 고요하다. 완전히 침묵한다. 아무 일도 일어나지 않은 것처럼.

내 소중한 동생이 하얀 욕조에 눕는다. 찰방. 그 아이가 움직일 때마다 욕조를 가득 채운 차가운 물이 조금씩 밖으로 넘쳐흐른다. 아이는 천장을 바라본다. 얼굴 위로 하얀 천장이 보인다. 아아, 저것이 하늘이었다면 좋았을 걸. 아이는 눈을 감는다. 완전히 눈을 감아버린다. 뽀글. 아이의 코끝에서 물방울이 올라온다. 아이는 눈을 감고 움직이지 않는다. 하늘거리는 머리카락이 물속에서 흔들린다. 아이가 좋아하는 하늘빛 원피스도 물속에서 하늘거린다. 아이는 제 목을 움켜쥔다. 있는 힘껏 제 목을 누른다. 흔들거리는 물이 잠잠해진다. 아이는 움직이지 않는다. 감은 눈을 뜨지 않는다. 눈을 감은 채 일어나지 않는다.

"우욱!"

승덕은 가슴께로 치밀어 오르는 구토감을 느끼며 자리에서 일어났다.

"허억. 헉."

가쁜 숨이 뒤따랐다. 마치 100미터 달리기를 방금 끝낸 것처럼 숨이 찼다. 그는 헉헉거리며 가슴을 쥐어뜯었다. 가슴에 심한 통증이 느껴졌다. 단순한 동통이 아니었다. 영혼을 쥐어짠 것처럼 형용할 수 없는 아픔이었다.

"형……."

검은 어둠 속에서 반짝거리는 눈동자가 보였다. 어둠 속에서
흔들리는 회색 옷자락도 보였다.

"아아, 괜찮아. 꿈을 꿨나 보다."

승덕은 목소리를 향해 손을 내저었다. 이 깊은 밤에도 눕지 않
고 꼿꼿이 좌선하고 있는 것은 정현이었다. 성주가 암자에 들어
온 뒤로 정현은 낙빈, 승덕과 함께 잠을 자기로 했다. 하지만 정현
의 잠은 단순한 잠이 아니었다. 잠도 정현에게는 수련의 일부였
다. 그는 좌선한 채 모든 소리를 두 귀로 들으며 눈을 감을 때도
있었고, 심지어 물구나무를 선 채 하룻밤을 꼬박 보내기도 했다.
오늘도 편안히 눕지 않고 좌선하던 정현은 승덕의 작은 숨소리까
지 듣고 있었던 것이 분명했다.

"미안하다. 자라. 신경 쓰지 마. 바람 좀 쐬고 올게."

잠이 깼지만 가슴의 통증이 사라지지 않았다. 승덕은 낙빈이
깨지 않도록 조심스럽게 자리에서 일어섰다. 그리고 조용히 방을
빠져나왔다. 요동치는 심장 소리를 들키고 싶지 않았다. 두려움
에 떨고 있는 가슴을 알리고 싶지 않았다.

승덕은 대충 신발을 꿰신고 암자 마당으로 나왔다. 머릿속을
어지럽히는 꿈을 잊어버리려 했지만 아무것도 잊히지 않았다. 낮
에 들었던 현욱의 이야기가 지워지지 않았다. 스스로 가방을 닫
고 생을 마감하려 했던 성주의 이야기가 그의 머리를 아프게 했
다. 스스로 눈을 감은 가엾은 동생 승미의 모습도 사라지지 않았

다. 두 사람은 얼굴만 닮은 것이 아니었다. 그들의 슬픈 이야기까지 닮아 있었다.

승덕은 가슴을 움켜쥐었다. 심장이 아렸다. 승덕은 힘껏 숨을 몰아쉬었다. 하아. 크게 숨을 쉬어봐도 답답한 마음이 가시지 않았다. 검은 하늘에 둥글넓적한 하얀 달만 그를 바라보고 있었다. 승덕은 차가운 바위 위에 걸터앉았다. 온몸으로 한기가 스며들었다. 하지만 춥지 않았다. 정신도 잘 깨지 않았다. 여전히 꿈속에 갇힌 것처럼 머리가 어지러웠다.

그는 바지 주머니에 손을 넣었다. 주머니 안쪽에서 작은 것이 만져졌다. 동그랗고 가느다란 고리 모양. 현욱이 주었던 성주의 금빛 반지였다. 현욱은 이 반지와 서류를 승덕에게 주고 사라졌다. 그에게 모든 것을 맡긴다는 듯 다른 누구도 아닌 승덕에게 건넸다. 성주에게 돌려줄지 말지는 승덕이 판단하라는 것처럼. 승덕은 주머니 속의 반지를 만지작거렸다. 꿈속의 한적한 다리 위에서 반지를 만지작거리던 성주의 하얀 손가락이 떠올랐다.

"오빠, 괜찮아요?"

그때였다. 꿈일까? 예기치 못한 음성이 들렸다. 승덕은 자리에서 벌떡 일어섰다. 개량한복을 입은 성주의 얼굴이 불쑥 그의 등 뒤로 나타났다. 그녀는 몹시도 걱정스러운 얼굴로 승덕을 바라보고 있었다.

"오빠, 잠이 안 와요?"

"아, 으응. 좀……."

승덕은 애매하게 대답했다. 잠이 오지 않았다. 사실 며칠 전부터 잠은 그를 배신했다. 좀처럼 그를 맞아주지 않았다. 하루를 거의 꼬박 새워도 잠이 찾아오지 않았다. 간신히 잠을 청해도 악몽이 승덕을 괴롭혔다.

"오빠, 같이 있어도 될까요?"

매우 조심스러운 음성이 들려왔다. 혹시 거절당할까 발발 떠는 가느다란 음성이었다.

"응, 그래. 잠이 안 와서. 이런저런 이야기라도 할까?"

"네, 감사해요."

그녀는 몹시도 고마운 듯 고개를 숙였다. 승덕은 알고 있었다. 성주에게 이 밤은 너무나 길다는 것을. 그녀는 이 밤을 온전히 혼자서 견뎌야 했다. 죽었다가 다시 살아난 후로 그녀에게는 잠이 사라졌다. 정신이 맑은데도 아무것도 하지 않고 자는 사람 옆에 시체처럼 누워 있는 것은 고역이리라. 성주는 암자 안에서도 설 자리가 없었다. 그녀가 설 자리는 정희 옆, 아니면 승덕 옆이었다. 두 사람 외에 누구의 곁에도 설 수 없는 그녀는 조용히 두 사람의 옆을 지킬 때가 많았다.

산 아래를 아무 말 없이 바라보던 승덕은 문득 옆에 앉아 있는 성주의 얼굴을 찬찬히 쳐다보았다. 낮에 현욱에게 받은 반지를 전해줄 생각이었지만 어떻게 이야기를 꺼내야 할지 망설여졌다. 저주받은 반지라고 하면 성주는 뭐라고 할까? 이 반지를 보는 순간 충격을 받는 건 아닐까? 승덕은 어떤 방법으로든 성주의 기억을 인위적으로 되살리고 싶지는 않았다. 그녀의 뇌는 자기방어를 위해 이전의 기억을 애써 지웠을지도 모른다. 승덕은 그런 성주의 기억을 애써 되살리고 싶지 않았다.

"오빠…… 제가 오빠의 동생분과 그렇게나 많이 닮았어요?"

하얀 피부의 성주는 무릎에 턱을 괴고 그렇게 물었다.

"으응?"

승덕은 모른 척 되물어보았다.

"오빠 동생분과 제가 많이 닮았다고……. 정희 씨가 그러더라고요."

"아……."

승덕은 아무 말도 하지 않았지만 정희는 이미 성주의 얼굴이 승미와 판박이처럼 닮았다는 걸 알고 있는 모양이었다. 지난번 승덕의 집 거실에 걸려 있던 사진을 보았으니 정현이나 낙빈, 그리고 미덕까지도 두 사람이 무척 닮았다는 걸 눈치챘을 것이다.

"응, 조금. 분위기 같은 게……."

그는 쓸쓸하게 미소 지으며 얼버무렸다.

그래, 성주는 동생 승미와 무척이나 닮았다. 솔직히 승미가 다시 살아난 게 아닐까 의심스러울 정도로 모든 모습이며 분위기가 닮아 있었다.

"동생분과 닮아서…… 제게 잘해주는 건가요?"

"응……?"

성주는 승덕을 바로 보지 못한 채 두 무릎 사이에 더욱더 깊이

293

턱을 파묻고는 들릴 듯 말 듯 말했다.

"아니에요, 그게 아니라…… 동생에 대해 물어봐도 돼요? 왠지 나랑 닮았다니까 그저 궁금해서……."

"그래, 닮았어. 내 동생도 너처럼 얌전하고 수줍음이 많았지. 사실 원래부터 그런 성격은 아니었어. 굉장히 명랑하고 쾌활한 녀석이었는데……. 남들과 다른 능력 때문에 심한 콤플렉스가 있었지."

"콤플렉스요?"

"응. 이런 걸 할 수 있었거든."

승덕은 이상하게도 승미의 이야기가 술술 나왔다. 그동안 꺼내기 힘들었던 그 아이에 대한 이야기가 그 아이와 닮은 성주 앞에서는 이상하게도 쉽게 나왔다. 승덕은 자신의 발아래에서 구르는 돌멩이 하나를 가볍게 머리 위로 들어올렸다. 손발을 전혀 움직이지 않은 채로. 그러자 돌은 공중에 정지한 채로 둥실둥실 떠 있었다.

"어머나."

승덕이 가볍게 보여주는 염력에 성주는 두 눈을 크게 뜨고 깜짝 놀랐다. 돌멩이와 승덕을 번갈아 바라보는 성주의 눈에는 신기함이 가득할 뿐이었다.

투둑.

승덕이 염력을 멈추자 돌멩이는 힘없이 떨어져 내렸다. 승덕이 떨어진 돌멩이를 주워 한 손으로 만지작거렸다.

"그 아이는 이런 능력이 있는 걸 부끄러워했어. 아니, 부끄럽다 기보다는…… 두려워했던 것 같아. 승미의 능력이 전적으로 발휘되는 걸 본 적은 없지만, 적어도 지금의 나보다 훨씬 강력한 힘을 가지고 있었지. 그런 힘이 자기에게만 있다는 사실을 알게 된 후로 그 아이는 외톨이가 되어버렸어."

"네에……."

"그 애가 죽고 나서야 내게도 이런 힘이 있다는 걸 알게 되었어. 내가 이 능력을 조금만 일찍 자각했더라면…… 내 동생은 외톨이로 떠나가지 않았을 텐데……. 아니, 내가 그때 조금만 더 똑똑했더라도 그 녀석을 그렇게 보내진 않았을 텐데……. 그 아이를 의식에서 밀어내는 대신 그 아이의 능력을 알아주고 계발해주고 스스로 조절할 힘을 길러주었다면 우리 가족에게 그런 아픔은 없었을 텐데……. 내가 정말 무지하고 무심했어."

승덕의 모습은 너무나 슬퍼 보였다. 추워 보이는 어깨가 너무나 애처로워 꼭 감싸 안아주고 싶을 정도였다.

"그 아이는 모든 불행이 자신과 자신의 능력 때문이라고 믿고 있었어. 그게 아니란 걸 알면서도 난 아무런 말도 해주질 않았어. 평생…… 후회가 돼. 오빠로서 좀 더 행복하게 해줄 수도 있었을 텐데……. 좀 더 세상이 따사롭고 살 만하다고 느끼게 해줄 수도 있었을 텐데, 나는 그러지 못했어. 나마저 그 아이를 믿어주지 않았어. 아니, 바로 내가 그 아이를 죽음으로 몰아넣은 장본인이었지. 정말…… 평생 동안 후회해. 세상이 행복한 곳이라고 느끼게 해줄 수도 있었을 텐데……. 행복하게 살도록 도와줄 수도 있었을 텐데……."

승덕은 두 손으로 이마를 감쌌다. 고통스러워하는 모습을, 괴로워하는 표정을 감추기 위해 얼굴을 가렸다. 한 번도 드러내지 않은 모습인데, 언제나 잊어버리려 했던 이야기인데 성주의 모습에서 죽은 승미를 생생하게 떠올리면서 또다시 격렬한 감정에 빠져들고 말았다. 심장이 두근거렸다. 가슴이 아파왔다. 말할 수 없는 통증이 저릿하게 느껴졌다.

"……"

성주는 승덕의 옆모습을 슬픈 눈동자로 바라보았다. 차라리 승덕 역시 아픈 기억이 깨끗이 사라져버린다면 좋으련만. 깨끗이 잊어버린다면 고통스럽지 않을 텐데…….

성주는 자신의 지난 일들에 대해 알고 싶지 않았다. 어쩐지 이대로 기억을 잃어버린 채 암자 식구가 되어 살면 좋겠다는 생각이 들기도 했다. 차라리 기억이 사라져서 잘된 일인지도 모른다는 생각도 했다. 그녀를 걱정해주는 좋은 사람이 곁에 있기 때문이리라. 그래서 성주는 진심으로 그런 마음이 들었다. 승덕도 기억이 하얗게 지워져버린다면 좋을 텐데…….

"오빠……."

성주는 이마를 가리고 있는 승덕의 손을 꼬옥 쥐었다. 차가운 체온이 다른 사람을 놀라게 할까봐 먼저 손을 내밀지 않았지만 지금만큼은 용기를 내어 승덕의 손을 먼저 붙잡았다. 그녀의 손

296

너머 승덕의 따스한 온기가 느껴졌다. 그녀는 그의 손을 천천히 아래로 끌어내렸다. 그러자 겨우 승덕의 얼굴이 보였다. 얼굴은 촉촉이 젖어 있었다.

"오빠……."

성주는 승덕의 얼굴 가득 배어 있는 슬픔과 고통의 흔적들 중에 특히 그의 가슴에 못이 되어 있는 후회의 그림자를 읽을 수 있었다. 동생에 대한 죄책감과 후회가 성주의 마음에도 절절히 느껴졌다.

성주는 승덕의 손을 잡고 그의 고통스러운 눈동자를 바라보았다.

"승덕 오빠, 오빠 마음에 한이 있다면…… 모두 제게 푸세요. 내가 기억이 하얗게 지워진 채 오빠를 만난 건 오빠의 아픈 마음을 치유하라는 하늘의 뜻일지도 모르잖아요. 오빠 동생 대신이라도 좋아요. 동생과 닮았기 때문에 제게 잘해주는 거라도 전 행복할 거예요. 동생 대신…… 제게 행복을…… 나눠주면 안 돼요? 승미 씨 대신에 오빠가 베풀지 못했던 마음을…… 제가 받을게요. 기억도 잃어버린 바보 같은 나지만…… 승미 씨께 전해줄게요. 오빠의 마음, 행복한 마음을요……."

성주의 하얗고 파리한 뺨에도 한 줄기 눈물이 흘렀다.

승덕은 호주머니에 들어 있는 성주의 금반지를 만지작거렸다. 지금 승덕을 위로하며 눈물을 흘리는 성주 역시 승미만큼이나 아프고 괴로운 기억을 가지고 있었을지 모른다는 생각이 들었다.

저주로 물든 반지를 끼고 다닌 이유에는 무언가 어두운 사연이 도사리고 있을 거라는 생각이 들었다. 그런 그녀가 지금 승덕을 위해 눈물을 흘리고 있었다. 말간 눈물을 주르륵 흘리며 안타까운 눈동자로 승덕을 바라보고 있었다.

"……그래, 고맙다. 행복해라. 행복한 모습…… 도와줄게. 행복하게…… 만들어줄게. 네가 누구든 네 기억이 돌아온 후에도 변치 않고……."

승덕은 애써 미소를 지으며 성주의 까만 단발머리를 가볍게 쓰다듬었다. 검은 하늘과 하얀 달빛 아래에서 차가운 바람과 성주의 눈물 때문에 그가 너무 감성적으로 바뀌었는지도 몰랐다. 그러나 그는 성주의 밝고 환한 웃음을 보고 싶다는, 그리고 자신이 그런 웃음을 주고 싶다는 생각을 했다.

과거에 성주에게 어떤 슬픔이 있었는지 몰라도 두 번째 생에는 살아 있기에 행복하다고, 죽지 않고 살아났기에 다행이라고 말하게 해주고 싶었다.

"이제 슬픈 노래는 부르지 마. 행복한 노래만 부르게…… 내가 도와줄게."

승덕은 성주의 머리를 가볍게 쓰다듬었다. 동생 대신이 아니더라도…… 슬픈 표정을 짓고 있는 성주가 밝게 웃는 모습을 보았으면 좋겠다는 생각이 간절했다.

끝내 승덕은 성주의 금반지를, 저주의 기운이 가득 배어 있다는 금반지를 건네주지 못했다. 기억이 하얗게 지워졌다면 좋지 않은 흔적 따위는 건네줄 필요가 없을 것이다. 기억을 되찾으면…… 그때 돌려줘도 늦지 않을 거란 생각이 들었다.

그 밤, 너무나도 차가운 바람이 부는 캄캄한 밤이지만 어쩐지 그들은 춥지 않았다.

제5화

위험한 소환술

1

딩동댕동…….

야간자율학습을 알리는 벨소리가 교실마다 크게 울려 퍼졌다.
'야간자율학습'은 그 이름대로 '자율'을 보장한다고 되어 있지만
학생들에게만큼은 분명히 타율적이었다. 물론 부모님이 동의한
다면 당장 그만둘 수도 있지만 부모님의 동의를 얻기가 힘들 뿐
더러 대다수의 학생들이 참여하는데 혼자만 빠진다는 건 어쩐지
뒤처진다는 느낌을 주기 때문에 섣불리 자율학습을 그만둔다고
말할 수도 없었다.

특히 이곳 선인여고는 다른 학교들이 교복 자율화, 두발 자율
화, 자율학습 폐지 등으로 술렁거리는 중에도 몇십 년 동안 단 한
번의 흔들림도 없이 지정교복과 지정두발에 야간자율학습까지
꿋꿋이 지켜왔다. 워낙 완고하고 권위적인 학풍은 이제 학교의
전통이 되어 그 누구도 따를 수밖에 없는 법칙이 되어버렸다. 하
지만 아무리 수십 년간의 학풍이 그러해도, 자신이 직접 자율학
습 신청란에 동그라미를 그렸다고 해도 고등학교 1학년인 생기
발랄한 사춘기 소녀들이 밤늦도록 공부에만 매달리며 학교에 남
아 있는 건 여간 힘든 일이 아니었다.

"야, 야! 선생님 지나갔다! 모여봐, 얼른!"

오늘 야간 당직 교사가 1학년 교실을 주욱 훑고 지나가자 반에서 가장 활달한 지선이 앞뒤에 앉은 패거리들을 불러모았다. 언제나 그렇듯 당직 교사는 1학년 교실을 훑고 2층의 2학년 교실을 지나 고 3 수험생들의 교실로 향할 것이다. 그러고는 한동안 고 3 교실 복도를 천천히 누비다가 도서관으로 향할 것이다. 그렇다면 이제 1학년 교실에는 한 시간 정도의 자유 시간이 주어진 셈이다.

"왜? 오늘은 또 뭐하게?"

"뭐 재밌는 만화라도 있어?"

지선을 중심으로 그 주변의 아이들은 항상 로맨스 소설이나 만화, 아니면 게임이나 연예인 사진 등 재미있는 것을 바꿔 보고 나눠 보고 돌려 보면서 무료한 자율학습 시간에 취미 활동을 하곤 했다. 그런데 오늘은 이 지루한 시간을 유익하게 보낼 만한 소설도 만화도 없었다.

"아니, 오늘은 그게 아니라…… 딴거, 우리 재밌는 거 하자!"

별다른 거리가 없다고 잠으로 시간을 때울 수는 없는 법! 지선이 재미있는 아이디어를 냈다.

"야, 니들 분신사바◆, 그거 알지? 그거 해보자!"

"분신사바?"

다들 눈을 동그랗게 떴다.

◆ '귀신이여 와주십시오'를 외우는 일종의 소혼법으로 알려졌다. 한때 중고등학교에 폭발적으로 번져서 교육부가 금지령을 내린 적도 있고, 언론이 그 해악을 보도한 바도 있다. 이것은 일종의 자기최면법으로 여겨지는데, 분신사바 후에 신경과 전문의에게 상담을 해오는 사례도 종종 있다고 하니 무분별하게 사용해서는 안 될 것이다.

"니들 그거 중학교 때 해봤어?"

지선은 잔뜩 기대에 부푼 눈동자로 친구들을 바라보았다. 하지만 모두들 고개를 설레설레 흔들었다.

"해본 적은 없지만…… 그거 거짓말이래! 한 명이 힘줘서 볼펜을 움직이는 거래."

"어, 아냐! 진짜로 손에 힘을 빼고 하는데도 정말 글씨가 써지고 그런대."

"하지만 그거…… 하지 말라고 하더라. 잘못하면 귀신이 들릴지도 모른대!"

다들 어디선가 얼핏 들은 이야기들만 있을 뿐, 직접 해본 사람이 한 명도 없다는 사실에 지선의 얼굴에는 더욱 자신감이 넘쳐났다.

"헤헤, 니들 한 번도 못해봤구나? 난 중학교 때 해봤는데, 정말로 볼펜이 막 움직이더라! 게다가 중 3 때 내 친구랑 둘이서 어느 고등학교에 들어가겠냐고 물어봤더니 나는 선인여고, 걔는 동복여고라고 했어. 그런데 정말로 정확하게 맞았다니까! 게다가 귀신 씌고 그런 것도 없고, 귀신은 볼펜 점만 쳐주고 금방 가버리니까 걱정할 거 없어!"

"우와, 그게 진짜야?"

다들 지선의 말에 한껏 흥분한 얼굴이었다. 어느 고등학교에 갈지를 정확하게 예언했다니 말할 수 없이 신기했다.

"와, 그럼 우리 이번엔 역사책을 갖다놓고 어디서 시험문제가 나올지 물어보자!"

"그거 좋다!"

지선의 말에 흥미를 느낀 아이들은 저마다 무엇을 물어볼지 아이디어를 내기 시작했다.

"야, 노처녀 담임이 언제 시집가나 물어보자!"

"우리 어느 대학에 가나 물어보자."

"다음엔 지선이가 몇 등 하나 물어보자. 히히⋯⋯."

갑자기 지선이 입가에 손을 대고 조용히 하라고 손짓했다.

"쉬이! 조용히 해봐!"

그러자 모두들 복도에 선생님이 나타났나 싶어 일제히 침묵했다. 다행히도 바깥쪽에는 쥐새끼 한 마리 없었다.

"야, 그런 시시한 거 말고⋯⋯ 이번엔 진짜로 우리가 만나고 싶은 귀신⋯⋯ 그러니까 진짜로 죽은 사람을 불러내자!"

지선이 소리를 죽여 그렇게 말하자 다들 눈을 동그랗게 떴다.

"누구? 진짜로 죽은 사람 누구⋯⋯?"

궁금한 얼굴로 대답을 기다리던 아이들은 정말로 놀라운 이름을 들었다.

"정미! 지난달에 죽은 우리 반 이정미!"

정미는 지난달 아파트 옥상에서 떨어져 죽은 같은 반 친구였다. 항상 조용해서 눈에 띄지 않았던 아이, 입학하고 반년이 지나도록 모두가 말 한마디 나눠본 적이 없던 아이, 무척이나 얌전하면서도 굉장히 침울한 얼굴을 하고 있던 아이의 이름이 나오자 다들 긴장했다.

담임 말로는 옥상에서 사고로 떨어져 목숨을 잃었다는데…….
하지만 정미가 죽고 나서 자살이라느니 타살이라느니, 학교가 한
창 시끄러웠다. 게다가 정미 귀신이 학교에 오는 것을 봤다거나
점심시간에 교정을 거니는 것을 봤다는 아이들이 나오기도 했다.

정미에 대한 뒷이야기가 많았지만 아이들은 호기심보다 공포
심에 얼굴을 찌푸렸다. 멀쩡히 살아 있을 때도 침울해서 말 한마
디 걸어본 적이 없는 애를 귀신으로 불러내자니……. 게다가 정
말 귀신으로 학교를 돌아다닌다는 애를 불러낸다고 하니, 생각만
으로도 섬뜩했다.

"야, 니들 걔 죽은 후에 소문난 거 알지? 걔한테 직접 물어보자.
누가 널 죽였니, 아니면 소문처럼 자살한 거니, 아니면 사고로 죽
은 거니? 너 죽은 다음에 정말로 학교에 나온 적 있어? 점심시간
에 진짜로 운동장을 거니는 거니? 왜 죽었니? 뭐 이런 것들 말이
야! 니들도 알고 싶지? 궁금하지? 그렇지?"

지선의 말대로 궁금하긴 했지만 정말로 죽은 친구를 불러온다
니…… 썩 내키지 않는 일이었다. 다들 불안이 가득한 얼굴로 서
로 눈치만 보았다.

"야, 한쪽은 내가 붙잡을 테니까 누가 나랑 같이 잡을래? 응?
어서……."

"으…… 그, 그럼 내가 할게!"

지선이 되풀이해 설득하자 마침내 현진이 용기를 내어 정미를

불러보기로 했다.

"야, 볼펜 하나만 줘."

"으, 안 돼! 이건 내가 아끼는 거란 말이야! 내가 안 쓰는 미술 연필 줄 테니까 이걸로 해, 응?"

현진이 나선 후에도 아이들에게는 여전히 두려움이 가득 배어 있었다. 결국 아무도 볼펜을 내놓지 않아 영미의 안 쓰는 4B 연필로 분신사바를 시작했다.

아이들은 우선 흰 도화지의 귀퉁이를 반듯하게 잘랐다. 흰 도화지를 책상 위에 깔고 지선과 현진이 손가락을 동그랗게 만들어 서로 붙잡고는 눈을 감았다. 두 사람은 집중하며 분신사바를 외웠다.

"분신사바, 분신사바, 분신사바……."

"분신사바, 분신사바, 분신사바……."

두 아이는 연필을 사이에 두고 낮은 음성으로 중얼거렸다. 한참 동안 중얼거리는데도 아무 일도 생기지 않았다.

"야, 근데 분신사바만 계속하는 거야? 분신사바 오잇데…… 뭐라뭐라 하는 거 아냐?"

분신사바만 계속 외우는 것이 이상했는지 주위에 있던 미선이 한마디를 던졌다.

"에이, 아무렇게나 해도 정신만 집중하면 온단 말이야! 말 걸지 말고 가만있어! 현진이 너도 분신사바를 외우면서 맘속으로는 죽은 정미의 얼굴을 생각하는 거다, 알았지?"

"응, 알았어."

미선의 질문으로 잠시 중단됐던 분신사바 의식이 다시 시작되었다. 지선이 'ㅇ'자 모양으로 손가락을 둥글리고 현진 역시 'ㅇ'자 모양으로 손가락을 둥글려서 서로 마주 잡았다. 그리고 영미가 그 사이에 비스듬히 4B 연필을 끼웠다. 연필은 두 사람의 손가락 사이에 헐겁게 서 있고, 지선과 현진이 눈을 감은 채 조용히 분신사바를 되뇌었다.

"분신사바, 분신사바…… 분신사바, 분신사바…….."

"분신사바, 분신사바…… 분신사바, 분신사바…….."

두 사람의 주문은 거의 10분이 다 되도록 계속됐지만 헐겁게 간신히 서 있는 4B 연필은 좀처럼 곧게 서지 않았다.

"에이, 그만 외우고 왔는지 물어봐라."

한참을 조용히 지켜보던 미선이 지루한지 길게 하품을 했다.

"……혹시 정미…… 너 여기에 왔니? 왔으면 동그라미를 그려봐."

미선의 말을 들은 지선이 여전히 눈을 감은 채로 물었다. 연필은 두 아이의 손가락 사이에 늘어져만 있었다. 아이들은 과연 무슨 일이나 일어날까 미심쩍어 했다.

바로 그 순간이었다.

파박!

"꺄악!"

순간적으로 선인여고의 모든 교실에 불빛이 반짝거리더니 모든 것이 까만 어둠 속에 묻혀버렸다.

"꺄악! 정전인가 봐!"

"어떡해!"

여기저기서 두려움과 걱정, 그리고 불만의 소리가 터져 나왔다. 공부하던 아이들은 갑자기 꺼진 불 때문에 화를 냈고, 지선과 친구들은 갑자기 꺼진 불 때문에 심장이 툭 떨어지도록 놀라서 소리를 질렀다.

파박!

그러나 곧 언제 그랬냐는 듯이 일제히 불이 켜졌다.

"에이, 아깝다! 야자 튕기고 갈 수 있었는데!"

순식간의 정전에 미선은 아깝다는 듯이 입맛을 다셨다. 이대로 불이 꺼졌다면 당당하게 학교 정문을 빠져나갔을 텐데. 미선은 다시 켜진 환한 형광등을 바라보다가 도로 책상 쪽으로 고개를 돌렸다.

"어…… 와앗!"

"꺄아, 난 몰라!"

깜짝 놀라 소리를 지른 건 미선만이 아니었다. 지선과 현진의 분신사바를 바라보고 있던 주변의 아이들은 불이 들어온 직후 두 사람의 모습을 보고 깜짝 놀라 소리를 질렀다.

"동그라미…… 동그라미가 있잖아? 정말…… 정말로 죽은 정미가 온 거야?"

"꺄아, 그런 말 하지 마!"

미선은 자신이 말해놓고도 두 팔에 소름이 끼치고 등줄기에 식은땀이 흐르는 것을 느꼈다. 분명히 백지 중앙에 헐겁게 놓여 있던 4B 연필이 정전 직후에 손톱만 한 동그라미를 그렸던 것이다.

"지선이, 현진이…… 니들이 그런 거지?"

미선은 도저히 믿기지 않는다는 얼굴로 여전히 눈을 지그시 감고 있는 두 사람을 번갈아 바라보았다. 하지만 미간을 좁힌 채 눈을 감은 두 사람의 모습에 장난기라고는 눈곱만큼도 없었다.

"미선아, 정미가…… 온 거 같아. 나, 나도 무서워."

현진은 거의 울상이 되어 간신히 말했다. 현진은 눈을 뜨지 않았다. 무언가가 현진의 눈꺼풀을 세게 누르고 있는 것처럼 도저히 눈을 뜰 수가 없었다. 두 손을 맞잡고 있는 지선도 마찬가지였다. 지선은 심각한 얼굴로 인상을 찌푸렸지만 눈은 여전히 감은 채였다. 아이들은 손가락을 서로 맞잡은 두 아이를 멍하니 바라보았다. 지선이나 현진이 모두 장난을 치는 것 같진 않았다.

"정미가 여기 온 거야? 정말로? 너…… 정미야? 우리 반 이정미 맞아?"

미선이 다시 한 번 4B 연필을 향해 말했다. 이제 미선도 정미가 왔다는 사실을 믿지 않을 수 없었다. 지선과 현진의 손은 그대로 있는데 그 사이에 헐겁게 놓인 4B 연필이 도르르 원을 그리는 모습을 똑똑히 보았기 때문이다. 흰 종이 위에 그려진 흐린 동그라미……. 지선도 현진도 장난을 칠 수 있는 상황이 아니었다. 가만히 있는 두 사람의 손가락 사이에 걸쳐진 연필이 스스로 돌면서 그림을 그리고 있었으니까. 정미가 이곳에 온 것이 분명했다!

"네, 네가 정미면…… 너…… 네가 죽은 지 며칠이 지났는지 알고 있겠지? 죽은 지 며칠이 지났는지 말해봐."

미선이 다시 한 번 용기를 내어 묻자 곧 연필이 천천히 움직이기 시작했다. 그리고 작고 흐리긴 하지만 삐뚤삐뚤하게 '3'과 '6'을 그려냈다.

"정미가 죽은 날이 지지난달 마지막 주 일요일이었고 우리는 월요일에 담임한테 그 애길 들었으니까 1, 2, 3, 4…… 30, 31, 32, 33, 34, 35……!"

날짜를 세던 미선의 얼굴이 새하얗게 변해버렸다. 아니, 미선뿐만 아니라 주변에 모여 있던 아이들의 얼굴에서도 핏기가 가셨다. 분명…… 더도 덜도 아닌 36일! 36일째 되는 날이었다.

지선의 주변에 모여 있던 몇몇 아이의 두려움과 놀라움이 다른 아이들에게까지 전파되어 반 전체가 웅성거렸다.

"이…… 이제 내가 물어볼게, 정미야. 너…… 요즘도 학교에 나오는 거니? 누가 등굣길에 너랑 뒷모습이 똑같은 애를 봤대."

이번에는 4B 연필을 쥐고 있는 지선이 직접 질문했다. 며칠 전 아이들이 등굣길에 정미를 보았다는 소문에 대해 물어본 것이다. 지선의 질문이 끝나자마자 연필이 또다시 빙그르르 그 자리를 돌며 원을 그렸다.

4B 연필이 동그라미를 그리는 광경을 지켜본 아이들은 거의 울상이 되었다. 매일 귀신과 등교를 하다니…… 죽은 정미는 교

실에도 들어와 수업을 듣는 것이 아닐까, 혹시 내 자리에 앉는 건 아닐까. 아이들은 몸서리가 쳐졌다.

"정미야, 넌 왜 죽은 거니? 사고로 죽은 거니?"

지선의 질문에 4B 연필은 멈칫 움직이지 않았다. 왜인지 동그라미도, 가위도 그리지 않았다.

"아니라는 뜻인가 봐. 사고로 죽은 게 아닌가 봐. 다시 물어봐야겠어."

이 모습을 보던 미선이 떠듬떠듬 말을 이었다. 눈앞에서 보고 있는데도 믿기지 않는 광경이었다.

"그럼 다시 물어볼게. 그럼 혹시 너, 소문대로 자살한 거니?"

헐겁던 연필이 두 사람의 손가락 사이에서 벌떡 일어서더니 커다란 작대기 하나를 그렸다. 그 어느 때보다도 크고 진한 작대기였다. 작대기 두 개가 겹쳐졌다. 분명한 가위 표시였다. 이 모습을 보던 모든 아이가 입을 벌리고 신음 소리를 냈다. 갑작스럽게 한기와 소름이 아이들의 등줄기로 흘러내렸다.

"그럼 너, 공부 때문에 자살한 거 아니었어?"

지선의 질문이 끝나기도 전에 또다시 연필은 믿을 수 없을 정도로 또렷하게 'x'자를 그렸다. 그것은 좀 전까지의 흐릿한 작은 원과 비교도 되지 않을 만큼 강력한 의지를 표현한 것이었다. 연필을 지탱하고 있던 지선과 현진조차 온몸에 소름이 끼칠 정도로 강렬한 의지를 지닌 대답이었다.

"아니라고? 그럼 사고로 죽은 것도 아니고 자살도 아니란 거

니? 그럼 설마…… 너 혹시…… 정말로 자살이 아니라 타살인 거
니? 누, 누군가가 널 죽인…… 거야?"

지선은 거의 말도 제대로 잇지 못할 정도로 벌벌 떨면서 간신
히 물어보았다. 이제는 너무 무서워서 물어보기도 겁날 정도였
다. 지선의 질문이 끝나기가 무섭게 손가락 사이의 연필이 돌아
갔다. 놀랍게도 대답은 'ㅇ'!

이번엔 연필심이 도화지 바닥을 뚫고 책상을 긁을 정도로 진하
고 분명하고 커다란 원을 그려냈다. 정말로 믿을 수가 없는 일이
었다. 이제 지선네 반의 모든 아이가 지선과 현진을 중심으로 둥
글게 모여들었고, 지선의 권유로 거의 억지로 분신사바에 끼어든
현진은 눈물까지 흘리며 훌쩍이기 시작했다. 훌쩍이지도 않으면
너무나 두렵고 무서워서 정신을 차릴 수 없을 것만 같았다.

"그럼…… 누, 누가 널 죽인 거니?"

그나마 지선은 평정을 유지하려고 애쓰면서 마지막 질문을 이
어갔다. 이번에도 지선과 현진이 맞잡은 두 손 사이에서 4B 연필
은 한동안 아무런 움직임을 보이지 않았다. 그러나 잠시 후 연필
은 아무것도 적혀 있지 않은 도화지의 여백에 동그란 원을 그리
는 것이었다.

"동그라미? 이게 뭐야?"

이번엔 모두들 이해할 수가 없었다. 하얀 여백에 동그라미라
니…….

"혹시 이름이 'ㅇ'으로 시작하는 거 아냐? 아, 그러고 보니까 정

미가 중학교 때 친한 애가 딱 한 명 있었는데 걔 이름이…… 유미…… 그래, 이유미였어!"

정미와 중학교 때 같은 반이었던 '이유미'란 이름을 대자 연필이 스르르 움직여서 아까 그려놓은 '×'를 가리켰다.

"그럼…… 언니?"

누군가가 그렇게 물었지만 역시 대답은 '×'였다.

"얘, 정미는 언니가 없었어."

"그럼 동생만 있어?"

"아니, 아빠랑 둘이라지, 아마?"

"아냐! 초등학교 때는 그랬는데…… 새엄마가 오셔서 아빠랑 엄마, 정미랑 남동생 이렇게 넷이었대."

"그럼 정미가 아파트 옥상에서 떨어질 때 같이 있었다던 정미 엄마가 새엄마였단 거야?"

한꺼번에 정미에 대한 이런저런 이야기가 쏟아져 나왔다. 그리고 아이들 중 누군가가 무시무시한 질문을 던졌다.

"엄마…… 혹시 너희 새엄마니? 새엄마가 널 죽인 거야?"

순간 지선과 현진이 감싸고 있던 4B 연필이 엄청나게 빠른 속도로 움직이면서 거대하고 진한 동그라미가 두 사람의 손가락 사이에서 반복적으로 그려지기 시작했다.

"꺄아아악!"

"엄마야!"

구경하던 아이들 모두 소스라치게 놀라 그 자리에 털썩 주저앉

거나 울음을 터뜨렸다. 4B 연필을 마주 잡은 지선과 현진도 두려
움에 비명을 지르며 그 자리에서 정신을 잃어버렸다. 하지만 두
사람의 손은 여전히 도화지 위를 맴돌았고, 그 사이의 4B 연필은
도화지에 구멍이 뚫리고 책상 바닥이 벅벅 갈릴 때까지 쉬지 않
고 동그라미를 새기고 또 새겼다.

2

평온한 저녁 시간이 찾아왔다. 날은 어둑어둑해지고 집집마다
거실을 밝히는 환한 불이 켜졌다. 아파트 단지를 마주 보는 저편
집들에도 하나둘씩 불이 켜졌다. 이제 가족들이 속속 따스한 온
기를 찾아 돌아올 시간이 되었다.

오늘 혜숙의 집은 한가했다. 부엌을 밝히는 레일등을 제외하
고 아예 거실에는 불이 켜져 있지 않았다. 남편은 당분간 마무리
할 업무가 있다면서 이번 주 내내 늦을 거라고 했다. 네 살배기 아
들은 벌써 이른 저녁 식사를 마친 후였다. 식구는 그게 다였다. 이
제…… 그렇게 세 사람이 다였다. 한 달여간 텅 빈 것 같던 정미의
빈자리가 벌써 흐릿해졌다.

달그락.

혜숙은 아들과 함께 이른 저녁 식사를 마치고 그릇을 씻었다.
따스한 물로 애벌 헹굼을 하고 세제 거품으로 닦았다. 마지막으

로 깨끗한 물에 그릇을 헹군 뒤 하얀 행주로 물기를 없애고 그릇 선반에 반듯하게 세우자 모든 설거지가 끝이 났다. 웬일인지 오늘따라 껌처럼 붙어 있던 상민이 조용했다.

거실과 마주 보는 아일랜드 식탁 너머로 아까부터 TV만 중얼거렸다. 보는 사람이 없는데도 TV 속 앵커는 열정적으로 무언가를 말하고 있었다.

"상민아, 상민아?"

혜숙은 앞치마를 벗으며 아들의 이름을 불렀다. 보통 때라면 치마폭을 휘어잡고 칭얼댈 아들이 오늘은 어쩐 일인지 잠잠했다. 아무런 대답 소리도 들리지 않았다. 대신 다양한 목소리로 과장되게 떠들어대는 성우들의 목소리만 들려왔다. 안방에서 들려오는 소리였다. 혜숙은 거실을 지나 안방으로 향했다.

혜숙이 천천히 방문을 열어보니 커다란 킹사이즈 침대 위에 상민이 비스듬히 누워 세상모르게 잠들어 있었다. 아이가 보고 있던 유아 방송만 혼자 번쩍거렸다.

"어머, 잠이 들었네? 착하기도 해라……."

혜숙은 잠투정 없이 혼자 잠든 아들의 모습에 피식 미소를 지었다. 오늘 하루 유치원에서 고되게 뛰어놀았는지 아이는 쌔근쌔근 고른 숨을 내쉬고 있었다. 혜숙은 이불을 제대로 덮지 않은 아이를 살짝 일으켜 작은 머리를 베개 위에 눕히고 얇은 이불도 덮어주었다.

"어머나, 웬 땀을 이렇게……."

상민을 베개에 누인 혜숙은 자신의 왼팔이 축축한 것을 느꼈다. 방 안의 온도가 높지도 않는데 뛰어노는 꿈을 꾸는 건지 아이는 땀에 흠뻑 젖어 있었다. 혜숙은 덜컥 겁이 났다. 혹시나 감기는 아닌가 싶어 아들의 이마를 짚었다. 아이의 이마에 땀이 송골송골 맺히긴 했지만 다행히 열은 없었다. 얼굴에 홍조가 심하거나 숨이 거칠지 않은 것을 보면 단순히 땀을 흘리는 모양이었다.

"잘 자라, 우리 보물……."

혜숙은 곤히 잠든 상민의 볼에 살짝 입을 맞추고 나서 다시 거실로 나왔다. 쓸쓸하게 부엌 불만 켜져 있는 탓에 거실은 어두컴컴했다. 캄캄한 거실에 푸른빛만 어른대는 것은 여전히 혼자 떠들고 있는 TV 속 앵커 탓이었다.

"오늘 오전 8시 30분, 경기도 일산의 모 고등학교 3학년 강모 양이 시험 스트레스로 인한 우울증을 견디지 못해 자살을 기도했습니다. 학교 옥상에서 40여 미터 아래로 떨어진 강모 양은 긴급 출동한 119 구조대에 의해 인근 병원으로 옮겨졌으나 끝내 숨졌습니다. 다음 뉴습니다. 서울고등법원 특별 8부는 지난달 24일 자살한 공군 비행사 김모 소령의 부인 강모 씨가 낸 국가유공자 유족 등록에 대하여……."

거실 불을 켜던 혜숙의 귀에 낯설지만 낯설지 않은 사건 사고 소식이 들려왔다.

"오늘 오전 8시 30분, 경기도 일산 모 고등학교 3학년 강모 양이 자살을 기도했습니다. 오늘 오전 8시 30분. 경기도 일산의 모

고등학교 3학년 강모 양이 자살을…… 강모 양이 자살을…… 자
살을…….”

갑자기 여자 앵커의 목소리가 다음 소식으로 넘어가지 않고 똑
같은 뉴스를 말하고 또 말하기 시작했다. 그 목소리가 귓가에 메
아리치며 혜숙의 고막을 찢어놓았다.

“아…… 아냐, 아냐, 아냐!”

마침내 혜숙은 떠나지 않는 괴로운 생각을 떼어버리려는 듯 온
힘을 다해 고개를 흔들었다.

“아냐! 아냐!”

혜숙은 두 손으로 머리를 감싸 쥐고 힘껏 흔들어댔지만 뇌리에
서는 좀처럼 그 장면이…… 다시는 생각하기도, 반복하기도 싫은
그 잔인한 기억이 사라지지 않았다.

‘어쩔 수 없었어! 어쩔 도리가…… 그건 단순한 사고였어! 내
게는 선택의 여지가 없었어. 나는…… 나는……!’

혜숙은 마침내 뇌리를 떠나지 않는 그 지긋지긋한 사건을 떠올
리며 소파 위로 고개를 파묻었다. 지난 한 달간 그녀에게는 매일
매일이 고통이었다. 하지만 그 고통을 마음 편히 보여줄 수도 없
었다. 고통스러워하는 모습을 보이면 괜한 의심을 살 것만 같았
다. 어린 상민에게도 그런 모습만 보여줄 수는 없었다. 남편도 이
해해주었다. 모든 것을 깨끗이 잊자며 오히려 그녀를 다독여주었
다. 그래서 잊은 척했다. 그 아이의 일은 어쩔 수 없었다고 생각하
고 완전히 잊어버리려고 했다. 하지만 그건 불가능한 일이었다.

정미…… 그 아이의 최후는 어쩌면 평생토록 혜숙의 머릿속에서 잊히지 않을지도 몰랐다.

그건 정말 예기치 못한 사고였다. 불가항력이었다. 그 누구도 혜숙을 욕할 수도, 나무랄 수도 없다고 수없이 되뇌었지만 혜숙의 기억 속에 악몽 같은 그날은 좀처럼 지워지지 않았다.

혜숙은 심장이 조이는 것을 느꼈다. 그녀는 가슴께를 부여잡고 그 자리에 털썩 주저앉았다. 창밖으로 점점이 켜진 아파트 불빛이 눈에 들어왔다. 그래, 그랬다. 그날…… 정미의 뒤로도 저렇게 점점이 불 켜진 아파트가 있었다. 그랬다. 그녀는 시큰한 심장을 부여잡으며 마룻바닥에 웅크렸다.

일요일이었다. 그날따라 바람이 참 선선했다. 날씨가 몹시도 좋아서 집 안에만 있기엔 아까울 정도였다. 그래서인지 상민이 바깥에 나가자며 떼를 부리기 시작했다.

일요일인데도 남편은 바빴다. 마감이 코앞이라며 주말을 몽땅 회사에 반납한 채였다. 남편이 있었다면 잠깐 드라이브라도 다녀왔겠지만 그날은 그토록 날이 좋은데도 하루 종일 집 안에 버티고 있었다. 의붓딸의 눈치를 보느라 혜숙도 여기저기 좀이 쑤셨다. 그날도 정미는 혜숙에게 한마디도 하지 않았다. 정미는 기껏 말 한마디를 걸면서도 눈치를 보며 조심스럽게 극존칭을 썼다. 아무리 가까워지려고 노력해도 쉽지가 않았다.

결혼을 결심하고 나서 혜숙은 초등학교 졸업반이던 정미를 처음 만났다. 처음 만났을 때도 한마디 말이 없었다. 질문에 대한 대답은 대부분 무시하거나 아주 짧았다. 그때 혜숙은 아이가 자신을 싫어하는 줄로만 알았다. 하지만 그런 태도가 변함없이 계속되자 그건 정미의 성격이라는 생각이 들었다. 그리고 나중에는 아예 가까워지려는 노력조차 접어버렸다. 정미는 제 친아버지와도 아무런 대화가 없었다. 정미가 얘기하는 유일한 대상은 어린 상민이었다. 상민이 가끔 누나 방에 가서 놀 때면 작은 말소리가 소곤소곤 들리곤 했다. 혜숙은 그냥 그러려니 생각하고 그 아이와 그렇게 벽을 두고 살아갔다.

하루 종일 세 사람이 집 안에 있기란 여간 힘든 일이 아니었다. 특히 네 살밖에 되지 않은 상민은 좀이 쑤셔서 못 견뎌 하는 지경이었다. 바깥에 나가고 싶다며 칭얼대기에 혜숙은 별수 없이 옥외 테라스로 올라갔다.

혜숙의 집은 아파트의 맨 꼭대기 층이었다. 맨 위층에 아이들의 놀이방으로 쓸 만한 낮은 다락방 하나와 개인 테라스가 함께 붙어 있었다. 테라스는 넓지 않지만 돈 주고도 살 수 없는 상쾌한 바람만은 최고였다. 여름이면 둥그런 튜브에 물을 받아놓고 잠깐씩 물놀이를 할 수도 있고 한쪽에 꾸며놓은 화단에는 토마토와 파, 작은 허브까지 심어놓았다.

혜숙은 요리를 좋아했다. 그리고 이 작은 밭은 가끔 요리에 필요한 재료가 부족할 때마다 요긴하게 쓰였다. 토마토와 모차렐라 치즈를 곁들인 카프레제 샐러드를 만들 때면 직접 키운 루콜라를 따서 올리면 향이 좋았다. 스테이크를 구울 때면 허브를 잘라다가 얇게 저민 다음 소금과 섞어 향긋한 풍미를 더했다. 상민의 간식으로 햄버거를 만들 때도 작은 밭에서 나오는 어린 채소 잎으로 충분했다.

저녁을 준비하던 혜숙은 그날도 약간의 허브가 필요했다. 직접 만든 치즈를 곁들인 리코타 샐러드에 올릴 작은 허브들이 필요했다. 그래서였다. 칭얼거리는 상민을 데리고 테라스로 올라간 것은.

칭얼거리는 상민을 데리고 앞서 다락방으로 올라가는데 상민의 뒤에 언제 왔는지 정미가 있었다. 혜숙이 요리하는 동안 상민이 정미에게도 함께 올라가자고 칭얼댄 모양이었다. 그 아이는 아무 말도 없이 투명인간처럼, 그림자처럼 사람 뒤를 따라와 종종 혜숙을 놀라게 했다.

정미는 다른 사람들과 사귀지 않았다. 심지어 학교 친구들과도 마찬가지인 모양이었다. 아이들이 끼고 다니는 휴대전화를 사달라고 조른 적도 없었다. 원하는 것을 먼저 말하는 아이가 아니라서 휴대전화가 필요한데도 말을 하지 않는가 싶어 애 아빠가 중학교 입학 선물로 휴대전화를 사주었다. 하지만 6개월이 지나도 전화는 한 번도 울리지 않았고 정미가 전화를 거는 경우도 없었다. 아예 무용지물이 되어버린 정미의 휴대전화는 그렇게 해지되고 말았다. 정미에게는 연락할 친구가 한 명도 없는 것이 분명했다.

그렇게 내성적인 아이가 유독 상민이와는 사이가 좋았다. 새엄마가 낳은 아이라고 싫어하거나 멀리하거나 부끄러워하는 내색은 조금도 없었다. 상민에게는 이런 누나가 없었다. 무슨 말을 해도 별말 없이 모두 들어주면서도 심한 장난도, 요구하는 것도 없는 엄마 같은 누나였다. 그래서인지 어린 상민 역시 정미를 참 잘 따랐다.

테라스에는 언제나처럼 시원한 바람이 불었다. 그날따라 맑은 날씨 탓에 어스름한 저녁, 선선한 기운이 더욱 기분 좋았다. 정미는 뒤에서 조용히 상민이 노는 모습을 지켜보았고, 혜숙은 한쪽에 있는 작은 밭에서 필요한 허브 잎을 따기 시작했다.

상민은 테라스 곳곳을 뛰어다니며 즐거운 웃음소리를 냈다. 정미와는 완전히 반대로 제가 느끼고 생각한 것을 모두 표현하는 상민은 기분이 좋으면 웃음이 가시질 않았고, 기분이 좋지 않으면 그대로 얼굴에 드러나는 아이였다. 상민은 테라스 정원으로 나오자마자 순식간에 기분이 좋아졌다. 맑은 공기를 마시는 것만으로도 행복해진 모양이었다.

문제는 전혀 없었다. 그래, 그랬다. 그때까지만 해도 즐거운 비명만 테라스에 가득했을 뿐, 다른 문제는 없었다. 그 누구도 잠시 후에 끔찍한 일이 벌어지리라고는 생각하지 못했다. 상민은 신이 나서 이곳저곳을 보다가 아파트 반대편의 대형 마트 위에 떠 있는 커다란 애드벌룬을 발견했다. 대형 마트의 오픈 몇 주년을 기념한다는 말이 적혀 있는 색색의 애드벌룬 세 개가 마트 옥상에 걸려 있었다. 아이는 그 커다란 풍선에 관심을 가지고 난간에 잔뜩 기대어 바라보았다. 정미도 상민과 같이 상민이 보는 쪽을 바라보고 있었다.

바로 그때 '우르릉' 하는 소리와 함께 두 아이가 기대고 있던 난간 일부가 쪼개졌다. 아파트 입주자가 각자 인테리어 시공사와 계약해서 만든 방부목 난간이 악 소리를 지를 새도 없이 까마득한 아파트 아래로 무너져 내렸다. 두 아이가 정신을 차렸을 때는 간신히 시멘트 난간 사이로 삐죽삐죽 튀어나온 목재 조각을 붙잡은 채였다.

"얘, 애들아!"

혜숙은 정말 쏜살같이 위태로운 난간 앞으로 달려왔고, 더 생각할 것도 없이 두 사람을 향해 손을 뻗었다. 상민은 새파랗게 질린 얼굴로 부러진 목재에 몸을 기댄 채였다. 상민은 작은 곰처럼 부러진 목재를 꽉 껴안은 채 덜덜 떨면서도 공포에 질려 울지도 못했다.

"어머니, 상민이를 먼저⋯⋯."

어린 상민은 힘이 없어서 손가락이 언제 풀릴지 모르는 상태였고, 이렇게 급박한 상황에서도 정미는 상민을 먼저 걱정했다. 일 년이 지나도록 목소리 한 번 듣기 어려웠던 정미가 가느다란 목소리로 상민을 먼저 구하라고 말했다. 정미는 직각으로 기울어진 목재 위에 말을 타듯 앉아 있었다. 목재가 버텨주기만 한다면 다시 테라스 안쪽으로 이동할 수 있었다.

혜숙의 생각도 같았다. 어린애가 버텨봤자 기껏 몇 초였기 때문에 혜숙은 우선 상민을 향해 힘껏 손을 뻗었다. 아파트 바깥쪽으로 구부러진 목재를 움켜쥔 상민은 너무나 위태로워 보였다. 하지만 혜숙의 손이 닿질 않았다. 부러진 목재에 무게를 더 싣지 않으면서 아이에게 손을 뻗는 것은 쉬운 일이 아니었다.

"끄으윽!"

혜숙의 목구멍에서 이상한 신음이 터져 나왔다. 가슴은 펄떡거리면서 안타까움과 괴로움의 신음만 터져 나왔다. 상민 외에는 아무것도 보이지 않았지만 혜숙의 팔이 도저히 닿지 않았다.

"상민아, 조금만 앞으로. 누나가 도와줄게."

이때 정미가 나섰다. 상민과 함께 대롱대롱 매달린 정미가 그 위태로운 상황에서도 상민의 엉덩이 쪽에 손을 대고 힘껏 밀었다. 다행히 아이는 조금씩 몸이 미끄러지면서 혜숙 쪽으로 다가왔다.

"돼…… 됐다!"

그리고 간신히, 정말 간신히 어린 상민의 팔에 혜숙의 손이 닿았다. 혜숙은 아들의 팔을 단단히 거머쥐고 힘껏 끌어당겼다.

"으으윽!"

혜숙은 젖 먹던 힘까지 동원해 아들의 팔을 끌어당겼다. 어린 아들의 팔이 빠질지도 모른다는 생각이 들었지만 지금 그런 것은 중요하지 않았다. 그녀는 아이를 테라스 안쪽으로 힘껏 당겼다. 한순간 아이의 가슴이 혜숙의 품안으로 들어왔다. 상민의 허리 위쪽이 혜숙에게로 간신히 올라온 그 순간이었다.

우드득!

또다시 거센 소리와 함께 정미가 붙잡고 있던 기다란 판자가 부서져 내리는 소리가 들렸다.

"헉!"

정미는 비명도 제대로 지를 수 없었다. 너무 두려워 입 밖으로 아무런 소리가 나오지 않았다. 정미는 눈앞에 보이는 아무것이나 붙잡으려고 손을 휘저었다. 정미의 몸을 지탱하고 있던 기다란 판이 아래로 떨어지는 그 순간 정미는 거의 반사적으로 눈앞에 있는 어린 동생의 두 다리를 붙잡았다. 다른 방법이 없었다.

"흐아앙!"

순간 허리 위쪽은 혜숙에게, 다리 아래쪽은 정미에게 붙잡힌 어린 상민이 끔찍한 고통에 비명을 질렀다. 혜숙 역시 간신히 끌어올린 아들의 몸에 거대한 체중이 더해지자 주르륵 앞쪽으로 끌려 나갔다. 테라스 위의 혜숙과 난간 사이의 상민, 그리고 그 아래에 위태롭게 매달린 정미. 세 사람이 모두 위태위태한 모습으로 간신히 평형을 유지했다.

혜숙은 이를 악물고 버텼다. 그녀는 허리와 다리에 모든 힘을 쏟아 최대한 몸을 뒤쪽으로 휘었다. 모든 체중을 테라스 안쪽으로 기울였다. 상민의 겨드랑이 안쪽을 단단히 붙들고 놓지 않았다. 그때 저 아래쪽에서 공포로 하얗게 질린 정미의 목소리가 들렸다. 그 아이가 상민의 다리를 붙잡고 있었다.

"어머니…… 저 좀…… 구해주세요."

혜숙은 보이지 않았다. 언제나 말없이 묵묵하던 아이가 커다란 눈으로 살려달라며 애원하는 모습이 보이지 않았다. 처절하게 눈물을 흘리고 가느다란 팔을 바들바들 떨면서 살려달라고, 손을 잡아달라고 애원하는 얼굴이 보이지 않았다. 눈앞에 있는 상민의 모습만 눈에 들어왔다. 고통 속에 하얗게 눈을 흡뜨는 어린 아들의 얼굴만 보였다.

혜숙의 발이 주르륵 난간 쪽으로 밀렸다. 그녀는 이를 악물고 버텼지만 두 사람을 끌어올릴 방법이 없었다. 오히려 조금씩 옥상 아래쪽으로 모두가 휩쓸려갈 뿐이었다. 혜숙은 힘이 점점 빠졌다. 이러다간 세 사람 모두 저승길로 갈 것이 분명했다. 이 상황에서 혜숙은 이 말 외에는 더 이상 할 말이 없다는 것을 깨달았다. 그녀는 얼굴도 보이지 않는 정미를 향해 외쳤다.

"정미야, 이러다간 다 죽겠다. 이러다간 다 죽겠어! 네가 손을 놓으면 네 동생은 살 수 있어. 도와줘! 상민이를 살려줘!"

혜숙은 그때도, 그리고 지금도 스스로 되뇌고 또 되뇌었다. 그건 정미가 의붓딸이어서가 아니었다. 상민이 친아들이어서가 아니었다. 그 순간에는 선택의 여지가 없었다. 혜숙이 살릴 수 있는 사람은 한 명뿐이었다. 둘 다 살릴 방법이 없었다. 그러다가는 혜숙까지 죽을 게 뻔했다. 그래서였다. 결코 정미가 의붓딸이라서 그런 말을 했던 것이 아니었다. 그 아이가 귀찮고 밉고 싫어서가 아니었다. 그 순간은 한 명이라도 살리기 위해 이런 말을 하는 거라고 소리치고 싶었다. 정미를 구하고 그녀가 죽을 수만 있다면 기꺼이 그랬겠지만 그 상황에서는 별다른 방법이 없었다.

"어머니……!"

저 아래서 한숨 같은 비명이 들렸다. 혜숙은 보지 못했다. 새파랗게 질려버린 얼굴에 원망이 가득한 눈초리로 위쪽을 바라보는 정미를. 믿을 수 없다는 눈초리로, 슬퍼 미칠 것만 같은 눈으로 혜숙을 바라보는 정미를 볼 수가 없었다.

한숨 같은 그 말을 마지막으로 혜숙의 두 팔에서 갑자기 무게가 반으로 줄어버린 느낌이 들었다. 동시에 혜숙과 상민의 몸이 쾅 소리를 내며 옥상 안쪽으로 굴렀다.

더 이상 정미에게서는 아무 말도 들려오지 않았다. 차가운 바람만 싸늘하게 불어올 뿐, 아무런 소리도 들리지 않았다. 깜빡거리는 아파트 불빛만 눈에 들어올 뿐, 아무런 소리도 들리지 않았다.

그것이 정미의 최후였다.

"허억!"

혜숙은 심장을 움켜쥔 채 거실을 굴렀다. 그날을 생각하면 숨이 잘 쉬어지지 않았다. 어쩔 수 없었다고, 방법이 없었다고 스스로도, 주변 사람들도 이야기했지만 죄의식은 조금도 덜어지지 않았다. 정말로 그랬을까? 정말로 정미를 살릴 방법이 없었던 걸까? 정말로?

혜숙은 비틀거리며 부엌으로 갔다. 떨리는 손으로 부엌 서랍을 열어보니 작고 하얀 약병이 들어 있었다. 그녀는 약병에서 알약을 꺼내 물도 없이 꿀꺽 삼켰다. 정신과에서 받아온 약이었다. 잠이 오지 않을 때마다, 심장이 이렇게 터질 것처럼 벌렁거릴 때마다 먹는 약이었다. 혜숙은 금세 온몸이 진땀으로 흠뻑 젖어버렸다. 그날의 고통스러운 기억 때문에 그녀의 눈은 새빨갛게 부어 있었다. 상민을 보면서 그녀 스스로에게 어쩔 수 없었다고 되뇌어보지만 마음속에 남은 정미의 눈동자는 끊임없이 혜숙을 원망하고 있었다.

딩동. 딩동. 딩동.

그때였다. 누군가가 급하게 벨을 누르는 소리가 들렸다. 조금의 참을성도 없는 사람인지 대답을 기다리지도 않고 심하게 벨을 누르는 것이 몹시도 거슬렸다.

"네, 나가요……."

혜숙은 비틀거리는 몸을 일으켰다. 거실에 붙은 영상으로 누가 왔는지 확인해야 했지만 그럴 정신이 없었다. 아직도 고통 속에 몸부림치는 그 순간 아파트 경비원이든 택배 직원이든 그녀의 주의를 돌려줄 사람이 필요했기 때문이다. 그녀는 마치 기다리던 사람을 맞기라도 하듯 확인하지도 않고 서둘러 현관문을 열어버렸다.

문을 연 혜숙은 순간 얼굴이 하얗게 변해버렸다. 자신이 꿈속에 들어온 것만 같았다. 왜일까? 정미의 교복이 눈앞에 있었다.

남색 상의와 같은 색의 주름치마가 그녀의 눈앞에 나타났다. 하얀 블라우스에 리본을 묶은 것도 같았다. 혜숙은 또다시 시작되는 심한 통증에 가슴을 부여잡았다. 하지만 그 순간 교복 위로 보이는 낯선 얼굴에 혜숙은 안도했다. 한 달 전까지 매일 정미가 입었던 그 교복은 정미의 것이 아니었다. 정미와 같은 남색 교복을 입은 두 여학생은 한 번도 보지 못한 얼굴이었다.

혜숙은 낯선 학생들의 방문에 몹시 놀란 얼굴로 바라보았다. 그런데 두 학생의 표정이나 행색이 이상했다. 교복을 단정하게 입긴 했지만 두 사람의 표정은 어딘가 모르게 단정치 못했다. 무언가 안절부절못하는 두 학생의 얼굴이 똑같이 이상했다. 무척 당황한 것 같기도 하고, 공포에 휩싸인 것 같기도 했다. 게다가 둘 다 눈이 통통 부어 있었다. 방금 전까지 슬피 울다가 나타난 것처럼 눈물 자국까지 있었다.

가장 이상한 점은 두 학생의 손이었다. 둘은 서로의 오른손을 붙잡고 있었다. 서로 같은 방향의 손을 붙잡고 있다 보니 혜숙을 향해 똑바로 서지 못하고 서로 마주 보듯 비스듬히 서 있는 모습이었다. 게다가 그들의 오른손 사이에는 검고 기다란 연필이 끼워져 있었다.

"아…… 아줌마가 정미 새엄마예요?"

"너, 너희는 누구니?"

혜숙은 아이들의 입에서 정미의 이름이 나오자 몹시 놀랐다. 정미와 5년간 살면서 한 번도 정미의 친구가 찾아온 적이 없었다.

정미의 장례식에도 담임선생과 함께 찾아온 학생 대표들을 제외하고는 누구도 친구라며 다녀가지 않았다. 그런데 그 아이가 떠나고 한참이 지난 지금에야 갑자기 같은 교복을 입은 학생들에게서 정미의 이름을 들으니 너무나 이상한 느낌이 들었다.

"아줌마! 아줌마, 어서 도망가세요! 어서 도망가세요!"

"아줌마, 문 닫으세요! 얼른요!"

"뭐, 뭐라고?"

아이들은 잠시 머뭇거리더니 동시에 겁에 질린 목소리로 외쳐대기 시작했다. 다짜고짜 도망가라는 소리에 혜숙은 망연자실 학생들만 바라보았다. 문을 열어달라며 벨을 누를 때는 언제고 다시 문을 닫으라는 건 무슨 소린지 영문을 알 수가 없었다. 당황한 혜숙이 멍하니 눈만 껌뻑이자 한 명은 눈물까지 흘리며 애원하기 시작했다.

"아줌마, 얼른 문 닫아요. 어서요. 어서 도망가시라고요!"

혜숙은 무언가 단단히 잘못되었다는 것을 깨달았다. 대체 그게 무엇인지 알 수는 없지만. 혜숙은 떨리는 손으로 현관문 손잡이를 붙잡았다.

"아줌마, 우리가 정미를 불러냈어요! 분신사바로 정미를 불러냈어요. 그런데…… 정미가 우리를 여기까지 오게 했어요! 정미가 아줌마를 찾고 있어요!"

"우린 어떻게 할 수가 없어요! 아줌마, 도망가세요! 어서 도망가세요!"

남색 교복 차림의 두 아이가 퉁퉁 부어오른 눈으로 줄줄 눈물을 쏟으며 애원했다. 혜숙은 도망치라고 필사적으로 말하는 두 사람에게 떠밀려 현관문을 버티고 있던 노루발을 추켜올렸다. 도대체 무슨 일인지는 몰라도 당장 문을 닫아야 할 것 같았다. 마침내 문을 지탱하던 노루발이 올라가고 혜숙은 왼손으로 현관문 손잡이를 잡아당기려 했다.

탁.

정상적으로 문이 닫힐 때 나는 작은 벨소리 대신 둔탁한 소리가 들렸다. 문이 닫히지 않았다. 눈물을 흘리며 문을 닫으라고 애원하던 두 학생의 맞잡은 손이 현관문에 끼어 있었다. 불빛에 반짝이는 신발장 유리 너머로 아이들의 손 사이에 끼어 있는 까만 연필이 비쳤다.

"학생들, 이러면 문을 닫을 수가……."

혜숙은 떨리는 손으로 다시 현관문을 살짝 열었다. 두 아이의 손이 빠져나갈 공간을 만들어주기 위해서였다. 그 순간 무언가 거센 힘이 혜숙의 몸을 바깥쪽으로 와락 끌어당겼다. 누군가가 닫으려던 철문을 다시 열어버린 것이었다.

"꺄악!"

혜숙은 강력한 힘에 이끌린 현관문을 따라 바깥 복도로 딸려 나갔다. 그녀는 정신을 차릴 새도 없이 문손잡이를 놓친 채 복도 바닥을 굴렀다.

띠리링.

그제야 현관문이 제대로 닫히는 소리가 들렸다. 자동 현관문은 찰카닥 소리를 내며 스스로 잠겼다. 이제 비밀번호를 누르기 전에는 문이 열리지 않는다. 혜숙은 공포에 질린 얼굴로 그녀 앞에 버티고 있는 두 학생을 바라보았다.

"아줌마, 안 돼요! 안 돼요!"

"아줌마, 도망쳐요! 아줌마, 제발요!"

아이들은 버티고 있었다. 되도록 몸을 뒤로 젖히며 혜숙에게 다가가지 않으려 애쓰고 있었다. 눈물을 줄줄 흘리면서 조금이라도 혜숙과 멀어지기 위해 안간힘을 쓰고 있었다. 하지만 그들의 오른손은 달랐다. 두 아이의 오른손은 접착제로 붙인 것처럼 착 달라붙은 채 검은 연필을 사이에 두고 점점 혜숙에게 다가오고 있었다. 그들은 오른손이 앞으로 나아가자 억지로 질질 끌려 나오는 형상이었다. 혜숙은 공포에 질려 부들부들 떨었다. 도망치고 싶었지만 몸이 말을 듣지 않았다. 채 신발도 신지 못한 혜숙의 하얀 양말만 차가운 복도에 찰싹 달라붙어 있었다.

혜숙은 무언가 단단히 잘못되었다는 것을 깨달았다. 두 아이는 자신들이 정미를 불러냈다며 혜숙에게 도망가라고 했다. 혜숙은 그 말의 의미를 정확히는 몰라도 지금 위험한 일이 벌어지고 있으며, 그것이 죽은 정미와 관련되어 있다는 것을 깨달았다. 보이지 않지만 아이들을 움직이고 혜숙을 내팽개친 그 힘은 정미였다.

두 학생의 붙어버린 오른손이 단단히 붙들고 있던 4B 연필이 혜숙의 코앞까지 전진했다. 그리고 공포와 두려움에 떠는 혜숙을 향해 돌진했다. 차갑고 둔탁한 검은 연필은 혜숙의 가장 보드랍고, 가장 여리고, 가장 약하고, 또한 가장 치명적인 턱 아래쪽의 부드러운 목선을 따라 정신없이 달리고 있었다.

"꺄아아악!"

누구의 것인지도 모를 잔혹한 비명이 온 건물에 메아리쳤다. 그리고 혜숙의 하얀 양말은 순식간에 새빨간 피로 물들어버렸다.

3

콰아앙!

마 형사는 힘껏 책상을 후려치며 벌떡 일어났다.

"집단히스테리? 집단히스테리? 집단히스테리라고?!"

철제 책상이 요란한 소리를 내자 주변에 있던 다른 경관들도 마 형사를 바라보았다. 머리카락이 희끗희끗한 베테랑 형사가 저토록 분통을 터뜨리는 모습은 본 적이 없었다. 다들 눈치를 보며 고개를 흔들었다.

그는 지난번 강가에서 발견된 시체에 대한 수사 기록을 모두 빼앗긴 뒤로 특히나 예민해져 있었다. 열정적으로 수사에 몰두하는 그가 상부의 일방적인 명령으로 모든 수사권을 박탈당한 것은 자존심이 상하는 일일 것이다. 간신히 분노를 참고 있던 마 형사가 폭발한 것은 모 여고의 학생 두 명이 평범한 가정주부를 살해한 사건을 만나면서였다. 수사 중에 학생들은 분신사바로 불러낸 친구가 죽인 거라고 흰소리를 해댔다. 결국은 집단히스테리에 의한 살인이라는 결론이 나오자 마침내 그는 분노를 터뜨리고 말았다.

"분신사바로 죽은 아이의 영혼을 불러다가 살인자가 누군지를 물어보고 분신사바를 했던 연필로 멀쩡한 성인 여성을 살해한 게…… 그게 다 집단히스테리라고?"

콰아앙!

또다시 마 형사의 철제 책상이 요란한 소리를 내며 흔들렸다.

집단히스테리가 살인 사건의 원인이라니 얼토당토않은 소리였다. 지극히 정상적인 정신 상태로 멀쩡하게 잘 살던 여고 1학년 학생들이 아무런 살해 동기도 없이 죽은 급우의 계모를 찾아가 살해했다. 고작 여고생들이 주부의 아래쪽 턱부터 후뇌까지를 4B 연필로 단번에 그어 절명시켰다. 그러고도 두 학생은 모든 것이 자신들이 아니라 분신사바로 불러낸 죽은 친구의 짓이라고 말했다……. 그 진실된 눈빛과 고통스러운 표정 어디에도 거짓이 없다는 사실이 마 형사를 더욱 괴롭게 했다.

요즘 일어나는 사건들은 도대체 실마리도 없고 해결책도 없어서 대체 뭘 어떻게 해야 하는지 알 수가 없었다. 이런 사건이 반복되고 또 반복되자 마 형사의 스트레스는 거의 극에 달했다. 그건 다른 선후배 형사들도 마찬가지였다. 그들도 해결책이 없는 괴상한 사건이 여기저기서 터져대니 거의 신경증에 걸릴 지경이었다.

쾅!

마 형사는 생각에 잠겼다가 또다시 답답한 마음에 책상을 후려
쳤다.

"마 형사님! 마 형사님!"

수사과를 지키는 두꺼운 문짝이 세차게 열리더니 다급한 후배
형사의 목소리가 들려왔다.

"마 형사님! 그 왜…… 그 이상한 사람요! 그 검은 양복에……
현욱인가 뭔가 하는 그 사람…… 또 왔어요!"

"뭐!"

마 형사는 현욱이란 이름을 듣자마자 즉시 일어섰다. 그는 의
자에 걸쳐놓았던 재킷을 순식간에 걸치고는 복도로 내달렸다. 그
괴상망측하고 신출귀몰한 현욱이란 사람을 만나면 일련의 사건
들에 대해 설명해줄까 하는 생각 때문이었다.

"여어, 마 형사님."

계단을 내려가려던 마 형사는 반 층 아래에서 자신이 찾던 낯
익은 얼굴, 바로 검은 양복을 말끔하게 차려입은 현욱을 볼 수 있
었다.

"또 뵙는군요. 반갑습니다."

현욱은 빙긋 웃으며 마 형사를 바라보았다. 마 형사는 현욱이
금세 사라져버릴까봐 인사도 하는 둥 마는 둥 본론으로 들어갔다.

"이번에 벌어진 여고생 사건, 알고 있죠? 무슨 일인지 좀 말해

줄 수 있습니까?"

마 형사는 다짜고짜 물었다. 수사를 하는 것이 자신의 업무인
데도 정체불명의 남자에게 물어보는 것이 자존심 상하긴 했지만
별수 없었다. 마 형사는 이번 사건은 자신 같은 평범한 형사가 해
결할 수 없다는 것을 누구보다 잘 알고 있었다.

"아, 그 사건 말이군요. 네, 아주 위험한 일이었습니다. 마 형사
님, 제 말을 듣기 전에 마 형사님의 생각을 말씀해주시겠습니까?"

그는 조금 빙글거리는 표정으로 마 형사를 바라보았다. 마 형
사는 몇 번 헛기침을 하며 이야기를 시작했다.

"나는…… 으흠, 내 생각엔, 집단히스테리라는 말도 안 되는 결
론은 다 집어치우라고 말해주고 싶소. 동급생의 어머니를 살해
했다는 두 여학생은 아무리 봐도 이전에는 지극히 평범한 여고
생이었습니다. 친구와 가족을 비롯해 주위 사람들에게 물어봐도
그런 끔찍한 일을 저지를 아이들은 결코 아니었다고 했습니다.
뭔가 더럽게 잘못된 거죠. 학부모를 찌른 건 분명 두 여학생이
지만 사실 두 여학생이 찌른 것은 아니죠! 나도 이런 말을 어떻게
논리적으로 해야 하는지 모르겠지만…… 분명히 아닙니다! 나는
여학생들의 증언대로…… 절대로 그 아이들의 짓이 아니라고 믿
습니다!"

마 형사의 얘기를 차분히 듣고 있던 현욱은 천천히 고개를 끄
덕였다. 그의 표정은 매우 복잡미묘했다.

"이봐요, 이것도 다 그것…… 때문입니까? 그…… 헤르메스의

창인가 뭔가 하는 것 말입니다. 당신들이 말하던 그것 때문이 맞습니까?"

마 형사는 깊은 생각에 잠겨 있는 현욱에게 물었고, 현욱은 잠시 동안 마 형사의 얼굴을 빤히 바라보다가 아무 말 없이 고개를 끄덕였다. 낙빈 등과의 대화에서 나온 그 이상한 창의 이름을 들먹인 것은 그저 예감 때문이었다. 근래 일어나는 이상한 일들을 설명할 길이 없어서 그런 생각을 해보았는데 그 예감은 현실이 되어버렸다.

"빌어먹을! 그럼…… 그럼 대체 이 시점에 내가 할 일은 뭐요? 아니, 형사로서 대체 내가 할 수 있는 일이 뭐냔 말이오!"

타앙!

또다시 마음이 답답해진 마 형사는 계단 난간을 힘껏 후려쳤다. 난간이 웅웅 소리를 내며 멀리까지 울음소리를 퍼뜨렸다. 마 형사는 자신의 무능력과 무기력에 화가 나 미칠 지경이었다.

"형사님, 딸이나 아들이 있습니까?"

마 형사는 무슨 말인가 싶어서 잠시 멍하니 현욱의 얼굴을 바라보다가 곧 고개를 끄덕였다.

"이, 있습니다. 중학교 다니는 아들놈 하나."

"그럼 꼭 당부하십시오. 이것이 바로 마 형사님이 할 수 있는 일입니다. 절대로 분신사바 같은 소환술을 하지 말라고. 영혼이나 영계 따위와 관련된 것은 절대로 하지 말라고 말입니다. 아드님도…… 그 친구도, 그 친구의 친구도 절대로 그런 위험한 놀이를 하지 말라고 말입니다."

"……?"

마 형사는 현욱이 자신을 놀리는 것 같아서 잠시 그의 얼굴을 삐딱하게 쳐다보았다. 하지만 농담을 하는 얼굴이 아니었다. 그 남자는 별다른 표정을 짓고 있지 않았지만 단순한 농담을 하는 것이 아니란 사실은 알 수 있었다.

"그게…… 그렇게 위험한 일입니까?"

우스운 장난이라고밖에는 생각지 않았던 분신사바가 그토록 위험하다니. 마 형사는 갑자기 바보가 되어버린 느낌이었다.

"평소라면 아주 심각한 놀이가 아닐 수도 있지만 기본적으로 소환술이란 이 세계를 넘어 다른 세계, 즉 이계異界와 연결되는 겁니다. 우리가 있는 곳이 육계, 또 다른 세계가 영계…… 이렇게 크게 두 가지로 나눌 수 있습니다. 산 자가 이계, 즉 영계의 죽은 자를 소환한다는 것은 매우 위험한 행위입니다. 소환당하는 자가 선한 자든 악한 자든 상관없습니다. 왜냐하면 영계의 존재가 육계에서 무슨 일을 벌일지는 누구도 알 수 없고, 육계에 속해 있는 보통 사람은 영계의 존재를 쫓아버리거나 없애버릴 방법이 없기 때문입니다.

육계에 육체의 한계가 있는 것처럼 영계에는 영의 한계가 있어서 질서가 유지됩니다. 그런데 영계의 영혼이 육계로 온다면 아무런 제약이 없는 가운데 어떤 일을 벌일지 그 누구도 짐작할 수가 없는 겁니다. 영능력자는 영혼을 다룰 수 있지만 일반인은 그럴 수가 없지요.

본래는 영계와 육계의 경계가 뚜렷했습니다. 하지만 헤르메스의 창이 결계를 벗어난 이후 두 세계가 점점 뒤죽박죽 섞이고 있습니다. 때문에 옛날이라면 일반인들이 절대로 소환할 수 없었던 영혼들이 요즘에는 별로 힘들이지 않고도 소환되곤 합니다. 그리고 소환된 영혼들이 무슨 짓을 할지는 그 누구도 모릅니다. 분명한 것은 이 세계를 굳건히 지키기 위해서는 위험한 소환술…… 영계 소환을 필사적으로 막아야 한다는 겁니다. 그것이 지금 형사님이 할 수 있는 일입니다.”

현욱은 이 말을 끝으로 마 형사의 눈앞에서 사라졌다. 그가 멍하게 서 있는 사이 현욱은 조용히 계단을 내려가 순식간에 사라졌다. 마 형사는 현욱이 말하는 그 위험한 순간, 영계와 육계의 결계가 흔들리는 바로 그 순간을 살면서도 자신이 할 수 있는 일은 소환술을 하지 말라고 사전에 주의를 주는 것이 고작이라는 사실이 괴로웠다.

“후우…….”

깊이 한숨을 내뿜던 마 형사의 귀에 누군가가 틀어놓은 라디오 뉴스가 들려왔다.

“뉴스를 알려드리겠습니다. 중고등학교 학생들이 재미 삼아 해오던 일명 분신사바라는 놀이가 학습을 저해하는 동시에 정신적인 분열 증세를 일으키는 것으로 나타났습니다. 이에 교육청은 각급 학교에서 분신사바와 같은 장난을 금지토록 하는…….”

믿을 수 없게도 방금 현욱이 했던 말이 방송을 통해 흘러나왔다. 마 형사는 저런 뉴스가 나오도록 재빠르게 조치한 사람이 누구인지 알 것 같았다. 대체 그 남자는 얼마만큼의 권력을, 얼마만큼의 영향력을 가지고 있는 것일까.

"결국…… 내가 할 수 있는 일은 내 아들에게 말하는 것뿐이군. 위험한 장난은 하지 말라고……."

마 형사는 멍한 얼굴로 휴대전화를 들었다. 그리고 익숙한 번호를 눌렀다. 전화기 너머로 벨소리가 울렸다. 얼마 기다리지 않아 아내의 음성이 들려왔다.

"아, 여보. 그래, 영훈이 녀석 집에 들어왔나? 할 말이 좀 있어서……."

그는 중학생 아들을 찾았다. 마 형사는 지금으로선 이것밖에 달리 뾰족한 수가 없다는 것을 누구보다도 잘 알고 있었다.

4

하늘에 별이 총총히 빛나는 맑은 계절, 맑은 밤이었다. 동아리 수련회를 떠나기에 더없이 좋은 나날이었다. '심령과학연구회' 회장 이영창은 벌써 며칠째 늦은 밤을 뜬눈으로 지새우고 있었다. C대학 학생회관 3층에는 수많은 동아리의 작은 동아리방이 자리잡고 있었다. 그중 심령과학연구회에는 과학적으로 설명되지 않는 괴상한 사건이나 심령현상, 그리고 미스터리 등에 관심을 가진 이들이 모여 있었다.

"하아……."

동아리방의 창문을 활짝 열어놓고 창가에 비스듬히 앉아 멍하니 하늘을 바라보던 영창의 입에서 작은 한숨이 흘러나왔다. 그는 어찌해야 할지 아직 중대한 결정을 내리지 못한 채였다.

띠리리…….

사방이 고요한 가운데 갑자기 울려대는 휴대전화 소리에 영창은 소스라치게 놀랐다. 영창은 뒷주머니에서 휴대전화를 꺼냈지만 좀처럼 통화 버튼을 누르지 않았다. 마치 전화기 안에 무언가 두려운 것이 감춰진 듯 멍하니 바라보기만 했다. 하지만 벨은 지치지 않고 계속 울렸다. 전화벨은 영창이 받을 때까지 멈추지 않을 것처럼 고요한 밤을 혼탁하게 더럽혔다.

띠리리리…….

마침내 영창은 포기한 듯 전화를 받았다.

"여, 여보세요."

"응, 영창이냐?"

전화기 너머에서 나지막한 음성이 들려왔다.

"네, 접니다. 선배님."

"응, 그래. 나다."

영창을 찾은 것은 심령과학연구회의 대선배이자 연구회의 상위 단체인 '심령·정신·영계연구소' 간사 유종필이었다. 졸업한 뒤에도 연구회 행사 때마다 방문해주고 물심양면으로 활동을 도와주는 고마운 대선배였다. 그는 지난주에도 몇 번이나 영창에게 전화를 걸어왔다. 영창은 이번에도 그가 같은 이유로 전화했을 거라고 생각했다.

"그래, 이영창 회장. 내 말대로 이번 여름 수련회는 취소했겠지? MT건 수련회건 이번엔 안 된다, 알지?"

"네, 아, 압니다."

"그래. 올해는 때가 좋지 않다. 혹시나 좋지 않은 일이 생길까 봐 그러는 거니까 서운해하지 마라. 연구회 애들한테는 네가 잘 설명하고, 알겠지?"

"네, 알겠습니다."

"그래, 너만 믿는다. 늦게 전화해서 미안하다. 끊을게!"

짧게 용무를 마친 전화는 곧장 끊어졌고 다시 밤은 고요해졌다.

"하아……."

전화를 끊은 영창의 모습은 더욱더 걱정하는 빛이 역력했다.

"젠장, 이미 다 준비했는데 나보고 어쩌라고!"

영창은 고개를 흔들면서 휴대전화를 책상 위로 내던져버렸다.

커다란 동아리방 책상 위에는 테이블보 대신 파란색과 빨간색 페인트로 푸른 글씨, 붉은 글씨가 커다랗게 새겨진 플래카드가 있었다.

'심령과학연구회 계절 수련회 개최!'

영창은 깊은 한숨을 내쉬었다. 책상 아래에는 수련회를 위해 마련한 준비물이 커다란 종이 상자에 가득 담겨 있었다. 이제 말을 바꾸기엔 너무 늦어버렸다.

"어쩌라고!"

영창은 양손을 머리에 깊숙이 찔러 넣고 고개를 흔들었다. 차갑고 맑은 공기 속에서도 답답한 마음이 가시질 않았다.

굽이굽이 복잡한 산길이 이어져 험하기로 유명한 팔봉산은 한낮이 되어도 산 구름, 나무 그림자로 어둡고 컴컴한 기운이 가득했다. 산세가 험하고 어둠침침한 고장이라 산 근처에 민박이라곤 눈을 씻고 찾아봐도 없는 인적 드문 산골이지만 적어도 일 년에 한 번은 젊고 발랄한 대학생들로 북적거리는 것이 이제는 연중행사가 되어 있었다.

매년 이곳을 찾아오는 이들은 C대학 심령과학연구회 회원들이었다. 다른 동아리들이 바닷가와 산속에 가서 웃고 즐기며 젊음을 만끽한다면 심령과학연구회의 계절 수련회는 조금 특별했다. 물론 수련회 기간 중에 노래하고 놀고 먹고 마시는 유흥의 시간이 없지는 않지만 그들의 수련회는 다른 동아리와 분명히 다른 점이 있었다. 매년 그들이 팔봉산을 찾는 것도 그 때문이었다.

그들에게 수련회의 첫 번째 목적은 바로 영계와의 교신이었다. 지난 학기 연구회 회원들은 매주 모임을 갖고 영혼이나 영계, 제3의 존재와 육감으로만 알 수 있는 것들에 대해 연구하고 자료를 수집했다. 그리고 그 모든 것을 총망라하는 것이 바로 이 수련회의 목적이었다. 적어도 일 년에 한 번은 함께 모여 전생을 탐험하고 그동안 배웠던 영을 보는 방법이나 영과 대화하는 방법 등을 시도해보는 것이 바로 그들의 가장 큰 목적이었다. 이런 목적에 걸맞은 장소가 바로 이곳 팔봉산이었다.

팔봉산은 일반인도 쉽게 영을 접할 수 있을 만큼 음기가 강하기로 유명한 곳이었다. 즉 영혼이 많고 영혼과 접하기도 쉽고, 또 영혼을 부르기에도 가장 적합한 장소라는 말이었다. 심령과학연구회 회원들의 목적은 일반인인 그들이 영능력자와 마찬가지로 영혼을 보고 영혼과 대화를 하는 것이었다. 그리고 매년 수련회를 통해 절반 정도의 회원은 이런 초심령현상을 실제로 경험했다. 특히 3박 4일간의 수련회 기간에 이런 활동의 깊이와 시간이 점점 깊어지고 길어지다가 마지막 날 밤에는 캠프파이어를 진행하며 명상과 수련, 그리고 영계와의 교신을 반복하는 것으로 끝을 맺었다. 때문에 모든 회원은 일 년에 단 한 번뿐인 수련회를 손꼽아 기다렸다.

보통은 마지막 날이 되면 연구회에서 전문가들, 예를 들어 심령·정신·영계연구소의 연구원이나 무속인 또는 역학易學에 통달한 분을 초빙해 신비한 경험을 하는 것이 전통이었다. 하지만 올해만은 이 전통을 이을 수가 없었다. 모든 관련 전문가가 부정적인 반응을 보이는 것은 물론이거니와, 이번 수련회는 취소하라고 종용했기 때문이다. 결국 이 문제로 연구회 회장단이 회의를 거듭했다. 회장과 부회장, 총무까지 머리를 싸맸지만 회원들이 얼마나 수련회를 고대하고 있는지를 잘 알고 있는 그들은 행사를 도저히 취소할 수가 없었다. 벌써 몇 개월 전에 예약한 버스며 숙박지도 취소하기 힘들었다. 결국 수련회는 예정대로 팔봉산에서 진행되었고, 이번 연도만은 전문가 없이 마지막 날을 보내야 했다.

마지막 날에는 모든 회원이 민박집에서 짐을 챙겨 팔봉산 기슭으로 올라갔다. 그곳에 있는, 폐허가 되어버린 공장 건물이 몇 년째 회원들의 아지트가 되었다. 본래 칡즙 공장이었지만 단 일 년 만에 문을 닫았다고 했다. 음기가 강한 이곳 팔봉산에서 양기를 먹고 살아가는 인간이 매일매일 생활하기가 무리였기 때문이다. 이곳으로 초빙했던 전문가들은 아마도 공장에서 일하는 사람들이 하나둘씩 병을 앓거나 큰 사고를 당해 일을 그만두면서 공장이 문을 닫았을 거라고 했다. 이런 곳에 하루 이틀 놀러 오는 건 상관없지만 아예 뿌리를 내리고 생활했다가는 큰 화를 당한다는 설명도 들었다.

낮 동안 연구회 회원들은 마지막 날을 아쉬워하며 수련에 박차를 가했다. 그들은 지난 일 년간 조사하고 알아낸 많은 초과학적 현상을 이야기하고 분석한 다음 산의 기운으로 개인의 영감을 끌어올리기 위해 명상의 시간을 가졌다. 그리고 드디어 마지막 날의 해가 저물기 시작했다.

회원들은 회색 건물 안에 둥글게 모여 앉았다. 딱딱하고 차가운 시멘트 바닥에는 비닐 장판도 깔았다. 스산한 바람이 차가워지면서 몇몇은 준비해온 모포를 몸에 둘렀다. 그렇게 모든 사람이 한눈에 들어오도록 빙 둘러앉은 회원은 모두 스무 명이었다.

"어제와 오늘 우리는 줄곧 집중력과 영감을 높이기 위해 계속적인 명상 수련을 했습니다. 드디어 오늘 밤에는 실제로 영을 보고 영혼을 느끼는 시간을 갖도록 하겠습니다."

텅 빈 건물 안에서 심령과학연구회 회장 이영창이 동아리 회원들을 향해 이야기를 시작했다.

"드디어……."

꿀꺽.

이미 수련회에 두세 번 참석했던 선배들은 낮은 환호성을 질렀고 처음으로 그 유명한 수련회의 '영계 교신'을 경험하는 새내기 1학년들은 긴장한 얼굴이 더욱 뻣뻣하게 굳어졌다.

"하지만 알다시피 이번 수련회에는 영능력자가 함께 동행하지 못했기 때문에 실패할 가능성이 높습니다. 하지만 이곳엔 경험이 풍부한 선배도 많고 지난 수련회에서 이상 경험을 한 분들도 많습니다. 그러니 지금까지 그랬던 대로 잘 집중해준다면 우리들만으로도 충분히 신비한 영혼의 세계를 만날 수 있을 거라고 생각합니다."

영창은 조금의 장난기도 없는 말투로 매우 진지하게 한마디 한마디를 했다. 오늘 마지막 날의 심령 경험은 그만큼 중요하고 의미 있는 시간이었다. 3박 4일간의 수련회는 모두 이것을 위한 것이었다고 해도 과언이 아니었다. 연구회의 상위 단체인 심령·정신·영계연구소의 간부가 동행해주지 않았어도, 영능력자나 무속인이 참석하지 않았어도 그들은 실망하지 않으려 애썼다. 몇 년간 경험을 쌓은 선배들은 학생들만으로도 충분히 이상 현상을 경험할 수 있으리라 믿었다. 그만큼 올해 수련회는 더욱더 철저하게 준비했다.

"자, 우선 이곳에 있는 잔류 영혼을 바라보는 시간을 갖겠습니다. 부회장과 총무는 초를 준비해주기 바랍니다. 그럼 모두들 촛불 두 개가 잘 보이도록 위치를 잡아주세요."

영창이 지시한 대로 부회장과 총무가 빙 둘러앉은 학생들 한가운데에 두 자루의 촛대를 세웠다. 오래된 놋촛대에는 길고 하얀 초가 꽂혀 있었다. 두 사람은 두 개의 촛대가 1미터 정도 떨어지도록 바닥에 세웠다. 그러고 나서 건물 안을 밝히고 있던 모든 램프를 꺼버렸다. 이미 시간은 8시를 넘었다. 전기가 차단된 폐건물에서 휴대용 램프를 끄자 어둠에 휩싸인 팔봉산은 거의 완전한 암흑으로 변해버렸다. 이 완벽한 어둠 속에서 유일한 빛의 근원은 두 자루의 초뿐이었다.

"자, 이제 모두 눈을 감고 명상과 복식호흡을 시작합니다."

회장인 이영창의 말대로 회원들은 모두 눈을 감았다. 그리고 모든 신경을 단전에 모으며 호흡을 시작했다. 호흡을 반복할수록 집중력이 초점화되기 시작했다. 모두의 호흡이 완전히 고르게 변하고, 집중도가 한껏 높아진 그때 영창의 목소리가 조용히 울렸다.

"자, 이제 눈을 뜨고 두 개의 초를 응시하세요. 촛불을 똑바로 바라보는 것이 아니라 초와 초 사이의 뿌옇고 희미한 빛을 바라보세요."

회원들은 모두 영창이 시키는 대로 초 사이의 희뿌연 빛을 향해 고요히 시선을 집중했다. 초를 정면으로 응시하는 것보다 초 사이의 불빛에 집중하는 것이 더욱 어려웠다. 촛불 사이의 빈 간극을 멀찍이서 바라보는 것은 이곳에 머물고 있는 영혼 혹은 터주신을 볼 수 있는 가장 일반적인 방법으로 알려져 있었다. 영창을 비롯한 몇몇 선배는 지난 수련회에 동행한 심령·정신·영계연구소 선배로부터 이 방법을 배웠다. 그리고 지금 그들은 자신들이 배웠던 대로 후배들과 시연하고 있었다.

회장인 영창의 경우 벌써 세 차례의 경험이 있었다. 처음 1학년 새내기일 때는 초에 집중한 지 30여 분 만에 불빛 사이에서 흐릿한 형상을 볼 수 있었다. 그리고 제대 후인 작년 2학년 때에는 더 뚜렷한 모습을 보았다. 작년에 그는 두 개의 초에 집중한 지 약 20분 만에 뿌연 촛불 사이로 눈과 코와 입이 박힌 얼굴 같은 형상을 분명히 보았다. 남자인지 여자인지 식별하기 힘들었지만 분명 그것은 인간의 얼굴이었다. 영창은 군대 휴가 중에도 수련회에 참여한 적이 있었다. 그때도 양상은 비슷했다. 그리고 올해가 네 번째 수련회. 과연 전문가의 도움 없이 그 형상을 볼 수 있을지 걱정스러운 마음으로 불빛 사이를 응시했다.

"어, 허억!"

그는 눈을 커다랗게 뜨며 낮은 신음을 토해냈다. 놀라운 일이 벌어졌다. 영창은 불빛을 응시한 지 몇 분도 지나지 않아 보고야 말았다! 촛불 사이에 아른거리는 인간의 형체를.

"이럴 수가!"

영창은 벅찬 기쁨과 왠지 모를 두려움에 마음속으로 낮은 비명을 질렀다. 그의 눈에 이전에는 한 번도 본 적이 없는 또렷한 형상이 나타났다. 그의 눈에 비치는 영혼은 수염이 덥수룩한 남자였다. 전문가가 있을 때에도 남녀를 분간하기 힘들 정도로 흐릿한 형상밖에 보지 못했다. 그런데 올해는 불꽃 사이의 흐릿한 빛 속에서 처음에는 흐릿한 윤곽으로만 보이던 형상이 시간이 지날수록 그림처럼 또렷해지는 것이었다.

"허억!"

영창은 그 형상이 너무 또렷해 더 이상 쳐다볼 수가 없었다. 계속 집중하다가는 그 형상이 자신을 향해 튀어나올 것만 같아서 더럭 겁이 났다. 그는 눈을 질끈 감았다. 예전 같으면 조금이라도 더 보려고 한껏 집중했을 텐데. 정말 말도 안 되는 일이 벌어졌다.

"어, 엄마야!"

"악!"

"어흑, 무서워!"

그 형상은 영창만 본 것이 아니었다. 곧이어 다른 회원들의 신음 소리가 폐허 속에 울려 퍼졌다. 그들은 자신의 눈앞에 나타난 영혼의 모습을 보고 공포에 질려 소리를 질렀다. 몇몇은 겁을 집어먹고 울음을 터뜨리기까지 했다. 고대하던 일이지만 막상 눈앞에 영혼의 모습이 똑똑히 나타나자 신입생들은 몹시 겁을 먹은 얼굴이었다. 불빛을 바라보는 얼굴들, 찡그리며 주변을 두리번거리는 얼굴들 속에서 영창은 회원들이 무언가를 보았다는 것을 알아차렸다.

"지금 눈앞에 영혼이 보이는 사람은 손을 들어주세요."

영창의 말에 따라 영혼을 본 학생들은 슬며시 손을 들었다. 영창은 주변을 바라보았다. 결과는 대성공! 영능력자는 동행하지 않았지만 놀랍게도 모든 회원이 영혼의 모습을 보는 데 성공했다. 그것도 단지 5분 안에 모두가…… 믿기 힘든 일이었다.

영창은 회원들에게 다시 눈을 감으라고 한 뒤 복식호흡을 반복하게 했다. 몇 분이 흐르고 다시 눈을 뜬 학생들은 고른 숨을 내쉬며 앞쪽을 바라보았다. 영창은 그런 학생들 앞으로 흰 종이를 나눠주었다.

"오늘은 정말 지금껏 보지 못했던 일이 생겼네요. 모든 회원이 영혼을 본 것 같습니다. 모두 여러분이 며칠간 열심히 수련한 결과라고 생각합니다. 그럼 이제 우리가 봤던 영혼의 모습을 한번 그려보겠습니다. 보통 영혼의 모습은 또렷하지 않기 때문에 사람마다 그 인상이나 모습이 다른 경우가 많습니다. 그럼 서로의 그림을 보지 말고 각자 자신이 본 형상을 그려봅시다!"

회원들은 영창의 말대로 흰 도화지에 자신이 보았던 영혼의 모습을 그리기 시작했다. 영창은 자신이 본 대로 짙고 굵은 눈썹에 머리가 덥수룩하고 체격이 건장한 남자를 서툰 솜씨로 그려 냈다. 남자가 가지고 있던 확연한 특징은 새까맣고 빽빽한 턱수 염이었다.

영창은 모두의 그림이 조금씩 다를 거라고 예상했다. 영창에 게 보인 그 턱수염의 사내가 모든 회원에게 보이지는 않았을 것 이다. 그동안의 경험으로 영창은 그 사실을 잘 알고 있었다. 어떤 사람은 여자를 보고, 또 어떤 사람은 남자를 본다. 옷차림도 다르 고, 얼굴도 다른 사람을 그리는 것이 보통이었다. 그중 몇몇은 같 은 영혼을 보았는지 특징이 유사한 경우도 있었다. 그래 봤자 두 세 명이었다. 대부분의 그림은 가지각색이었다. 전문가들은 나타 난 영혼이 두세 명인데다 형상이 흐릿해 잘못 보는 경우가 많다 고 말했다. 일반인은 아무리 집중하고 촛불을 켠다고 해도 영혼 의 모습이 또렷하게 보이지 않는다는 설명도 덧붙였다.

영창은 오늘 자신이 영능력자만큼이나 또렷한 형상을 보았다 고 생각했다. 그 누구도 자신만큼 또렷한 영혼을 보지 못했을 거 라고 생각했다. 영창은 눈앞에 보였던 그 남자를 최대한 자세히 묘사했다.

사각거리는 펜 소리가 잦아들자 영창은 모두를 다시 모았다.

"자, 이제 자신이 그린 그림을 모두에게 보여줍시다! 동시에 서 로에게 그림을 보여주는 겁니다. 그러고 나서 자신의 그림에 대 해 설명하도록 하겠습니다. 하나, 둘, 셋. 돌리세요."

영창은 숫자를 세며 자신의 그림을 모든 회원이 보도록 뒤집었다. 다른 회원들 역시 가슴팍에 가리고 있던 영혼의 그림을 앞으로 내밀었다.

"이럴…… 수가!"

"우와, 굉장하다!"

여기저기서 탄성이 쏟아져 나왔다. 엄청난 일이 벌어졌다. 스무 명의 회원이 모두 덥수룩한 턱수염의 산사람을 그렸던 것이다. 진한 눈썹과 턱수염…… 모두가 너무나 정확하게, 너무나 또렷하게 그들 곁에 있던 남자의 영혼을 본 것이었다. 이것은 수련회 역사상 최초의 일이었다.

"이야! 이거…… 우리의 영력이 높아진 건가, 아니면 여기 팔봉산에 있는 영혼의 사념이 큰 건가? 정말 대단하네, 대단해!"

"와, 선배, 저는 정말 이렇게 영혼이 보일 줄은 몰랐어요. 정말 신기해요!"

환호성을 지르는 회원들 틈에서 영창만 온몸에 소름이 돋고 몸이 싸늘해지는 것을 느꼈다.

'이번 수련회는 그만둬라. 특히 소혼술 종류는 절대 흉내도 내지 말고. 지금은 아주 위험한 시기니까. 내 말 명심해…….'

영창의 머릿속에는 얼마 전 그에게 신신당부하던 대선배의 목소리가 메아리쳤다.

'아주 위험한 일이 생길지도 모른다…….'

영창은 온몸을 떨었다. 그는 들뜬 후배들의 기대를 저버릴 수 없어서 대선배에게 거짓말을 하고 수련회를 강행한 것이 너무나 후회되었다. 무언가…… 위험한 일이 벌어지고 있는 것 같다는 불길한 예감이 들었다.

5

어두컴컴한 나무 그늘이 대지를 감싼 팔봉산의 깊은 골짜기. 그곳에는 수련회의 마지막 날 밤을 보내고 있는 심령과학연구회 회원 스무 명이 있었다. 그들은 명상과 집중력 수련을 마치고 드디어 영시靈視를 시연해보았다. 영시는 놀랍게도 너무나 성공적으로 끝났다. 한 명도 빠짐없이 너무나 또렷한 영혼의 모습을 확인한 것이다. 어두운 밤중이지만 서로의 그림을 확인한 회원들 모두 들떠 있었다. 단, 회장인 이영창만 제외하고.

영창은 두려움에 몸을 떨었다. 이제 영시를 끝낸 회원들은 영소환靈召喚을 기다리고 있었다. 연구회 회원들이 직접 영을 불러내는 영소환이었다. 영창의 머릿속에는 절대로 영소환을 해서는 안 된다고 말하던 대선배 유종필의 목소리가 울려 퍼졌다. 하지만 고무된 회원들 사이에서 그는 중단하자는 말을 외칠 용기가 없었다.

회원들은 어두운 공간 속에서 하얗게 질려버린 회장의 얼굴빛을 보지 못했다. 그저 자신들만의 힘으로 영시에 성공한 기쁨에 들떠 있었다. 부회장이 다음 순서인 영소환을 진행하기 시작했다. 부회장 김영재가 영창의 뒤를 이어 오늘의 하이라이트를 이끌어가기 시작했다.

"여러분, 드디어 기다리던 시간이 왔습니다. 우리가 기다리고 기다리던 영소환 의식을 시작하겠습니다. 바로 이 순간을 위해 우리는 지난 3일간 군소리 없이 명상 훈련을 했습니다. 무엇보다도 방금 전의 영시처럼 성공적인 영소환이 되기를 빕니다. 그럼 모두들 집중해서 영혼과 직접 대면하는 귀한 시간을 보내기 바랍니다."

조금은 들뜬 부회장의 음성에 맞춰 회원들은 신나게 함성을 질렀다.

"와우!"

"좋아, 좋아!"

모두들 영시를 경험한 뒤 자신감이 가득한 모습이었다.

"그럼 영소환을 시작하기 전에 우리가 사용할 위자보드Ouija Board에 대한 설명이 있겠습니다. 사실 어제 여러분은 오늘 사용할 한국식 위자보드의 글자판을 하나씩 만들었습니다. 위자보드를 사용하기 전에 그 전래에 대해 미리 이야기를 듣겠습니다. 그럼 설명은 총무가 해주세요."

김영재의 소개를 받은 총무 이지영이 자리를 털고 일어섰다. 지영은 준비해온 빳빳한 보드판을 펼쳐 회원들에게 보여주었다. 일반 주사위 보드판처럼 생긴 그곳에는 다른 것은 없고 A부터 Z까지의 알파벳과 0부터 9까지의 숫자, 그리고 'YES'와 'NO'만 적혀 있었다. 그리고 맨 아래쪽에는 'GOOD BYE'라는 글자가 인쇄되어 있었다.

"네, 그럼 제가 위자보드에 대해 간단히 설명해드리겠습니다. 위자보드는 14세기 유럽 프랑스 근교에서 시작되었다고 합니다. 당시 하층민이었던 떠돌이 집시들을 통해 전파되었다는 설이 있습니다. 구성은 삼각 화살촉 모양의 포인터와 네모난 보드판이 전부입니다. 위자보드에는 이렇게 알파벳과 숫자, 'YES'와 'NO'가 그려져 있습니다. 그럼 사용 방법을 말씀드리겠습니다. 우선 한 사람이 포인터 위에 손을 올리고 거기 다른 사람이 손을 포개는 방식으로 진행되는 것이 가장 일반적입니다.

우선 시작하기 전에 포인터를 빙글빙글 시험적으로 돌린 다음 이동에 이상이 없다면 영과의 대화를 시작합니다. 처음에는 '예', '아니요'로 대답할 수 있는 내용만 묻다가 나중에는 주관식으로 대답할 수 있는 질문을 합니다. 만일 영혼이 와 있다면 포인터가 영혼이 들려주는 대답을 향해 움직이게 됩니다. 소환을 마칠 때는 반드시 'GOOD BYE'라는 글자를 통과해야 합니다. 불러낸 사람 마음대로 시작과 끝을 정하는 것이 아니라 영혼 역시 그만둘지 계속할지를 판단하고 함께 합의해야 종료할 수 있습니다."

지영은 위자보드를 다 보여준 다음 주의할 점을 꼼꼼히 짚어주었다.

"사실 지난 학기에 위자보드 사용 시의 주의점에 대해 많이 학습했습니다. 그래도 오늘 영소환을 하기 전에 다시 한 번 반복하겠습니다.

제일 먼저 주의할 점은 영혼이 말하는 동안 절대 조용해야 한다는 겁니다. 영혼을 불러낸 상황에서 크게 소리쳐도 안 되고 싸움을 해서도 안 됩니다.

두 번째, 폭풍이 불거나 날씨가 좋지 않은 날에는 특히 조심하고 일식과 월식이 있는 날에는 위자보드를 되도록 사용하지 않는 편이 좋다고 합니다. 이런 날에는 영계의 막이 약해지기 때문에 특히 조심하고 주의해야 한다고 합니다. 오늘은 날씨가 좋으니 괜찮겠지요?

세 번째, 위자보드를 사용하다가 하기 싫다고 그대로 판을 두고 떠나서는 안 됩니다. 게임이 끝나려면 반드시 영혼과 합의해서 보드 아래쪽에 적힌 'GOOD BYE'를 통과해야 합니다. 산 사람 마음대로 도중에 그만둬서는 안 됩니다.

네 번째, 위자보드를 하기 전에 술을 마시거나 약을 하는 것은 물론 안 됩니다. 정신 집중과 명상 수련이 필수적이라는 건 모두 아시죠? 몸과 마음이 약하면 영에게 지배되기 쉽습니다. 다들 조심합시다!

다섯 번째, 위자보드를 불에 태우면 안 된다고 합니다. 위자보드의 폐기는 전체를 열두 등분해서 한 조각, 한 조각을 서로 다른 곳에 버려야 합니다. 열두 등분한 뒤에는 각각의 등분을 서로 다른 장소에서 불태우면 되고요. 아니면 몇 개는 태우고, 몇 개는 땅에 묻고, 몇 개는 수장해도 됩니다.

마지막으로 여섯 번째는 만일 악마의 영혼, 즉 '악령'이 왔을 경우의 대처법입니다. 운이 나쁘게도 악마의 영혼이 들어오게 되면 포인터의 아래위를 거꾸로 놓고 모든 참석자가 포인터에 손을 대고는 '악마야, 물러가라No evil spirits'고 세 번을 외치면 된다고 합니다. 모두 잘 기억하시고 실수 없이 해주시기 바랍니다."

지영이 발표를 끝내자 부회장 김영재가 뒤를 이었다.

"우리는 이런 미국식 위자보드를 한국식으로 직접 만들어보았습니다. 여러 전문가의 자문을 받아 한국식 위자보드를 만드는 법에 대해 고민했고 드디어 어제 완성했습니다. 그럼 위자보드 만들기에 대해 1학년 대표가 발표해주세요."

김영재의 지목을 받은 여학생이 자리에서 일어섰다. 1학년 대표인 혜미는 주머니에서 메모지를 꺼내 모두에게 들려주기 시작했다.

"한국식 위자보드를 만들기 위해 먼저 치밀한 조직을 가진 오래된 참나무 판자 여섯 개에 구멍을 뚫어 등나무 줄기로 단단히 묶습니다. 그리고 경면주사로 사방의 끝을 네모나게 칠한 다음 여섯 개의 판 위에 '백마술'을 상징하는 성상星狀을 그립니다. 이 성상에는 다섯 개의 뾰족한 부분이 있고 맨 위쪽의 뾰족한 부분이 판의 위쪽이 됩니다. 반대로 맨 위의 뾰족한 부분이 판의 아래쪽이 되면 누운 별, 즉 거꾸로 된 별인 '역성상易星狀'이 되어 '악마'와 '흑마술' 등 좋지 않은 영혼을 부르게 됩니다.✦ 우리는 한국식 대답을 위해 판에 '예', '아니요', 'ㄱ, ㄴ, ㄷ, ㄹ……', 'ㅏ, ㅑ, ㅓ,

ᅧ ……', 그리고 0부터 9까지의 숫자를 적어놓았습니다. 오늘 우리가 만든 위자보드는 영혼 소환이 끝나는 대로 여섯 조각으로 분리하고 다시 각각의 판을 둘로 나눠 열두 조각으로 만든 다음 태워서 팔봉산 여기저기에 묻을 예정입니다."

혜미는 처음으로 해보는 이 모든 작업에 약간은 흥분한 얼굴로 평소보다 조금 높은 목소리로 말을 이었다. 오늘의 영혼 소환을 위해 그동안 많은 사람들이 고생했다. 연구회 회원들이 직접 참나무를 구입해 자르고 글자를 새기는 일까지 모두의 정성이 들어갔다. 혜미는 설명을 하면서도 열심히 정성을 들인 모든 것이 성공하기를 간절히 바랐다.

시계는 저녁 9시를 가리키고 있었다. 산 아래쪽보다 훨씬 빨리 날이 저무는 팔봉산 기슭은 이미 컴컴한 어둠에 덮였고 덩그러니 외로운 회색 건물 안은 쥐 죽은 듯 고요했다. 두 개의 촛불 사이에 놓인 한국식 위자보드를 중심으로 스무 명의 학생이 바른 자세로 둥그렇게 모여 앉아 영소환을 준비했다.

영소환 자체는 어려운 일이 아니었지만 간혹 위험한 원혼이 방문하는 경우가 있으므로 시작하기 전에 선한 영을 받아들일 수 있도록 준비하는 것이 중요했다. 때문에 소환 의식 중 가장 중요

◆서양 마법의 상징 중에 가장 중요시되는 것이 마법의 원이다. 마법의 원은 마법사가 불러내는 사악한 힘으로부터 마법사를 보호하고 마법사의 신통력을 집중시키기 위해 꼭 필요한 것으로 여겨진다. 이런 마법의 원 중심에는 성상, 즉 별 모양이 그려진다. 역성상, 즉 거꾸로 된 별을 그려 넣을 경우 사악한 힘이나 좋지 못한 기운을 빌려 쓴다는 의미가 있다. 즉 보통의 백마술은 성상을, 흑마술은 역성상을 이용한다.

한 것은 온 마음을 깨끗이 비우고 욕심을 버리는 명상을 시작하는 것이었다. 그래도 혹시나 좋지 않은 영이 들어온다고 해도 크게 걱정할 일은 아니었다. 인간이 사는 육계 자체가 영이 넘나들 수 없는 결계 저편의 장소이기 때문에 사람들이 합심하여 '악마야, 물러가라!'고 외치면 잠시 결계 밖으로 나왔던 영혼이 다시 영계로 돌아갈 수밖에 없다.

마음을 모으고 정신을 맑게 하는 명상의 시간을 가진 후에 부회장 김영재가 영소환을 마저 진행하기 시작했다. 그는 원 가운데로 나와 회원들이 함께 만든 한국판 위자보드를 조심스럽게 펼쳤다.

"자, 그럼 이제 두 사람씩 나와 영소환을 시작하겠습니다. 1학년 대표 혜미랑 제가 먼저 시작할 테니 잘 보고 이어가주세요."

1학년 대표 혜미가 자리를 털고 일어섰다. 이미 순서를 정해놓은 상태여서 제일 먼저 불릴 줄 알고 있었는데도 혜미는 자신의 이름이 불리는 순간 어깨를 부르르 떨었다. 상상했던 것보다 훨씬 긴장되는 순간이었다. 두 사람은 회원들 모두가 잘 보이도록 원 가운데에 무릎을 꿇고 앉았다. 그리고 두 사람의 무릎 위에 한국판 위자보드를 올려놓았다. 보드는 가로세로가 모두 90센티미터인 정사각형으로, 두 사람의 무릎 위에서 움직이기에 불편하지 않을 만큼 컸다.

부회장인 김영재는 이미 작년에 위자보드를 해본 적이 있었다. 그는 잔뜩 긴장한 후배에게 싱긋 미소를 지으며 하얀 포인터를 보드 위에 올려놓았다. 길쭉한 화살촉 모양의 하얀 포인터는 보드의 한쪽 끝인 '만나서 반갑습니다'라는 글자 위에 놓였다. 영재는 혜미의 손을 먼저 포인터 위에 놓고 그 위에 다시 자신의 손을 올려놓았다. 영재는 큰숨을 한 번 쉬더니 그들을 바라보고 있는 다른 회원들에게 시작을 알렸다.

"그럼…… 하겠습니다."

영재의 낮은 목소리와 함께 연구회 회원들은 일제히 숨을 죽이며 두 사람을 바라보았다. 혜미와 영재는 오른손을 하얀 포인터 위에 겹친 채 두 눈을 감았다. 차가운 밤바람이 회원들의 등을 스쳤다. 회원들은 자신도 모르게 툭툭 불거져 나오는 소름 끼치는 기운 속에서 팽팽히 긴장하고 있었다. 과연 영혼이 그들을 찾아올지……. 모든 회원은 쥐 죽은 듯 고요히 위자보드를 바라보았다.

그들이 모두 간절한 바람을 품고 위자보드에 집중한 지 고작 5분여가 지났을 때였다. 무언가 끌리는 듯한 아주 작은 소리가 고요한 침묵 사이에 떠올랐다.

"와…… 왔다!"

얼음판을 미끄러지듯 영재와 혜미의 손이 놓여 있던 동그란 포인터가 여섯 조각의 참나무 위를 빙글 돌더니 '만나서 반갑습니다'라는 글자 가운데를 통과하며 보드의 안쪽으로 스르륵 움직였다.

"드디어!"

낮은 환호성이 들려왔다. 여기저기서 마른침을 삼키는 소리도 들렸다. 모두가 그토록 기다리던 영혼이 드디어 회원들을 찾아온 것이 틀림없었다. 영재는 눈을 뜨고 자신의 손을 바라보았다. 혜미의 손 위에 그의 손이 살짝 얹혀 있었다. 1학년 대표인 혜미는 긴 속눈썹을 파르르 떨며 눈을 뜨지 못했다. 혜미도 영재도 힘을 주지 않았는데 그들 아래에 있는 하얀 포인터가 미끄러지듯 움직이는 것을 보면 영혼이 찾아온 게 분명했다.

"혜미야, 이제 눈 떠도 돼."

"……"

영재의 말을 들은 혜미는 그제야 떨리는 눈을 살며시 떴다. 파르르 떨리는 눈썹과 손이 혜미의 두려움을 드러냈다.

"침착해, 혜미야. 겁먹으면 안 된다. 겁먹고 두려워하는 사람은 위험해질 수도 있어. 알고 있지?"

"네, 선배."

확실히 수련회 경험이 많은 부회장은 훨씬 침착했다. 혼자서 스르륵 움직이는 둥근 포인터 때문에 더럭 겁이 난 혜미도 영재의 한마디에 다시 용기를 냈다. 영재가 그런 혜미를 보고 씨익 웃음을 짓자 혜미 역시 긴장을 풀기 위해 미소를 지어 보였다.

"자, 그럼 영혼과 대화를 시작해보겠습니다. 안녕하세요, 만나서 반갑습니다. 우리는 심령과학연구회 회원들이에요. 며칠 전에 이곳에 도착했답니다. 혹시 그때부터 우릴 보고 있었나요?"

부회장 영재는 마치 진짜 사람과 대화하듯 편안한 목소리로 이야기를 시작했다. 그는 혜미를 바라보며 영혼에게 이야기했다. 혜미는 그런 선배의 눈을 멀뚱멀뚱 바라보고만 있었다. 영재의 질문이 끝나고 몇 초가 흐르자 혜미의 손바닥 아래가 간질거렸다.

참나무를 긁으며 하얀 포인터가 움직이기 시작했다. 그 위에 얹힌 혜미와 영재의 손도 따라 움직였다. 하얀 화살표 모양의 포인터는 보드 위에 새겨져 있는 글자 중에 '예'를 가리켰고, 동아리 회원들은 고개를 끄덕였다. 영혼은 이미 그들이 도착할 때부터 줄곧 지켜보고 있었다는 말이었다. 그렇다면 이 영혼은 아무래도 근처에 머물고 있는 지박령인 듯했다.

"남자예요, 아니면 여자예요? 남자면 '예'를 가리켜주세요."

이번에는 혜미가 질문했다. 혜미 역시 눈앞에 앉아 있는 영재를 바라보며 영혼을 향해 질문했다. 가만히 있던 포인터가 또다시 흔들거렸지만 곧 멈추었다. 여전히 두 사람의 손은 '예'라는 글자 위에 있었다. 즉 영혼은 남자라는 뜻이었다.

"신기하다……."

이 광경을 지켜보는 회원들도, 포인터에 손을 대고 있는 두 사람도 점점 흥미가 고조되었다. 대화는 매우 순조로웠다.

"혹시 작년에도 우리를 본 적이 있으세요? 저희는 작년에도 여기 왔거든요."

영재의 대답에 포인터가 움직였다. 이번에는 '예'와 정확히 맞은편에 있는 글자 '아니요'를 향해 움직였다. 영혼은 올해 처음으로 연구회 회원들을 보는 모양이었다.

'예'와 '아니요'로 할 수 있는 대답은 막힘이 없었다. 영혼과의 대화는 물 흐르듯 진행되었다. 전문가 없이도 영소환에 전혀 문제가 없을 정도로 순조로우니 다들 마음이 들떴다. 이 정도면 이제 다른 회원들로 차례를 바꿔가며 질문을 해봐도 상관이 없을 것 같았다. 영재는 차례를 기다리는 회원들을 바라보며 싱긋 미소를 지었다. 다들 영혼과 한마디씩 대화를 하고 싶어 초조한 얼굴이었다.

"죄송하지만 여기 있는 다른 친구들도 당신을 만나고 싶어 하는데 다른 친구들과 바꿔도 괜찮을까요?"

영재는 영혼을 향해 물어보았다. 위자보드는 산 사람과 영혼이 함께하는 대화법이므로 모든 것을 상의해서 결정해야 했다. 영재의 질문에 두 사람의 마주 잡은 손 아래 포인터가 움직였다. 포인터는 스르르 '예'라는 글자 위에서 멈추었다. 영재와 혜미는 서로 눈빛을 교환하며 작게 한숨을 쉬었다. 어쩐지 질문 후에 대답을 기다릴 때마다 가슴이 조마조마했는데, 다행히도 다른 사람과 자리를 바꾸는 것에 영혼이 흔쾌히 동의해준 것이었다.

이번에는 영재 대신 다른 회원이 혜미와 함께 포인터 위에 손을 얹었다. 다음에는 혜미가 다른 회원과 교대하면 된다. 이런 방식으로 한 명씩 순서를 바꿔 모든 회원이 영과의 대화에 참여한 다음 인사를 하면 모든 일이 끝날 것이다. 한 명씩 자리를 바꿀 때마다 영혼은 다음 사람을 만나는 것에 동의했고, 이해심 깊게도 모든 질문에 흔쾌히 대답해주었다. 회원들은 말할 수 없이 들떠서 영혼과의 대화를 즐기게 되었다. 너무나도 순조로운 이 대화를 불안한 눈빛으로 바라보는 사람은 심령과학연구회 회장 영창뿐이었다.

이영창은 그들만으로도 너무나 순조롭게 일이 진행되는 것이 무서워서 견딜 수가 없었다. 차라리 실패해서 영혼을 만나지 못하기를 바랐던 그의 바람과 달리 올해 수련회에서 회원들은 영능력자가 참관한 어느 해보다도 손쉽게 영혼을 만나고 영혼과 대화하고 있었다. 영창은 흥분으로 상기된 회원들의 얼굴을 바라보며 몸을 떨었다.

"안녕하세요. 전 김봉구라고 합니다. 남자라고 했는데…… 그럼 혹시 아까 촛불 사이로 보였던 털이 덥수룩한 분이 당신인가요?"

새로 자리에 앉은 회원이 질문을 시작했다. 이번에도 포인터가 스르르 움직이더니 '예'라는 글자 위에서 멈추었다. 회원들의 입가에 환한 미소가 흘렀다. 왜인지 몰라도 좀 전에 보았던 수염이 덥수룩한 아저씨와 직접 대화까지 하고 있다니 반가운 느낌이 들었다. 마치 오래전부터 알던 사람과 대화하는 기분이라고 할까?

"역시 그렇구나!"

회원들이 고개를 끄덕이며 반가워하던 그 순간 갑작스럽게 높은 기계음이 들려왔다.

삐리릿!

고요한 가운데 울려 퍼지는 높은 음색에 저마다 심장이 철렁

내려앉는 느낌이었다. 이게 대체 무슨 소리인가 싶어 다들 소리
가 들려온 쪽을 쳐다보았다. 소리의 중심에서 난처한 표정을 짓
고 있는 것은 회장 이영창이었다.

"아아, 미안하다! 정말 미안해!"

당연히 회원들은 모두 전화기를 꺼두었고 영창만 혹시나 모를
긴급 상황에 대비해 휴대전화를 켜두었다. 그런데 전화를 무음으
로 바꾸는 걸 깜빡 잊어버린 탓에 소리가 요란하게 울리고 말았
다. 영창은 부리나케 휴대전화를 들고 일어섰다.

위자보드를 통한 소환 중에 깜짝 놀랄 만한 소음이 발생할 경
우 영혼은 굉장히 불쾌하게 여길 수 있고, 더불어 소환술을 시행
하는 사람의 집중력도 떨어질 수 있기 때문에 영창은 급히 바깥
으로 달려 나갔다.

회색 건물 밖으로 달려 나온 영창은 등 뒤로 커다란 철문을 닫
는 동시에 급히 통화 버튼을 눌렀다.

"네, 이영창입니다."

"어, 나다!"

휴대전화에서 들려오는 목소리에 영창은 눈앞이 노래지는 듯
했고, 두 다리가 후들후들 떨리기 시작했다. 전화기 너머에서 들
리는 목소리는 연구회의 대선배이자 심령·정신·영계연구소 간사
인 유종필이었다. 이번 여름 수련회는 절대로 안 된다던 그 선배
의 목소리가 틀림없었다.

"동아리방에 전화해도 아무도 안 받기에 너한테 전화해봤다.

별일 없지?"

"네. 아, 저……."

영창은 몰래 먹던 떡이 목에 걸린 것처럼 성대가 꽉 막히는 기분이었다. 가슴이 답답하고 목이 메어 목소리가 평소처럼 나오지 않았다.

"너…… 목소리가 왜 그러냐?"

짧은 순간 선배는 영창의 상태를 파악한 것만 같았다. 이상한 낌새를 알아차린 듯한 의미심장한 목소리가 울려 퍼졌다.

"그게…… 아, 아닙니다."

"너, 혹시…… 애들 몰고 수련회 간 거냐?"

"아, 그게 아니라……."

영창은 말꼬리를 돌려보려 했지만 이미 유종필 선배의 목소리에는 강한 불신이 담겨 있었다. 영창은 뭐라 말하려 했지만 유종필은 듣는 것 같지 않았다. 그의 목소리가 차갑게 식었다.

"……."

참기 힘든 침묵이 이어졌다. 통화를 하던 영창의 몸이 부들부들 떨려왔다. 곧이어 전화기 너머에서 엄청난 고함 소리가 터져 나왔다.

"야, 이 새끼야! 너 뭐하는 거냐! 네 뒤…… 네 뒤에 그 영은 뭐야! 너 이 새끼, 수련회는 안 된다고 했지! 영소환은 절대로 안 된다고 했지!"

고요한 침묵 가운데 대선배인 유종필의 목소리가 영창의 귀를 찢을 것처럼 울려댔다. 어떻게 알았는지 대선배는 그들이 영혼을 불러낸 것을 알아챈 게 틀림없었다. 영창은 변명을 하려다가 어떤 변명도 통하지 않을 것임을 깨달았다. 이미 선배는 모든 것을 알아채고 있었다.

"서, 선배님, 이, 이건…… 죄, 죄송합니다."

선배가 이미 영기를 느껴버린 이상 어떤 변명도 통하지 않을 거란 사실을 깨달은 영창은 그 자리에서 무릎을 꿇었다. 선배에게 보이지 않을 텐데도 영창은 무릎을 꿇은 채 연신 고개를 숙였다.

"야, 이 새끼야! 죄송하면 다냐! 너, 애들 데리고 거기 꼼짝 말고 있어! 애들한테 지금 당장 소환을 중지하라고 해! 다들 거기서 꼼짝 말고 기다려, 알았냐? 가까이 있는 지부 사람한테 연락할 테니까 다들 그대로 있어! 팔봉산 폐공장 맞지? 30분 내로 도착할 거야. 꼼짝 마라! 소환은 당장 그만하고 그 자리에서 움직이지 마! 절대 건물 밖으로 나오지 말고 다 같이 모여서 명상이나 하고 있어, 알았냐?"

"네, 네에……."

영창은 겁먹은 목소리로 고개를 숙였다. 전화기 너머로 한 번도 들은 적이 없는 선배의 불같은 목소리가 터져 나왔다.

"이 새끼, 소환은 위험하다고 했건만……! 너, 서울 올라오면 나한테 단단히 깨질 각오 해라. 지금 때가 어느 때인 줄 알고! 다들 거기서 꼼짝 말고 기다려, 알겠냐?"

"네. 아, 알겠습니다."

영창은 대선배의 충고를 어긴 것이 부끄럽고 미안했지만 한편으로 억울한 마음도 들었다. 그럼 어쩌란 말인가. 회원 모두가 수련회만 기다리는데……. 영창이 회장인 해에 수련회를 못 가겠다고 어떻게 말한단 말인가! 왜 매년 하던 일을 유독 올해에만 이 난리를 치며 막는지 영창은 속상하고 억울한 마음이 들었다.

6

책상과 캐비닛이 빽빽한 사무실 한쪽에서 유종필은 부숴버릴 듯한 맹렬한 기세로 전화기를 내던졌다. 이미 시간은 9시가 넘어 있었지만 심령·정신·영계연구소 사무실은 환한 불빛 아래 여러 명의 양복쟁이와 회색 승복을 입은 법사로 가득했다.

영계와 육계의 결계가 흔들린다는 정보를 들은 뒤로 이곳 사무실은 초비상 상태였다. 한국은 물론 해외의 모든 영적 단체가 비상 체제에 들어갔다. 각 종교와 교파들이 당분간 종교를 초월한 연합을 결의했고, 최고의 인력과 정보를 자랑하는 초국가적 기구 SAC(신성한 집행자들)도 합류했다. 관련자들은 일반인은 물론이거니와 영능력자에 이르기까지 영혼 소환과 관련된 사건 사고에 대비하느라 모두들 신경이 곤두서 있었다. 유종필은 그토록 당부했는데도 가장 믿었던 대학 직속 후배들이 일을 벌였다는 사실에 머리끝까지 화가 치밀어 올랐다.

"정신 나간 녀석들! 그렇게 주의를 줬건만!"

그는 신경질적으로 소리를 지르며 전화를 걸었다. 유종필은 도움을 청할 수 있는 가장 가까운 지부로 연락했다. 벨이 채 울리기도 전에 전화가 연결되었다.

"서울입니다. C대학 심령과학연구회 녀석들이 팔봉산으로 수련회를 강행했답니다. 이 녀석들이 위험한 줄도 모르고 그곳에서 소환술까지 벌인 모양입니다. 모든 활동을 멈추라고 했습니다만, 안전한 건지 확신이 안 서는군요. 네, 팔봉산…… 네, 매년 가는 수련회 장소입니다. 그럼 부탁드리겠습니다."

유종필은 끓어오르는 화를 간신히 참으며 전화기를 내려놓았다.

"철없는 놈들! 제발 무사해라."

치밀어 오르는 분노의 밑바닥에는 걱정이 깔려 있었다. 마음으로 아끼고 보살피는 후배들인데, 제발 아무 일이 없기를 바라는 마음이 가득했다. 그는 가슴 밑바닥에서 움찔거리는 어두운 그늘을 지우려고 세차게 고개를 흔들었다.

전화를 끊은 회장 이영창의 얼굴은 무척이나 어두웠다. 회원 모두가 손꼽아 기다리는 여름 수련회. 그 수련회에서도 하이라이트인 영혼 소환과 영혼과의 대화…… 회원들의 기대를 빤히 알고 있는 영창으로서는 선배의 전화가 얼마나 곤혹스러운지 몰랐다.

"후우……."

검은 그림자 속에 까맣게 숨어버린 숲을 바라보며 영창은 긴 한숨을 내쉬었다. 신이 나서 소환술을 하는 후배들에게 그만두라고 말하려니 차마 발걸음이 떨어지지 않았다. 하지만 그렇듯 완강하게 나무라는 선배의 말을 흘려들을 수는 없었다. 영창은 몇 번 더 심호흡을 하고 나서야 두꺼운 철문을 열어젖혔다. 폐공장의 녹슨 철문이 요란한 소리를 내며 벌어졌다.

끼이익…….

영창은 발소리를 죽이며 회색 건물 안으로 들어갔다. 여전히 두 사람이 나와 그들이 손수 만든 보드로 영혼과 이런저런 이야기를 하는 것이 보였다. 이제 회원들은 '예'와 '아니요'만이 아니라 단답식 질문까지 하고 있었다. 영창은 그런 회원들의 모습을 멍하니 바라보았다.

"형, 무슨 전화예요?"

주머니에 두 손을 넣고 멍한 얼굴로 서 있는 영창을 보고 부회장인 영재가 다가왔다. 그는 영창의 얼굴을 살피며 인상을 찡그렸다. 뭔가 좋지 않은 연락이 온 것이 틀림없었다.

"종필 선배야. 심령·정신·영계연구소 종필 선배…… 당장 소환술을 그만두란다. 굉장히 위험하다고 당장 끝내란다. 어떻게 해야 할까?"

영창은 영재에게만 들리게 목소리를 낮춰 말했다. 영재가 놀란 눈으로 영창을 바라보았다.

"왜요? 왜 그만두라는데요?"

"위험하대. 요즘 안 좋은 일이 있었던 모양이야."

"으음, 그렇구나."

영재는 어쩐지 납득이 간다는 듯 고개를 끄덕였다.

"선배, 저도 어쩐지 이번 수련회…… 조금 이상하다고 생각했어요. 영능력자가 있을 때보다 훨씬 또렷한 영상을 잡아내질 않나, 영혼을 보질 않나. 지금도 그래요. 형이 나간 이후로도 계속 아이들을 바꿔가며 질문을 하고 있는데 속도가 얼마나 빨라진 줄 알아요? 나도 수련회에 몇 번째 참석하는 거지만 저렇게 대답을 잘하는 영은 처음이에요."

불안한 눈빛의 영재가 영혼과의 대화로 정신없는 연구회 회원들을 슬쩍 가리켰다. 두 개의 촛불만 켜진 어두운 실내에 두 사람의 목소리가 낭랑하게 울려 퍼졌다.

"당신은 언제 죽었나요?"

질문에 대한 대답으로 위자보드 위의 손이 바삐 움직였다.

'2…… 0……'

영혼은 긍정과 부정의 대답뿐만 아니라 짧은 숫자와 단어로도 자유자재로 대답하고 있었다.

"살았을 때 직업은 뭐였나요?"

다음 질문에 더욱더 빠르게 포인터가 움직였다. 포인터를 잡은 두 사람의 손도 바삐 움직였다. 직업을 알려주기 위해 포인터는 자음과 모음 사이를 바삐 움직였다. 포인터가 움직이다가 적당한 자음과 모음을 찾으면 잠시 머물렀다가 다음으로 넘어갔다. 잠시 머무르는 그곳을 연결하면 정확히 단어가 완성되었다.

먼저 머무른 곳은 'ㅅ'. 'ㅏ', 'ㄴ'……. 조합된 글자는 '산지기'
였다.

"산지기라면 이곳 팔봉산 말인가요?"

다음 질문에 포인터는 '예'라는 글자를 찾아가 멈추었다. 이제
모두들 자신이 본 수염이 덥수룩한 남자가 살아생전 팔봉산의 산
지기였다는 사실을 알게 되었다. 아마도 산에 살면서 심마니 일
도 하고 나무도 베던 산사람인 모양이었다.

"당신이 죽었을 당시 나이는 몇 살이었나요?"

두 사람의 손이 숫자 '2'와 '7'에서 한 번씩 멈추었다.

"스물일곱? 굉장히 젊은 나이에 돌아가셨군요."

생각보다 적은 나이에 다들 서로의 얼굴을 바라보았다. 회원들
과 나이 차이가 많이 나지 않는 영혼이라니 더욱 흥미로웠다. 회
원들은 다음 사람과 자리를 바꾸며 질문을 이어갔다.

"당신은 어떻게 죽었나요?"

죽은 이유를 묻는 질문에 그 어느 때보다도 빠르게 포인터가
움직였다. 포인터가 움직일 때마다 회원들은 영혼의 말을 놓치지
않기 위해 신경을 곤두세웠다. 영혼이 잠시 동안 멈춘 글자들을
조합하니 무시무시한 대답이 기다리고 있었다.

'ㅅ. ㅏ. ㄹ. ㅎ. ㅐ. ㄷ. ㅏ. ㅇ. ㅎ. ㅏ. ㄷ. ㅏ.'

"살해당했…… 다고요?"

순간 모든 사람이 찬물을 뒤집어쓴 것처럼 스산한 기운에 몸

을 떨었다. 살해를 당하다니 끔찍했다. 혹시라도 그들이 불러낸 영혼이 원혼일 수도 있다는 이야기였다. 지금까지 화기애애하게 대화하던 영혼이 위험한 원한을 가진 영혼일 수도 있다는 생각을 하니 한기가 들고 등줄기로 찬바람이 스쳐 지나가는 것만 같았다.

그러나 이런 분위기를 유지해서는 안 된다. 이런 경우 궁금하더라도 화제를 돌리는 것이 위험한 대화를 막는 길이었다. 다행히 포인터를 쥐고 있던 다른 한 명이 재빨리 다음 질문으로 넘어갔다.

"저, 그럼 죽고 나서 가장 하고 싶었던 거는요?"

'ㄷ. ㅏ. ㅁ. ㅂ. ㅐ.'

담배를 피우고 싶었다니 다행이었다. 누군가를 살해하거나 원한을 갚는다는 대답이 아니라서 천만다행이었다.

"어떤 담배를 좋아하셨나요?"

역시 뒤이어 분위기를 이어가려는데, 연구회 회장과 부회장인 영창과 영재가 심각한 얼굴로 회원들을 향해 낮게 말했다.

"잠깐만, 미안하지만 오늘은 여기서 멈춰야겠다."

영창은 고개를 저으며 미안한 얼굴로 회원들을 바라보았다. 갑작스러운 회장의 말에 연구회 회원들은 의문이 가득한 눈동자로 영창을 바라보았다.

"하지만 선배, 아직 못해본 사람이 반이나 남았는데요?"

"미안하다. 자세한 얘기는 끝나면 해줄 테니까 그만 영혼을 돌려보내자."

회원들의 얼굴에 불만과 아쉬움이 비쳤지만 영창으로서는 어쩔 수가 없었다.

"당장 소환술을 멈추라는 급한 연락이 와서 그래. 미안하다, 얘들아."

영창은 아직 위자보드에 손을 올려보지 못한 회원들이 아쉬운 얼굴로 인상을 찡그리는 것을 보았다.

"할 수 없네요. 죄송해요, 영혼님. 저분은 저희 회장님이신데…… 무슨 일이 생겼나 봐요. 나중에 다시 만나기로 하고 오늘은 여기서 대화를 끝내야겠어요."

마침 포인터를 쥐고 있던 것은 두 명의 남학생이었다. 두 학생 모두 처음으로 수련회에 참석한 신입생이었다. 두 사람은 아쉬운 얼굴로 영혼에게 그만 끝내자고 했다. 시작부터 끝까지 이 소환술은 영혼의 의지를 존중하는 것이 중요한 관례였기 때문이다. 보통의 경우 영혼 역시 살아 있는 인간의 의견을 존중해주며 안녕을 고한다. 작별할 때는 '안녕히 계세요'라고 적혀 있는 곳을 통과하면 된다.

두 사람 사이에서 하얀 포인터가 움직였다. 두 사람은 움직이는 포인터를 물끄러미 바라보았다. 하지만 포인터가 멈춘 곳은 '아니요'라는 글자 위였다.

"어?"

포인터를 잡고 있던 두 학생은 놀란 얼굴로 서로를 바라보았다. 지금껏 순순히 모든 대화를 따라와준 영혼이 게임의 끝을 알리는 '안녕히 가세요'가 아니라 '아니요'라는 글자를 짚어서 당황한 것이다. 포인터를 잡고 있는 두 사람은 놀란 얼굴이었지만, 이런 경우 영혼을 타일러 떠나보내야 한다는 사실을 잘 알고 있었다.

"죄송해요. 저도 더 이야기하고 싶지만…… 그런 말 있죠? 아쉬울 때 그만둬야 가장 기억에 남는다는 말이오. 이렇게 만나서 정말 반가웠고 아마도 평생 잊지 못할 거예요. 그럼 우리 다음을 기약하면서……."

영혼을 구슬리며 이만 대화를 마치자는 말을 하려는데 두 사람의 손이 닿은 포인터가 아주 재빠르게 움직이기 시작했다.

'ㅅ. ㅣ. ㄹ. ㅎ. ㄷ. ㅏ.'

더없이 빠른 포인터의 움직임에는 그만두지 않겠다는 완강한 뜻이 담겨 있었다. 포인터를 잡은 두 사람은 등골이 차갑게 얼어붙는 것 같았다.

"미안합니다. 좀 이해해주세요."

'ㅅ. ㅣ. ㄹ. ㅎ. ㄷ. ㅏ. ㅈ. ㅓ. ㄹ. ㄷ. ㅐ. ㄹ. ㅗ.'

절대로 싫다니……. 포인터를 잡은 두 사람은 동시에 온몸을 부르르 떨었다. 한기가 온몸 구석구석까지 밀려왔다. 두 사람은 확실히 알 수 있었다. 영혼이 화를 내고 있다는 사실을, 매우 불쾌해하고 있다는 사실을……. 포인터 너머로 대화하던 영혼의 생각이 그들의 가슴으로 느껴졌다. 좀 전까지 순순히 대화하던 그가 완강히 거부하고 있었다.

"아, 이런……."

이 모습을 지켜보던 영창의 얼굴이 점점 퍼렇게 질려갔다. 위험한 일을 했다며 나무라는 선배의 목소리와, 절대로 게임을 그만두지 않겠다는 영혼의 모습이 겹쳐지면서 심장이 터질 듯 쿵쾅거렸다. 무언가 잘못되고 있다. 엄청나게 위험한 일이 벌어지고 있는지도 모른다는 생각에 영창의 심장이 떨렸다.

"이거, 아무래도 쉽게 나가진 않겠는걸요?"

부회장인 영재 역시 걱정스러운 눈빛으로 포인터를 응시했다.

영혼과 대화하던 두 신입생은 영재와 영창 쪽을 바라보았다. 어떻게 하면 좋을지 물어보는 얼굴이었다. 하지만 회장인 영창도, 부회장인 영재도 좋은 수가 떠오르지 않았다. 영혼은 아마도 이런 대화가 즐거운지 계속 이어가려는 모양이었다.

"그래, 하고 싶은 말이 있으면 하라고 해. 그리고 작별하면 되지 않을까?"

부회장 영재가 말했다. 헤어지기 싫다는 건 할 말이 있다는 뜻이니 그 이야기를 들어주면 순순히 떠나갈 것이다.

"음…… 그럼 떠나기 전에 우리한테 하실 말씀 있으세요? 헤어지기 전에 하고 싶은 얘기를 해보세요."

질문이 끝나자 포인터를 쥐고 있는 두 명의 손이 천천히 움직이기 시작했다. 영재의 생각대로 그 말을 기다렸다는 듯이 포인터가 정확하고 날쌔게 움직이기 시작했다.

'ㄴ. ㅏ. ㄴ. ㅡ. ㄴ. ㄴ. ㅓ. ㅎ. ㅡ. ㅣ. ㄷ. ㅡ. ㄹ……'

"나는…… 너…… 희…… 들……."

포인터 위에 손을 포갠 두 사람이 재빠르게 움직이는 포인터의 글자를 읽었다. 영혼이 말하는 글자를 읽어가던 두 사람은 순식간에 얼굴이 하얗게 변해버렸다.

'ㅁ. ㅗ. ㄷ. ㅜ. ㄹ. ㅡ. ㄹ. ㅈ. ㅜ. ㄱ. ㅇ. ㅕ. ㅂ. ㅓ. ㄹ. ㅣ. ㄱ. ㅔ……'

"나는. 너희들. 모두를. 죽여. 버리…… 겠…… 다!"

"으아악!"

포인터를 잡은 두 사람의 사지가 사시나무처럼 떨렸고, 이를 지켜보던 회원들도 공포에 질린 얼굴로 서로를 바라보았다. 방금 전까지 이런저런 대화를 하던 영혼이 이렇게나 끔찍한 말을 한다는 것이 믿기지 않았다.

"으, 으으…… 손…… 떼고 싶어요. 무서워요!"

포인터에 손을 대고 있던 두 남학생은 당장이라도 위자보드에서 손을 떼고 싶은 것을 간신히 참았다. 두 사람의 손은 누구랄 것도 없이 심하게 떨리고 있었다.

"이거 안 되겠는데요? 영창 형, 우리가 바통 터치 해야겠어요!"

부회장 영재가 소리쳤다. 두 학생은 엄청난 공포로 온 마음을 잠식당한 것이 분명했다. 회원들 대부분도 그들과 다르지 않았는데, 이것은 매우 위험한 일이었다. 영혼 소환술에서 가장 위험한 일은 공포로 의지를 잃어버리는 것이었다. 평온하고 안정된 마음을 잃는 순간 영혼은 인간의 마음을 파고들 수 있었다. 자칫 잘못하다간 공포로 잠식된 마음을 통해 산 사람에게 빙의憑依될 위험도 있다. 이를 잘 알고 있는 부회장 영재는 아무래도 경험 많은 자신과 회장 영창이 나서야 한다고 판단했다. 부회장인 영재 역시 무섭긴 하지만 책임감을 가지고 공포에 저항하고 있었다. 영재는 먼저 신입생 한 명을 일으켜 세우고 그 대신 포인터에 손을 올려놓았다. 그리고 서둘러 회장을 불렀다.

"영창 형, 어서요."

영재의 손바닥으로 마치 전기충격을 받을 때처럼 펄떡거리는 느낌이 전해졌다. 처음 영혼을 불렀을 때는 느껴지지 않은 것이었다. 아마도 처음 시작과 달리 지금 영혼의 상태가 매우 불안정한 것이 분명했다. 무언가 불같이 치미는 화의 기운, 엄청난 노여움 같은 것이 마음속으로 느껴졌다.

"자, 잠깐만……."

회장 이영창은 스스로의 마음을 추스르느라 마음속으로 전쟁을 치르고 있었다. 후배들 앞에서 티를 내지 않으려 했지만 선배로부터 직접적인 경고를 들은 직후부터, 아니 사실은 그전부터 그의 불안감은 엄청났다. 모든 회원이 수염이 덥수룩한 산지기의 모습을 그린 순간부터 그의 가슴은 공포로 잠식되어 있었다. 선배의 전화를 받은 후로 온몸이 불안과 공포, 괴로움과 죄책감으로 엉망이었다. 그는 커다란 위험이 썰물처럼 그들을 덮칠지도 모른다는 불안감에 미칠 것만 같았다.

"형, 어서요!"

하지만 회장으로서의 책임과 의무를 생각하면 그는 부회장이자 후배인 영재에게 '못하겠다'는 말을 할 수가 없었다. 그는 별수 없이 다른 신입생 대신 자리에 앉았다. 그러고는 영재의 손등위로 자신의 손을 겹쳐놓았다. 그리고 그 순간!

빠지직!

영창의 온몸이 감전된 것처럼 떨려왔다. 눈에 보일 정도로 그의 얼굴이 떨렸고, 눈앞으로는 새파란 불꽃이 커다란 굉음을 내며 사방으로 터져 올랐다. 눈이 멀고 귀가 멀어버릴 듯한 순간이었다.

"괜찮아요? 형, 괜찮아요?"

잠시 후 아득히 멀리서 울려대는 듯 작은 목소리가 들렸다. 그것은 걱정이 가득한 영재의 목소리였다. 시간이 지나면서 서서히 깜깜한 암흑과 파란 전기충격 속에서 맞은편 영재의 걱정스러운 얼굴이 또렷하게 보이기 시작했다.

"아, 그래…… 괘, 괜찮다."

영재는 영창을 바라보았다. 잠시 중심을 잡지 못하고 출렁거리긴 했지만 영창은 위자보드에서 손을 떼지도, 넘어지지도 않았다. 아마도 잠시 동안 강한 영적 기운에 놀란 모양이었다. 영창은 곧 정신을 차리고 고개를 흔들었다. 그러고는 모든 신경을 보드에 집중하기 시작했다.

영재는 영창의 모습을 걱정스럽게 바라보다가 곧 영기에 집중했다. 영재는 눈을 감았다. 그리고 위자보드를 붙잡고 있는 자신의 손에 집중했다. 되도록 마음의 평정을 유지하며 영혼과 대화할 준비를 시작했다.

그때였다. 두 눈을 감느라 영재는 보지 못했다. 순간적으로 파랗게 번쩍이는 이영창의 눈동자를.

그는 미처 알아채지 못했다.

7

터벅, 터벅…….

진한 남색 바지에 푸른 와이셔츠를 입고 감색 물방울무늬 넥타이를 맨 남자가 홀로 팔봉산을 올라가고 있었다. 그는 세계심령·정신·영계연구소 한국 지부의 수습사원인 남명호였다. 그는 좀 전에 긴급한 연락을 받고 이미 어두워질 대로 어두워진 산길을 부지런히 오르는 중이었다.

서울 지부 유종필의 전화를 받자마자 팔봉산으로 즉시 출동했지만 아직 수습이라 그런지 그는 괜스레 마음이 두근거렸다. 지금은 서울, 부산, 대구 등 모든 도시가 비상 체제에 돌입했고 여기저기서 크고 작은 영적 사건이 벌어지고 있었다. 때문에 이런 사건에 두 명 이상 보낼 여력이 없었다.

와르르…….

손전등을 켜고 조심스럽게 오르는데도 워낙 험한 산길이라 돌무더기가 쓰러지면서 남명호는 그만 엉덩방아를 찧고 말았다.

"에이, 멍청한 대학생 녀석들 때문에 이게 뭐람!"

남명호는 투덜거리며 몸을 일으켰다. 넘어지며 손목을 접질린 탓인지 오른쪽 손목이 시큰거렸다. 이래서야 그의 유일한 무기인 태극패太極牌◆도 쥐기 힘들 터였다. 그의 태극패는 청동거울 한 면에 태극무늬를 새긴 것으로, 아주 오래전부터 내려오는 가보였다. 남명호의 집안은 대를 건너가며 영능력자가 나왔지만 이번 대에는 강한 영능력자가 없고 그만이 영적으로 조금 민감한 체질을 타고났다. 그는 할머니로부터 청동 태극패를 물려받은 뒤로 영과 관련된 일을 꾸준히 하기 시작했다. 영능력이 강한 편은 아니지만 집안 내력 덕분에 그는 대학을 졸업하자마자 영계연구소에 취직했고 '따박따박' 월급도 받게 되었다.

남명호는 시큰거리는 손목을 붙잡았다. 통증이 꽤 느껴졌지만 조금만 더 올라가면 매년 심령과학연구회가 사용하는 그 폐건물이 나타날 테니 잠시만 참기로 하고 걸음을 재촉했다. 지금은 연구회 녀석들을 모두 데리고 산 아래로 내려가는 것이 급했다.

드디어 남명호의 앞에 노란 불빛이 희미하게 보이기 시작했다. 폐공장 안쪽에서 비치는 작은 불빛이었다.

◆고대부터 마술적인 기호로 사용된 태극패에는 다양한 의미가 함축되어 있다. 태극의 무늬는 남과 여, 밤과 낮, 어둠과 밝음, 선과 악, 열과 냉, 흑과 백 등 정반대의 쌍을 의미하며 마술적으로 성스러운 기운을 불러일으킨다고 한다.

"어이구, 겨우 다 왔군!"

불빛이 보이자 손목 통증은 잠시 잊은 채 대학 시절을 떠올렸다. 대학 때부터 워낙 심령현상과 연구 활동에 관심이 많았던 남명호라 이런 수련회에도 참석한 적이 있었다.

"여차!"

양복 등은 이미 축축하게 젖어 있었지만 그는 마지막 남은 발걸음을 재촉했다. 그런데 어찌 된 일인지 낡은 회색 건물이 가까워질수록 그의 본능이 경종을 울려대기 시작했다. 어쩐지 위험한 무언가가 도사리고 있다는, 막연한 불안감이 의식 저 아래쪽에서 불끈불끈 솟아올랐다.

"밤이라서…… 게다가 깊은 산속이라서 그런 거겠지."

남명호는 스스로에게 납득할 만한 이유를 들려주고자 했지만 그의 본능은 여전히 위험신호를 보내고 있었다. 그리고 그가 그 회색의 낡은 건물 앞에 도착한 순간 그의 본능이 잘못된 신호를 보낸 게 아님이 확인되었다.

"헉!"

남명호는 자신의 눈을 의심했다. 폐허의 정문, 낡은 철문에 손으로 덕지덕지 묻힌 것처럼 핏물이 흥건하게 발라져 있었다.

"으악!"

게다가 바로 옆을 돌아본 그는 하마터면 그 자리에서 고꾸라질 뻔했다. 한 청년이 낡은 처마에 발이 묶인 채 거꾸로 매달려 바람이 부는 대로 흔들리고 있었다.

"이런…… 이게 대체……!"

주위를 살피던 남명호는 조심스럽게 그 청년을 향해 다가갔다. 처마에 아무렇게나 고정된 청년의 두 발이 바람이 불 때마다 조금씩 흔들리고 있었다. 그는 주위를 경계하면서도 재빨리 청년의 목에 손을 대보았다.

"젠장!"

청년의 목을 짚어보던 그는 인상을 찌푸렸다. 차갑게 식은 몸. 숨이 완전히 끊겨 있었다.

"젠장! 이게 대체 어찌 된 일이야!"

그는 즉시 품속에 감춰두었던 태극패를 꺼내 들었다. 오른손으로 힘껏 태극패를 쥐자 주위의 음산함이 더욱더 가까이 다가왔다. 그 음산함은 이 건물 주위에 자욱하게 흔적을 뿌리고 있었다.

희미한 누런 불빛만 괴괴하게 뿜어져 나오는 건물 안에 과연 누가, 어떤 놈이 도사리고 있을까. 그는 오른쪽 손목을 접질렸다는 사실조차 잊어버린 채 있는 힘을 다해 태극패를 쥐었다. 그리고 주위를 살피며 조심스럽게 문 앞으로 다가가 오른발로 힘껏 철문을 찼다.

끼이익!

"으악!"

"꺄아아악!"

철문 뒤에서 자지러질 듯한 비명 소리가 이어졌다. 텅 빈 회색 건물 안에는 한 패거리의 남녀 대학생이 떼 지어 뭉쳐 있었다.

"으악!"

"누, 누구세요!"

모두 공포로 눈이 멀어버릴 듯한 상태였다. 학생들은 오히려 남명호가 살인자나 되는 것처럼 두려워하는 눈빛이었다. 남명호는 그런 학생들을 물끄러미 쳐다보았다. 그들은 잔뜩 공포에 질려 남명호 쪽을 바라보고 있었다.

"자, 잠깐! 나는 유종필 씨의 연락을 받고 온 심령·정신·영계연구소의 남명호입니다. 서울, 유종필 씨가 선배 맞죠? 심령과학연구회 학생들이 맞는 거죠?"

그는 공포와 두려움으로 고양이 앞의 쥐처럼 벌벌 떠는 학생들을 향해 소리쳤다. 남명호를 괴물 보듯 쳐다보던 학생들은 그제야 무너지듯 바닥에 주저앉으며 엉엉 울음을 터뜨렸다.

"어흑, 아니야. 그 영혼이 아니었어. 다행이야……."

"으으, 다행이야……."

서로를 붙들고 서러운 눈물을 흘리는 학생들은 아직도 견딜 수 없는 충격 때문에 숨을 헐떡이고 있었다.

"밖에 있는 저 친구는 뭐죠? 어쩌다 저렇게 됐죠? 누가 이야기 좀 해봐요."

남명호는 흐린 두 개의 램프 불만 간신히 어둠을 밀어내고 있는 텅 빈 회색 공장에 정좌를 하고 앉았다. 그는 단전에 힘을 주고 호흡을 가다듬으며 학생들에게 그간 무슨 일이 있었느냐고 물었다. 열 명가량 되는 학생들은 굴속에 숨어 있는 토끼 떼처럼 서로 서로 붙어 앉아 고개를 파묻고 있었다. 모두들 공포에 빠진 얼굴로 흑흑거리더니 간신히 한두 사람이 나서서 이야기를 시작했다.

"제, 제가 심령과학연구회 부회장인 김영재입니다. 사실 유종필 선배가 주의를 줬지만 우린 이곳으로 왔습니다. 어제, 그제는 아무 일도 없었습니다. 그런데 바로 오늘. 소환술을 마친 직후에…… 으으윽!"

힘겹게 이야기를 이어가는 부회장 김영재는 비통함과 괴로움으로 입이 떨어지지 않았지만 직책에 맞는 책임감을 가지고 간신히 감정을 참아내며 차근차근 자초지종을 털어놓았다.

"소환술이 시작되고 얼마 지나지 않았을 때 회장인 영창 선배가 유종필 선배의 전화를 받았습니다. 그때 유 선배님이 소환술을 당장 중지하라며 화를 내셨습니다. 영능력자를 보낼 테니 당장 소환술을 끝내고 이곳에서 기다리라는 말도 들었습니다. 그래서 우리는 즉시 소환술을 멈췄습니다. 하지만…… 뭐가 잘못되었는지 우리가 불러낸 영이 좀처럼 우릴 떠나려 하지 않았습니다."

"소환술을 하던 중이었다고요? 뭘로?"

"위자보드를 만들었습니다. 저희가 직접…… 그런데 위자보드에 나타난 영이 빠져나가려 하지 않았습니다. 그래서 조금 승강이가 있었습니다. 영은 버티고 우리는 다음에 만나자고 영을 달래고 그랬어요. 마지막에는 영이 우리 모두를 죽인다고 협박까지 하는 바람에…… 정말 겁이 났습니다. 그래서 저희는 무릎을 꿇고 사죄했어요. 내년에는 꼭 영능력자와 같이 와서 영혼의 소원도 들어주겠다고 약속했어요. 그랬더니 다행히 영혼은 순순히 우리를 떠났습니다. 억지로 끝낸 것이 아니라 위자보드의 마지막 인사까지 하고 스스로 떠나갔습니다. 그래서 특별히 잘못된 부분은 없었는데……."

그간의 이야기를 하던 영재는 두 팔을 붙잡고 몸을 떨었다. 그 마지막 인사를 진행한 것이 회장인 이영창과 부회장인 영재였다. 화를 내던 영은 다행히 나중에는 양처럼 순해져서 순순히 그들을 떠나갔다. 모두들 안도의 한숨을 내쉬며 모두 끝이라고 생각했는데……. 영재는 눈을 감고 고개를 흔들었다. 그때만 해도 믿을 수 없는 공포의 시간이 그들을 덮칠 거라곤 아무도 예상치 못했다.

"우리는 영을 떠나보내고 우릴 데리러 올 누군가를 기다렸습니다. 하지만 가만히 기다리기가 좀 지루해서 남자들은 다들 건물 밖으로 나갔고 여학생들은 여기 남아 이야기를 하고 있었습니다. 그리고…… 남자들끼리 이런저런 얘기를 하다가 다시 건물 안으로 들어왔을 때 우리는 두 명이 사라진 것을 알았습니다. 이번 수련회 참석자는 남자 열세 명에 여자 일곱이었습니다. 그런데 그중 1, 2학년 두 명이 사라져버린 거예요."

남명호는 눈앞의 학생들을 속으로 세어보았다. 수련회 참석자는 총 스무 명. 그러나 지금 그의 눈앞에는 열두 명밖에 없었다.

"혹시 볼일이라도 보러 갔나 싶어 기다려봤지만 아무 소리도 안 들렸습니다. 멀리 갔을 리도 없는데……. 이상했지만 혹시 길을 잃었나 싶어서 저희 모두 큰 소리로 이름을 불렀지만 아무 대답도 없었습니다. 저희는 그대로 있을 수가 없었습니다. 그래서 남은 학생들이 세 명씩 짝을 지어 그 녀석들을 찾으러 나섰습니다. 혹시나 어디 발을 헛디뎌 굴러떨어진 건 아닐까 싶어서……. 그런데…… 오히려 그 녀석들을 찾으러 나갔던 두 팀이 사라졌고, 수색을 포기하고 돌아왔을 때…… 저렇게…… 피투성이로…… 장수 녀석이 저기에 거꾸로 매달려…… 으윽! 으으윽!"

김영재는 시뻘겋게 달아오른 얼굴로 최대한 감정을 억누르려 했지만 결국에는 신음을 터뜨렸다. 말하기 힘든 이야기임에 틀림없었다. 영재의 이야기를 듣던 남명호는 설설 고개를 가로저었다.

'철없는 놈들 같으니! 결국엔 그 철없는 짓거리로 스무 명 중에 열둘만 남았구나!'

소환술이 얼마나 위험하고 무서운 일인지 알지 못하는 학생들이 저희끼리 이런 강한 영지에 와서 무시무시한 일을 벌이다니 한심스러웠다. 더구나 바로 이런 때! 이렇게 위험한 시기에!

"흠, 그랬군. 너희…… 혹시 불러낸 사람이 턱수염을 기른 남자였냐?"

남명호는 남은 열두 명의 학생을 주욱 바라보더니 그렇게 물었다.

"어, 어떻게 아셨어요?"

밑도 끝도 없이 영혼의 생김새를 말하는 남자를 보고 열두 명의 학생은 커다랗게 눈을 떴다. 공포와 혼란이 뒤섞인 그들의 눈

속에 놀라움이 감돌았다. 남명호는 턱 주위를 슬근슬근 문지르더니 수염이 듬성듬성 나 있는 턱으로 몇몇 학생을 가리켰다.

"흠, 왜냐면 너!"

그의 턱이 가장 먼저 가리킨 것은 공포로 벌벌 떨고 있는 회장 이영창이었다. 순간 이영창은 불안이 가득한 눈으로 남명호를 쳐다보았다.

"그리고 너!"

이번에 남명호가 가리킨 것은 좀 전까지 자초지종을 설명한 김영재였다.

"그리고 거기 너랑 너."

그들은 마지막으로 영과 대화한 영창과 영재, 그리고 그 직전에 영과 대화한 두 사람이었다.

"너희한테 그 영혼의 흔적이 보여."

그는 무심한 듯 턱을 문지르며 네 사람을 주욱 훑어보았다.

"특히 넌 좀 많이 남아 있네."

그는 마지막까지 포인터를 들고 있던 영창을 가리켰다.

"흐…… 흔적이오?"

네 사람은 저도 모르게 어깨를 떨었다. 영혼의 흔적이 소환이 끝난 후에도 남아 있다니 끔찍한 느낌이 들었다.

"어헝, 엄마!"

"어흑, 싫어!"

남자들은 그래도 입을 꽉 다물며 공포를 견뎌내려 했지만 몇몇 여학생은 신경질적으로 울음을 터뜨렸다.

"이거 참. 흔적만 남은 거니까 울진 마라. 보통은 영의 흔적이 그처럼 선명하게 남지 않는데 이상해. 소환할 때 뭔가 잘못된 게 틀림없어."

그는 잠시 생각에 빠지다가 재빨리 일어섰다.

"우선 사라진 애들부터 찾아보자. 길을 잃고 헤매는 녀석들이 있을지도 모르니까. 시간이 지체될수록 이 산은 점점 위험해져."

남명호는 공포에 떨고 있는 아이들을 진정시키며 벌떡 일어섰다.

"그렇다고 무작정 찾아볼 수는 없으니까 정확히 10분 동안만 다른 애들을 찾아보겠다. 그동안 너희는 꼼짝 말고 여기서 기다려. 10분이 지나면 나머지 애들은 포기하고 내일 날이 밝으면 찾아보기로 하자. 주변을 한 바퀴만 돌아볼 테니까 다들 움직이지 말고 있어. 겁먹은 자의 마음은 사악한 영혼의 먹이가 되는 법이다. 다들 항마좌降魔座◆를 알고 있겠지? 항마좌를 하고 여기서 꼼짝 말고 모여 있어."

푸른 와이셔츠에 감색 물방울무늬 넥타이는 유행과 담을 쌓은 듯 우스꽝스러웠다. 뻣뻣하고 덥수룩한 머리카락과 듬성듬성한 수염도 볼품없었다. 하지만 그 누구의 눈에도 그런 남명호의 모

◆ '달인좌達人坐'라고도 불린다. 한쪽 다리는 바닥에 대고 나머지 다리만 다른 쪽 넓적다리에 올리고 곧게 앉는 자세다. 이런 자세는 외부의 사기邪氣를 물리친다 하여 항마좌라 이름 붙여졌다.

습이 허투루 보이지 않았다. 대학생들과 나이 차이도 많지 않은 신입 사원인데도 전문가의 얼굴로 말하는 남명호와 심령과학연구회 학생들의 차이는 확연했다. 그에게서는 왠지 모를 믿음직한 오라가 퍼져나왔다.

남명호는 짧게 설명을 마친 뒤 날쌔게 걸음을 옮겼다.

"저, 저도 함께 가겠습니다! 연구회 부회장으로 아이들 얼굴도 잘 알고 있으니 함께 가겠습니다."

바로 그때 부회장 영재가 용기를 내어 벌떡 일어서더니 남명호의 뒤를 따랐다. 회원들의 얼굴도 모르는 남명호에게 조금이라도 도움이 되고 싶어서였다. 처음 보는 남명호에 대한 신뢰감이 영재의 가슴을 뜨겁게 데웠다.

"아, 그럼 고마워."

명호 역시 영재의 도움을 흔쾌히 받아들였다. 얼굴을 모르는 상태라면 누가 회원인지 모를 뿐더러 혹시라도 누군가가 회원으로 가장하고 위해를 가할 가능성도 배제할 수 없는 일이다.

"저, 저도…… 제가 회장입니다."

그때였다. 몸을 웅크리고 있던 회장 이영창이 부스스 일어섰다. 의무감으로 일어나긴 했지만 웬일인지 그의 얼굴은 검은 납빛이었다.

"넌 몸이 안 좋아 보이는데 여기 있어라."

"아, 아닙니다. 괜찮…… 습니다. 저도……."

명호는 영창의 얼굴을 보며 인상을 썼지만 영창은 자리에 앉지

않고 고집을 부렸다. 회장으로서의 의무감이 그를 짓누르는 모양
이었다.

"아이고, 알았다. 그럼 빨리 한 바퀴 돌고 와서 얼른 하산하자.
몸이 으슬으슬해서 기분이 별로다."

남명호는 더 말할 것 없이 벌떡 일어나 성큼성큼 건물 밖으로
나갔다. 그는 제일 먼저 덜렁거리며 매달려 있는 남학생을 풀어
주었다. 품에서 꺼낸 맥가이버 칼로 몇 번 줄을 갈자 차갑게 굳은
몸이 아래로 떨어졌다. 그는 조심스럽게 학생의 시신을 한쪽에
눕혀두고 혀를 끌끌 찼다. 한기가 심해지는 것이 정말 기분이 영
아니었다.

남명호는 뒤에 서 있는 두 사람을 돌아보았다. 회장인 영창과
부회장인 영재가 파랗게 질린 얼굴로 서 있었다. 처음으로 시체
를 본 사람들은 다 저렇게 놀랄 수밖에 없을 것이다. 사실 몇 달
전만 해도 남명호 역시 그들과 별반 다르지 않았다. 자리가 사람
을 만든다는 말처럼 이 일을 시작한 뒤로 이런 모든 것을 받아들
이고 대처할 수 있게 되었다.

"그럼 가보자."

남명호는 건물 주변 숲 속으로 들어갔다. 멀지 않은 숲만 한 바
퀴 수색해보고 얼른 이곳에서 철수하는 것이 좋겠다는 생각이 들
었다. 그는 빠른 걸음으로 서둘렀다. 그의 손에는 청동 태극패가
단단히 쥐여져 있었다.

사삭…… 사삭…… 사삭…….

남명호가 앞장서고 그 뒤를 이영창과 김영재가 따랐다. 풀숲을 헤치기가 생각보다 쉽지 않았다. 이곳 팔봉산이 워낙 외지고 길도 없는데다가 한 치 앞도 보이지 않는 밤이었기 때문이다. 세 사람은 모두 발밑을 조심하며 조금씩 앞으로 나아갔다.

"누구 없냐?"

"대답 좀 해봐라! 거기 누구 없어?"

영재와 영창이 명호의 뒤를 따르며 큰 소리로 사방을 향해 외쳐댔다. 아이들이 외치는 동안 명호는 매서운 눈초리로 사방을 노려보았다. 자꾸만 느껴지는 스산한 기분이 어디서 나오는지 알 수가 없었다. 마치 목덜미를 잡힌 것처럼 바로 코앞에서 느껴지는 좋지 않은 느낌이었다.

"얘들아, 잠깐만 기다려라. 좀 이상한 기분이 들어서 말이다."

남명호는 잠시 발걸음을 멈추더니 품속에서 무언가를 부스럭부스럭 찾았다. 마침내 그의 손에 딸려 나온 것은 권총같이 생긴 것이었다. 무엇인지는 몰라도 은색으로 반짝이는 총구 부분이 있는 권총 모양의 도구였다.

"이제 됐다. 가자."

그는 총구 부분을 앞으로 빼들더니 몇 걸음을 뗄 때마다 한 번씩 손을 뻗어 찰칵찰칵 방아쇠를 당겼다.

"그런데…… 뭐하시는 거예요?"

영재는 그런 명호의 모습이 의아한지 눈을 동그랗게 뜨고 물었다. 권총처럼 생겼지만 방아쇠를 당겨도 총알이 날아가지는 않았다.

"아, 별거 아니야. 디지털 온도계."

그는 영재에게 은색 권총을 슬쩍 보여주었다. 방아쇠 앞에 빨간빛으로 반짝거리는 숫자가 보였다. 방아쇠를 당길 때마다 주변 온도가 즉각 측정되는 순간온도계였다.

"아니, 왜 그걸?"

영재와 영창은 그가 왜 디지털 온도계를 가지고 다니는지 의아한 표정으로 되물었다.

"으응, 영적 현상이나 영혼 주변은 온도가 다른 곳보다 훨씬 낮은 경향이 있어. 한 집 안이라고 해도 이상하게 온도가 낮은 부분이 있지. 이런 곳을 고감도 카메라로 찍으면 영혼이 찍혀 나오는 경우가 많지. 혹시 앞길이 위험하진 않을까 싶어서 확인하는 거야."

남명호는 영력을 개발 중인 수습사원이라 아직까지는 기계에 의존하는 경우가 많았다. 스스로의 영력은 높지 않기 때문에 유명한 분이 만들어준 부적이나 조상 대대로 내려오는 태극패를 잡지 않으면 영력을 끌어올릴 수 없었다. 스스로 영력을 높이려면 아직 수많은 연마가 필요했다.

남명호는 온도계를 들고 이리저리 측정해보았지만 주변 온도는 지극히 정상적이었다.

5분여 동안 직선으로 걸어보았지만 주변에는 개미 소리조차 들리지 않았다. 눈을 씻고 찾아봐도 연구회 학생들의 그림자도 보이지 않았다.

"안 되겠다. 본격적인 수색은 내일 하고, 다시 건물로 돌아가자. 우리도 위험해질 수 있으니까."

결국 수색 10분도 되지 않아 세 사람은 오던 길을 되짚어 돌아갔다. 이번에는 아까 명호를 뒤따라오던 영재와 영창이 남명호의 앞에서 숲을 헤치며 걸어갔다. 묵묵히 사방을 노려보며 따라가던 남명호는 혹시나 하는 마음에 다시 디지털 온도계를 작동시켰다.

차칵!

방아쇠를 당긴 순간의 온도가 측정되었다. 그런데…… 놀랍게도 이번엔 아까 측정했던 온도보다 10여 도가 낮은 숫자가 찍혔다.

"……잠깐 멈춰봐!"

그는 두 사람을 세운 후 자신의 뒤쪽 온도를 측정했다. 19도가 찍혀 있었다.

차칵!

이번에는 영재와 영창이 있는 쪽을 향해 방아쇠를 당겼다. 온도계에는 '10'이라는 숫자가 똑똑하게 찍혀 있었다. 9도…… 어마어마한 온도 차이였다.

"주변에 뭔가 있다. 조심해라!"

그는 사방을 잡아먹을 듯한 얼굴로 노려보며 다시 조금씩 공간을 좁혀 이곳저곳의 온도를 측정했다. 놈은 가까이에 있었다. 그것도 영재와 영창 주변에 버티고 있는 게 틀림없었다. 남명호는 영재와 영창 주변에 놈이 머물고 있다는 것을 확신하고 윗주머니에서 간이 모션 센서를 꺼내 얼굴에 썼다. 고글처럼 생긴 모션 센서는 온도 변화를 통해 움직임을 잡아내는 도구였다. 모션 센서를 이용하면 온도가 낮은 지점을 정확히 확인할 수 있었다. 혹시 그것이 움직이는 대상물일지라도.

남명호는 모션 센서의 스위치를 '온ON'으로 켜놓았다. 정확하게 모습을 잡기만 한다면 호주머니에서 기다리고 있는 태극패로 영을 가둘 수 있을 것이다. 영을 가둬놓기만 한다면 본격적으로 영을 없애는 제령除靈은 나중에 전문 영능력자가 하게 된다.

달칵!

새까맣고 두꺼운 안경식 모션 센서가 어두운 숲 속에 초록 불빛을 반짝거리며 드디어 작동하기 시작했다. 이제 남명호 인생에서 처음, 독자적으로 영을 생포하는 순간이었다.

남명호는 자신이 지적했던 온도가 낮은 부분을 중심으로 그 영이 어디에 있는지를 되짚었다. 그리고 그는 기계가 가리키는 '그곳'을 확인하고 순간적으로 모든 동작을 멈출 수밖에 없었다.

모션 센서가 가리키는 낮은 온도의 그곳…… 영혼이 웅크리고 있다고 믿었던 그곳에 연구회 회장 '이영창'이 있었다. 모든 온도는 이영창을 중심으로 급격하게 낮아졌다. 이영창은 마치 죄를 지은 사람처럼 남명호를 옆눈으로 흘긋흘긋 쳐다보았다. 영창은 완전히 겁에 질린 것처럼 두려운 표정을 짓더니 주춤주춤 뒷걸음질 쳤다.

"설마…… 네가 범인이냐?"

남명호가 허무한 듯 내뱉는 순간.

쐐애액!

거대한 바람 소리가 그의 귓가를 찢었다.

"죽어라!"

순간 검은 손도끼가 남명호의 목을 강타했다. 호주머니에 들어갈 만큼 작은 손바닥 크기의 차가운 쇳덩이가 영창의 손에 들려있었다. 겁을 먹은 척 돌아서던 그의 주먹 사이에서 낡고 차가운 도끼날이 희생자를 기다리고 있었다.

울컥!

남명호는 멍한 눈으로 그 검은 도끼날을 바라보았다. 도끼날 주변으로 시뻘건 피가 튀었다. 자신의 목에서 나오는 피일까 싶을 정도로 붉고 질퍽한 피가 분수처럼 솟아올라 눈앞을 가렸다. 서서히 바닥으로 쓰러져 내리는 순간 그는 아까와 다른 무시무시한 눈빛의 회장 이영창을 보았다. 그는 더 이상 겁쟁이의 얼굴이 아니었다. 잔인하고 사악한 동물의 얼굴이었다. 이번에는 영창의 작은 손도끼가 부회장 김영재의 정수리를 내리치는 모습이 슬로비디오처럼 펼쳐졌다.

진득한 피로 바닥이 흥건하게 젖어가는 것을 느끼면서도 남명호는 호주머니에 들어 있는 휴대전화의 단축버튼을 꾸욱 눌렀다. 그것이 그에게 남아 있는 마지막 힘이었다.

8

검은 숲을 가르는 빠른 발소리가 이어졌다.

타닥, 탁탁탁.

이제 낙빈과 정현에게는 낮이건 밤이건 산을 타는 것이 전혀 문제되지 않았다. 두 사람의 발걸음은 타악기를 두드릴 때처럼 경쾌하고 리듬감이 있었고, 하늘로 튀어 오르는 메뚜기처럼 신속하고 재빨랐다.

현욱의 긴급 연락을 받은 것은 바로 몇 분 전이었다. 천신의 암자에서 그리 멀지 않은 팔봉산에서 대학생들이 위험에 처해 있다는 소식을 듣자마자 두 사람은 팔봉산 기슭을 향해 달리기 시작했다. 굽이굽이 이어진 산길을 타고 날듯이 뛰어가자 차를 타고 달리는 것보다도 빠르게 사건 현장에 도착할 수 있었다. 현욱은 벌써 1차, 2차에 걸쳐 영능력자 세 명을 파견했지만 모두 연락이 끊겼다고 했다. 그는 추가 요원을 급파하는 데는 시간이 걸리니 도와달라고 했다.

그 뻣뻣한 남자가 부탁하지 않아도 이런 이야기를 들은 이상 돕지 않을 수는 없었다. 산이라는 특성상 매일 밤낮으로 산을 오르내린 낙빈과 정현이 급히 팔봉산에 와보기로 했다.

"저긴가 보다."

앞서가던 정현이 허물어져가는 낡은 회색 건물과 그 안에서 비치는 노란 불빛을 먼저 감지했다. 창문도 없는 삭막한 건물에 유

일하게 작은 창이 하나 있었다. 그곳에서 노란 불빛이 흐릿하게 새어나왔다. 산 중턱에 세워진 건물 주변에는 마당처럼 넓은 평지가 있고 그곳에는 키 작은 풀만 무성했다. 점점 건물에 가까이 다가가자 처마 아래에 무언가 커다란 것이 시계추처럼 매달려 느리게 흔들리고 있었다.

"우욱, 세상에……!"

건물 앞에 도착한 두 사람은 처마 아래에 걸린 시체를 발견했다. 정현이 먼저 다가가 살펴보았다. 사망한 지 몇 시간이 지난 시신이었다. 옷차림을 보니 이곳에 왔다는 대학생이 분명했다. 그의 발목에는 아무렇게나 친친 동여맨 끈이 처마와 연결되어 있었다. 자세히 보니 누군가가 이미 한 번 끊었는지 잘린 자국이 나 있었다. 아마도 이전에 누군가가 끈을 끊어 바닥에 눕혀놓은 모양인데 이 끔찍한 살인마가 다시 시체를 끌어올려 문 앞에 매달아 놓은 듯했다. 왜 이런 짓을 했을까? 거꾸로 매달린 시체가 두꺼운 철문 앞을 막아선 것처럼 천천히 흔들리는 것을 보면 아마도 문 안에 갇힌 사람들이 나오지 못하게 겁을 주려는 것 같았다.

"으윽!"

낙빈은 인상을 찌푸렸다. 시체 주변에는 일부러 뿌린 것 같은 붉은 핏방울도 흥건했다. 도대체 어떤 놈이 이렇게 잔인한 짓을 했는지 용서할 수 없었다.

끼익…….

"꺄아악!"

살며시 문을 열어보니 열 명 남짓한 대학생이 화들짝 놀라 소리를 질러댔다. 그들은 벽 한쪽에 다닥다닥 붙어 있었다. 흐릿한 램프 불빛만 간신히 어둠을 쫓고 있는 그곳에서 그들은 서로를 의지한 채 둥글게 모여 있었다. 모두가 지독한 두려움과 공포에 반쯤 넋이 나가버린 얼굴이었다.

"도와드리러 왔으니 안심하세요."

정현과 낙빈이 안심하라고 말했지만 그 누구의 표정도 나아지지 않았다. 당연한 일이었다. 처음으로 그들을 구하기 위해 등장했던 남명호가 금세 돌아오겠다며 사라진 후 두 명의 영능력자가 일행을 구하러 왔지만 그들 역시 주변을 돌아보러 나가더니 또다시 감감무소식이었다. 잠시라도 이 건물에 들어왔다가 나간 사람은 멀쩡한 모습으로 돌아오지 않았다. 시체로 돌아오든가, 초주검이 되어 돌아오든가, 아예 사라지든가. 모여 앉은 사람들은 돌아오지 않는 사람들이 모두 죽어버렸다는 것을 느끼고 있었다. 그런데도 보이지 않는 감옥에 갇혀 단 한 걸음도 밖으로 나갈 수 없는 학생들은 공황 상태였다.

이제 남은 사람은 여자 여섯 명에 남자 네 명이 전부였다. 이곳에 함께 왔던 이들 중 절반이 사라졌다. 심지어 그들을 구하러 온 영능력자 세 명까지. 게다가 지금 이곳을 찾아온 사람은 아까보다도 훨씬 믿음이 안 가는 새파란 젊은이와 꼬맹이였다.

"아까 왔던 사람들도 그렇게 말하더니 돌아오질 않아요. 당신들도…… 괜히 숲으로 가본다거나 그러지 말아요."

"어쨌든 여기에서 나가고 싶어요. 우리를 어서 산 아래로 데려다주세요. 아까 왔던 사람들처럼 숲으로 들어가지 말고 어서 우릴 산 밑으로 데려다주세요!"

학생들은 이 지긋지긋한 장소에서 벗어나 안전한 마을로, 산 밑으로 데려다달라고 애원했다.

"게다가 여기…… 환자까지 있어요. 우리 회장…… 영창 선배가…… 당신들이 오기 얼마 전에 피투성이가 되어 겨우 돌아왔어요. 회장은 기절했어요. 이대로 두면 죽을 거예요. 어서 병원으로 데려다주세요!"

낙빈과 정현은 학생들이 가리키는 사람을 바라보았다. 회색 벽의 끝에 모포를 둘둘 말고 있는 사람이 보였다. 그의 주변에는 핏자국으로 보이는 검고 진한 얼룩이 가득했다. 그는 완전히 정신을 잃어버린 듯 회색 벽에 몸을 기댄 채 눈을 감고 있었다.

"그래, 낙빈아. 우선 이 사람들을 산 밑으로 내려보낸 다음 다른 사람들을 찾아보는 게 좋겠어."

"네, 작은형!"

낙빈이 고개를 끄덕였다.

"저기, 누나 형들. 혹시 긴 끈이 있을까요? 아니면 얇은 티셔츠라든가……. 끈을 만들 만한 물건이 있을까요?"

낙빈은 우선 학생들에게서 여벌의 티셔츠를 받았다. 그러고는 티셔츠들을 배배 꼬면서 사이사이에 악귀들이 보기만 해도 무서워 떤다는 '제요사마부'를 꽂아두었다. 이토록 어두운 밤중에 열

명이나 데리고 내려가려면 우선 든든한 결계가 필요했다. 어디에 위험이 도사리고 있다가 튀어나올지 알 수 없는 일이니 사람들이 모두 들어갈 수 있을 정도의 기다란 결계를 만들려는 것이었다. 낙빈은 티셔츠와 티셔츠가 떨어지지 않도록 꼼꼼히 꼰 다음 처음 부분과 마지막 부분을 이어 둥근 고리 모양을 만들었다.

"이 안으로 들어오세요. 끈이 끊어지지 않게 조심해서 이 안으로 들어오시면 돼요."

학생들은 처음엔 영문을 몰라 멀뚱거리다가 낙빈이 시키는 대로 기다란 기차처럼 둥근 고리 안으로 들어갔다.

"이건 강력한 부적이 담긴 결계니까 이 안으로는 사악한 악귀가 들어오지 못해요. 부적이 많지 않아서 길게는 못 만들었어요. 줄이 끊어지지 않도록 꼭 잡으시고 한 줄로 서서 마을로 내려가셔야 해요. 무슨 일이 있어도 줄 밖으론 나오지 마세요. 이 안에만 있으면 웬만한 악귀는 덤비지 못할 거예요."

회원들은 짐은 모두 건물 안에 놓아두고 낙빈이 시키는 대로 티셔츠를 이어 만든 고리 안으로 들어갔다. 아홉 명의 학생이 줄 안에 들어가느라 서로 몸을 붙이고 발을 맞춰야 전진할 수 있었지만 묘하게도 결계 안쪽으로 들어서자 마음이 편하고 안정되는 느낌이었다. 그리고 나머지 한 명, 심하게 다친 이영창은 정현이 업기로 했다. 이제 모두 내려갈 채비를 마쳤다.

"누나, 형들. 제가 앞장설 테니까 조심해서 따라오세요. 혹시 끈이 끊어지면 즉시 제게 말씀해주시고요."

학생들은 하얀 한복을 입은 동그란 바가지 머리의 꼬마를 그제야 찬찬히 바라보았다. 그들을 구하겠다고 어디선가 등장한 이 꼬마는 캄캄한 어둠과 시체도 무섭지 않은지 너무나도 침착했다. 고작해야 열 살 정도로 보이는 꼬마가 어떻게 이런 끔찍한 상황에서 침착하게 그들을 이끌 수 있는지 이해되지 않았다. 도대체 그동안 어떤 일을 겪고 어떤 일을 보았는지 감도 오지 않았다.

낙빈은 일행의 앞에서 걷기 시작했다. 그 자신은 둥근 결계 밖에서 뒤따라오는 이들을 살피며 그들이 내려오기 좋을 만한 판판한 지형을 골라 앞서 걸었다. 낙빈의 뒤를 따라 꼬인 티셔츠를 단단히 붙잡은 아홉 명의 학생이 촘촘히 무리를 지어 걸었다. 맨 앞과 맨 뒤의 학생은 주홍빛 램프를 들었다. 그리고 일행의 가장 마지막에는 영창을 등에 업은 정현이 뒤따랐다.

"으윽! 천천히…… 흔들리지 않게…… 천천히 가주세요."

정현이 일행과 함께 보폭을 맞추며 내려가는데 등 뒤에서 고통스러운 신음이 들려왔다. 아까만 해도 완전히 정신을 잃고 있던 이영창이 어느새 정신이 들었는지 정현의 옷을 부여잡으며 고통을 호소했다. 아무래도 어딘가 부러진 모양인지 몸이 조금이라도 흔들릴 때마다 괴롭다며 이를 악물었다.

"알겠습니다."

정현은 영창의 말대로 최대한 조심해서 산을 내려가기 시작했다. 조금이라도 흔들렸다가는 신음이 터져 나오는 탓에 최대한 움직임을 줄일 수밖에 없었다. 덕분에 정현과 영창은 낙빈과 결계 안의 아홉 명으로부터 자연스럽게 멀어질 수밖에 없었다.

시간이 얼마 지나지 않아 정현의 눈앞에는 작은 불빛도, 학생들의 셔츠도 보이지 않게 되었다.

정현은 등에 업힌 영창에게 고통이 전달되지 않도록 조심했다. 조금 늦어지더라도 아랫동네에 도착한 낙빈이 119 구급차를 부르고 구급차가 도착하기까지 몇 분간의 여유가 있을 것이다. 이 속도라면 산 아래로 내려가자마자 구급차에 영창을 태워 보낼 수 있을 것이다. 정현이 그렇게 차근차근 아래로 내려가는데 섬뜩한 느낌이 뒷덜미에 느껴졌다.

"으응?"

정현은 재빨리 살기殺氣를 향해 뒤를 돌아보았다.

"……."

까만 숲 속은 아무 일도 없다는 듯이 고요했다. 분명히 순간적인 살기였지만 숲 어디에도 그런 기운이 느껴지지 않았다. 정현은 잠시 동안 검은 숲을 바라보다가 다시 산 아래를 향해 걸음을 놀렸다.

정현이 천천히 걸음을 떼는데, 등 뒤의 남자가 부스럭거렸다. 자세가 불편해서 몸을 움직이는 것 같았다. 그러나 다음 순간 거대한 살기가 정현의 뒷덜미에서 찌릿하게 느껴졌다.

"하앗!"

정현은 그대로 남자를 놓고 허공을 향해 날아올랐다.

휘이잉!

영창의 오른손에 잡힌 새까만 손도끼가 정현의 뒷목을 향해 날아드는 순간이었다. 그러나 정현의 움직임이 더 빨랐다. 작은 살기만으로도 위험을 감지한 정현이 앞쪽으로 펄쩍 뛰어올라 날카로운 도끼날을 피했다.

"비겁하구나. 아닌 척 정체를 숨기고 있었어."

정현은 짙은 눈썹을 꿈틀거리며 영창을 바라보았다. 그가 업고 내려오던 남자에게 악령이 깃들어 있었던 모양이다.

"카카카…… 내 도끼날을 피하다니 제법이구나!"

정현의 눈앞에 있는 것은 평범한 대학생이 아니었다. 두 눈을 푸른빛으로 번쩍거리는 그는 분명 사악한 영에게 육체를 지배당한 것이 분명했다.

"넌 누구냐? 대체 정체가 무어냐?"

정현은 푸른 안광이 이글거리는 눈앞의 남자를 날카로운 눈으로 쏘아보았다.

"케케케…… 나는 이 산의 주인이지. 크크크…… 이 산은 내 것이다! 산을 올라온 이상 누구라도 목숨을 내놓아야 한다. 네놈의 목도 단번에 따주마! 자, 어디 도망쳐봐라. 케케케…… 도망치는 놈의 목을 따버리는 것도, 도망치는 놈의 정수리에 도끼날을 꽂는 것도 제법 재밌는 일이지. 카카카……."

정현은 광적인 눈빛으로 새까만 도끼날을 휘잉휘잉 돌려대는 눈앞의 남자에게 잔뜩 인상을 찌푸렸다. 팔봉산이 자기 것이라면서 목숨을 내놓아야 산을 오를 수 있다는 말이 아주 낯설지만은 않았다.

"혹시 수년 전에 팔봉산에 살았다는 살인마인가? 숲 속에 숨어 마구잡이로 사람을 죽였다는…… 바로 그놈인가!"

"크하하하하!"

정현의 말에 남자는 요란하게 웃어제꼈다. 아주 신이 나서 못 살겠다는 듯한 웃음소리였다.

"카카카…… 아직도 나를 기억하는 놈이 있군. 내가 유명하긴 유명했나 보군! 나를 알고 있다니, 내 너는 특별히 예술적으로 죽여주마! 온몸에 피의 꽃으로 무늬를 새겨주마! 어때, 아름다운 죽음이지? 카카카."

놈은 정현이 자신을 알아봐준 게 무척이나 즐거운 모양이었다. 하지만 정현이 그를 기억하는 건 당시 전국 방방곡곡을 돌아다니며 수련하던 어린 정현이 직접 잡아볼 생각으로 점찍은 자였기 때문이었다. 당시 팔봉산 근처의 민심을 어지럽히며 사람들을 무자비하게 죽이는 정신병자가 나타났다는 말을 듣고 정현은 팔봉산을 찾아왔다. 다만 그를 만나기 전에 간발의 차이로 군인들이 이 숲을 에워싸고 놈을 사살하긴 했지만. 당시 완전 무장한 군인들이 동원된 대규모 소탕 작전에서 털복숭이 살인마는 열여덟 발의 총탄에 맞아 그 자리에서 즉사해버렸다.

"네가 그놈이라니 잘 만났구나! 살아생전에도 사람들을 괴롭히고 무자비하게 살해하더니, 죽어서까지 그 죄를 갚지 못하고 또다시 잔악무도한 짓을 벌이고 있으니 그 죄, 천벌을 받아 마땅

하다!"

"케케케. 웃기지 마라!"

놈이 들고 있던 새까만 도끼날이 바람을 가르며 순식간에 정현의 왼쪽 어깨를 향해 날아왔다. 그러나 그보다 먼저 정현이 몸을 빙그르르 돌려 옆으로 살짝 비켜났다. 차가운 도끼날이 정현의 옷깃 하나 스치지 못하고 비껴가자 악령은 서슬이 퍼렇게 성을 내기 시작했다.

"이…… 놈이! 감히! 죽어라!"

또다시 날카로운 도끼날이 정현의 목을 향해 직각으로 날아왔다.

"헛!"

이번에도 정현이 몸을 살짝 구부려 앉음으로써 시커먼 도끼날은 정현의 머리 위 허공만 가르고 말았다. 살인을 위해 무자비한 공격이 진행되고 있었지만 살인마에게 틈을 내줄 정현이 아니었다.

"이…… 이 자식이!"

살인마는 다람쥐처럼 요리조리 피하는 정현에게 씩씩거리며 분통을 터뜨렸다.

"이 새끼야! 쥐새끼처럼 피하지만 말고 덤벼라, 덤벼! 네놈의 사지를 갈가리 찢어 죽여주마!"

"그럼, 사양치 않겠다."

살인마의 협박에 움찔할 정현이 아니었다. 정현은 싱긋 웃음

짓는 동시에 공격할 준비를 했다.

"네놈에게 나의 사랑하는 검을 쓴다는 것조차 아까울 지경이다! 단지 손발만으로 네 죄를 물어주마! 첫째, 하늘이 주신 인간의 명命을 업신여기고 함부로 살육한 죄!"

정현이 회색 옷자락을 펄럭이며 까만 나무 위로 뛰어오르면서 오동나무보다 단단한 장도掌刀(손바닥 끝)로 살인마의 목덜미를 강타했다.

"꾸엑! 이…… 이놈이!"

살인마는 미친 듯이 손도끼를 휘둘렀지만 목덜미를 공격한 정현은 그림자조차 보이지 않았다.

"둘째, 영계의 영혼이 사람의 몸 안으로 들어와 영계와 육계를 어지럽히고 혼돈을 일으킨 죄!"

다음 순간 정현의 쩌렁쩌렁한 목소리가 살인마의 뒤통수에서 들려왔다.

"이익! 죽어랏!"

놈의 검은 손도끼가 즉시 뒤쪽을 향해 날았지만 이미 그곳엔 아무것도 남아 있지 않았다. 텅 빈 검은 숲만 살인마의 뒤를 지키고 있을 뿐이었다.

"허이업!"

다음 순간 단단한 바위도 여지없이 두 쪽으로 갈라버리는 정현의 단단한 권拳이 놈의 왼쪽 허리를 강타했다.

"셋째, 살아 있는 자를 우습게 여기고 잔인하게 살해한 죄!"

이번에는 날카로운 정현의 각광脚光(발끝)이 놈의 명치를 가격
했다.

"끅! 끄워어……."

도저히 상대가 되지 않는 인물임을 절실하게 깨달은 살인마의
얼굴이 고통으로 일그러졌다. 놈은 두 눈을 이리저리 굴리며 이
순간을 벗어날 방법을 찾았다. 그러나 놈이 정현에게서 도망갈
구석은 어디에도 없었다. 인간의 목숨을 짐승보다 함부로 하는
놈을 정현은 절대 용서할 수 없었다. 땅바닥을 뒹굴며 손을 모아
빌 순간도 주지 않고 또다시 정현의 마지막 공격이 펼쳐졌다.

"넷째, 살아서도 죄과를 반성하지 못하고 죽어서도 반성하지
못한 죄! 죄가 죄인 것을 모르고 죄를 되풀이한 죄! 하격下擊!"

공중으로 올라갔다 내려오는 정현의 거대한 주먹이 놈의 척추
가 부서지도록 등을 찍어 눌렀다.

"끄어어억!"

꺼질 듯한 괴로움의 비명을 마지막으로 널브러진 영창의 몸만
바닥에 남고 살인마의 영은 더 이상 꿈틀대지도 못했다.

"형! 굉장해요!"

널브러진 영창의 사지를 바라보던 정현은 갑자기 숲 속에서 들
려오는 낙빈의 목소리에 깜짝 놀랐다.

"언제 왔니?"

"좀 전에요. 산 아래까지 다른 분들 모셔다드리고, 형이 오지
않아서 다시 돌아왔어요. 좀 전부터 싸우는 걸 보고 있었어요. 어

휴, 이런 사람은 정말 평생 지옥에서 썩어야 하는데. 영계와 육계 사이의 결계가 흔들리면서 그 사이로 빠져나온 모양이에요. 정말 어떻게 되려고 이러는 건지…….”

낙빈은 뭔가 주문을 중얼거리며 쓰러진 영창을 향해 이상한 도형을 허공에 그렸다.

“죽은 자는 죽은 자의 세계로. 다시는 육계로 나와 떠돌지 말지어다!”

그것은 음과 양, 영과 육, 흑과 백을 구분하는 양음의 기호였다. 낙빈은 영계를 떠나 육계로 돌아온 영혼을 다시 원래 있던 곳으로 보냈다. 널브러진 시체는 몇 번 꿈틀거리더니 움직임을 멈추었다. 영혼은 본래 갈 곳으로 떠나버렸고, 벌써 오래전에 생명을 잃어버린 영창의 껍질만 남았다.

낙빈은 어깨를 감싼 채 부르르 떨었다. 한기가 밀려왔다. 차가운 밤기운 때문만은 아니었다. 영육의 결계가 무너지면서 생기는 이 모든 일이 무서워서 몸이 떨렸던 것이다.

“이번에는 겨우 막긴 했다만…… 앞으로도 계속해서 평범한 사람, 아무런 관련이 없는 사람에게까지 영계의 좋지 못한 영혼들이 해를 끼칠지 모른다고 생각하니 정말 끔찍하구나!”

정현은 고개를 가로저었다. 단지 이번 사건 하나에만 희생자가 열 명이 넘어 보였다. 그중 세 명은 영력이 있는데도 여지없이 당하고 말았다. 참으로 착잡하고 걱정스러웠다.

말은 하지 않았지만 ‘말세’, 그 불안한 단어가 세차게 요동치고 있다는 사실을 낙빈도, 정현도 뚜렷하게 알 수 있었다.

"형, 헤르메스의 창을 어서 찾아내야 해요. 부숴버리든지, 사라지게 하든지……. 영육의 결계를 흔들지 못하게 해야 해요."

낙빈 역시 세차게 고개를 끄덕이며 정현의 말에 자신의 말을 덧붙였다. 낙빈은 하늘을 바라보았다. 하얀 달조차 보이지 않는 너무나도 캄캄한 밤이었다. 낙빈은 까만 밤하늘을 바라보며 마음속의 물음을 되뇌었다.

'왜 이런 짓을 하는 거예요? 왜…… 왜 이런 일들이 일어나도록 하는 건가요? 당신은 대체 왜……?'

낙빈은 눈을 질끈 감았다. 그러자 그녀의 흰 가면이 미소 지었다. 밤하늘보다도 더 까만 머리가 나부끼는 것이 보였다. 그녀의 붉은 옷자락이 찰랑거렸다.

낙빈의 감은 눈 앞에 흑단인형이 있었다. 낙빈은 그녀와 이야기하고 싶었다. 그러나 그녀를 불러낼 용기는 없었다. 물어보고 싶은 것이 목구멍까지 차올랐지만 단 한마디도 꺼낼 수 없었다.

차가운 밤바람만 낙빈의 목덜미를 스치며 지나갔다.

-7권에 계속

신비소설 무 6 무너지는 생의 경계

초판 1쇄 발행 2016년 5월 21일
초판 2쇄 발행 2017년 4월 10일

지은이 · 문성실
펴낸곳 · 달빛정원
펴낸이 · 전은옥

출판등록 · 2013년 11월 14일 제2013-000348호
주소 · 04004 서울 마포구 월드컵로10길 27, 201호(서교동, 세화빌딩)
전화 · 02-337-5446
팩스 · 0505-115-5446
전자우편 · garden21th@naver.com
블로그 · blog.naver.com/garden21th

ⓒ 문성실 2016

ISBN 979-11-87154-10-5 04810
    979-11-951018-6-3 (세트)

이 도서의 국립중앙도서관 출판예정도서목록(CIP)은 서지정보유통지원시스템 홈페이지(http://seoji.nl.go.kr)와
국가자료공동목록시스템(http://www.nl.go.kr/kolisnet)에서 이용하실 수 있습니다. (CIP제어번호: CIP2016010938)